I0787239

DU MÊME AUTEUR

La belle mortelle de Samson (Vampires Scanguards - Tome 1)

La provocatrice d'Amaury (Vampires Scanguards - Tome 2)

La partenaire de Gabriel (Vampires Scanguards - Tome 3)

L'enchantement d'Yvette (Vampires Scanguards - Tome 4)

La rédemption de Zane (Vampires Scanguards – Tome 5)

L'éternel amour de Quinn (Vampires Scanguards – Tome 6)

Les désirs d'Oliver (Vampires Scanguards – Tome 7)

Le choix de Thomas (Vampires Scanguards – Tome 8)

Discrète morsure (Vampires Scanguards – Tome 8 1/2)

L'identité de Cain (Vampires Scanguards – Tome 9)

Le retour de Luther (Vampires Scanguards – Tome 10)

La promesse de Blake (Vampires Scanguards – Tome 11)

Fatidiques retrouvailles (Vampires Scanguards – Tome 11 ½)

L'espoir de John (Vampires Scanguards – Tome 12)

Séduisant (Le Club des éternels célibataires – Tome 1)

Attirant (Le Club des éternels célibataires – Tome 2)

Envoûtant (Le Club des éternels célibataires – Tome 3)

Torride (Le Club des éternels célibataires – Tome 4)

Attrayant (Le Club des éternels célibataires – Tome 5)

Passionné (Le Club des éternels célibataires – Tome 6)

LA RÉDEMPTION DE ZANE

LES VAMPIRES SCANGUARDS - TOME 5

TINA FOLSOM

DÉDICACE

Ce livre est dédié à la mémoire de mon grand-père, Josef Veselak, prisonnier numéro 29658. Il a péri dans le camp de concentration de Dachau, le 26 juillet 1942.

1

———

Zane entendit un cri, mais choisit de l'ignorer afin de prolonger le délicieux repas qu'il était en train de savourer à même l'excellent cou de ce jeune latino qu'il avait coincé dans une ruelle de la Mission. Ce quartier de San Francisco, à prédominance mexicaine et sud-américaine, était un secteur inachevé où, d'un côté, l'on retrouvait les restaurants et boîtes de nuit branchés qui attiraient les riches habitants du nord de la ville, et de l'autre, les pauvres immigrants qui trimaient pour des salaires minimums dans leurs boulots sans avenir. Malgré tout cela, Zane s'était senti chez lui dès l'instant où il y avait posé le pied.

Alors qu'il plongeait plus profondément ses canines pour extraire davantage de sang, il tendit l'oreille pour écouter le retentissement des battements de cœur de l'adolescent, tout à fait conscient du grand pouvoir qu'il détenait sur la vie de ce dernier. Quelques millilitres de trop, et il le saignerait complètement. Le cœur cesserait de battre, et le souffle s'échapperait, pour la dernière fois, des poumons du jeune garçon, le réduisant à l'état de coquille sans vie.

Voilà comment Zane aimait se nourrir, directement d'un humain. Cela lui permettait de sentir toute la vie qui battait entre ses mains, tandis que le sang, riche et chaud, lui enrobait la gorge. Au-delà du simple fait de se nourrir, cela comblait son besoin de se sentir supérieur, puissant, en contrôle de la vie qu'il tenait dans ses bras. Rien ne pouvait remplacer cette sensation. Certainement pas une bouteille de ce sang donné, exempt de vie, que lui préféraient ses collègues de Scanguards.

Chaque nuit, il devait cependant se faire violence pour maintenir sa victime en vie. Et qu'il s'agît, à chaque fois, d'un humain différent n'y changeait rien. En son for intérieur, le combat qu'il livrait restait le même : mettre un terme à son repas, alors que l'humain vivait toujours ; ou s'abandonner à l'envie de détruire et d'assouvir son besoin de vengeance. Car, qu'il se nourrît d'un jeune latino, d'une noire ou d'un asiatique, leurs visages se ressemblaient tous lorsque les réminiscences de son passé prenaient le contrôle de son esprit. Toutes leurs caractéristiques propres se modifiaient pour se fondre en celles d'un homme blanc aux cheveux blond foncé, aux yeux bruns et aux pommettes saillantes. C'était là le visage d'un de ses tortionnaires, le seul en fait qu'il n'eût réussi à attraper après quelques soixante-cinq années de traque. Le seul qu'il n'eût encore pu zigouiller. Du moins jusque-là !

Lorsqu'il se rendit compte que le sang ne se précipitait plus avec la même pression dans les veines de l'adolescent, Zane retira ses canines. Et tandis que celles-ci se rétractaient pour reprendre profondément leur place dans ses gencives, il lécha rapidement la plaie pour la refermer et éviter que le sang ne s'en écoulât davantage. Sa faim était apaisée. Pour l'instant. Son propre cœur martelait furieusement dans sa poitrine, alors que sa victime s'affaiblissait, mais cela ne l'empêcha toutefois pas de percevoir les faibles pulsations du latino. Il sut alors qu'il n'était pas allé trop loin. Il avait encore gagné la bataille de cette nuit, mais l'agitation qu'il ressentait depuis ces derniers mois ne cessait d'augmenter, et cela le poussait à prendre plus de risques avec la vie de ses victimes.

Il était arrivé à San Francisco neuf mois auparavant, en mission pour Scanguards, la boîte de gardes du corps qui l'employait depuis plusieurs décennies. Et ce qui ne devait être qu'une mission temporaire s'était transformé en un séjour permanent. Au début, il avait pensé que ce changement de décor, en passant de New York à la tranquillité de cette ville de la Côte-Ouest fréquemment engloutie dans le brouillard, lui apporterait la paix. Mais le contraire s'était produit. La traque de son tortionnaire avait stagné et s'était terminée dans une impasse. Depuis lors, cet échec n'avait fait qu'exacerber sa colère et sa haine. Il avait besoin de faire payer quelqu'un. Et vite.

Un bruit se fit entendre, et Zane tourna brusquement la tête. Il déposa le jeune latino sur le sol et l'adossa à l'édifice. Il ferma les yeux un instant, concentré sur la voix lointaine qu'il avait perçue. Au-delà du bruit qui témoignait d'une grande activité nocturne dans la ville, une faible lamentation, où s'entremêlaient peur et désespoir, dériva vers lui. Cela venait de loin, mais son acuité auditive de vampire l'amena à réaliser qu'il s'agissait d'un appel à l'aide.

— Merde !

Il n'aurait pas dû jouer la carte de l'indifférence face à ce cri qu'il avait entendu quelques instants plus tôt. Il aurait dû se douter que quelque chose ne tournait pas rond. Tant ses instincts vampiriques que son entraînement en tant que garde du corps le lui confirmaient. Sans même poser un dernier regard sur sa victime, Zane sortit de la ruelle et se précipita en direction du bruit, espérant qu'il ne fût pas déjà trop tard.

Le long du trottoir, des ivrognes allaient, trébuchant, leurs murmures incohérents faisant obstacle aux sanglots de détresse qu'il pistait. Avait-il perdu son chemin ? Zane bifurqua pour faire une pause au coin suivant tout en se focalisant sur son ouïe. Pendant un instant, le calme régna. Le bruit se répéta alors, intensifiant son pressentiment que quelqu'un avait besoin de son aide.

Cette fois, le cri était accompagné d'une voix grave et masculine qui chuchotait :

— Tais-toi salope, ou je t'étripe.

L'instinct de Zane prit alors le dessus, et ce dernier contourna le coin pour pénétrer dans l'allée où se dressaient deux immeubles à appartements délabrés. L'acuité de sa vision nocturne prit instantanément le pouls de la situation : un homme forçait une jeune femme, couteau sur la gorge, à se tenir tête baissée contre une benne à ordure. Son pantalon, descendu jusqu'aux genoux, dévoilait des fesses nues qui se mouvaient frénétiquement d'avant en arrière. Il la violait.

— Merde !

Zane bondit sur l'homme qui, ayant entendu son juron, avait tourné la tête dans sa direction.

Les canines de Zane s'allongèrent durant son envol, et ses doigts se métamorphosèrent en griffes acérées capables de réduire un éléphant en lambeaux. Zane sépara l'agresseur de sa victime d'un geste vif, plantant ses griffes dans les épaules de l'individu et lacérant nettement son pull à capuchon.

Le premier cri de l'homme fut d'abord causé par l'effet de surprise, mais le suivant fut provoqué par la douleur des griffes de Zane lorsqu'elles pénétrèrent encore plus profondément dans sa chair. Le vampire se délecta de ce son et fit délibérément trainer l'une de ses mains à travers la pleine largeur de l'épaule de l'assaillant, déchirant les chairs et lacérant les muscles et tissus nerveux. Le sang gicla de cette plaie ouverte, emplissant ainsi l'air de son odeur métallique. Zane fit entrevoir ses canines et s'assura que le salopard pût clairement les distinguer.

— Noooon !

La protestation désespérée de l'homme n'empêcha pas Zane de passer à l'attaque. À l'aide de son autre main, il prit volontairement le temps de déchirer les muscles de l'épaule gauche, l'endommageant tout aussi fort. Le violeur ne pouvait maintenant plus se défendre, car ses bras, dont les nerfs et tendons avaient été sectionnés, ne soutenaient plus aucun mouvement.

Il était à sa merci.

Si Zane avait eu un cœur, il aurait mis un terme à tout cela immédiatement. Mais il était trop tard. Un seul regard en direction de la jeune fille apeurée qui le fixait, bouche bée devant l'horreur, fut suffisant pour que son passé prît le contrôle. Soudain, les traits de la victime, ses cheveux blond vénitien et ses yeux bleus remplis de terreur se transformèrent en un visage qu'il connaissait très bien, un visage qu'il n'avait pas vu depuis des décennies, mais qu'il n'avait jamais oublié.

Les cheveux brun foncé de la jeune fille se terminaient en boucles qui entouraient son visage et caressaient ses pâles épaules. Son innocence perdue, elle regardait Zane de ses yeux brun chocolat, le suppliant de lui porter secours, de la sauver.

— *Zacharias…*

La voix de la jeune victime s'affaiblit, alors que Zane tentait de s'approcher d'elle. Pétrifiée, elle recula.

— Rachel, murmura-t-il, n'aie pas peur.

Prenant conscience de l'homme qui luttait contre lui, Zane détacha son regard de la jeune fille. Il tuerait celui qui lui avait fait du mal ; qui avait fait du mal à sa petite Rachel.

Zane projeta le violeur contre le mur à quelques mètres de là. Il fut comblé de satisfaction lorsqu'il entendit le bruit des côtes qui se brisaient. D'un pas décidé, il parcourut la distance qui le séparait de l'homme. Il laissa son corps se crisper davantage et apprécia le regard horrifié qu'il lisait dans les yeux de sa victime. Mais ce n'était plus le violeur qu'il voyait à présent. Un changement s'était opéré : il avait affaire à un homme aux cheveux blond foncé et aux yeux bruns. Il vit enfin la peur briller dans les yeux de son adversaire ; la certitude que son heure était venue. L'homme s'était fait prendre et, cette nuit, il allait devoir payer pour tous ses crimes.

Sans autres considérations, Zane enfonça ses griffes dans la poitrine de l'individu et la lui ouvrit avec l'infaillible précision d'un habitué de ce genre d'ouvrage. Ignorant les cris à glacer le sang, il y plongea les mains plus profondément et arracha les côtes. Le sang jaillit de la poitrine ouverte et gicla sur lui. Zane en huma le parfum, l'odeur de la vie et de la mort, aussi intense l'une que l'autre. Et, bien que s'étant nourri peu de temps auparavant, il sentit la faim surgir de nouveau. Mais cette fois, sa faim était différente. Il n'avait plus envie de nourriture, mais soif de vengeance. Plus douce que la faim, celle-ci le suppliait de lui accorder satisfaction, de la seule façon qui fût possible.

Zane inséra une main à l'intérieur de la paroi thoracique et atteignit le cœur. Il l'enserra dans sa paume et y sentit battre l'organe vital, pulsant de spasmes qui demeuraient forts et luttaient contre l'inéluctable.

— Tu ne feras plus jamais de mal à personne.

Dès qu'il eut extirpé le cœur de ce corps, les yeux de l'homme s'éteignirent. Zane regarda l'organe qui continuait de battre, tandis que le sang chaud s'écoulait des veines et artères déchirées et se répandait le long de sa main et de son poignet. Telle une rivière, il coulait sous la manche de sa chemise noire, la détrempant et la collant contre sa peau. Zane sentit alors les battements de son cœur ralentir pour atteindre un niveau quasi normal.

C'était fait.

— Rachel, il est mort. Tu es sauve maintenant.

Zane se retourna, mais Rachel était partie. La jeune femme aux cheveux blond vénitien se tenait à sa place, recroquevillée contre la benne à ordures, gémissant et frémissant comme une feuille. Son mascara noir, dissous dans ses larmes, avait laissé de longues traînées foncées le long de ses joues. Ses lèvres tremblaient.

Zane cligna des yeux. Rachel n'était pas sauve. Rachel était partie, et il ne pouvait pas la ramener. Mais cette fille devant lui était en vie, et son assaillant était mort.

Il fit un pas vers elle pour lui annoncer la bonne nouvelle, mais elle eut un mouvement de recul.

— Noooon ! s'écria-t-elle à bout de souffle, ses yeux cherchant désespérément une voie pour fuir, comme si elle craignait que Zane ne l'attaquât à son tour.

— Je ne te ferai aucun mal.

Il tendit ses mains couvertes de sang vers elle, mais cela la fit crier de panique.

Zane comprit ce qu'elle avait vu : son jeans et sa chemise détrempés par le sang. Le liquide chaud et visqueux avait même coulé dans ses bottes. Mais là n'était pas le pire. La fille qu'il venait de sauver avait été témoin de son côté vampire. Elle avait vu ses griffes mortelles, ses canines acérées qui dépassaient de ses lèvres ; et ses yeux rouges qui brillaient et lui donnaient l'aspect du Diable. Sa tête chauve accentuait l'aura de danger qui s'était toujours dégagée de lui, même lorsqu'il avait eu forme humaine. Les gens avaient peur de lui. Et à juste titre !

Il avait massacré un homme, sans aucun remord, tel un boucher abattant un porc. Il avait fait ce qui s'était avéré nécessaire, même si cela semblait impossible à comprendre pour la plupart des gens. Le Mal devait être annihilé instantanément, sans lui laisser le temps de croître et de se répandre comme un cancer purulent susceptible d'éradiquer tout un peuple. Tel que cela s'était déjà produit par le passé, alors que le monde n'avait fait que regarder sans agir.

Ils s'étaient tenus là, sans bouger, jusqu'à ce qu'il fût trop tard, jusqu'à ce que le pire se produisît.

— Je vais te faire oublier tout ça, promit-il à la fille effrayée, tout en utilisant ses pouvoirs mentaux afin de prendre le contrôle de son esprit et effacer tout ce qui venait de se produire, viol y compris. Quand elle se réveillerait, le lendemain, elle ne se souviendrait plus de cet homme qui l'avait attaquée, ni de celui qui l'avait sauvée de ce monstre.

N'était-ce pas plutôt Zane le monstre ? Lui qui faisait le mal en souhaitant venger ce qu'on lui avait fait subir, tant à lui qu'à sa famille ? N'était-ce pas lui qu'on devait craindre ?

Alors qu'il reprenait sa traque nocturne, le sang chaud de sa victime séchant rapidement sur sa peau et ses vêtements, il vit encore une fois le visage de son tortionnaire flotter devant lui en le narguant. Il se devait de le retrouver pour mettre un terme à ce chapitre de sa vie. Sans cela, il ne pourrait jamais connaitre la paix, et le mot bonheur continuerait d'appartenir à une langue qui lui était étrangère.

2

———

— **M**ais où avais-tu donc la tête ?

Samson, fondateur de Scanguards, claqua le journal sur l'imposante table qui meublait son bureau et se leva. Il faisait plus d'un mètre quatre-vingt et était légèrement plus large de carrure que Zane qui, bien que plus mince, n'en était pas moins dangereux que son vampire de confrère. Très rarement avait-il pu voir Samson dans un tel état de colère, mais ce soir, son patron était furieux.

Zane jeta un œil au grand titre : *Un monstrueux tueur sectionne le cœur d'un fêtard innocent.* Foutaise ! Il n'avait rien *sectionné* du tout ; les reporters feraient mieux de rapporter correctement les faits. Et puis, sa victime n'avait rien d'un innocent.

— Il était en train de la lui mettre...

— T'ai-je simplement permis de parler ? rétorqua Samson dont les canines commençaient à poindre et à dépasser de ses lèvres. Tu n'as pas réfléchi une seule seconde, n'est-ce pas ? C'était quoi, Zane, une boucherie ? Tu n'as pas pu te retenir cette fois ? Tu ne pouvais pas simplement te contenter de te nourrir ?

Le cœur de Zane battait de plus en plus vite au fur et à mesure qu'il entendait les accusations non fondées que Samson proférait contre lui.

— Je ne me suis pas nourri.

Samson parut surpris.

— Tu l'as tué de sang-froid ?

Zane aurait juré qu'il pouvait encore entendre les cris de douleur et d'épouvante du type. Rien qu'à y penser, ses gencives se mirent à le chatouiller, signe évident que ses canines n'avaient qu'une envie : sortir jouer.

— J'ai savouré chaque seconde de cet instant.

— Mais tu n'as pas de cœur ! dit Samson dans un mouvement de recul dicté par son instinct en entendant les surprenants aveux de Zane.

— Ce n'est pas exactement ce que je dirais. L'espace d'un instant, j'en ai même eu deux.

Samson écrasa son poing sur le bureau, n'appréciant apparemment pas ce genre d'humour. Mais Zane s'en moqua. Il n'était pas le bouffon du roi Samson !

— T'as une idée des risques que tu as pris ? Tu aurais pu nous exposer !

Zane se pencha sur le bureau et s'y appuya, les mains croisées.

— T'aurais fait quoi à ma place, hein ? Ce foutu trou-du-cul était en train de violer une innocente ! En la menaçant d'un couteau !

Il remarqua, avec satisfaction, que les yeux de Samson commençaient à s'ouvrir.

— Ouais, bien sûr. Il faut toujours que tu t'attendes au pire avec moi, c'est ça ?

C'en était le cas de tout le monde.

— C'était une innocente, et il l'a violée en lui plaçant son couteau sur la gorge. Et si elle avait été ton épouse ou ta sœur ? Et si quelqu'un faisait ça à ta fille ? Tu resterais ici à tenir ce discours pompeux sur le risque qu'on nous découvre ? Ou ne t'empresserais-tu pas plutôt de lui faire la peau à ce salaud ?

Sachant qu'il avait gagné ce round, Zane leva le menton d'un air de défi.

En tant que vampire au sang-mêlé, Samson était férocement protecteur envers son épouse Delilah, une humaine, ainsi qu'envers son bébé de deux mois, Isabelle. Il donnerait, sans hésiter, sa propre vie pour protéger la leur et ne réfléchirait pas longtemps avant de tuer quiconque les menacerait.

Lorsque Samson fit une pause et ferma les yeux tout en se passant une main dans ses cheveux noir corbeau, l'agressivité de Zane retomba.

— Tu aurais pu le tuer proprement. Cette boucherie n'était pas nécessaire.

— C'était nécessaire.

Il en avait eu besoin. Il avait eu besoin de le voir souffrir. Le tuer proprement ne l'aurait pas satisfait.

— Lui casser le cou ne lui aurait pas fait mal. Je devais en faire un exemple.

— Un exemple de quoi au juste ?

— Que le mal sera éradiqué ; que les violeurs paieront pour leurs crimes.

— Tu ne peux te servir de quelqu'un pour en faire un exemple, alors que personne ne sait ce qui t'a motivé à le faire !

Zane inspira brusquement.

— Et le fait qu'il avait le pantalon descendu sur ses chevilles n'en dit pas assez ? Mais qu'est-ce que vous voulez tous, à la fin ? Qu'il porte un écriteau sur lequel on pourrait lire « violeur » ?

— L'article ne dit pas qu'il avait baissé son pantalon.

— Alors, tu devrais peut-être d'abord vérifier les faits auprès de ton contact chez les flics avant de m'accuser d'être un meurtrier de sang-froid.

En raison de l'amitié qu'il entretenait avec le maire, lequel était hybride – mi-vampire, mi-humain – Samson avait ses entrées dans la police, ce qui s'était avéré pratique à plusieurs reprises. Il aurait peut-être pu s'en servir avant de tomber sur le dos de son employé.

Zane se redressa et se tourna vers la porte lorsque, d'une voix calme, Samson s'adressa à lui.

— Non, je n'ai pas terminé.

Zane sourcilla et se retourna pour lui faire face.

— Le fait demeure que tu as abattu un homme, et que tu as laissé son corps à la merci de quiconque pouvait le trouver. Cela va à l'encontre de tout ce que Scanguards représente.

Lorsque Samson cessa de parler, une nausée s'empara de Zane. Son patron s'apprêtait-il à le renvoyer ? Scanguards, c'était sa vie, sa famille, son seul lien avec l'humanité. Sans eux, il s'enfoncerait dans les ténèbres et s'abandonnerait aux pires de ses désirs. Il ne vivrait que pour la vengeance et rien d'autre, et cela le conduirait, à coup sûr, sur le chemin de sa propre perte. Il était assez intelligent pour comprendre que, si Scanguards n'existait plus pour le brancher à la réalité, il perdrait le peu d'âme qui lui restait et deviendrait aussi mauvais que l'homme à l'origine de sa transformation.

— Non ! s'écria-t-il, alors que sa gorge se resserrait à la pensée de perdre tout ce qui représentait quelque chose pour lui. Il se remémora les visages de ses collègues et amis : le visage couvert de cicatrices de Gabriel, le second dans la hiérarchie et le premier à l'avoir engagé ; Thomas, le motard gay, féru d'informatique ; Amaury, son ami qui avait la carrure d'un défenseur, et dont l'apparence faisait oublier qu'il était d'une douceur que Zane n'avait jamais rencontrée chez aucun autre homme, en particulier lorsqu'il était question de sa partenaire de sang-mêlé, Nina ; et même Yvette, la précieuse, qui avait été une vraie plaie jusqu'il y a deux mois, lorsqu'elle avait enfin trouvé l'âme sœur en ce sorcier devenu vampire, Haven.

Ses pensées le ramenèrent encore plus loin, à New York, et à son ami Quinn qui lui avait sauvé la vie. Si celui-ci ne l'avait pas tiré de la spirale destructrice dans laquelle il s'était enfermé et ne l'avait pas présenté à Gabriel, il ne serait plus que poussière maintenant. Il ne pouvait pas se permettre de les abandonner. Ces personnes étaient ses amis, les seuls êtres sur lesquels il pouvait compter.

— Assieds-toi, ordonna Samson.

— Je préfère rester debout.

Si Samson voulait le mettre à la porte, il y ferait face comme un homme.

— Comme tu veux. Je vais m'entretenir de ta situation avec Gabriel, mais je suis certain que nous partagerons le même avis.

Évidemment ! Quand avait-on vu ces deux-là être en désaccord, en particulier lorsqu'il était question de punir un de leurs pairs ? À cheval sur les règles, tous les deux ! Mais merde, il était un vampire, pas un humain idiot. Il obéissait à ses propres règles.

— En attendant, continua Samson, je te retire ta mission et te destitue de ton statut de classe A.

Zane serra les mâchoires. Se voir démis de la plus haute fonction au sein de Scanguards signifiait qu'on ne lui confierait plus aucune mission dangereuse ou de première importance. Cela voulait dire qu'on le reléguait à des tâches routinières. Samson aurait tout aussi bien pu lui couper les deux mains que cela n'aurait pas été pire.

— Tu ne peux pas…

Il n'était tout de même pas qu'un simple petit gardien de sécurité bedonnant et mal coiffé qui s'asseyait, la nuit durant, dans le lobby d'un édifice désert pour surveiller des bureaux vides.

Samson leva la main.

— Avant de dire quoi que ce soit que tu pourrais regretter plus tard, j'aimerais que tu m'écoutes.

Zane soupira. Le mot regret ne faisait pas partie de son vocabulaire. Pas plus que le mot remords.

— Je ne peux pas courir le risque d'avoir un élément imprévisible dans mon personnel. Jusqu'à ce qu'on trouve un moyen d'atténuer le risque que tu représentes, tu travailleras dans un secteur où le danger et le stress sont minimes. Je te ferai part de ma décision finale d'ici deux jours.

Zane hocha la tête avec dépit.

— Très bien, dit-il les lèvres serrées, pour ne pas montrer ses canines qui s'étaient mises à descendre lorsque la rage s'était emparée de lui.

Sans danger ! Sans stress !

Mais qu'est-ce que Samson voulait insinuer ? Qu'il faisait une dépression nerveuse ? Des trucs pour les femmelettes, pas pour les hommes comme lui ! Une dépression nerveuse, il leur en ferait avaler une s'ils n'arrêtaient pas de le faire chier de la sorte.

Zane quitta le bureau de Samson tout en résistant à la tentation de claquer la porte. Ses longues jambes parcoururent rapidement la distance qui le séparait du hall d'entrée, tandis qu'il traversait le sombre et long corridor dont les murs étaient revêtus de lambris en bois. Il était impatient de quitter cette maison victorienne qui, soudainement, l'oppressait. Il avait besoin de frapper quelque chose.

— Sans stress ! murmura-t-il.

— Bonsoir Zane !

La douce voix de Delilah provenait de la gauche.

Il tourna la tête et la regarda descendre le large escalier en acajou, portant son bébé dans les bras.

— Delilah, dit-il sans être capable de manifester plus de civilité. Après tout, son mari venait tout juste de l'insulter.

Elle lui sourit. Elle fronça les sourcils lorsqu'elle entendit le bruit d'une sonnerie électronique en provenance de la cuisine.

— C'est pas vrai, les biscuits, je les avais presqu'oubliés.

À peine eut-il le temps de réaliser ce qu'elle voulait faire, que Delilah allongea les bras et lui posa le bébé contre la poitrine.

— Tiens, prends-la un petit instant. Je dois sortir ces biscuits du four, ou ils carboniseront…

D'instinct, les bras de Zane attrapèrent le bébé, et Delilah se précipita vers la cuisine.

— Mais, je… protesta-t-il.

Mais il était trop tard. Merde !

Il observa la petite dans ses bras, ne sachant trop que faire lorsque le bébé ouvrit les yeux. Des yeux aussi verts et aussi beaux que ceux de sa mère. La fillette le regarda. Elle était hybride – mi-humaine, mi-vampire – et possédait donc les attributs des deux espèces.

Elle pourrait sortir à la lumière du jour sans être brulée mais, lorsqu'elle serait grande, elle posséderait la force et la vélocité du vampire. Enfant déjà, elle serait plus forte et grandirait plus rapidement qu'un enfant purement humain. Elle pourrait manger de la nourriture, mais également se sustenter de sang. Une fois mature, elle cesserait de vieillir, tout comme un vampire au sang pur.

Elle avait le meilleur des deux mondes, c'était une petite merveille. Seuls les vampires masculins étaient fertiles, et ils ne pouvaient se reproduire qu'avec des femmes humaines avec lesquelles ils avaient mêlé leur sang. Les femmes vampires étaient infertiles. Mais cette petite fille avait de la chance : ses gènes humains lui assureraient la fertilité. Un jour, elle ferait de Samson un grand-père, et ses enfants seraient hybrides, tout comme elle, qui que soit le père.

Complètement obnubilé, Zane regarda le petit miracle qu'il tenait dans ses bras et caressa ses joues potelées. Une telle douceur ! Il n'en avait pas senti de pareille depuis sa sœur, lorsqu'elle était bébé. De dix ans son aîné, il s'en était souvent occupé ; l'avait nourrie ; l'avait bercée pour l'endormir.

— Joli petit trésor, lui chuchota Zane en la voyant ouvrir la bouche pour lui sourire. De minuscules canines pointaient des gencives supérieures du bébé.

La petite allongea la main pour attraper l'index de Zane, lequel ne l'en empêcha pas, que du contraire. Elle avait une forte poigne et tirait le doigt pour l'amener près de son visage. Avant que Zane n'eût le temps de réaliser ce qui se passait, elle engouffra le doigt dans sa bouche et l'entoura de ses petites lèvres. Ses canines aiguisées percèrent la chair.

— Aïe ! s'exclama Zane en retirant son doigt. Du sang s'en écoula. Il regarda la fillette et la vit se frotter les lèvres l'une contre l'autre, comme si elle en voulait davantage. Cette petite diablesse l'avait mordu !

Il secoua la tête et leva les yeux, rencontrant ceux de Delilah. Stupéfaite, bouche bée, elle regarda le doigt ensanglanté de Zane, ainsi que la bouche de sa fille.

— Elle t'a mordu.

Ce n'était pas une question, mais une affirmation.

— Elle n'avait jamais mordu personne avant. Tu sais ce que cela signifie, n'est-ce pas ?

Et merde ! Oui, il ne le savait que trop bien.

3

———

Portia Lewis referma son ordinateur portable et le glissa, avec son bouquin, dans son sac à bandoulière. Elle attendait que sa meilleure amie Lauren fît de même.

— Vas-tu à la fête que Michael donne ce soir ?

Portia secoua la tête. Les deux amies tentaient de se frayer un chemin à travers la foule d'étudiants qui sortaient de l'amphithéâtre.

— Je dois encore étudier pour l'examen de psychologie criminelle de demain.

Lauren rejeta l'idée d'un geste de la main.

— Ah, ça, c'est du gâteau. De toute façon, dit-elle en s'approchant et en parlant moins fort, tu peux toujours utiliser tes pouvoirs.

Portia recula et lui lança un regard réprobateur.

— Tu sais bien qu'on n'a pas le droit de faire ça !

Cela lui avait été inculqué d'aussi loin qu'elle pouvait se rappeler. Son père, un vampire pur-sang, et sa mère, une humaine, lui avaient appris qu'elle devrait toujours cacher ce qu'elle était réellement : hybride, soit mi-vampire et mi-humaine. La seule raison pour laquelle elle pouvait parler de ces choses avec Lauren, c'était parce que son amie était comme elle.

Quand Portia et son père s'étaient installés à San Francisco six mois auparavant, à la suite de l'accident de la route qui avait causé la mort de sa mère, la jeune fille s'était prise d'amitié pour la fille du maire, Lauren. Elles s'étaient inscrites aux mêmes cours à l'Université de San Francisco, une école catholique privée. L'aura des hybrides était très différente de celle des humains. Les deux filles s'étaient, dès lors, reconnues instantanément ; chacune d'entre elles étant si heureuse d'avoir, pour meilleure amie, quelqu'un avec qui elles pouvaient partager toutes ces choses qu'elles avaient en commun.

Lorsqu'elle avait mis son père au courant de cette nouvelle amitié, il avait semblé déçu. Portia s'était demandée s'il n'était pas envieux qu'elle se fût immédiatement trouvé une amie, alors qu'il continuait, quant à lui, de pleurer la perte de son épouse. Sa mère lui manquait terriblement, mais la vie continuait. Fort heureusement, Portia avait toujours fait preuve d'une certaine aisance à se faire des amis. C'était un mécanisme de survie qu'elle avait dû développer, car sa famille ne restait jamais au même endroit plus d'une année. Dès qu'elle commençait à se sentir chez elle, son père les emmenait dans une autre ville. D'une certaine façon, elle pouvait comprendre. En tant que vampire, il devait faire en sorte de ne pas attirer l'attention. Les humains des alentours pouvaient trouver bizarre qu'il ne sortît jamais de la maison durant la journée ; qu'il n'invitât ni n'acceptât jamais d'invitation à dîner ; et qu'il ne vieillît pas. Elle avait su accepter ce fait mais, en même temps, elle aurait tant aimé un endroit où elle aurait pu prendre racines et s'installer pour de bon.

— Eric sera là, fit Lauren en tentant de l'appâter et de la ramener à la conversation. Tu sais qu'il t'aime bien.

Portia sentit ses joues s'enflammer et se surprit à espérer que son côté vampire l'empêchât de rougir. Malheureusement pour elle, seuls les vampires pur-sang ne rougissaient pas. Comme elle l'avait fait si souvent auparavant, elle camoufla son sentiment d'insécurité envers les garçons par une remarque faussement détachée.

— Il n'est vraiment pas mon genre, tu sais. Et j'ai rencontré des garçons beaucoup plus excitants que lui.

Quelle connerie venait-elle de dire là ? Elle n'avait jamais eu de petit ami, mais même Lauren n'en était pas au courant. Elles avaient beau être les meilleures amies, Portia n'avait pas encore été capable de lui confier que l'idée même de se dévêtir devant un garçon la terrifiait.

— Quoi ? Tu me fais marcher ? Eric n'est rien de moins que l'idole numéro un sur le campus.

— Shh. . . pas si fort, fit Portia, je n'ai pas besoin que tout le monde nous entende parler de lui.

Nerveusement, elle jeta un regard par-dessus son épaule, espérant qu'aucun des amis d'Eric ne fût près d'elles.

Lauren posa la main sur le bras de son amie, l'arrêtant dans son élan. Portia se retourna en se demandant pourquoi Lauren lui lançait soudainement un regard si intense.

— Quoi ?

Les yeux de Lauren plongèrent en elle.

— Dieu du ciel ! Comment se fait-il que je n'aie pas vu venir ça plus tôt ?

Une voix se fit entendre de derrière. L'agacement y était perceptible.

— Eh, bouge de là, ôte-toi de mon chemin.

Portia fit un pas de côté afin de laisser passer cette personne, mais Lauren l'agrippa et l'attira vers la porte la plus proche.

— Qu'est-ce que tu fais ? protesta Portia.

— Il faut qu'on se parle, insista Lauren en observant prudemment le corridor, comme si elle était sur le point de révéler un immense secret. Elle ouvrit la porte qui donnait sur une petite salle de lecture. La trouvant vide, elle y fit entrer Portia et referma la porte derrière elles.

— Lauren, j'ai cours dans cinq minutes, dit Portia en regardant sa montre, l'air impatient et serrant son sac sur sa poitrine. Je t'ai déjà dit que j'avais cet examen de psychologie criminelle, et que je ne pouvais pas aller à cette fête. Honnêtement, je me suis rendue à bon nombre de fêtes de ce genre, et elles se ressemblent toutes. On s'y ennuie vite. Alors, cesse de m'embêter avec ça.

Lauren émit un soupir d'énervement.

— Oublie la fête. Il y a quelque chose de plus important.

Que pouvait-il y avoir de plus important qu'une fête, alors qu'en ce moment, tout ce qui intéressait Lauren dans la vie, c'était de se divertir ? Cela suffit à convaincre Portia d'accepter d'être en retard à son cours.

— Ah, ça c'est bien nouveau ! Mais qu'est-ce que tu racontes ?

— Parle-moi de ton dernier petit ami.

Le ton décontracté de Lauren contrastait avec l'intensité de son regard, comme une tigresse attendant de bondir sur sa proie.

Portia fronça les sourcils, se demandant bien en quoi son amie était soudainement si intéressée.

— Y'a vraiment rien à en dire. Pourquoi tiens-tu tant à en savoir plus à son sujet ?

— Réponds simplement à ma question.

— Il était gentil. On s'est fréquentés pendant quelques mois, on a rompu, j'ai déménagé. Fin de l'histoire.

— Ah bon. Et le sexe... c'était comment ?

Instinctivement, le corps de Portia se raidit, et elle se mit à serrer davantage son sac sur sa poitrine.

— C'était bien.

— Bien ? C'est tout ce que tu trouves à dire ? Pas super excitant, chaud, hallucinant ?

Face aux questions pressantes de Lauren, Portia éprouva une sensation d'inconfort le long de sa colonne vertébrale.

— Mais enfin, qu'est-ce que tu veux, Lauren ?

— Tu n'as jamais fait *ça*.

Instinctivement, Portia recula, se heurtant au pupitre qui se trouvait derrière elle. Elle se reprit rapidement, forçant son visage à adopter cette expression d'indifférence qu'elle utilisait lorsqu'elle ne se sentait pas prête à faire part de ses sentiments.

— C'est... c'est complètement absurde. Bien sûr que j'ai déjà fait *ça*.

Admettre le contraire aurait été si humiliant !

— Je sais que tu mens quand tes yeux font ce genre de truc..., dit Lauren en faisant un mouvement circulaire de la main. De toute façon je te connais trop bien maintenant, je m'en étais rendu compte toute seule.

Portia soupira. Elle s'était fait prendre, alors qu'elle croyait parfaitement jouer son rôle : elle avait toujours feint d'être mondaine et sophistiquée et, à chaque fois que la conversation avait tourné autour des garçons et du sexe, elle en avait toujours parlé comme si elle était experte en la matière. Elle était même allée jusqu'à tout lire à ce sujet, ainsi qu'à donner sa propre opinion lorsque d'autres filles débattaient de leurs marques préférées de préservatifs. Quel gros mensonge que tout cela ! Et elle avait menti afin de ne pas paraître bizarre aux yeux des autres ; afin de se sentir intégrée, alors qu'elle savait qu'elle n'y connaissait rien...

Patiemment, Lauren attendit, balançant une mèche de ses longs cheveux noisette par-dessus son épaule, attirant l'attention de Portia sur son cou gracieux et la jolie tête qui y trônait. Portia prit tout son courage à deux mains pour lever les yeux et rencontrer ceux de Lauren.

— Je suis encore vierge.

— Pas bon du tout, murmura Lauren en secouant la tête.

— Je veux juste attendre de rencontrer le bon garçon.

— Désolée, mais tu ne peux pas te payer ce luxe, dit Lauren d'une voix pressante.

Cette situation la rendant mal à l'aise, Portia se tourna vers la porte. Elle était déçue que son amie ne semblât pas la comprendre.

— Je dois me rendre à mon cours.

À la vitesse du vampire, telle une lueur floue dans les yeux d'un humain, Lauren alla bloquer la sortie.

— Aujourd'hui, tu vas sécher ton cours. Dans la vie, il y a des choses plus importantes que l'école.

— N'en fais pas tout un plat. Ce n'est pas parce que les garçons et le sexe sont importants pour toi, que tout le monde doit penser de la même manière. Toi et moi sommes très différentes, dit Portia en serrant son sac aussi fort que possible pour se protéger des choses auxquelles elle ne voulait faire face.

— Je suis d'accord. Les garçons ne sont pas importants, mais le sexe l'est.

— Pour toi peut-être, dit Portia en roulant des yeux.

S'imaginer au lit avec l'un ou l'autre des garçons qu'elle avait déjà embrassés ne l'aidait en rien à nourrir son appétit pour la chose. Lauren semblait avoir placé la barre de ses principes un peu plus bas.

— Quand donc auras-tu tes vingt-et-un ans ? Dans cinq semaines ?

— Dans six semaines, répondit automatiquement Portia, confuse par ce soudain changement de sujet. Pourquoi ?

Lauren serra les lèvres et marmonna quelque chose, comme si elle était confrontée à un énorme problème, telle l'éradication de la faim dans le monde.

— Donc, il ne nous reste plus que six semaines pour te faire perdre ta virginité. D'accord, ce n'est pas énorme comme délai, mais les vilains garçons ne manquent pas, et nous pourrons y avoir recours si nous ne trouvons pas mieux. Je peux en compter au moins une bonne douzaine.

— Attends un peu ! Qu'es-tu en train de manigancer ? Je ne vais quand même pas aller perdre ma virginité avec n'importe quel idiot. Je le ferai quand je sentirai que c'est le bon moment. Et ceci dit en passant, je ne compte pas avoir de petit ami avant d'en avoir fini avec le collège. Je l'ai promis à mon père.

Ses parents lui avaient inculqué l'importance de trouver la bonne personne. Et à voir à quel point ils avaient été heureux ensemble, elle ne pouvait qu'être d'accord. L'amour qu'ils avaient éprouvé l'un pour l'autre avait été palpable. Portia souhaitait vivre la même chose. Elle ne voulait pas gaspiller sa virginité aux mains d'un quidam pour lequel elle n'éprouverait aucun sentiment. Jusqu'à présent, elle n'en avait jamais rencontré un qui eût pu lui donner le moindre soupçon d'envie de s'abandonner à lui.

— Tu n'as pas compris ? Tu n'as pas le temps d'attendre ! dit Lauren, comme si le monde était sur le point de s'écrouler. Tu te dois de perdre ta virginité avant ton vingt et unième anniversaire, ou tu resteras vierge pour toujours !

— C'est absurde ! À vingt-et-un ans, je serai toujours assez attirante pour les garçons. En plus, à cet âge, je cesserai de vieillir.

— C'est exact ! dit Lauren en avançant les mains d'une manière dramatique. Et c'est exactement là où je veux en venir. À vingt-et-un ans, ton corps se figera dans sa forme définitive. Moulé à jamais comme de la pierre. Ta forme physique ne pourra plus changer. Ce qui veut dire que, si ton hymen est encore là, tu le conserveras pour toujours.

Le cœur de Portia faillit s'arrêter. Son hymen resterait intact ?

— Mais...

C'était impossible...

— Oui, après tes vingt-et-un ans, à chaque fois que tu auras des relations sexuelles, ça te fera mal parce que tu te feras déchirer l'hymen, encore et encore. Chaque jour, ton corps guérira, croyant qu'il est blessé, et il reconstruira ton hymen. Le sexe, pour toi, ça fera toujours mal. Tu comprends maintenant ?

Portia éprouva de la difficulté à déglutir. Ses genoux tressaillirent, et elle dut se tenir au pupitre derrière elle.

— Ce n'est pas sérieux... ça ne peut pas être vrai.

Elle se demanda pourquoi elle n'avait jamais entendu parler de cela. Sa mère ne lui en avait jamais pipé mot, et son père s'était simplement contenté de la prévenir contre les garçons. Elle souleva son regard en direction de son amie, la tête remplie de questions.

Lauren agita ses jolies boucles.

— Je te dis la vérité. Va demander à mon père. Il s'est lui-même assuré que je perde ma virginité sans perdre de temps. Bon sang, il a lui-même fait le tri entre les gars et m'a aidée à en choisir un.

Portia se remémora les quelques fois où elle s'était liée d'amitié avec des garçons.

— Une fois, mon père m'a surprise en train d'embrasser un garçon sur la banquette arrière d'une voiture. Une semaine plus tard, nous déménagions dans une autre ville, mais...

Sa voix se fit tremblante, tandis qu'elle se souvenait des moments de rapprochement qu'elle avait connus avec certains garçons. Il n'y avait toutefois jamais rien eu de plus que quelques baisers et quelques légers attouchements. Qu'elle eût souhaité, ou pas, d'aller plus loin avec l'un ou l'autre de ces garçons, et elle se retrouvait soudainement dans une nouvelle ville et une nouvelle école. Lauren intervint.

— Ton père te tenait loin des garçons ? Il doit bien savoir ce que cela implique. Il ne peut pas *ne pas* savoir.

Portia agita la tête, refusant de comprendre ce que les paroles de Lauren impliquaient.

— Non, mon père m'aime. Il ne me ferait jamais de mal.

Et elle y croyait férocement. Il était son roc. Il serait toujours là pour elle. Et encore plus depuis le décès de sa mère. Il était tout pour elle.

— Tu as dit que tu lui avais promis de ne pas sortir avec un garçon avant la fin du collège. Ça venait de toi ou c'est lui qui te l'a demandé ?

— Demandé ? Elle regarda son amie tout en se remémorant la manière dont son père lui avait expliqué qu'elle ferait mieux d'attendre. Et elle avait été d'accord avec lui, secrètement soulagée de ne pas avoir à traiter cette question avant un certain temps.

— Il n'a rien demandé, nous en avons discuté.

— Fais-tu toujours tout ce que ton père veut que tu fasses ? Ne t'es-tu jamais rebellée ? siffla Lauren.

— Je n'ai aucune raison de me rebeller. C'est vrai, mon père est à cheval sur les principes, mais c'est parce qu'il veut ce qu'il y a de mieux pour moi. Et il est tout ce que j'ai. Sans maman. . . je n'ai personne d'autre. Aucune autre famille. Tu ne peux pas comprendre ça toi, tu n'as jamais été seule.

Lauren posa une main sur le bras de Portia.

— Je suis désolée. Je ne voulais pas te faire de peine. Mais tu dois affronter la réalité : il faut que tu perdes ta virginité. Tu dois te débarrasser de ton hymen.

— Et si mon père n'en savait rien ? Il ne traîne jamais avec d'autres vampires. Nous n'étions membres d'aucun clan ou d'aucun ordre de vampires. Nous ne nous sommes jamais intégrés au sein de leur société ; nous déménagions trop pour cela. Il n'est peut-être pas au courant.

— Il doit le savoir, dit Lauren en agitant la tête, les yeux empreints de dépit. On n'élève pas une enfant hybride sans savoir ce genre de choses.

— Je n'en crois pas un mot, rétorqua Portia, convaincue que Lauren avait tout faux. Je vais lui en parler dès ce soir.

4

———————

Le soleil s'était déjà couché sur le Pacifique lorsque Portia rentra à la maison. Elle y trouva son père, assis sur le divan, fouillant dans un dossier qu'il referma dès qu'il la vit.

— Bonsoir mon cœur, comment se sont passés tes cours ? lui demanda-t-il avec un joyeux sourire.

Portia laissa tomber son sac au pied de l'escalier et s'avança dans le salon. Elle hésita, ne sachant trop comment engager cette difficile conversation.

— Bien, dit-elle en trépignant. Voulant éviter le regard de son père, elle fixa le mur derrière lui.

— Quelque chose ne va pas ? Tu n'as pas l'air dans ton assiette.

— Enfin, euh... bien, il y a quelque chose dont je voulais te parler, dit-elle en ajustant son regard pour le recentrer sur lui.

Son père se redressa, bombant soudainement le torse.

— Quelqu'un te cause des ennuis ?

Elle secoua rapidement la tête.

— Non, ce n'est pas ça, tout va bien. C'est seulement que j'ai appris quelque chose aujourd'hui. Quelque chose que tu ignores, et...

Portia s'interrompit encore une fois, cherchant les bons mots à prononcer. Ceci allait être plus difficile qu'elle ne l'avait imaginé.

— Qu'est-ce que c'est ? Tu sais que tu peux tout me dire.

Bien sûr qu'elle le savait, mais c'était un peu gênant. À ce moment précis, elle souhaita que sa mère fût toujours vivante. Elle pourrait lui confier ses soucis, plutôt que d'aborder ce sujet délicat avec son père.

— C'est simplement qu'aujourd'hui, j'ai découvert qu'une fois que mon corps aura adopté sa forme définitive, je demeurerai toujours. . . Je garderai toujours mon hymen si je ne perds pas ma virginité avant.

Elle déglutit. À présent, c'était dit, et son père et elle allaient pouvoir discuter entre adultes.

— Qui t'a dit cela ? tonna la voix de son père qui se leva au même instant. C'est Lauren !

Il était apparemment en colère. Prise au dépourvu par la rudesse de cette réponse, Portia répliqua rapidement.

— Tu veux dire qu'elle ne m'a pas dit la vérité ?

— Elle n'a pas à te dire quoi que ce soit. Ce ne sont pas ses affaires. Tu ne dois savoir que ce que je te dis, et c'est tout ! C'est moi qui t'élève !

L'élever ? Elle était une adulte, à présent !

— Papa, je ne suis plus une enfant. J'ai le droit de savoir.

— Silence ! Lauren n'a pas le droit de te remplir la tête avec ces histoires. Ne te soucie pas de ça.

— Mais, avait-elle raison ? Est-ce ce qui va m'arriver ? dit Portia, confuse.

Son père la regarda, les yeux rouges de rage.

— Tu es ma fille, et je déciderai quand et à qui tu donneras ta virginité.

À cet instant précis, elle lut la vérité sur son visage. Il connaissait les conséquences. Il avait *toujours* su, mais il avait choisi de la maintenir dans l'ignorance.

— Pourquoi ? Comment peux-tu me faire une telle chose ?

Comment pouvait-il la traiter de cette façon ? Ne l'aimait-il pas ? Les larmes apparurent dans ses yeux.

— Tu finiras par comprendre, et. . .

Il dut s'interrompre lorsqu'il entendit la sonnerie de son portable. Il y jeta un coup d'œil, puis regarda Portia.

— J'ai une réunion. Va étudier dans ta chambre. Je serai bientôt de retour.

Il se retourna alors et sortit, tel un homme qui avait l'habitude qu'on obéît à ses ordres.

Portia resta figée sur place. Elle ne s'était jamais sentie aussi seule de toute sa vie.

Son père croyait qu'il avait le droit de la garder dans l'ignorance. Pire encore, il pensait qu'il pouvait choisir un homme à sa place et décider du moment où elle perdrait sa virginité. Que cela dût se passer endéans les six prochaines semaines, ou pas.

Elle ne put empêcher les larmes de couler sur ses joues. La déception lui clampa le cœur, tel un poing serré, l'écrasant jusqu'à ce que la douleur devînt insupportable. Son père ne l'aimait pas. Car, s'il l'avait aimée, il ne lui aurait jamais imposé ce destin. Elle l'avait admiré toute sa vie. C'était bel et bien fini.

Elle ne serait plus sa petite fille obéissante.

Sa vie lui appartenait, *à elle,* et *elle seule* déciderait comment la vivre.

LA FÊTE se déroulait dans un édifice communautaire situé tout près du campus. Plusieurs haut-parleurs émettaient une musique forte, la lumière était tamisée, et l'endroit empestait l'alcool et la fumée. Portia plissa le nez : cette fumée n'était pas tout à fait légale.

Il lui fallut dix bonnes minutes pour retrouver Lauren. Cette dernière était craquante dans son jean à taille basse et son top moulant qui aurait pu faire office de large ceinture.

— Je croyais que tu ne viendrais pas, dit Lauren en regardant Portia d'un air surpris.

— C'est vrai, mais j'avais besoin de te parler, et tu ne répondais pas à ton portable.

Lauren s'avança vers la foule.

— Il y a trop de bruit ici, je ne pouvais pas l'entendre sonner. Qu'est-ce qu'il y a ?

Au prix d'un grand effort, Portia se confia.

— Tu avais raison.

À ces mots, Lauren lui attrapa instantanément le bras et l'attira hors de cette pièce. Elles longèrent un long couloir et, un instant plus tard, se retrouvèrent dans une des salles de bain et s'y enfermèrent.

— Que s'est-il passé ? demanda Lauren. Portia renifla.

— Je le lui ai demandé. Il savait ce qu'il me faisait. Il savait que j'allais demeurer...

Elle ne put en dire plus. Lauren la prit dans ses bras et lui caressa les cheveux.

— Pauvre chérie, je suis si désolée.

Portia refoula les larmes qui menaçaient de couler. Elle ne pleurerait pas. Elle devait demeurer forte. Lentement, elle recula et se dégagea des bras de Lauren.

— J'ai réfléchi à la façon de procéder.

En effet, elle avait trouvé la parfaite idée pour se sortir de cette situation compliquée et, maintenant, elle avait besoin de l'aide de son amie.

— Très bien, Eric est déjà là. Quand je lui ai dit que tu ne viendrais pas, il a semblé déçu. Je vais le lui dire...

— Non ! Je ne suis pas ici pour ça. Je veux que tu viennes acheter un vibromasseur avec moi.

Elle tremblait à l'idée de devoir entrer dans un sex-shop toute seule.

Lauren écarquilla les yeux.

— Un vibromasseur ? Mais qu'est-ce que tu... Tu veux dire que tu vas te défoncer l'hymen avec ça ?

— Mais oui, c'est la solution la plus simple. Je ne tiens vraiment pas à coucher avec quelqu'un juste pour...

— Portia... Ça ne fonctionnera pas.

Sidérée, elle regarda son amie.

— Pourquoi pas ? C'est aussi gros qu'un... tu sais. C'est une idée géniale.

— Oui, si ça marchait, mais ce ne sera pas le cas. Ça percera ton hymen, mais demain matin, il sera de nouveau intact. Seule la semence d'un homme peut le faire disparaître pour de bon.

Portia réprima son envie pressante de plaisanter.

— Mais alors... alors...

Elle cogita et tenta de trouver une alternative.

— Pourquoi ne pas m'en procurer ? Tu dois m'aider.

Elle prit Lauren par les épaules, la brusquant presque.

— Tu pourrais demander à l'un de tes amis de m'en donner. Je suis certaine que tu peux trouver un bon prétexte.

Lauren agita la tête et lui adressa un triste sourire.

— Ton idée pourrait vraiment être géniale, tu sais mais, malheureusement, ça ne marchera pas non plus. Le sperme en question doit être des plus frais et doit provenir d'un vrai membre, de chair et de sang. Alors, peu importe la méthode d'insémination que tu pourras imaginer, elle ne fonctionnera pas.

Cette révélation heurta Portia de plein fouet. Aussi fortement que la déception à laquelle elle avait dû faire face un peu plus tôt dans la soirée. Elle laissa retomber la tête par dépit.

— Mais pourquoi ? Pourquoi ?

— J'aimerais tant pouvoir te dire quelque chose d'autre, mais les choses sont ainsi faites.

Portia releva la tête.

— Et maintenant ?

— Je pense que nous devrions trouver Eric.

À cette perspective, Portia sentit ses mains devenir moites.

— Tout de suite ? Pourquoi n'attendrions-nous pas un moment pour voir si on peut trouver une autre solution. On doit pouvoir y arriver autrement.

Lauren remua la tête.

— Il n'existe aucune autre solution. Crois-moi, tu n'es pas la première jeune fille hybride. Tu vas y survivre. Et j'ai entendu dire qu'Eric n'est pas si mal sous les couvertures.

Portia émit un grognement.

TRENTE MINUTES PLUS TARD, Portia avait déjà l'occasion de se rendre compte qu'Eric embrassait plutôt bien. Mais, malgré les efforts et contorsions que ce dernier imposait à sa langue, Portia restait de glace. Étrangement, elle demeurait comme détachée de la situation. En fait, aucun des garçons qu'elle avait embrassés auparavant ne lui avait procuré le désir de s'aventurer plus loin. Bien sûr, cela avait toujours été plaisant, mais pas plus qu'il lui était agréable de s'asseoir sous le soleil pour manger une glace.

Était-elle frigide ? Était-ce là la raison pour laquelle le sexe ne l'avait jamais vraiment intéressée, et qu'elle ne s'était jamais vexée du refus de son père de la laisser sortir avec des garçons ?

Non, cela n'allait pas fonctionner. Pas avec Eric. C'était un chouette type, sans l'ombre d'un doute, mais pour sa première fois, elle souhaitait que cela fût extraordinaire ; pas un fardeau. Elle voulait sentir ses jambes se dérober sous elle et son cœur frétiller ; elle désirait qu'un homme lui fît perdre haleine en l'embrassant ; que son toucher la fît frémir. Et Eric n'était, définitivement, pas ce genre d'homme.

Elle était sur le point de se dégager de son étreinte lorsque, soudainement, elle ressentit un picotement sur sa peau. Son cœur s'arrêta presque de battre. Un autre vampire s'était introduit dans la chambre où Eric et elle s'étaient isolés pour s'accorder un peu d'intimité. Portia ne connaissait que trop bien la signature accompagnant l'aura de ce vampire.

Il ne fallut qu'une fraction de seconde avant qu'Eric ne fût projeté contre le mur. Portia vit son père lui lancer un regard furieux, tandis qu'il pointait son visage du doigt.

— Toi, jeune fille, à la maison ! Immédiatement ! Il prononça ces paroles d'une voix grave, tel un sombre rugissement. Un rugissement qui lui était bien familier.

Il était déchaîné. Mais, elle aussi.

Portia se redressa et haussa la tête. Avec ses talons de cinq centimètres de haut, elle atteignait le mètre soixante-quinze et parvenait à avoir les yeux pratiquement au même niveau que ceux de son père.

— Tu n'as pas à me dire quoi faire !

— Je suis ton père, et tu vas m'obéir !

La main de ce dernier se referma comme une pince autour de son poignet et, bien qu'elle possédât la force des vampires, elle ne faisait pas le poids devant son père. Il était plus âgé et bien plus fort qu'elle.

— Non ! Tu n'as plus le droit de me donner des ordres !

Droit qu'il avait perdu en la trahissant.

— Tu n'as pas encore l'âge !

Portia resta figée. Dans la communauté des vampires, les parents demeuraient les représentants légaux de leurs enfants jusqu'au moment où les corps de ces derniers adoptaient leur forme définitive, le jour de leur vingt et unième anniversaire. Un enfant hybride n'était reconnu mature que lorsqu'il avait atteint cet âge. Comment avait-elle pu oublier que c'était son père qui lui avait expliqué cette règle plusieurs années auparavant, lorsqu'elle était enfant ? Il avait tous les droits de lui donner des ordres. Mais elle en avait fini avec la soumission.

— Je ne resterai pas vierge !

— Je ne vais pas te laisser te jeter dans les bras d'un vaurien qui ne te mérite pas ! Tu ne t'uniras qu'à un garçon qui est ton égal ! Quelqu'un que je choisirai pour toi.

Elle secoua la tête, découragée. Non ! Elle ne se soumettrait plus à sa volonté. Quitte à se rebeller. Mieux valait tard que jamais.

Son père la tira vers la porte. Portia lança un regard à Eric qui, toujours étendu par terre, émettait des grognements de douleur. Elle focalisa ses pouvoirs sur lui afin de lui effacer les souvenirs de ces trente dernières minutes. Elle n'avait nullement besoin d'un témoin de son humiliation.

5

Alors qu'il continuait de faire les cent pas dans son bureau, Samson fit signe à ses amis, Gabriel et Amaury, de s'asseoir.

— Il doit être sanctionné, commença Gabriel.

— Je ne suis pas d'accord. Si on le punit, il déraillera complètement, dit Amaury en remuant sa crinière noire.

— Un tel crime ne peut rester impuni. Gabriel se tourna vers Samson et lui lança un regard qui le suppliait de lui accorder son appui.

— Je ne dis pas que nous ne ferons rien, mais si nous punissons Zane purement et simplement, il courra à sa perte.

Il a besoin d'être réhabilité, insista Amaury.

On frappa à la porte, et la discussion fut interrompue.

— Entre, répondit Samson. Il avait perçu l'identité de la personne désireuse d'entrer.

La porte s'ouvrit, et Thomas fit son apparition dans de lourdes bottes de motard qu'il trainait bruyamment sur le plancher en bois. S'excusant par le biais d'un sourire, il ôta son deuxième gant de cuir et les fourra tous les deux dans la poche de son veston. Le casque ayant aplati sa coiffure, il se passa ensuite les doigts dans ses cheveux blond sablé pour leur redonner du volume.

— Pardonnez mon retard. J'ai eu quelques petits ennuis avec ma moto.

Samson pointa le divan du doigt, et Thomas y laissa tomber sa carapace de cuir. L'impact de son corps sur l'assise fit grincer le canapé, son équipement de cuir l'alourdissant facilement de sept kilos.

— Je croyais que ta Ducati était nickel, s'enquit Amaury.

— Je n'ai pas pris la Ducati. J'ai voulu sortir la R6 pour faire un petit tour.

— Cette chose n'est qu'un tas de ferraille, commenta Gabriel en secouant la tête.

— C'est une pièce de collection remontant à la seconde guerre mondiale. J'ai passé les deux derniers mois à la retaper.

Samson sourit. La passion que vouait Thomas aux motocyclettes était légendaire, et il passait chaque minute de sa vie à s'amuser avec l'une de ses nombreuses acquisitions.

— J'aimerais bien qu'on discute de tes talents de mécanicien, mais nous avons d'autres choses plus urgentes à traiter.

Thomas hocha la tête.

— Qu'allons-nous faire à propos de Zane ?

— Amaury penchait plus du côté de la réhabilitation que de la sanction.

Samson s'adressa ensuite à Amaury.

— Qu'avais-tu en tête ?

Celui-ci s'avança sur le bord de sa chaise.

— On l'expose aux choses les plus douces que la vie puisse offrir.

— Pardon ? Gabriel lança un regard confus à son ami. Sa cicatrice qui s'étendait de l'oreille au menton gonfla par la même occasion.

— Donne-lui quelque chose de doux, et il le réduira en pièces, plaisanta Thomas.

— Et il te crachera au visage, renchérit Samson.

Les yeux bleus d'Amaury se mirent à briller.

— Ce n'est pas ce qu'il a fait avec ta fille.

Samson ne se soucia même pas de réprimer sa grimace. Juste après le départ de Zane, Delilah lui avait raconté comment Isabelle l'avait mordu. La première morsure d'un bébé hybride était, en fait, un évènement très important. Cela signifiait que sa fille avait choisi son mentor, son parrain. Samson avait seulement espéré qu'elle choisirait plutôt quelqu'un de la trempe de Gabriel ou d'Amaury. Ou mieux encore, Thomas, qui s'avérait un si bon parrain pour Eddie, le jeune vampire qu'il avait pris sous son aile. Mais Zane

. . . Il n'y avait malheureusement aucune façon de contourner la chose. Isabelle avait goûté au sang de Zane, et elle se dirigerait instinctivement vers lui lorsqu'elle aurait besoin de conseils. Quoique Samson et Delilah fussent les personnes les plus concernées par le bien-être d'Isabelle, Zane aurait à jouer un rôle de première importance dans sa vie.

— Voilà pourquoi il est d'autant plus important de s'occuper de son cas maintenant, avant que la situation ne devienne incontrôlable. Je ne peux permettre qu'un électron libre gravite autour de ma fille.

— Et personne ne le souhaite, dit Gabriel en resserrant l'élastique de sa queue de cheval tout en changeant de position sur son siège.

— J'attends vos suggestions. Dans l'expectative, Samson adressa alors un signe de tête à Amaury.

— En premier lieu, ne plus lui assigner de mission à haut risque. Tu as bien fait de lui retirer celle qu'il avait en ce moment. Il n'a nullement besoin d'être constamment en mode « combat ». Nous devrons le conditionner à répondre sans violence aux agressions.

— Intéressant, dit Gabriel. Je vous souhaite bonne chance !

Thomas secoua la tête.

— Il faut voir la réalité en face. Si on soustrait la violence de la vie de Zane, sa carapace s'effondrera. C'est tout ce qui le maintient en vie.

Samson leva la main.

— Amaury tient peut-être quelque chose. Qu'as-tu d'autre à proposer ?

— Il doit voir Drake.

— Tu veux qu'il accepte de voir un psy ? reprit Gabriel, incrédule. Je suis certain qu'il va sauter de joie. Assure-toi que je ne sois pas dans les parages quand tu lui en parleras. Comme ça, je suis certain de ne pas me faire décapiter.

— Je n'ai jamais dit que ce serait facile, mais nous devrons lui expliquer les conséquences d'un éventuel refus de sa part.

Samson s'immobilisa.

— Tu as raison. C'est la méthode de la carotte et du bâton. Lui montrer ce qu'il peut avoir, et ensuite le menacer de le lui reprendre. Ça pourrait marcher.

— Et qu'allons-nous lui reprendre ? demanda Gabriel.

— Son travail.

— Il se fout bien de l'argent.

Gabriel avait tout à fait raison. N'importe quel vampire vieux de quelques décennies avait immanquablement accumulé assez de richesses en investissant dans des actifs sans risque, tels l'immobilier et les obligations d'épargne. Connaissant Zane, il avait, pour sa part, probablement adopté une méthode encore plus risquée et avait, dès lors, amassé une fortune encore plus colossale.

— Il ne travaille pas chez nous pour l'argent, expliqua Samson. Nous sommes sa famille, il a besoin de nous.

Tout comme ils avaient besoin de lui. Chaque membre de Scanguards était un élément essentiel, et le noyau dur que formaient Amaury, Gabriel, Thomas, Zane, Yvette, Quinn et lui-même, était vital pour la survie de la compagnie. Ils en constituaient la force motrice.

Gabriel acquiesça doucement.

— C'est vrai. J'ai une suggestion à faire. Rapatrions Quinn depuis New York. Il est celui qui est le plus proche de Zane. C'est lui qui nous l'a amené et, si quelqu'un peut avoir une certaine influence sur Zane, c'est bien lui. Il sait comment le prendre.

— Qui s'occupera du QG de New York en attendant ? demanda Samson.

— Le QG de New York est bien rodé, il fonctionne tout seul.

Gabriel était confiant.

— Est-ce que ça veut dire que tout roulerait, même si on y mettait un singe aux commandes ? plaisanta Thomas.

Gabriel hocha la tête.

— Presque. Malheureusement je suis en pénurie de singes. Nous devrons trouver quelqu'un de plus haut placé.

— À qui penses-tu ? demanda Samson.

— L'autre jour, Quinn m'a parlé d'un jeune vampire au talent prometteur. Il s'appelle Jake et travaille avec lui depuis six mois. Il serait peut-être prêt pour plus de responsabilités.

— Quinn s'en porte garant ? demanda Samson en réfléchissant aux paroles de Gabriel.

— Il est fiable et ambitieux.

— Alors c'est bien, allons-y. Contacte Quinn pour qu'il rapplique. Maintenant, nous devons nous assurer que Zane soit occupé. A-t-on un travail administratif à lui confier ?

Gabriel secoua la tête.

— Il n'y a aucun poste vacant pour le moment. Je peux déplacer des employés, à moins que . . .

Il se grata la tête avant de poursuivre.

— On vient de nous confier cette mission de babysitting.

— Faire du babysitting ? s'exclama Amaury.

— Il faut que j'entende ça, murmura Thomas.

— Deux vampires se sont installés ici il y a environ six mois. Le père et sa fille hybride. Elle est amie avec la fille de G. Elle fréquente l'Université de San Francisco. Son père doit quitter la ville pour un voyage d'affaires qui devrait durer de deux à trois semaines, et il veut faire appel à nos services pour surveiller sa fille.

— Elle fréquente le collège et a besoin d'une babysitter ? Où est sa mère ? demanda Samson.

— Elle est morte des suites d'un accident de la route, il y a six mois.

— Mais, elle a quel âge cette fille, dix-huit, dix-neuf ans ? demanda Amaury. Les jolis traits de son visage reflétèrent une certaine confusion, alors qu'il balayait ses longs cheveux en arrière.

— Vingt, presque vingt-et-un. Mais, selon son père, elle est assez frivole : la fête, les garçons, l'alcool, tout y passe. Elle se comporte de cette manière depuis la mort de sa mère. Il craint qu'elle ne soit au bord de la crise de nerfs. Il s'inquiète beaucoup pour elle, et la laisser seule l'effraie quelque peu. Elle serait capable de se faire du mal.

— Qu'est-ce qu'il attend de nous ? demanda Samson.

— Il veut qu'on la surveille et qu'on la garde loin des mauvaises influences. Pas de fêtes, pas de garçons, etc. C'est du gâteau ! J'ai confié la garde de jour à Oliver. Un job facile pour l'initier et lui permettre de se mouiller.

Samson approuva.

— J'imagine que je ne pourrai le garder éternellement comme assistant personnel. Il a beaucoup de potentiel.

Oliver, un humain, était son assistant personnel de jour depuis plus de trois ans, presque quatre.

— Il sera parfait. Il commence au lever du jour.

— Vous ne croyez pas que vous oubliez quelque chose d'important ? interrompit Amaury.

Samson lui lança un regard interrogateur.

— Oliver est bien entraîné. Vous l'avez vu en pleine action. C'est un excellent garde du corps. Il a protégé Delilah à plusieurs reprises, et vous savez que je veille à ce que ma femme bénéficie d'une protection optimale.

— Oui, mais ta femme est humaine. Ce coup-ci, on parle d'une jeune fille hybride. Elle est plus forte qu'Oliver.

Samson hocha la tête.

— J'en suis parfaitement conscient. Mais on ne peut pas confier la garde de jour à un vampire. Tu le sais autant que moi. Et malheureusement, nous n'avons aucun garde hybride au sein du personnel. Ils sont encore trop rares. Il faudra donc un humain.

Amaury continua, ne voulant pas laisser tomber le sujet sans l'avoir épuisé.

— Et que se passera-t-il si elle essaie de le berner ? Si elle utilise ses pouvoirs pour lui contrôler l'esprit et prendre la fuite ?

Samson laissa glisser une main dans ses cheveux, mais n'eut pas à répondre, Thomas s'apprêtant, en effet, à dire quelque chose.

— Samson, tu me donnes la permission de leur dire ?

Samson croisa le regard de Thomas. Les vampires n'avaient pas recours au contrôle de l'esprit entre eux. En fait, si deux vampires s'adonnaient à cette activité l'un sur l'autre, un combat mental à mort en résulterait. Thomas venait toutefois de faire une découverte.

— Vas-y Thomas.

— Nous n'en sommes qu'aux premières étapes expérimentales, mais Oliver et moi y travaillons déjà depuis quelques semaines.

— Quelle expérience ? demanda Gabriel d'un ton sec, clairement piqué de ne pas avoir été mis au courant de la chose.

— J'essaie de lui apprendre à résister au contrôle de l'esprit.

Gabriel soupira, alors qu'Amaury parut indifférent à cette révélation.

— Et comment ?

Gabriel voulait en savoir plus.

— Comme vous le savez tous, le contrôle de l'esprit est ma spécialité. J'ai donc essayé d'en examiner les propriétés physiques sous-jacentes afin de déterminer s'il y avait, ou non, pour les humains, la possibilité de reconnaître le contrôle de l'esprit quand celui-ci est entrepris. Et ce, afin de parvenir, par la suite, à déconcentrer le vampire.

— C'est pas sérieux ! dit Gabriel en sursautant. Si ça fonctionne, alors...

— Je sais ce que tu es en train de te dire Gabriel, dit calmement Thomas, mais cela demeurera secret. Seuls nos humains dignes de la plus haute confiance, et uniquement le noyau dur, seront mis au courant. J'ai eu cette idée lorsqu'Amaury m'a dit que son contrôle de l'esprit n'avait aucune emprise sur Nina et ce, même avant qu'ils ne soient liés par le sang.

— Et quel merdier ça a été, avoua Amaury.

— Comme si tu pouvais la contrôler de toute façon, s'amusa Thomas.

— Et tu étais au courant de cette expérience ? demanda Gabriel.

— Ce que Nina sait, je le sais, répondit Amaury.

— Blague à part, j'ai eu de longues conversations avec Nina afin de découvrir ce qu'elle ressentait lorsqu'Amaury essayait d'utiliser son pouvoir sur elle. Et avec Oliver, nous progressons. Il est brillant et a une volonté de fer. Ça aide.

— Alors, peut-il contrer les effets du contrôle de l'esprit ?

Gabriel s'impatientait.

— Pas complètement, et pas de manière constante, mais à certains moments, j'ai senti que son esprit contrait mon pouvoir. Il y arrivera.

— De toute façon, interrompit Samson, nous n'avons d'autre choix que d'affecter un humain à la garde de jour. Pour faire ce boulot, je préfère Oliver à nos autres gardiens humains. J'ai confiance en lui. Il ne nous décevra pas.

— Et pour Zane ? demanda Gabriel, pensez-vous que ça va marcher ?

Samson réfléchit aux paroles de Gabriel. Cette mission comportait peu de risques et semblait être dénuée de stress.

— Qu'y-a-t-il de difficile à surveiller une fille de vingt ans ? dit Samson tout en captant le regard empreint de doutes d'Amaury. Quoi ?

— Il va péter les plombs en apprenant ça. J'ai vraiment hâte de voir !

Amaury avait adopté un ton amusé.

Thomas le poussa gentiment.

— Tu n'es qu'un provocateur, Amaury, dit-il avant de se tourner vers Samson. Espérons seulement qu'on ne le regrettera pas.

— Nous le garderons fermement en laisse, dit Samson.

Ils entendirent des voix qui provenaient du couloir, entrecoupées par les aboiements d'un chien. Un instant plus tard, la porte s'ouvrit sans qu'on eût frappé, et Delilah fit son apparition, un petit chiot Labrador de couleur claire dans les bras.

— Désolée de vous interrompre, mais je devais absolument te montrer, Samson, dit-elle, les yeux lumineux.

Elle était suivie d'Yvette et de Haven, le compagnon de cette dernière.

— Salut.

Yvette était superbe, comme toujours. Avoir opté pour de longues boucles sombres plutôt que pour des cheveux courts et hirsutes lui conférait des traits plus doux et plus féminins. Haven, le chasseur de primes qu'elle avait tiré des griffes d'une sorcière maléfique, était probablement en grande partie responsable de l'émergence de son côté plus féminin. Et, parce qu'Yvette lui avait sauvé la vie en le transformant en vampire, ils étaient liés par le sang. Même si Samson espérait pouvoir le recruter un jour, Haven n'avait pas encore rejoint les rangs de Scanguards. Quelqu'un avec un tel passé en tant que chasseur de primes pouvait s'avérer une bonne recrue pour l'équipe.

— Salut Yvette, Haven, ça va ? répondirent Samson et ses amis.

— Regarde ce qu'Yvette nous a donné pour Isabelle ! Un de ses petits chiots. Elle pourra jouer avec son propre chiot !

Le visage de Delilah transpirait de joie, et Samson eut chaud au cœur en le remarquant. Dieu qu'il aimait cette femme ! Il n'aurait pu être plus heureux.

— Isabelle va l'adorer, dit-il en caressant la petite tête de l'animal, lequel lui lécha la main avec enthousiasme.

— Merci les amis, c'est vraiment gentil de votre part, dit Samson avec gratitude.

— Il nous en reste quatre, dit Yvette en souriant et en jetant un regard tout autour d'elle. S'il y a preneurs . . .

Le visage d'Amaury s'illumina d'un seul coup.

— En fait . . . commença-t-il en regardant Samson qui comprit immédiatement où voulait en venir son vieil ami, je crois connaître quelqu'un qui serait preneur, tu es d'accord Samson ?

— C'est exactement ce à quoi je pensais.

ZANE DÉPOSA les deux haltères de vingt-cinq kilos sur le sol avant de s'installer sur le plancher juste à côté. Un bras derrière le dos, il commença à faire des pompes et compta. Il poussa sans cesse, pompe après pompe, dans un élan d'auto-flagellation, jusqu'à ce que la sueur se mît à perler sur son torse nu. Son short était trempé, mais Zane continuait de se défoncer. Quarante-neuf, cinquante. Il passa à l'autre bras et se remit à compter.

Son corps était en mode pilote automatique. Subissant cet entraînement cruel, ses muscles se déchiraient et s'auto-guérissaient au fur et à mesure. Ce soir, Zane était incapable de s'arrêter. Ses deux heures d'exercice expiatoire étaient insuffisantes, car la rage qui courait dans ses veines avait pour but de faire mal à quelqu'un. Et ce soir-là, ce quelqu'un, c'était lui !

Il n'était pas encore arrivé au terme des cinquante pompes qu'un étang de sueur s'était déjà accumulé sur le tapis placé sous lui. Zane se leva et attrapa la corde à sauter suspendue au mur.

Lorsqu'il s'était installé à San Francisco, la première chose qu'il avait faite et ce, avant même de se faire livrer un lit, avait été d'équiper sa salle de gym personnelle. Dormir lui importait peu. Il avait rarement besoin de plus de trois ou quatre heures de sommeil par jour et devait donc rester enfermé durant la journée.

Et, durant ces trois ou quatre heures où il dormait, une partie de lui demeurait aux aguets, à l'affût du danger, sachant que, s'il était à la poursuite de son ennemi, son ennemi pouvait lui-même être à sa recherche. Parce qu'il était le seul survivant capable d'anéantir celui qui avait échappé à la justice : le docteur Franz Müller. Il avait mémorisé son nom et son visage tout comme il l'avait fait pour ceux de ses comparses : Andreas Schmidt, mort ; Volker Brandt, mort ; Mahiasarenberg, mort ; et Erich Wolpers, mort.

Zane serra fortement les manchons de la corde à sauter tout en se remémorant leurs derniers moments. Brandt avait hurlé comme un porc lorsqu'il avait perçu, face à lui, la lueur meurtrière dans les yeux de Zane. Ce dernier avait fait en sorte que sa victime se fût souvenue de lui et eût connaissance de la raison pour laquelle il l'avait poursuivi avant de le tuer. Brandt n'avait toutefois pas eu besoin d'un aide-mémoire, car Zane n'avait nullement changé depuis la dernière fois où il l'avait vu, et il ne lui avait fallu qu'une fraction de seconde pour reconnaître son ancien prisonnier. Zane se souvint avoir savouré la peur qui émanait de Brandt à ce moment-là. Il pouvait encore la sentir à l'instant présent, et cela le remplissait de satisfaction. Mais, en comparaison de ce que leur chef Müller avait fait, ces quatre hommes que Zane avait exécutés n'avaient tenu que des rôles mineurs dans la torture qu'il s'était vu infliger. Et Müller était toujours libre.

Samson ferait peut-être tout aussi bien de le mettre à la porte. De ce fait, il ne devrait rien à personne et pourrait consacrer chaque minute du jour et de la nuit à pourchasser Müller. Mais il fit disparaître cette idée aussi rapidement qu'elle ne lui était venue.

Scanguards était son rempart. Il n'était pas suicidaire au point de renoncer au soutien que ses collègues pouvaient lui apporter. Mais il n'irait toutefois pas jusqu'à leur avouer à quel point il avait besoin d'eux pour survivre. Un besoin tout aussi intense que son besoin de sang.

Zane rangea la corde après une centaine de sauts. Il s'apprêtait à retourner sur le banc d'exercices pour soulever quelques poids supplémentaires lorsqu'il entendit un bruit venant perturber le silence du sous-sol.

Il écouta attentivement, sans bouger, tout en retenant son souffle. Le bruit se fit à nouveau entendre quelques secondes plus tard : des pas sur l'escalier de l'entrée principale.

Zane regarda l'horloge qui était accrochée au mur. Il était à peine plus de quatre heures du matin, et il faisait toujours noir à l'extérieur. Il attrapa une serviette suspendue au mur et, rapidement, se sécha le haut du corps en se dirigeant vers l'escalier qui menait au premier niveau de sa maison à deux étages. Ses pieds nus sur le sol froid ne firent aucun bruit. Sachant que la dernière marche grinçait, il l'évita et posa fermement les pieds sur le palier.

Il scruta l'obscurité du hall d'entrée. Évitant d'attirer l'attention d'autrui sur sa vie nocturne, il avait pris l'habitude de ne jamais allumer la lumière à moins que ce ne fût absolument nécessaire. Et cela le servait en ce moment précis : l'obscurité qui l'entourait le protégeait.

Les bruits de pas s'étaient tus. L'intrus avait-il quitté les lieux, ou bien était-il toujours là, prêt à lui tendre une embuscade si jamais il se décidait à partir à sa recherche ?

Zane se rapprocha de la porte et inspira profondément afin d'humer l'odeur de la personne qui avait monté l'escalier. Mais l'épaisseur de cette porte complètement hermétique l'empêchait de sentir quoi que ce soit d'autre que l'odeur de sa propre sueur. Et ce, malgré son flair aiguisé. Merde ! Il avait vraiment besoin de se doucher !

Pas un son ne provenait de l'extérieur. Il était à fleur de peau depuis quelque temps. Était-ce la raison pour laquelle il entendait des choses ? Cela ne l'aurait pas surpris. Bon sang, il passait la moitié de son temps dans un monde où les limites entre réalité et fantaisie ne cessaient de s'embrouiller ! Au bout du compte, il en avait peut-être perdu la raison.

Se faisant mille reproches d'entretenir ces idées ridicules, il tourna la poignée de la porte d'entrée. Il n'y avait qu'une seule manière de découvrir ce qui se passait réellement à l'extérieur : confronter le foutu connard qui osait circuler sur sa propriété.

Zane poussa la porte, descendit les cinq marches qui menaient au trottoir et se retourna pour faire face à la maison. Et tout cela, en moins d'une seconde. Ses yeux témoignèrent immédiatement de la situation : personne n'attendait pour l'attaquer. Rien. Il n'y avait qu'une vague odeur de vampire dans l'air.

Il prit une autre longue inspiration et guida l'odeur jusque dans ses poumons. C'était Yvette. Mais que diable lui voulait-elle ? Et pourquoi ne pas avoir utilisé la clochette de la porte comme tout visiteur digne de ce nom ? Vexé d'avoir été interrompu dans son entrainement, il remonta l'escalier. Une autre odeur vint cependant titiller ses narines.

Sa tête pivota en direction du côté gauche de la porte, vers ce petit placard où il rangeait le balai qui lui servait à nettoyer l'escalier et l'allée. Mais cette nuit, le balai n'était pas seul. À sa gauche, se trouvait une petite cage. C'était de là que provenait l'odeur. Zane se baissa et regarda à l'intérieur. L'animal qui y était enfermé émit alors un léger jappement pleurnichard. Un petit chien, ou plus précisément un chiot, lui adressait des aboiements, le museau écrasé contre le métal de la cage.

— Ferme-la ! Tu vas réveiller tout ce foutu quartier !

Mais le chiot continua son vacarme. Il ignorait visiblement à qui il avait affaire.

— Eh merde !

Zane agrippa la poignée située sur le dessus de la cage, amena celle-ci à l'intérieur et referma la porte derrière lui. En allumant la lumière du hall d'entrée, il vit qu'on avait collé une note manuscrite sur le côté de la cage qui, jusqu'alors, était resté orienté côté mur. Il la détacha et la lut.

« *Je m'appelle Zane, et je t'appartiens.* »

Il reconnut immédiatement cette écriture. Foutue salope ! Elle se déchargeait sur lui de l'un de ses chiots. Elle n'avait qu'à faire castrer son chien si elle ne voulait pas d'une nichée. Et le culot qu'elle avait eu de donner son nom à l'une de ces créatures inutiles ! Il était prêt à la décapiter !

Dès qu'il aurait pris sa douche, il irait rendre ce cadeau non désiré. Elle ne s'en sortirait pas à si bon compte. Pas étonnant qu'elle n'eût pas sonné ! Elle savait pertinemment qu'il les aurait jetées en bas de l'escalier, elle et sa cage !

— C'est exactement ce que je vais faire, murmura-t-il.

Le chien jappa et fixa Zane de ses grands yeux bruns.

— Mais qu'est-ce que tu veux ? aboya-t-il à son tour.

Le chiot poussa sa patte contre le grillage.

— Non, je ne te laisserai pas sortir de cette cage. Tu vas pisser partout dans la maison. Il regarda le chien d'un air sévère pour lui faire comprendre qu'il était sérieux. On ne le manipulait pas ainsi.

Zane plaça la cage dans le placard du couloir et se dirigea vers la salle de bain. Immédiatement, le chien se mit à hurler. C'était le plus triste des cris que Zane eût jamais perçus d'un animal.

— Eh merde ! jura-t-il en se retournant. Il libéra le loquet de la cage, ouvrit la porte, attrapa le chien et l'en extirpa, décidé à le laisser se promener librement sur le plancher. Mais, au contact de cette douce fourrure qui lui caressait les doigts, il amena instinctivement le petit labrador contre son thorax et lui passa la main sur le dos. Le chien tourna alors la tête et se mit à lécher le glabre torse de Zane.

La colère de ce dernier se dissipa quelque peu. Il ne pouvait réellement tenir le chien responsable pour les gestes qu'Yvette posait.

— Et je ne pense pas te garder. C'est seulement pour la journée, dit-il en regardant l'horloge au mur. Je n'aurai pas le temps de te ramener chez Yvette et de revenir ici avant le lever du soleil.

Il aurait pu, en se dépêchant, mais il n'en avait pas vraiment envie pour l'instant.

Le chiot fit entendre un petit gémissement, comme s'il avait compris.

— Et je ne t'appellerai pas Zane.

Il l'appellerait Z, mais seulement pour aujourd'hui. Il irait le rendre à Yvette dès le lendemain soir et en aurait fini avec lui.

Zane se dirigea vers la cuisine pour donner à boire au chien lorsque le téléphone sonna. Il prit le combiné qui se situait à côté du frigo et répondit.

— Oui ?

— J'imagine que tu as déjà trouvé ton cadeau, dit la voix de Samson, nonchalamment.

— Je ne le garderai pas. Tu peux le dire à Yvette. Elle reprendra ce foutu chien demain ou je le balancerai dans sa rue.

L'animal lui adressa son petit regard de gentil chiot, et Zane lui caressa l'oreille avec le pouce. Le petit Z n'avait certainement qu'un pois chiche à la place du cerveau et ne pouvait donc comprendre ce qu'on disait de lui. Mais alors, pourquoi diable Zane avait-il l'impression de lui avoir fait de la peine ?

— Il fait partie de notre accord alors, traite-le gentiment. Et c'est un ordre.

Zane grommela.

— Et un dossier comprenant les détails de ta prochaine mission se trouve dans sa cage. Tu devras te présenter demain après le coucher du soleil pour prendre la relève d'Oliver. Bonne chance.

Le clic sur la ligne confirma que Samson venait de raccrocher, ce qui ne laissa aucune chance à Zane d'émettre un quelconque commentaire. Il déposa le combiné avec fracas.

— Trou du cul !

Le chien jappa.

— Pas toi ! dit Zane en lui caressant la tête et le museau. Toujours dans ses bras, le chien roula alors sur le côté et exposa son ventre. Zane comprit le message et laissa glisser ses doigts dans sa fourrure.

Peu après, il déposa le chiot sur le plancher et récupéra le dossier, à contrecœur.

Au fur et à mesure qu'il lisait les détails des instructions, la rage se remit à bouillir en lui.

— Foutus connards ! jura-t-il. Vous voulez que je fasse du babysitting ?

Ne pouvaient-ils pas simplement le reléguer à une tâche administrative pour le punir ?

Non, ils voulaient le transformer en Nounou McPhee, pour veiller sur une fille volage, gâtée, probablement suicidaire et en quête d'attention.

— Je vais vous montrer, bande de trous du cul !

Le chien pencha la tête sur le côté, lui adressant une autre dose de son regard de gentil toutou. Zane se baissa vers lui et enroba son petit museau de la paume de la main.

— Tu vas probablement commencer à avoir faim, hein ? Alors, à moins que tu n'aimes les prunes en conserves de madame Hernandez, j'imagine que, ce soir, nous devrons aller t'acheter de la nourriture pour chiens.

Sa voisine, madame Hernandez, l'avait coincé à quelques reprises dans sa cour arrière pour lui refiler des pots de prunes provenant de son jardin. Au lieu de les jeter immédiatement à la poubelle, il avait décidé de les empiler dans l'une de ses nombreuses armoires de cuisine vides, sans trop savoir ce qu'il aurait pu en faire d'autre. Il n'avait pas l'habitude de se voir offrir des choses.

6

Assise sur le siège passager de la limousine noire conduite par Oliver, son garde du corps, Portia croisa les bras sur la poitrine. Garde du corps de merde ! Davantage un gardien de prison, oui ! Son père pensait-il vraiment qu'elle était assez idiote pour croire qu'il avait embauché ce gardien afin de la protéger durant son long voyage d'affaires ? Prétendre qu'un tueur fou, qui sévissait dans la ville, avait tué un jeune homme de la Mission quelques nuits auparavant sonnait comme une fausse note. Elle était hybride et donc aussi forte que n'importe quel vampire. Elle pouvait facilement se défendre contre tout assaillant. Même si elle ne s'était jamais entraînée au combat à mains nues, elle saurait instinctivement quoi faire si une situation semblable survenait.

Et ce garde du corps qu'on lui avait assigné, elle pourrait même le mettre K.O. Elle lui lança un autre regard oblique. Les cheveux noirs et désordonnés d'Oliver pointaient dans tous les sens, et chaque peigne qu'il avait pu utiliser s'était avéré inutile dans la bataille qu'il menait contre ses cheveux rebelles. Son regard était vif et concentré ; son corps, musclé. Il était visiblement en pleine forme et apte à contrer toute attaque. En dépit de la jeunesse des traits de son visage, on ne pouvait nier ce fait. Il n'avait probablement pas plus de vingt-cinq ans, et sa jeune allure pouvait amener des assaillants potentiels à se méprendre sur son compte, croyant qu'il pouvait représenter une cible facile. Au départ, Portia s'était également fourvoyée à son sujet. Jusqu'à ce qu'elle en parlât avec son amie Lauren.

Selon le père de cette dernière, les gardes du corps de Scanguards étaient les mieux entraînés du pays, et les plus dangereux. En observant le badge d'identification qu'Oliver lui avait présenté lorsqu'il était venu la chercher à la sortie des cours, elle avait remarqué qu'il détenait un permis de classe A. Cela ne lui disait absolument rien jusqu'à ce que Lauren lui eût expliqué qu'il s'agissait du plus haut grade attribué aux agents de sécurité au sein de Scanguards. Un honneur uniquement attribué aux meilleurs de leurs membres et à ceux qui connaissaient l'existence des vampires.

Portia soupira. Si elle le voulait, elle serait tout de même capable d'arracher ce gamin à ses chaussures chiques. Après tout, Oliver n'était qu'un humain. Scanguards, qui employait non seulement des humains, mais également un grand nombre de vampires, ne disposait apparemment pas de personnel hybride qu'on aurait pu lui assigner. Et cela la plaçait dans la position de la plus forte. Dès qu'elle en aurait l'opportunité, elle sèmerait son garde du corps humain et courrait à la recherche du candidat approprié avec lequel elle perdrait sa virginité. Garde du corps ou non, son père ne remporterait pas ce combat.

— Voulez-vous qu'on s'arrête pour prendre un repas à emporter pour le dîner ? demanda Oliver, alors qu'ils laissaient le campus derrière eux et se frayaient un chemin à travers le trafic en pleine heure de pointe.

Portia jongla avec l'idée de le dévier de sa route en lui demandant de l'amener dans un lieu obscure où on servait de la nourriture grasse. Mais elle se ravisa. Elle n'avait rien contre le garde du corps. C'était contre son père qu'elle était en colère. Elle n'avait pas à se venger sur un innocent. Oliver faisait juste son travail. Et il s'était montré très discret au cours de la journée, pendant qu'elle était en classe. Même s'il l'avait suivie de près, il s'était fondu dans la masse et n'avait jamais laissé capter qu'il était là pour la protéger. Non, plutôt pour la surveiller. Au moins avait-elle pu éviter l'embarras qu'elle aurait connu si l'on avait appris qu'elle avait une putain de nounou ! Heureusement, les autres avaient simplement cru qu'Oliver était un nouveau venu parmi eux. Et de cela, elle lui était reconnaissante.

— Je n'ai pas faim. De toute façon, je peux toujours me servir de vous plus tard, pour casser la croute.

Merde, elle n'avait pas souhaité dire cela, mais il était trop tard pour retirer ses paroles. Elle devrait tout simplement la fermer tant que rien de poli et de civilisé ne pourrait sortir de sa bouche.

Il lui lança un regard sévère avant de recentrer son attention sur la circulation.

— Essayez seulement. Vous le regretterez.

— Vous bluffez, dit Portia en fronçant les sourcils.

Non pas qu'elle songeât réellement à mettre sa menace à exécution. Pour dire vrai, elle n'avait jamais mordu personne de sa vie. Lorsqu'elle avait besoin de sang en complément de son alimentation humaine, elle en buvait aux bouteilles que son père se procurait auprès d'une entreprise spécialisée en matériel médical. Entreprise possédée par des vampires. Elle n'aimait pas particulièrement cela mais, heureusement, son corps hybride n'avait besoin de sang que deux fois par semaine afin de préserver sa force supérieure. L'année précédente, au cours de la stressante session d'examens, elle s'était rendu compte qu'en augmentant sa consommation de sang, elle avait beaucoup plus d'énergie et pouvait étudier toute la nuit, si nécessaire. Cela s'était avéré utile une ou deux fois.

— Le fait que je ne semble pas armé ne signifie pas que je ne le suis pas.

— Peu importe.

Portia regarda à l'extérieur, visiblement pas d'humeur à discuter. Le soleil de janvier se couchait tôt. Il ferait déjà noir endéans la demi-heure. Mais, même les yeux fermés, elle savait quand le soleil se couchait. Elle le sentait au fond d'elle. Pour les vampires de pure souche, l'instinct consistait en un mécanisme de survie. Mais pour elle, hybride, il n'était pas essentiel. Quoiqu'elle préférât l'obscurité, elle avait de la chance, car elle pouvait se promener au soleil quand elle le désirait. Toute petite déjà, elle se réveillait en plein milieu de la nuit pour contempler le ciel étoilé.

— Pourquoi travaillez-vous pour eux ?

Cela ne l'intéressait pas vraiment, mais sa mère lui avait appris qu'il était poli d'entretenir la conversation, principalement dans le but de favoriser son intégration. Et elle se sentait un peu mal d'avoir agi comme une garce envers Oliver.

— C'est un bon boulot, et la paye est bonne, répondit Oliver.

— Ils ne vous font pas peur ? Je veux dire, si l'un d'entre eux vous mordait, ça ferait quoi ?

— Vous croyez que je n'ai jamais été mordu ?

Alors qu'Oliver ricanait, Portia tourna la tête et le fixa.

— Vous venez juste de me dire que je regretterais de vous mordre !

— Et ça tient toujours.

— Mais vous en laissez d'autres vous mordre ? Qu'est-ce qui ne va pas avec moi alors ?

Était-elle rejetée ? À vrai dire, elle n'en connaissait pas bien long sur les us et coutumes au sein de la communauté des vampires, mais cela la rendait-elle moins désirable pour autant ?

— Non, ce n'est pas vous. Je ne me laisse mordre par un vampire qu'en cas d'urgence.

Portia ressentit l'accélération de son pouls.

— Quel genre d'urgence ?

— Quand l'un de nos gars est blessé au point d'avoir immédiatement besoin de sang, je lui donne le mien.

— Blessé ? Comment diable peuvent-ils se blesser ? Ils ne sont que des gardiens de sécurité qui passent leurs nuits, probablement assis, quelque part dans un building.

Où résidait le danger ?

— Ne leur répétez jamais cela. Ils vous arracheraient la tête. Ce sont des guerriers, tous. Leur boulot est des plus dangereux, et il arrive que l'un d'entre eux se blesse. Je les ai accompagnés sur un certain nombre de missions. Nous avons été attaqués à plusieurs reprises, et il y a déjà eu des victimes.

Portia remua la tête. Oliver enjolivait probablement les choses pour accorder plus de crédit tant à Scanguards qu'à lui-même.

— Vous essayez de me dire que des vampires servent de gardes du corps à vos clients humains, et qu'ils sont prêts à se sacrifier pour eux ?

Sérieux, Oliver acquiesça d'un signe de tête.

— Nous mettons nos vies au service de tous nos clients. Et c'est encore plus vrai pour les vampires. Ils se battent jusqu'à ce que mort s'ensuive.

Portia émit un grognement.

— Facile à dire puisqu'ils sont pratiquement indestructibles !

— Croyez ce que vous voulez mais, je vous préviens, ne nous sous-estimez pas.

— Pas besoin d'être impoli ! J'imagine que c'est trop demander que de protéger un client tout en restant poli !

Elle ne pouvait pourtant pas lui en vouloir. Il ne faisait peut-être que lui rendre la monnaie de sa pièce pour la grossièreté dont elle avait précédemment fait preuve à son égard.

Sans quitter la route des yeux, Oliver se pencha vers elle.

— Votre père est notre client. Vous, ma chère Portia, êtes sous notre responsabilité. Nous nous chargeons de vous, mais nous ne recevons d'ordres que du client.

Lorsqu'il mentionna son père, Portia arbora alors une moue de mécontentement. Comme si elle tenait absolument à ce qu'on y fît allusion ! Elle tourna la tête vers la fenêtre du côté passager, indiquant clairement qu'elle ne voulait plus parler. Quoiqu'elle eût encore une chose à ajouter.

— Vous n'êtes qu'un humain et, si j'en avais envie, je pourrais vous battre. À chaque fois.

Oliver ne répliqua pas. Dès lors, elle resta silencieuse jusqu'à ce qu'ils atteignirent la petite maison que son père avait louée pour eux à Noe Valley. C'était une maison à deux étages avec un garage en sous-sol et un jardin à l'arrière. Au rez-de-chaussée, un grand salon et une salle à manger en plan ouvert jouxtaient une cuisine pourvue d'une petite buanderie avec une demi-baignoire. À l'étage, on pouvait compter trois chambres à coucher et deux salles de bain. Portia avait aimé cette maison dès le premier instant où elle y avait posé le pied, mais elle s'était efforcée de ne pas trop s'y attacher. Elle savait pertinemment que son père envisagerait de déménager à nouveau dans quelques mois à peine. À chaque fois, c'était le même scénario. Et elle devrait alors... Ah, et puis, merde ! Non ! Elle allait bientôt avoir vingt-et-un ans, et son père n'aurait alors plus d'emprise sur elle. La prochaine fois qu'il voudrait déménager, elle n'aurait qu'à refuser de le suivre et rester là où elle le voudrait.

Portia sortit du véhicule dès qu'il se fût immobilisé dans l'allée. Cette soudaine révélation la rendit plus légère, tandis qu'elle se dirigeait vers la porte d'entrée et tournait la clef dans la serrure. À présent, elle n'avait plus qu'à faire croire à Oliver qu'elle se mettrait tôt au lit pour ensuite se faufiler et sortir de la maison par derrière. À son insu, évidemment.

Avec l'aide de Lauren, elle avait arrangé un rendez-vous avec Michael, celui qui avait organisé la fête de l'autre soir. Elle ne voulait pas donner une seconde chance à Eric. Il en avait suffisamment bavé et ce, même s'il ne se souvenait de rien. Elle avait pris soin d'effacer ses souvenirs, mais elle était certaine qu'il souffrait toujours des blessures que son père lui avait infligées en le projetant contre le mur. D'ailleurs, il devait probablement se demander comment il avait pu se retrouver dans cet état.

Portia jeta son sac sur le sol du hall d'entrée. Ce soir, elle n'étudierait pas. Elle se dirigea vers la cuisine et ouvrit le réfrigérateur.

Oliver la suivit et se pencha sur l'ilot de la cuisine.

— Il me semblait vous avoir entendu dire que vous n'aviez pas faim.

Sans se retourner, elle continua son exploration dans le réfrigérateur, lequel était presque vide.

— J'ai également dit que je pourrais toujours me servir de vous comme collation, gloussa-t-elle, de telle manière qu'Oliver pût capter que sa remarque n'était pas malveillante.

Un picotement étrange sur sa nuque l'avertit d'un danger mais, à peine eut-elle le temps de se retourner, qu'elle reçut une réponse à sa remarque, une remarque qui s'apparentait plus à une taquinerie à l'intention d'Oliver.

— Je ne crois pas que ce serait sage.

La voix grave d'un étranger la transperça, tandis qu'elle se retournait pour faire face à l'intrus. Elle avait déjà compris qu'il s'agissait d'un vampire avant de poser les yeux sur lui, car elle avait ressenti les vagues d'énergie qui émanaient de lui.

Elle leva les yeux et eut le souffle coupé à la vue de cet étranger qui se tenait calmement à côté d'Oliver. Elle n'avait jamais rencontré un vampire comme lui. Il était chauve. La forme de son crâne était bien dessinée et aucun poil n'y trônait, à l'exception des fins sourcils et des cils noirs qui encadraient ses yeux. Des yeux marron mais, cependant, d'un marron peu ordinaire. Un liseré d'or semblait entourer ses iris, tandis que des particules de la même dorure les parsemaient. Ses lèvres semblaient fermes et rigides, et aucune ride du sourire n'ornait sa bouche. Le nez était droit et allongé. Cet homme mesurait près de deux mètres et était mince, extrêmement mince. Il était vêtu d'un jeans noir et d'une chemise à manches longues de la même couleur. Ses vêtements étaient communs, mais sur lui, ils semblaient valoir un million de dollars. Les deux boutonnières du haut de sa chemise étaient ouvertes et laissaient entrevoir son torse qui, à l'instar de son crâne, semblait dépourvu de pilosité.

Portia laissa glisser son regard vers le bas, jusqu'à ses hanches étroites et ses fortes cuisses. Soudain, elle sentit son estomac se retourner et ses genoux faiblir. Elle n'avait jamais éprouvé cela à la vue d'un homme. Elle ne s'était jamais sentie aussi... femme. Aussitôt, elle regretta de ne pas avoir peaufiné sa toilette ce matin-là. Elle n'avait, en effet, pas pris la peine de se maquiller. Pourquoi ne s'était-elle, tout au moins, pas hydraté les lèvres avec du gloss avant de quitter le campus ?

— C'est fini ? demanda soudainement le vampire, la plongeant ainsi dans l'embarras pour avoir été surprise à le scruter de haut en bas. Et, contrairement à un vampire de pure souche qui ne pouvait rougir, elle sentit ses joues la drainer de l'équivalent d'une bouteille de sang tellement elles étaient en feu.

— Mais qui êtes-vous ? riposta-t-elle. Et que faites-vous dans ma maison ?

Le vampire lança un regard oblique à Oliver.

— Je suppose que c'est la gamine que je suis censé protéger ?

Le cœur de Portia s'effondra. Bien vu ! Le premier homme capable de l'exciter quelque peu s'avérait être l'ennemi. En ce moment précis, elle aurait pu étrangler son père.

— Quel merdier ! se dit-elle tout bas.

Zane s'obligea à rester calme, alors qu'au fond de lui, il ne l'était absolument pas. Avoir peaufiné son flegme apparent durant toutes ces années l'aida à rester cool. Samson se fourvoyait totalement. Mais putain, pourquoi l'avait-il affecté à la garde de cette... chipie ? Quel autre qualificatif pouvait-il lui attribuer ?

Les yeux vert-marron en forme d'amande de cette fille l'avaient transpercé lorsqu'elle s'était humecté les lèvres de sa langue dans le but de les rendre encore plus pulpeuses. Il avait capté l'accélération de son pouls et l'irrégularité de sa respiration, ce qui n'avait pas manqué d'attirer son attention sur les formes de sa poitrine. Sous son pull ajusté, quoique décontracté, elle portait un soutien-gorge, chose qu'il n'aurait même pas dû repérer. Mais il l'avait fait, tout comme il avait remarqué sa fine taille et ses longues jambes toniques qu'elle dissimulait sous son jeans. Elle était plutôt grande pour une femme, mais cela n'enlevait rien à sa féminité.

Zane s'était attendu à rencontrer une adolescente, mais c'était bel et bien une femme qui se tenait devant lui, ce qui, en soi, n'avait rien de bien dérangeant. Par contre, la réaction qu'il avait eue en la voyant le contrariait.

Il fut tenté de s'approcher d'elle afin de se laisser envelopper par son parfum envoûtant. Il aurait voulu enfouir son visage dans ses longs cheveux noirs et laisser ses mains parcourir son corps tout en la dépouillant de ses vêtements. À la pensée de ce qu'il lui aurait fait par la suite, il se sentit soudainement à l'étroit dans son pantalon. Les dents de sa fermeture Éclair pénétraient sa chair surexcitée, le menaçant d'une libération imminente. Il avait déjà entendu parler d'orgasmes spontanés, mais il n'avait jamais imaginé être si près d'en avoir un. Bon sang, il n'allait tout de même pas se laisser avoir par ce visage et ce parfum, fussent-ils aussi jolis et agréables !

— Zane !

Oliver voulut capter son attention.

— Ouais ? répondit ce dernier en détachant son regard de Portia.

— Je serai de retour trente minutes avant le lever du soleil. Ça te laissera assez de temps pour rentrer chez toi ou faut-il prévoir un van à vitres teintées ?

Cela lui laissait, en fait, bien trop de temps en présence de ce péché ambulant prénommé Portia. Il se racla la gorge.

— C'est bien assez.

Alors qu'il posait à nouveau le regard sur l'objet de sa mission, il remarqua à peine le départ d'Oliver. Comme si sa vie en dépendait, Portia était toujours agrippée à la porte du réfrigérateur. Si fermement d'ailleurs qu'on aurait dit qu'elle faisait un tour en montagnes russes tellement le bout des doigts était blanc sous la pression.

— Je croyais qu'Oliver était mon garde du corps.

Zane haussa les épaules, tentant de se libérer de la sensation que la mélodie de cette voix avait provoquée en le touchant en pleine poitrine.

— Même un garde du corps doit dormir. Mais ton père ne nous paie pas pour dormir.

Avait-elle vraiment cru qu'on l'aiderait à contrer la volonté de son père aussi facilement ?

— Rien ne m'arrivera tant que je serai chez moi. Vous pourriez très bien vous épargner ces ennuis et vous en aller.

Elle claqua violemment la porte du réfrigérateur de façon à lui témoigner son mépris.

— Bien essayé, petite fille, mais je reste.

Comment l'avait-il appelée ? Petite fille ? Il délirait ou quoi ? Il n'était pourtant pas du genre à balancer des termes affectueux comme on balance des colliers de perles durant le Mardi Gras à la Nouvelle Orléans.

Dans les yeux de la jeune fille, une lueur rouge laissa entrevoir sa colère. Portia posa fermement les mains sur l'ilot de la cuisine.

— Je m'appelle Portia. Utilise-le si tu es forcé de m'interpeler mais, appelle-moi encore autrement, et je te fais virer.

Elle se retourna et se dirigea vers la porte, le bruit de ses talons au sol en parfaite synchronisation avec les battements rapides de son cœur.

— Maintenant, je monte pour être seule.

— Comme tu veux, murmura-t-il dans un soupir, le regard rivé sur son postérieur, tandis qu'elle remuait celui-ci comme si elle voulait hypnotiser Zane.

Merveilleux. Moins de trente secondes avaient suffi pour qu'elle le détestât. Un record, même pour lui ! Malheureusement, alors que d'ordinaire il se foutait éperdument de qui pouvait le haïr et des raisons pour lesquelles on le détestait, il éprouva cette fois un certain regret. Dans le cas présent, son subconscient avait fait tout le travail à sa place, en éloignant Portia de lui avec cette façon ridicule qu'il avait eue de s'adresser à elle, s'assurant du même coup que, plus jamais, elle ne le regarderait comme elle l'avait fait lors des dix premières secondes de leur rencontre. Un certain désir était apparu dans les yeux de la jeune femme et, s'il voulait survivre à cette mission, c'était là la dernière chose dont il avait besoin.

Être seul avec elle dans cette maison, avec pour objectif de la protéger contre elle-même, était suffisamment pénible. Qui allait la protéger contre lui ? La seule chose qui l'empêchait de la rattraper immédiatement pour la jeter sur la surface plane la plus proche et s'enterrer en elle, c'étaient sa loyauté envers Scanguards et la menace que Samson avait proférée à mots couverts. S'il venait à foirer, il serait mis à la porte. Et encore une fois, il se retrouverait sans famille.

Tout en se retirant dans le salon pour se vautrer dans le divan, il tenta de se trouver d'autres raisons qui l'exhorteraient à s'abstenir de se rendre dans la chambre de Portia pour arriver à ses fins. Et il en trouva un grand nombre, car cette fille était instable. D'après son père, elle était au bord de la crise de nerfs et agissait comme tel. Le chagrin qu'elle éprouvait en raison de la perte de sa mère lui avait fait perdre son équilibre émotionnel. Pas étonnant qu'elle eût regardé Zane comme si elle avait voulu le dévorer la première fois qu'elle l'avait vu, pour ensuite lui hurler dessus l'instant d'après. Le compliment qu'il lui avait adressé avait peut-être réveillé quelque chose en elle. De ce qu'il en savait, la mère de Portia avait l'habitude de l'appeler « petite fille ».

Il n'était pas question pour lui de s'impliquer auprès d'une femme au tempérament si instable et capable de lui enfoncer un pieu dans le cœur au gré d'une de ses sautes d'humeur. Il n'avait pas besoin de ce genre d'emmerdes. Il était ici pour faire son travail, soit la surveiller et s'assurer qu'elle ne se fît aucun mal. Son père n'arriverait jamais assez tôt au goût de Zane. Au plus tôt cette mission se terminerait, au mieux ce serait. Avec un peu de chance, une fois qu'il aurait prouvé à Samson et Gabriel qu'il était digne de confiance et qu'il ne pèterait plus les plombs, ils lui redonneraient son statut de classe A et l'affecteraient à un vrai boulot.

Zane attrapa un magazine qu'il trouva sur la table basse et se mit à le feuilleter tout en maintenant ses sens aux aguets. À l'étage, il entendit Portia farfouiller dans son placard, ainsi qu'un robinet qui fuyait dans la salle de bain attenante à sa chambre. Une voiture isolée passa devant la maison, et un voisin promenait son chien. Cela lui rappela son chiot.

Il avait laissé Z à la maison et avait placé des bols d'eau ainsi que de la nourriture sur le sol de la cuisine. Il ne pouvait pas ramener le chien chez Yvette. Pas encore. Samson avait été on ne peut plus clair à ce sujet. Le chien faisait partie du deal, que cela lui plût ou non. Pour l'instant, il était coincé avec l'animal, mais dès que tout cela serait terminé, Z retournerait d'où il venait, chez Yvette et Haven. Il n'était pas question de le garder.

7

———

Portia appliqua la touche finale à son maquillage et jeta un œil à sa montre. Il ne lui restait plus beaucoup de temps si elle voulait être ponctuelle à son rendez-vous. Tenter de se faufiler en bas de l'escalier pour échapper à Zane se serait soldé par un échec, le vampire s'étant installé sur le canapé de façon à voir tout ce qui se passait au rez-de-chaussée. Passer par la fenêtre de l'étage constituait sa seule alternative.

Grimper n'était pas son fort, mais elle pouvait sauter. Il devait y avoir moins de cinq mètres de haut entre la fenêtre de sa chambre et le jardin. Ce qui ne représentait rien pour un hybride. Portia souleva la fenêtre à guillotine aussi haut que possible et scruta l'obscurité. Sous la fenêtre, le gazon s'étendait jusqu'au mur. Bien : cela favorisait un atterrissage silencieux. Sa chambre se situant au-dessus du garage et de la buanderie, deux pièces dépourvues de fenêtre, il n'y avait aucun risque que Zane la vît sauter. Portia sortit une jambe par la fenêtre et réalisa subitement qu'elle portait des chaussures à talons. Sauter avec cela n'était certainement pas conseillé. Elle les ôta rapidement et les laissa tomber sur le gazon. Un léger boum en résulta, et son cœur s'arrêta de battre. Zane l'avait-il entendu ? Elle demeura immobile et cessa de respirer, essayant de capter le moindre son provenant de la maison. Mais tout demeura silencieux.

Soulagée, elle balança les jambes en arrière tout en se retournant pour

passer sous la fenêtre. Elle maudit cette fenêtre à guillotine car, contrairement aux fenêtres ordinaires, celle-là ne s'ouvrait qu'à moitié, la forçant à se
plier en deux pour s'en extirper. Les mains solidement appuyées contre le
seuil de la fenêtre, elle poussa sur les bras pour s'écarter du mur et lâcha tout.
Elle retomba sur le gazon humide et froid, ses genoux fléchis amortissant sa
chute. Elle sourit. Lors d'une compétition de gymnastique, elle aurait reçu la
note parfaite de dix pour cet atterrissage.

Elle s'essuya les mains sur sa jupe et se retourna pour récupérer ses
chaussures lorsque, soudain, elle fut projetée contre le mur. Et l'effet de
surprise n'en était pas la seule cause !

— De sortie ? demanda Zane tout en la saisissant par les épaules pour la
coincer contre le mur.

Son cœur ayant cessé de battre et l'oxygène ne parvenant plus au cerveau,
Portia éprouva beaucoup de difficultés à répondre. Ou son mutisme était-il
dû à la proximité du corps de Zane ? Elle pouvait ressentir sa chaleur, comme
si de minuscules flammes sautaient du corps du vampire sur le sien, embra-
sant chacune de ses cellules tel un foyer qu'on attise. Si elle ne mettait pas fin
à tout cela, son corps tout entier s'enflammerait. La chaleur s'était déjà
diffusée dans toutes ses extrémités, et même ses pieds nus étaient aussi
chauds que si elle avait porté des pantoufles en lapin.

Mais cette chaleur n'était pas la chaleur réconfortante d'un pull en cash-
mere ou d'une couverture en laine ; il s'agissait plutôt d'une chaleur dévo-
rante, consumante et destructrice. Son instinct lui commandait de s'en tenir
loin, au risque de s'y brûler, mais sa féminité se révoltait à l'idée de devoir
repousser Zane.

Oh, Zane était méchant, et elle le savait. Il l'avait prouvé lorsqu'ils avaient
échangé quelques mots dans la cuisine. Elle savait également qu'il la considérait comme un mal nécessaire afin de faire son boulot, et qu'une femme était
bien la dernière chose qu'il pût voir en elle. Pour lui, elle n'était qu'une
enfant ; il l'avait clairement exprimé lorsqu'il s'était adressé à elle comme à
une petite fille. Et, quoique cela fût d'une évidence incontestable, le regard
qu'il lui lançait à présent traduisait tout le contraire.

Ce regard était plus chaleureux, et elle se complut à imaginer que c'était
du désir plutôt que de la rage. Les ongles de Zane s'enfoncèrent dans sa chair
et, bien que cela fût indolore, elle se rendit compte à quel point ils étaient

acérés et se demanda si le côté vampire de son garde du corps n'était pas sur le point d'émerger. Les nerfs de son cou étaient bombés, et elle put déceler la veine pulsante tout le long de ce dernier. Elle pouvait parfaitement percevoir l'odeur de son sang et, pour la première fois, elle se demanda ce qu'on pouvait ressentir en mordant quelqu'un. À quoi cela ressemblerait-il de plonger ses canines dans les profondeurs de la chair de Zane et de le goûter ? Furieuse contre elle-même que son esprit pût prendre une telle direction, elle serra les mâchoires, adressant clairement un signal à ses canines qu'il leur était interdit de sortir. Sous aucun prétexte.

— Regarde-toi, accoutrée en poupée. Zane balaya son visage d'un regard avant de laisser plonger ce dernier vers son décolleté. De ce poste d'observation, il pouvait plus que probablement voir son nombril.

— Tu aimes le spectacle ? dit-elle, retenant l'agitation qui s'emparait d'elle à l'idée excitante que Zane pût admirer ses seins.

Un léger mouvement nerveux s'empara du coin de la bouche de Zane sans toutefois se terminer en sourire. Portia douta fortement qu'il connût la signification du mot « sourire ».

— Tu n'as rien que je n'aie déjà vu.

S'il avait délibérément voulu la heurter, c'était réussi !

— Connard !

— À la différence de toi, je me fous du qualificatif que les gens me donnent, dit-il avant de marquer une pause et de prononcer les mots : « petite fille »

Portia serra les poings et, avant même d'avoir le temps de réfléchir, brandit ces derniers en direction du visage de Zane. Mais il fut plus rapide. Les poings de Portia aboutirent dans ses paumes, et il les enserra, les empêchant ainsi d'endommager son visage empreint d'arrogance.

— Et violente par-dessus le marché ? dit-il en remuant la tête, désapprobateur. Ils ont oublié de le mentionner dans ton dossier.

Dossier ? Ils gardaient un dossier à son sujet ?

— Qu'est-ce que tu dis ?

— Je dis que je te connais par cœur, alors ne crois pas que tu peux me berner ou...

La sonnerie d'un portable interrompit son petit discours. Il libéra l'une de ses mains et la plongea dans sa poche.

— Tu essaies encore une fois de me frapper, et je t'immobilise en moins de dix secondes.

Elle n'en douta pas un instant.

— Oui ?

Le ton utilisé relevait plus du braillement que d'une salutation.

— *Zane ? Quoi de neuf ?* Portia perçut clairement la voix masculine à l'autre bout de la ligne.

— Quinn, heureux de t'entendre. Zane prononça ces mots sans le moindre début de sourire. C'était confirmé, il était incapable de sourire.

—*J'ai vraiment besoin de vacances. Ça t'ennuie si je viens te rendre visite ?*

— Pas de problème. Tu arrives quand ?

— *J'avais pensé à demain soir.*

— Et qui ira te chercher à l'aéroport ?

— *Je vais demander à Oliver.*

— Je vais lui laisser une clé de la maison pour toi. À demain.

— *Hé mec, ça va ?*

— Je n'ai jamais été aussi bien.

Zane raccrocha et remit le portable dans la poche de son pantalon. S'il avait dit la vérité en avouant ne s'être jamais senti aussi bien, Portia se demanda de quoi il pouvait bien avoir l'air quand ça n'allait pas ! Et elle n'avait nullement l'intention de rester dans les parages pour le découvrir.

— Maintenant, dit-il lentement en recentrant son regard sur elle, tu t'en allais où comme ça ?

— Ça ne te regarde pas ! Tout en se retournant, elle se tordit la main afin de se libérer de son emprise et tenter de lui échapper.

———

Peu disposé à la laisser partir, Zane lui saisit fortement le bras, prenant soin, par la même occasion, d'éviter tout frôlement de sa part. Quoiqu'un petit effleurement par-ci, par-là ne l'eût pas rebuté ! Et malgré la raideur du corps de la jeune fille, il n'aimait que trop être à son contact. Portia aurait réussi à lui échapper s'il n'avait pas perçu le grincement de la fenêtre à guillotine contre le châssis en bois lorsqu'elle l'avait ouverte. Par chance, il s'était préparé à une tentative d'évasion et, dès lors, s'était abstenu de faire le moindre bruit au rez-de-chaussée afin de l'entendre. Et lorsqu'elle avait refermé les portes de son placard, il s'était dit qu'elle était en train de se changer, cela ne pouvant signifier qu'une seule chose.

Et il avait eu raison. Le léger top qu'elle portait était un appel à la baise, comme si elle avait tatoué les mots « baise-moi » sur son front. Sa mini-jupe n'était pas mieux. Elle ne cachait rien de sa superbe silhouette et de la volupté de ses courbes. Compte tenu de son âge et de sa taille, elle aurait dû être aussi maigre qu'une tringle mais, au contraire, ses hanches étaient joliment enrobées, et ses seins…

Zane détourna le regard et déglutit. Il n'y avait rien de bon à aller dans cette direction. Seul un fou pouvait se permettre de succomber à ce séduisant petit lot, et il n'était pas fou. Elle ne représentait qu'un boulot comme n'importe quel autre, et il serait damné s'il compromettait davantage sa situation au sein de Scanguards. Celle-ci était suffisamment précaire comme cela. Si Samson et Gabriel croyaient lui mettre des bâtons dans les roues en le testant par le biais de cette tentation, il devait faire tout son possible pour y résister. Même si cela se traduisait par l'obligation de zapper un si joli petit cul.

— Très bien. Je me fous pas mal de tes projets. Tu sais pourquoi ? Parce qu'ils ont changé.

Il lâcha les bras de Portia, la paume de ses mains étant devenue brûlante au contact de sa peau. Le besoin de la serrer très fort contre lui était si violent qu'il ne put l'admettre.

— On rentre.

Lorsqu'elle se retourna pour contourner le côté du bâtiment, il attrapa son top et la tira vers lui.

Portia virevolta, les cheveux au vent, l'air furieux. Cette scène fit presque flancher Zane et faillit compromettre sa bonne résolution de traiter la jeune femme avec indifférence.

— Je rentrais, dit-elle d'un ton mordant.

D'un signe de tête, Zane désigna la fenêtre du haut, et Portia suivit son regard des yeux. Lorsqu'il la vit bouche bée, il comprit qu'elle avait capté où il voulait en venir.

— Tu te fous de moi ! protesta-t-elle.

— Est-ce que je ris ?

Il douta même de sa capacité à se rappeler comment rire ou même sourire. Il y avait si longtemps qu'il n'avait demandé à ses muscles faciaux de pratiquer un tel exercice.

— Et comment suis-je censée grimper là-haut ? demanda-t-elle en pointant la fenêtre.

— Tu t'es arrangée pour descendre toute seule. Je suis certain que tu peux trouver une façon de remonter.

Il croisa les bras sur son torse et s'appuya contre le mur, dans l'expectative, curieux de voir comment elle se débrouillerait. Tout particulièrement la manière dont elle escaladerait le mur et passerait par la fenêtre sans le laisser mater ses jambes sexys et tout ce qu'elle pouvait cacher d'autre sous sa minijupe. S'il lui était interdit de toucher, personne ne pouvait le blâmer de regarder. Et il regarderait ! Et pas un petit peu ! Quoique cela ne l'aiderait pas à calmer la bête qui sommeillait en lui et réclamait son dû.

Portia recula un peu plus dans le jardin, jeta un œil vers la fenêtre et plissa le front lorsqu'elle évalua la situation. Zane pouvait presque voir les engrenages tourner dans sa tête, alors qu'elle fronçait les sourcils. Elle lui lança un regard furtif et releva le menton en signe de défi. Zane n'en prit pas ombrage. Il n'était pas là pour s'en faire une amie.

Portia le prit par surprise lorsqu'elle décolla vers le fond du jardin. Zane eut alors besoin d'une demi-seconde pour revenir à lui et se lancer à sa poursuite. Elle était sur le point de sauter par-dessus la clôture lorsqu'il la rattrapa et la jeta par terre. Sans cérémonie, il la haussa alors sur son épaule droite, tête la première, et lui enserra les jambes de ses mains.

— Laisse-moi partir ! cria-t-elle en lui cognant le bas des reins.

Il n'en avait rien à faire. Elle le touchait, et c'était tout ce à quoi il pouvait penser à cet instant précis. Plus vite il parviendrait à la ramener à l'intérieur, et plus vite il pourrait la relâcher, car le traitement cruel qu'elle était en train de lui infliger l'excitait malgré tout. Et, si l'on ajoutait à cela la manière dont il la portait, avec ce si joli derrière au niveau de son visage, comme s'il avait besoin d'une invitation plus explicite, il pouvait immédiatement s'avouer vaincu ! Tout en lui maintenant les jambes nues, il ne put empêcher son pouce de s'égarer et de glisser sur cette peau douce, en une caresse ineffable.

Il sentit la frustration l'envahir, et cela n'avait rien à voir avec la vaine tentative d'évasion de sa cliente, mais bien avec l'excitation qu'il avait ressentie après cette courte poursuite. Comme s'il avait chassé une proie.

Il détourna alors délibérément le regard du doux postérieur de Portia, tandis qu'il allongeait le pas en direction de la maison. Cela n'empêcha toutefois pas l'odeur de la féminité de la jeune femme de s'infiltrer dans ses narines sensibles et de titiller ses poils de nez. Ce sprint de dix secondes était de la pure torture.

Et la torture, il aimait ça !

D'un coup de botte, Zane referma la porte d'entrée et laissa Portia choir sur le canapé. Mais elle se trompait royalement si elle pensait qu'il la laisserait tranquille aussi facilement. Elle eut à peine le temps de faire un geste qu'il était déjà sur elle, la coinçant sous son corps tout en la défiant de tenter une nouvelle fois de s'enfuir.

Ce n'était pas de la peur qui transparaissait dans le regard de braise de la jeune fille, mais de l'irritation. Il l'ignora et se pencha jusqu'à ne plus être qu'à deux centimètres de son visage. Deux centimètres qui le séparaient d'un baiser, si telle eût été son intention !

— J'ai peut-être oublié de préciser quelque chose de très important, commença-t-il. Que cela soit complètement clair pour toi maintenant. Ne me sous-estime pas. Tu fais ce que je dis.

Lorsqu'elle entrouvrit les lèvres, il fut heurté par son souffle et en aspira la senteur. Cela n'eut pour effet que de le faire bander davantage. Si elle pouvait le sentir, elle ne le laissait toutefois pas entrevoir. Au contraire, elle le nargua encore un peu plus.

— Je vais te faire virer, lui cracha-t-elle tout en soulevant ses seins, lesquels vinrent frôler le torse de Zane.

Ce dernier dut réprimer un gémissement à ce contact.

— J'ai envie de te dire de te joindre au club, mais j'ai peur qu'il ne soit déjà complet.

— Je te hais !

Il raccourcit encore plus la distance qui les séparait l'un de l'autre et tourna lentement la bouche vers l'oreille de Portia, amenant leurs joues à pratiquement se frôler. Il prit une longue et profonde inspiration, incapable de se rassasier de son odeur. Mais son parfum n'était pas la seule chose qu'il appréciait : les seins de sa cliente touchaient à présent complètement son torse, les mamelons écrasés contre lui.

— On dirait que tu persistes à vouloir te joindre aux mauvais clubs. C'est dommage, car il y a également une longue liste d'attente auprès du club de ceux qui me détestent. Tu vois, je me fous pas mal de qui me hait.

— Vraiment ? dit-elle en le défiant.

Zane releva la tête pour la regarder. Durant un court instant, Portia battit de ses longs cils recourbés. Ils se soulevèrent lorsqu'elle ouvrit complètement les yeux, son regard épinglant Zane plus intensément qu'auparavant.

Se rendait-elle compte qu'il ne voulait pas qu'elle le détestât ; que l'émotion qu'il souhaitait susciter en elle était l'opposé même de la haine, la distinction entre ces deux émotions étant toutefois aussi mince que le peu de contrôle qu'il lui restait ?

— La haine est la seule émotion qui soit fiable.

Dans ce monde, l'amour ne pouvait survivre aux défis.

— La haine est le sentiment le plus destructeur et inutile qui soit, répliqua-t-elle.

Zane fronça un sourcil.

— C'est parce que tu n'as jamais fait l'expérience de la véritable haine. Tu n'as aucune idée de son pouvoir.

C'était un pouvoir qui le guidait, qui contribuait à sa survie. Dépourvu de ce pouvoir, il n'aurait pas survécu plus de quelques semaines en tant que vampire. Seule la haine l'avait alors gardé en vie. Elle était devenue une compagne fidèle, celle qui ne le laisserait jamais tomber.

— Il existe un pouvoir plus grand que la haine.

— Si tu commences à me parler de religion, je vais…

— Je parle de l'amour, l'interrompit-elle.

Il eut un mouvement de recul instinctif et remarqua une étincelle dans les yeux de Portia. Une étincelle qui témoignait d'une certaine satisfaction en guise de réponse.

— Alors, c'est de ça que tu as peur… l'amour ? balbutia-t-elle.

À ces mots, Zane se redressa en une milliseconde et se releva aussi rapidement que si elle avait pointé un pieu en direction de sa poitrine. Il lui tourna alors le dos dans un mouvement fluide.

— Je crois que tu devrais retourner dans ta chambre maintenant. L'heure d'aller se coucher est déjà passée. *Et ce sera moins dangereux pour toi*, avait-il envie d'ajouter.

Il entendit le bruit que firent les coussins du canapé lorsqu'elle se retourna pour se lever.

— Eh bien, là, j'ai le sentiment d'avoir fait un carton !

Portia le contourna, et il eut l'impression qu'elle le frôlait délibérément, ce contact furtif le brûlant tel un fer rouge sur la chair d'un veau.

— Tu crois vraiment que tes cours de base en psycho font de toi une experte dans l'analyse des gens ?

— La psycho, c'est ma matière première, alors... oui !

Son orgueil lui dicta de ne pas la laisser avoir le dernier mot.

— Tu ne sais rien de moi, et tu ne sauras jamais rien.

Sans se retourner, elle posa le pied sur la première marche de l'escalier et murmura quelques mots tout bas, comme si elle se parlait à elle-même. Mais il l'entendit très bien.

— Surveille tes arrières, dur à cuire.

Fais de même ou tu te retrouveras bientôt sur le dos, avait-il envie de rétorquer. Mais il n'en fit rien.

8

La porte claqua derrière Zane dès qu'il fut entré dans son vestibule, le soleil levant sur les talons. Sur le chemin du retour, toujours victime de l'agitation qu'avait provoqué en lui son altercation avec Portia, il avait voulu se repaitre d'un piéton insouciant, mais cela lui avait pris plus de temps qu'à l'habitude. Et même après avoir ingurgité près de deux litres de sang, son corps était toujours insatisfait. Il savait très bien de quoi son corps avait vraiment besoin, mais cette prise de conscience ne l'avançait en rien à obtenir ce qu'il recherchait désespérément : goûter à Portia. Pas seulement l'embrasser ou la baiser vite fait, mais bien plus que cela : il voulait goûter à son sang, à son excitation et à son cœur.

Les mots qu'elle avait employés et l'expression de son visage au moment de les prononcer lui avaient retourné les tripes telle une tornade déferlant sur une petite ville du Midwest, ne laissant derrière que destruction et désolation. Tout à coup, il avait cessé d'être en contrôle de la situation. Elle avait pris les commandes et l'avait fouetté en mettant à nu sa plus grande crainte.

Aimer à nouveau.

Il avait aimé ses parents et sa sœur. Il avait aimé les mots utiles à l'élaboration de chefs-d'œuvre. Il avait aimé le chant des oiseaux dans l'arrière-cour.

Il avait aimé la vie.

Et puis, ils lui avaient tout volé : ses parents, sa sœur et sa passion. Et finalement, sa vie.

Ils lui avaient tout pris en raison de qui il était. Et ils avaient remplacé cela par un cœur rempli de haine et par une pulsion de vengeance. Se remettre à aimer ne ferait que raviver le souvenir de ce qu'il avait perdu. L'infime partie de son cerveau qui était demeurée intacte serait broyée et anéantie s'il devait subir une autre perte. Ce qui arriverait certainement, s'il permettait à son cœur de s'ouvrir à nouveau.

Il y avait longtemps de cela, il avait promis que justice serait rendue. S'il voulait atteindre son but et respecter sa promesse, il devait demeurer résolu. Dans sa vie, l'amour n'avait pas de place.

Zane se débarrassa de son manteau en cuir et le jeta sur la chaise dans le couloir. Il fit un pas et son pied atterrit sur quelque chose de mou. Lorsqu'il était entré dans la maison, il n'avait pas prêté attention à l'odeur environnante tellement il était préoccupé. À présent qu'il la captait, il comprit qu'une corvée l'attendait.

— Z ! hurla-t-il. T'es où, bordel ?

Laisser le chien seul à la maison n'avait pas été un bon plan, et il le savait. Il aurait dû le laisser dehors, dans la cour. Tout en actionnant l'interrupteur, il souleva sa botte et fit l'inspection des dommages. Bravo ! Les rainures de ses semelles étaient remplies de merde de chien.

— Z ! Je vais te tuer !

Apparemment, le chien connaissait très bien sa leçon en matière d'auto-préservation, car il ne montra nullement le bout de son museau. Quoique cela ne l'empêcherait pas d'être puni. En se cachant, il ne faisait que postposer l'inévitable.

En furie, Zane se précipita à la cuisine et attrapa un linge. Tout en nettoyant les saletés du chien, il maudit à nouveau Yvette. Elle aurait pu s'assurer que le chiot était propre avant de le filer à un nouveau propriétaire. Propriétaire ? Il n'en était pas question. Zane était résolu à ce que, dès le soir même, ce chien appartînt à l'histoire.

Il lança le linge sur le sol. Il s'en débarrasserait plus tard. Ses bottes aboutirent dans l'évier de la cuisine, et il se rendit, pieds nus, dans la salle de séjour. Celle-ci était vide. Enfin, presque : un canapé surdimensionné en cuir faisait face à une énorme télé HD. Il n'y avait rien d'autre que ces deux éléments. Aucun tapis, aucune table basse, aucun tableau sur les murs blancs. Il y avait plus de cinq mois qu'il avait acheté la maison et, à l'exception du strict nécessaire, il n'avait toutefois pas encore eu l'occasion de la décorer.

— Zèèèèède, papa est à la maison, dit-il en feignant l'amabilité. Mais l'animal resta silencieux.

Zane inspira et, s'efforçant d'ignorer la puanteur dégagée par les déjections du chien, il se concentra sur l'odeur sous-jacente : celle de la fourrure de l'animal. Il releva ensuite la tête.

— Te voilà…

En silence, il monta l'escalier jusqu'à l'étage et se dirigea vers sa chambre à coucher. L'étage du dessus était autrefois composé de trois chambres à coucher, et Zane avait choisi la plus grande comme chambre principale, celle qui surplombait le jardin et menait à un petit balcon extérieur. Il avait converti la seconde chambre en une immense salle de bain et dressing, afin de réserver la seconde salle de bain de cet étage pour les invités. Si on considérait le fait qu'il ne recevait jamais d'invités, il s'agissait là d'un luxe superflu. Il s'arrêta un instant et se souvint que Quinn devait arriver le jour suivant. Il ne savait toujours pas s'il devait se réjouir à la perspective de cette visite ou s'il devait plutôt la redouter. Pour l'instant, il avait de trop nombreux soucis pour prendre une décision à ce sujet.

Lorsqu'il entra dans sa chambre par la porte restée ouverte, il perçut la faible respiration du chien. Il referma la porte derrière lui, s'assurant ainsi que le chiot ne pût s'enfuir. Le chien n'étant pas visible dans la chambre, Zane n'éprouva aucune difficulté à deviner où il se trouvait. Après tout, il n'y avait qu'un seul meuble qui pouvait servir de cachette.

Zane alluma la lumière. Cette ampoule de quarante watts cachée sous l'affreux abat-jour qu'il avait hérité du propriétaire précédent illumina la pièce. Cela lui rappela, une fois de plus, qu'il devait vraiment se décider à apporter sa touche personnelle dans les autres pièces de la maison, tout comme il l'avait fait pour la salle de bain. Mais il fallait traiter les priorités en premier.

Il se coucha sur le plancher et regarda attentivement sous le lit. Comme suspecté, Z s'y était caché, juste au centre de l'espace occupé par le meuble. À cet instant précis, il était en sécurité. Ses yeux ronds étaient grand ouverts et fixaient Zane. Ce chien savait-il ce qu'il venait de faire, ou réagissait-il simplement à la colère du maître des lieux ? Le vampire fit une pause. Il ne connaissait rien à propos des chiens et était bien la dernière personne à devoir en posséder un.

— Viens petit Z, sois un bon chien et sors de là. Zane se sentait quelque peu ridicule d'amadouer ce stupide animal avec une voix uniquement réservée aux bébés et . . . aux chiens . . . Si quelqu'un le voyait dans cette position, il serait contraint de le faire taire à jamais.

Posant une patte devant l'autre tout en inclinant la tête, Z rampa de quelques centimètres vers l'avant. Zane étendit le bras sous le lit, mais le chien s'en éloigna. Le vampire serra alors les mâchoires. Quel stupide animal !

— Allez Z, viens maintenant, tu dois avoir faim, dit-il en espérant tenter le chiot. Pour ce faire, il avait baissé la voix d'un ton, l'amenant à ressembler davantage à un roucoulement.

L'animal tenta encore quelques mouvements dans sa direction, et Zane plaça la main à plat sur le plancher, paume vers le haut.

— Viens voir papa . . . merde, il était totalement en train de se transformer en idiot.

Un instant plus tard, Z lui léchait la paume et était à portée de main. Zane l'empoigna par le cou pour le sortir de sa cachette, tandis que le chien tentait futilement d'enfoncer son arrière-train dans le parquet en bois. Le bruit de ses griffes qui raclaient le sol se fit entendre.

— Je t'ai eu !

Zane se redressa avec le chiot dans les bras. Quand l'animal se blottit contre lui et lui fit les beaux yeux, il sentit la pression s'évacuer. Il ne pouvait punir l'animal. Mais il lui fallait dire un mot à quelqu'un.

Tout en maintenant Z, il plongea la main dans la poche de son pantalon et en retira son portable. Du pouce, il enfonça la touche de numérotation abrégée et, lorsque finalement la communication fut établie, il pressa l'appareil contre son oreille.

— Ce foutu chien n'a pas été dressé à la propreté !

Haven répondit d'une voix calme.

— Ah, Zane, je me disais bien que tu appellerais tôt ou tard.

— Je veux parler à ta femme !

La voix d'Haven se fit plus douce.

— Chérie, Zane est un peu énervé. Tu veux lui parler ou tu préfères que je m'en charge ?

— JE NE SUIS PAS ENERVE !

Il était furax.

Effrayé, Z laissa échapper un gémissement. Instinctivement, Zane caressa le cou de l'animal avec son pouce, ce qui eut pour effet de le calmer.

— Bonjour Zane.

En entendant la voix d'Yvette, il répéta son accusation.

— Ce chien n'a pas été dressé à la propreté.

— Bien sûr qu'il l'a été.

— Alors, pourquoi chie-t-il partout dans la maison ?

— Tu t'attends à quoi de lui ? protesta Yvette. Qu'il ouvre la porte et sorte quand il en a besoin ?

Zane ouvrit la bouche et la referma immédiatement. Merde, il n'avait pas pensé à ça.

— Oh.

— Alors, soit tu le laisses dans le jardin quand tu t'en vas, soit tu installes une porte pour chiens.

— Je ne le garde pas.

En prononçant ces mots, Zane posa son regard sur le chien qui, de contentement, se frottait le museau contre sa chemise.

— Il est parfait pour toi. De plus, tu ne peux pas rendre un cadeau. Ce n'est pas poli.

— Tu appelles ça un cadeau ? Et depuis quand est-ce que je me soucie des politesses ?

— Tu vas t'y habituer, et tu vas l'aimer, l'assura-t-elle.

— Il va me pisser dessus. C'est ça qui va arriver. Mais il ne pouvait totalement réfuter l'affirmation d'Yvette. Cette petite créature possédait un charme indéniable. Ce qui, en soi, était assez emmerdant. Il n'allait tout de même pas se faire avoir par un animal qu'il pouvait facilement écraser d'une seule main si l'envie lui prenait.

— Ça n'arrivera pas si tu lui installes sa propre petite porte. Écoute, je vais appeler le type qui a installé la mienne. Il va vite et travaille super bien. Je te l'envoie tout de suite. À plus !

— Merde non !

Mais Yvette avait déjà raccroché, ne lui laissant pas la moindre chance de protester davantage.

— J'imagine que je suis coincé avec toi, dit-il au chiot en lui caressant le cou.

Comme s'il souhaitait le remercier, Z tourna la tête et lui lécha le bras. Le chien ne savait manifestement pas encore que le vampire n'était pas vraiment le plus jovial des maîtres. Ou alors, il était de nature à pardonner facilement. Très bientôt, il souhaiterait retourner dans le confort de la maison d'Yvette et y être entouré de tout cet amour. En attendant ce moment où le chien le quitterait, Zane se débarrassa de cette étrange sensation qu'un vent de changement était en train de souffler sur sa vie. Le jury délibérant toujours à propos de la personne qui tirerait le plus grand profit de ce changement.

Vingt minutes plus tard, lorsque la sonnerie de l'entrée retentit, il dut accorder un certain crédit à la parole d'Yvette : au moins avait-elle respecté sa parole. Et elle n'avait certainement pas prié l'ouvrier trop longtemps : l'homme était effectivement rapide.

Zane appuya sur l'un des nombreux boutons qu'il avait installés un peu partout dans sa maison afin de lui permettre d'activer l'ouverture de la porte d'entrée en pleine journée sans avoir à quitter la sécurité que ses pièces plongées dans l'obscurité lui prodiguaient. Tout en remplissant le bol d'eau du chien au robinet de la cuisine, il tendit l'oreille afin d'entendre la porte s'ouvrir.

Distrait par l'odeur de ses bottes encrottées qui empestait l'air ambiant et par les jappements enthousiastes du chien à ses pieds, Zane n'aperçut que tardivement son visiteur.

— Zacharias Eisenberg.

Zane fit volte-face. En une milliseconde, il réalisa plusieurs choses : l'intrus était un vampire hybride de grandeur et corpulence moyennes, il n'était pas là pour installer la porte du chien, et il savait une ou deux choses sur le passé de Zane. Il l'avait confirmé en s'adressant à lui par son vrai nom. Et cela signifiait surtout autre chose : l'intrus était là pour le tuer !

Alors qu'il chargeait son assassin présumé, Zane laissa échapper le bol d'eau des mains, répandant ainsi son contenu sur le carrelage. Ses griffes et ses canines s'allongèrent, prêtes à tuer.

Une main de fer le bloqua. L'impact du coup sur son épaule le projeta brusquement sur le côté. Zane reprit immédiatement ses esprits, ignora la douleur temporaire et balaya ses griffes contre le torse de son assaillant. Mais il ne toucha que les couches superficielles de vêtements et de peau.

Resté sur la touche, Z glapissait et grondait.

Le visage de l'hybride manifesta à peine des signes de douleur. L'ennemi propulsa plutôt ses jambes en l'air, à hauteur des cuisses et des hanches de Zane, et le projeta ainsi en arrière. Aboutissant contre l'évier, Zane repoussa le comptoir de toutes ses forces et profita de son élan pour foncer de tout son poids sur l'assassin, lequel était un peu plus léger que lui. Ils s'écrasèrent tous deux contre le vaisselier en verre et en brisèrent chacune des portes. Sa mâchoire se crispant de concert avec la tension dans son corps, Zane planta ses griffes dans la chair de l'homme. Mais il récolta ce qu'il avait semé : celles de l'ennemi étaient acérées et sans pitié, et ce ne fut qu'à ce moment que Zane remarqua que l'envahisseur portait des mitaines afin de protéger la paume de ses mains tout en permettant à ses griffes de se déployer.

— Merde ! jura Zane.

Un méchant sourire apparut sur le visage de l'hybride et disparut tout aussi vite, tandis que ce dernier continuait de se servir de ses griffes aux dépens de Zane. Malgré sa corpulence moyenne, il faisait preuve de la même force et férocité que Zane, distribuant ainsi un coup après l'autre, sans laisser transparaître le moindre signe extérieur de fatigue.

Préparant une autre attaque, Zane dégagea son bras vers l'arrière. Mais un coup de pied sur la rotule lui fit stopper net ses mouvements, tandis qu'il essayait de contenir la douleur. L'instant d'après, il eut une sensation de brûlure sur la partie antérieure du cou, et une odeur de chair et de cheveux cramés lui monta aux narines. De l'argent ! Confronté à la douleur, Zane recula, tomba en arrière et roula au sol.

Son assaillant lui tomba dessus. Ganté, il exerça une pression sur le cou de Zane à l'aide d'une chaîne en argent. Zane se débattit pour respirer et, instinctivement, porta les mains à sa gorge afin d'éloigner l'argent de sa peau.

— Enfin, je t'ai eu ! lui dit l'assassin, les dents serrées.

Tout en combattant les effets de l'argent, Zane reconnut l'accent comme originaire d'Amérique du Sud. L'argent étant le seul métal capable de blesser ou tuer un vampire, Zane le craignait tout autant que n'importe quel autre vampire. Mais, bien que la douleur fût atroce et invalidante, il savait qu'il ne pouvait se laisser aller et abandonner. Il n'était pas prêt à mourir.

Ses doigts furent brûlés lorsqu'il toucha la chaîne, mais il persista tout de même, tentant d'ignorer le sourire narquois qui pointait sur le visage de l'étranger.

— Meurtrier ! Aujourd'hui, tu vas payer !

Pas s'il pouvait l'en empêcher. À l'aide de ses jambes, Zane cogna ce trou-du-cul qui le maintenait au sol. Mais, son corps se drainant de toute énergie au fur et à mesure que les effets de l'argent s'intensifiaient, ses coups de pieds n'eurent pas plus d'impact sur l'assaillant que les frénétiques jappements de son petit chien. Il lança un regard en direction de l'animal, mais aucune aide n'était à espérer de lui. C'eut pu être le cas s'il avait hérité d'un chien adulte et bien entraîné au combat, mais Z était vraisemblablement plus enclin à lécher le type à mort plutôt que de le mordre.

— Attends un peu que Müller apprenne que je t'ai trouvé. J'aurai enfin ma récompense, lui annonça l'assassin en bombant le torse. Il plongea ensuite une main dans son blouson et, de l'autre, maintint la chaine serrée autour du cou de Zane.

Ce dernier ne fut aucunement surpris d'apprendre que l'intrus était envoyé par Müller. Cela devait arriver tôt ou tard. Mais il ne pouvait permettre à ce salop de gagner.

Incapable de supporter la douleur que lui infligeait le métal brûlant, Zane relâcha la chaîne et souleva la main au-dessus de sa tête, à la recherche d'un quelconque objet pouvant faire office d'arme. Ses doigts rencontrèrent un linge froid et mouillé, et il le saisit. Au moment même où l'assaillant allait sortir un pieu de son blouson, Zane lui envoya le linge au visage. C'était le chiffon qu'il avait utilisé pour nettoyer la merde du chien.

Lorsque le bout de tissu encrotté heurta le visage de l'hybride, la main de ce dernier desserra brièvement la chaîne. Ce laps de temps fut suffisant : Zane put l'arracher de son cou pour se libérer.

L'assaillant dégagea le linge de son visage. Au même instant, Zane le lui balaya de ses griffes, balafrant ainsi sa joue gauche. Le demi-vampire hurla, et Zane le claqua contre la cuisinière en le repoussant.

Tant bien que mal, Zane se releva et, en un bond, propulsa ses deux pieds contre la poitrine de l'étranger. Alors que plusieurs de ses côtes craquaient, l'opposant se ressaisit et, avec une lueur meurtrière dans les yeux et de la merde de chien sur les joues, fonça à l'aveugle sur Zane.

Ce dernier gronda et l'évita. À présent, il avait le dessus : son ennemi était énervé, et cet état le métamorphosait en un combattant en proie aux émotions, incapable de réfléchir.

— C'est à ton tour de mourir, souffla Zane dans le dos de l'intrus. Il lui sauta dessus et lui enserra la tête comme dans un étau. Le pieu toujours en main, l'assaillant tenta de se retourner, mais Zane resserra sa prise tel un nœud coulant tout en lui assénant des coups de pieds à l'arrière des genoux. L'hybride s'effondra.

— Sale connard ! cracha l'homme, les mains tremblantes.

Zane chercha des yeux l'endroit où la chaîne d'argent avait pu finir sa course. Maintenant son emprise sur la tête de son assaillant, il avança tout en le poussant. Il attrapa une serviette qui reposait sur le plan de travail et l'enveloppa autour de sa main blessée, essayant de couvrir le plus possible la surface de la blessure. Il contraignit alors son prisonnier à se mettre à genoux et saisit la chaîne à l'aide de sa main protégée par le linge.

Tout en assénant des coups de pieds à l'assassin dans le but de le contraindre à se coucher face contre terre, Zane relâcha son emprise et lui enroula la chaîne autour du cou en prenant soin de la nouer au niveau de la nuque.

— Tu vois, c'est comme ça qu'il faut s'y prendre.

L'hybride cria à l'agonie, alors que sa chair brûlait. Il tenta, en vain, de se libérer. De ses deux mains, Zane utilisait à présent la serviette afin de maintenir la chaîne autour du cou de son opposant. Elle faisait office de barrière contre les effets de l'argent. La main de l'hybride relâcha alors le pieu.

— Tu vois, tu as commis une erreur. Tu t'es mis à me débiter ton discours de méchant avant même de m'avoir complètement neutralisé. Grossière erreur, proféra Zane.

Il souleva violemment son adversaire et le traîna vers la cuisinière. Ne laissant pas le moindre temps au connard de réagir, Zane attacha la chaîne à la partie supérieure de la cuisinière en l'accrochant à l'un des brûleurs en fer.

Tout en reculant pour ramasser le pieu que son prisonnier avait laissé tomber, il lança un regard furtif en direction de Z qui l'observait avec intérêt après avoir finalement cessé d'aboyer.

Zane baissa alors les yeux vers l'hybride et l'examina. Quoique certain qu'il ne le connaissait pas, il trouvait que l'intrus avait quelque chose de familier, et ce n'était pas la merde de chien qui lui collait toujours au visage. Son étrange nez crochu et le bleu de ses yeux lui rappelaient quelqu'un.

— Qui es-tu ? lui demanda-t-il.

L'homme cracha, mais l'attitude de défi qu'il arborait fut immédiatement sanctionnée par la chaîne enroulée autour de son cou : elle lui grillait la peau au moindre mouvement.

Zane fouilla les poches de son visiteur, à la recherche d'une pièce d'identité mais, tant dans celles de la veste que du pantalon, il ne trouva ni portefeuille ni carte.

— Parle, et je desserrerai la chaîne.

Ou pas. Son propre cou le brûlait toujours. La peau et la chair meurtrie nécessiteraient un jour entier de sommeil pour se régénérer. Sa main se resserra sur le pieu, alors qu'il se rapprochait de son assaillant.

— Maintenant, avant que je ne m'impatiente, lui ordonna-t-il tout en réprimant la douleur. Il avait besoin de sang mais, un regard en direction des stores fermés au-dessus de l'évier lui indiqua que le soleil s'était levé depuis longtemps. Il ne pouvait donc s'aventurer à l'extérieur.

L'odeur du sang de sa victime lui envahit les narines. Il prit une profonde inspiration, décela la nuance de sang humain présente dans le sang de l'hybride et réalisa une chose : puisque le sang de l'assassin était un mix des deux espèces, il pourrait le sustenter et lui rendre des forces. Tout comme un peu de sang humain le ferait.

Il fixa le poignet du type.

— Tu ne parles pas ? Alors, tu n'es bon qu'à me servir de repas.

Zane agrippa le poignet de l'hybride et le porta à sa bouche. Ses canines percèrent la chair et tirèrent rapidement sur la veine, alors que l'étranger se débattait et le frappait à l'aide de son autre bras et de ses pieds. Mais Zane le maintenait à distance. À chaque millilitre de sang qu'il ingurgitait, il sentait qu'il recouvrait des forces. Une fois guéri, il relâcha le gars avec dégoût.

Le prisonnier avait les yeux fermés, et son visage était déformé par la douleur. Mais Zane n'en éprouva aucun sentiment de pitié. Cet homme était venu pour le tuer.

— Qui es-tu ?

Les yeux de l'homme s'ouvrirent, et l'intensité de leur bleu entra en collision avec le sombre regard de Zane.

— Je suis le fils de Volker Brandt.

Merde ! L'année précédente, il avait réglé le compte de Brandt au Brésil et pensait en avoir fini avec ce chapitre.

— Alors, tu vas mourir comme ton père. Tu n'es que poison et le mal personnifié, tout comme lui. Et on ne peut rien en tirer de bon. Leur semence ne produit que le mal.

Le fils de Brandt voulut avancer la tête en signe de provocation, mais la chaîne pulvérisa tous ses efforts de l'exercer physiquement.

— Je ne suis pas seul. Tu me tues, et les autres seront à tes trousses. Ils te trouveront comme moi-même je t'ai trouvé.

Zane n'accorda aucune crédibilité à la fausse bravade de l'étranger.

— Il y a à peine quelques minutes, tu as dit que Müller allait être content d'apprendre que tu m'avais trouvé. J'imagine que ça signifie qu'il n'a aucune idée d'où je me trouve.

— Il le sait, cracha l'homme.

— S'il savait, il serait venu lui-même pour m'achever.

L'hybride ferma les yeux pour éviter le regard soutenu de Zane, et ce dernier interpréta ce geste comme la confirmation de son hypothèse. La bonne affaire !

Une lueur de défi apparut dans les yeux de Brandt lorsqu'ils s'ouvrirent à nouveau.

— Il te trouvera.

— Pas si c'est moi qui le trouve en premier. Dans quel trou se terre-t-il ?

— Je ne sais pas.

Zane lui asséna des coups de poings dans le visage, le balançant d'un côté à l'autre avec, pour toute réponse, le bruit de la peau en train de griller.

— Où est-il ?

— Personne ne l'a vu.

— Tu mens. Où est Franz Müller ?

— Si je le savais, tu crois vraiment que je serais venu seul ?

Zane digéra les mots. Soit le connard ne savait vraiment pas ; soit il était trop loyal pour avouer. D'une façon ou d'une autre, cela ne faisait aucune différence. Il trouverait Müller lui-même. Un jour.

— Alors, tu ne m'es d'aucune utilité.

D'un mouvement puissant du bras droit, il enfonça le pieu dans le cœur de Brandt.

— Absolument inutile, soupira-t-il, tandis que l'hybride partait en poussière.

La chaîne d'argent retomba complètement détendue, et plusieurs objets en métal résonnèrent en touchant le sol : une petite clé, de la monnaie et une épinglette. Zane se pencha pour les ramasser. Il examina le symbole estampé sur le pin's.

Il n'avait jamais rien vu de tel, mais aurait parié sa dernière chemise propre que cela le mènerait, d'une façon ou d'une autre, jusqu'à Müller. L'hybride était le fils de Volker Brandt qui, lui-même, avait été le bras droit de Müller. Ils avaient forcément dû être en contact. Et Zane retournerait chaque pierre jusqu'au moment où il trouverait l'endroit où Müller se cachait.

9

———————

Portia se regarda dans le miroir et examina son visage. Était-ce évident qu'elle s'était maquillée un peu plus que d'habitude ? Bon sang, de qui se moquait-elle ? Elle portait rarement plus qu'un trait d'eye-liner et, aujourd'hui, elle arborait non seulement cela, mais également du gloss, du rouge à lèvres et un peu d'ombre à paupières. Un autre regard critique dans le miroir de la salle de bain le lui confirma. Elle avait perdu tout son bon sens et s'était maquillée pour la seule personne qui, de toute évidence, l'ignorerait : Zane.

Énervée contre elle-même, Portia jeta le gant de toilette dans l'évier. Elle n'avait aucune raison d'être attirée par ce con dont la seule mission était de l'éloigner de ses camarades masculins ou de tout autre homme pouvant représenter un danger pour sa virginité. Et qui la garderait éloignée de Zane ? Était-ce le châtiment ultime de son père de la confronter au truc le plus chaud depuis l'invention des Chippendales, alors qu'elle savait que Zane ne la considérait que comme une casse-pieds ?

Eh bien, son indifférence, elle lui montrerait où se la mettre ! Elle prouverait à tout le monde qu'il y avait quelqu'un dans ce monde qui serait plus qu'heureux de la libérer de sa virginité.

Portia entendit la porte de devant s'ouvrir et perçut un échange de mots entre Oliver et Zane. Au son de cette voix, ses genoux fléchirent, et des papillons virevoltèrent dans son estomac. Elle trouva appui contre le lavabo. Tout ça ne sentait pas bon. Si elle ne parvenait pas à contrôler les réactions de son corps, elle ne pourrait affronter Zane.

La fine ouïe du vampire capterait le son des battements affolés de son cœur. De plus, elle émettait des phéromones. Elle en avait suffisamment appris au cours de biologie pour connaître tout ça, et ses propres sens aiguisés lui prouvaient que son corps réagissait exactement de cette façon. Ça ne marcherait pas.

Portia saisit son portable et envoya un texto à Lauren : *mets bcp de Chanel et amène-le moi. À ds 15 min.*

Elle prit une grande inspiration, ouvrit la porte de la salle de bain et descendit au rez-de-chaussée. Comme prévu, Zane s'était installé sur le canapé de façon à voir à la fois l'escalier et la porte de devant.

Dès l'instant où elle atteignit le bas des marches, elle ne put manquer la réaction immédiate des narines de Zane. L'étincelle qui, de concert, apparut dans les yeux du vampire, aurait pu n'être qu'une illusion d'optique s'il n'avait pas immédiatement serré les poings comme s'il essayait de combattre quelque chose ou quelqu'un. Elle ne douta pas un seul instant qu'il pût flairer son excitation, et une pensée lui traversa subitement l'esprit : c'était peut-être une bonne chose finalement, car cela faciliterait l'exécution des plans qu'elle avait élaborés pour sa soirée.

— Bonsoir Zane, dit-elle poliment en s'approchant du canapé. Oh oui, il valait mieux qu'il la humât un bon coup !

Suspicieux, il plissa les yeux tout en lui répondant.

— Portia.

Il la balaya ensuite longuement du regard avant de laisser ses yeux s'attarder sur son visage.

— Quelque chose de prévu ce soir ? ajouta-t-il.

Le ton moqueur qu'il avait employé lui donna l'envie de riposter, mais elle se contrôla.

— Je porte un jeans et un t-shirt. Pas vraiment approprié pour une sortie.

Il ne tomba pas dans le panneau.

— C'est quoi ce maquillage ?

— T'es qui maintenant ? Mon père ? Je me maquille si je veux.

Zane bondit. Une seconde plus tard, il se tenait à trente centimètres d'elle.

— Tu ne porterais certainement pas ce maquillage rien que pour moi, n'est-ce pas ?

La colère la fouettait de l'intérieur, mais elle se contint de toutes ses forces afin que ce con arrogant ne s'en rendît pas compte. Cela ne lui rendrait pas service. Pas ce soir.

— S'il te plaît, tu es mon garde du corps, et rien de plus.

Les battements de son cœur lui montant à la gorge, elle éprouva des difficultés à conserver une voix posée et indifférente.

— Je me maquille tout le temps.

Zane-le-pécheur se rapprocha d'elle, son corps effleurant presque le sien.

— Vraiment ? dit-il en abaissant le regard vers les lèvres de la jeune femme qui, instinctivement, les lécha.

Un grondement, qui ne pouvait être qu'un simple gémissement réprimé, émana de la poitrine de Zane. Peut-être n'était-il pas aussi indifférent à son égard que ce qu'il avait voulu lui faire croire ?

Portia ferma les yeux une seconde afin de laisser le soin à ses autres sens de la guider. La première chose qu'elle capta fut l'odeur masculine. Elle était plus prononcée qu'au moment où elle était entrée dans le salon. Elle l'inhala profondément et ne put empêcher son corps d'y réagir. Un frisson lui parcourut le bas du dos.

Une chaleur s'empara d'elle et lui fit ouvrir les yeux pour en repérer la source. Zane se tenait maintenant tout contre elle. Qui donc des deux avait parcouru les derniers centimètres qui les séparaient ? Elle ou lui ? Elle voulut s'éloigner et rompre ce contact lorsque Zane lui plaqua une main sur le bas du dos et l'amena contre lui, d'un coup sec. Soudainement, tout ce qu'elle avait cru auparavant fut balayé, en une seconde, par une unique constatation : Zane était excité. La forte érection de ce dernier contre sa chair tendre ne laissait planer aucun doute.

Les battements de son cœur faisaient à présent écho aux siens, et ses yeux brillaient. Deux situations particulières pouvaient amener les yeux des vampires à briller : lorsqu'ils étaient en mode combat, et lorsqu'ils étaient sexuellement excités.

À chaque respiration que Portia prenait, ses seins frôlaient le torse de Zane. En réaction, ses mamelons durcissaient. Et, à en juger par sa mâchoire qui se resserrait, Zane avait clairement perçu les réactions de son corps. Réactions dont, en vérité, elle n'était pas coutumière. Elle ne s'était jamais sentie aussi chaude qu'à cet instant précis ; n'avait jamais éprouvé la sensation d'avoir les jambes coupées et ce, même en embrassant un gars. Et Zane n'avait même pas encore tenté de l'embrasser ! Il laissait plutôt ses mains se déplacer lentement sur le bas de son dos, ses pouces dessinant de grands cercles sur sa taille avant de descendre encore plus bas, en vue de répéter le même geste sur ses fesses.

Elle aurait dû le repousser et ne pas l'autoriser à prendre de telles libertés puisqu'elle savait qu'il ne pouvait pas la supporter, mais son corps se fondait au sien et ne lui obéissait plus. La sensation était si nouvelle et excitante qu'elle ne pouvait se résoudre à mettre un terme à ce qui était en train de se passer. Quoique presque inactif, Zane se tenait simplement là, son corps tel un pilastre de pierre, dur et inflexible. Seuls ses doigts se mouvaient tout en la caressant doucement. Rien d'autre ne bougeait, à l'exception, peut-être, de son érection qui semblait grossir.

Portia remua et fit en sorte que son bas ventre s'alignât sur la forte érection de Zane. Elle laissa échapper un soupir.

— Merde ! gronda-t-il.

Paniquée, Portia souleva les paupières et sombra dans le regard brûlant de son garde du corps, lequel rapprocha davantage la tête. Portia sentit son pouls s'affoler : Zane était sur le point de l'embrasser.

Dès l'instant où ses lèvres effleurèrent les siennes, elle écarta celles-ci dans un soupir et ferma les yeux.

Ding Dong ! Ding Dong !

— Merde ! jura Zane. Il s'éloigna tout en se retournant afin que Portia ne pût remarquer à quel point elle l'ébranlait. Comme si cela pouvait changer quelque chose ! Il avait si fermement et si longuement pressé son membre enflé contre elle qu'il n'avait plus le moindre doute qu'elle eût conscience de l'effet qu'elle lui faisait.

— La porte, dit-elle d'une voix aussi peu tremblante que si elle avait commandé une pizza, comme si elle n'avait pas été interrompue au moment le plus inopportun.

Zane aurait dû se sentir reconnaissant envers la personne qui avait sonné pour l'avoir empêché de commettre la plus grande erreur de sa carrière, sinon de sa vie : embrasser une femme qu'il avait pour mission de protéger. Et, de ce qu'il en savait, ce baiser l'aurait mené bien plus loin encore. En l'espace de quelques minutes, il l'aurait couchée dos sur le canapé et l'aurait empalée de son membre, tout en dévorant chaque centimètre de sa peau.

— Je vais ouvrir. La voix de Portia le sortit de sa rêverie.

Il se retourna.

— Laisse, j'y vais.

Après tout, il était son garde du corps et devait s'assurer qu'aucun mal ne lui arrivât. Ouai… Tout allait bien !

D'un pas raide, il se dirigea vers la porte et jeta un œil à travers le judas.

— J'attends mon amie Lauren, dit Portia dans son dos.

Zane ouvrit la porte et scruta la jeune femme qui portait des lunettes de soleil, alors qu'il faisait nuit. Elle avait à peu près l'âge de Portia et, d'après ce qu'il avait lu dans le dossier, elle était la fille hybride du maire. Il renifla. Son odeur était camouflée par un parfum si fort qu'elle était presque imperceptible. Seule son aura permettait de distinguer son côté hybride.

— Salut Lauren, entre !

La jeune fille passa devant lui. Elle ouvrit son Parka gris et en baissa la capuche, dévoilant ainsi ses cheveux longs, identiques à ceux de Portia. Ses talons hauts résonnèrent sur le parquet, alors qu'elle faisait l'accolade à son amie, comme si elles ne s'étaient pas vues depuis plusieurs semaines.

— Au boulot, dit Lauren.

— Nous serons en haut et ne voulons pas être dérangées. Nous devons étudier pour un examen, renchérit Portia, sans daigner adresser le moindre regard à Zane.

Cette petite garce l'avait séduit et, maintenant, elle l'ignorait. Zane bouillonnait. Il claqua la porte d'entrée et retourna vers le canapé.

— Qu'est-ce que c'était que tout ça ? chuchota Lauren.

Bien qu'elle eût atteint le haut de l'escalier, Zane put toujours l'entendre. Tout comme il put capter la réponse de Portia.

— T'occupe pas de lui, c'est juste un garde du corps.

Les canines de Zane s'allongèrent. Juste un garde du corps ? Oh, dès que Lauren serait partie, il lui montrerait ce qu'il pensait de cette affirmation. Si Portia croyait s'en sortir en le traitant de la sorte après l'avoir allumé, elle récolterait ce qu'elle avait semé. Comment avait-elle pu oser presser son corps contre le sien de la sorte, les effluves de son excitation l'ayant enveloppée telle une femme en chaleurs, pour ensuite le mettre de côté comme s'il n'était que quantité négligeable ?

Il émit un grognement sourd et grave. Oh, il lui dirait sa façon de penser.

Pendant les deux heures qui suivirent, tandis qu'il alternait ses occupations, soit regarder la télé en mode silencieux, arpenter la salle de séjour ou encore regarder fixement les trous des murs, il s'efforça de ne rien écouter de la conversation que tenaient les deux filles, quoiqu'il n'y eût pas grand-chose à écouter : elles parlaient rarement et, lorsqu'elles le faisaient, c'était tout bas. Les bribes de conversation qu'il captait tournaient autour d'un test de psychologie qui était vraisemblablement prévu pour le lendemain. Dans l'ensemble, l'attente l'énerva, et le temps lui parut une éternité. Bien plus que ce qu'il pouvait endurer !

Zane se frotta le cou et remarqua la perfection de la couche de peau qui avait recouvert ses blessures. Il aurait mieux fait de demander quelques nuits de congé à Samson, afin d'enquêter sur le fils de Brandt et découvrir où ce dernier était allé avant d'aboutir chez lui. Avec un peu de chance, cela le conduirait directement à Müller. Il était clair qu'il perdait son temps à rester ici.

Lorsqu'il entendit soudain une porte s'ouvrir à l'étage, il se redressa.

— Merci beaucoup de m'avoir aidée ! dit Portia d'une voix traînante.

— C'est quand tu veux. À quoi servent les amis, sinon ? répondit Lauren de façon prévisible.

Blablabla, va-t'en ! marmonna Zane.

— Pourra-t-on revoir les questions juste avant le cours ? demanda Portia.

— Bien entendu ! Une demi-heure avant, ça te va ? On se voit à la cafét ?

— C'est parfait.

Des pas se firent entendre dans l'escalier. Zane se recala rapidement entre les coussins du canapé et attrapa l'un des magazines qui reposaient sur la table basse, feignant de lire.

L'horrible parfum de Lauren se répandit dans la pièce lorsqu'elle eut descendu les marches. Du coin de l'œil, il remarqua qu'elle avait déjà remonté la capuche de son Parka avant même de passer la porte. Il lui adressa un signe de tête furtif, mais ne la regarda pas. Il n'avait nullement besoin que Lauren confiât à Portia qu'il se souciait d'elles.

Lorsque la porte se referma derrière elle, il lança le magazine qu'il n'avait pas lu sur la table basse et, d'impatience, se mit à taper du pied, se retenant de toutes ses forces d'entrer en trombe dans la chambre de Portia. Cela lui permettait, à tout le moins, de sauver les apparences en démontrant son self-contrôle. Il ne souhaitait pas qu'elle pût capter que son besoin de la punir pour son jeu de séduction l'emportait sur son bon sens et sa retenue.

Il parvint à se retenir pendant dix minutes, avant de s'élancer depuis le canapé.

— Et puis, merde !

Le parfum de Lauren planait toujours lourdement dans la maison lorsque Zane atteignit le palier de l'étage. Et l'odeur était d'autant plus intense au fur et à mesure qu'il s'approchait de la chambre de Portia. Qu'elle pût dormir cette nuit-là avec une telle puanteur dépassait son entendement. En ce qui le concernait, cela l'étouffait littéralement.

Zane s'arrêta devant la porte close et hésita un instant. Devait-t-il frapper ? Cette pensée l'énerva instantanément. Évidemment qu'il ne frapperait pas ! Il ne s'agissait pas d'une visite de courtoisie où la bonne attitude était d'usage. Il était là pour la punir du comportement dont elle avait précédemment fait preuve à son égard. Il n'y avait donc aucune raison de frapper pour annoncer amicalement son arrivée. Peut-être avait-elle déjà flairé son approche même si, comme d'accoutumée, il marchait à pas de loup. Mais, avec ce satané parfum qui empestait la maison, elle aurait bien du mal à capter son odeur… et inversement.

Son cœur s'arrêta soudainement de battre. Il était incapable de sentir Portia. Il ouvrit la porte d'un coup sec et se rua dans la chambre, anticipant très bien ce qui l'attendait.

— Petite garce !

Elle l'avait berné.

Lauren était étendue sur le lit de Portia et zappait nonchalamment d'une chaîne à l'autre sur la télé. Quand elle remarqua Zane, la télécommande lui échappa des mains, et elle se redressa en sursaut.

— Eh merde !

Lauren eut bonne grâce à sembler coupable d'avoir été démasquée.

— Ton foutu parfum ! grogna-t-il. Les deux femmes avaient délibérément joué à berner son odorat de sorte qu'il ne verrait pas Portia lui passer sous les yeux. L'épais Parka gris à capuche et les verres fumés des lunettes de soleil avaient couronné le tout.

— J'aurais dû me douter qu'il s'agissait d'une arnaque.

— Ouais . . ., tu aurais dû, acquiesça Lauren en haussant les épaules.

Zane gronda, ne se souciant guère de dissimuler ses canines.

— Où est-elle ?

— Je ne sais pas.

Zane pouvait reconnaître un mensonge quand il en entendait un. Il n'était pas en état de jouer au chat et à la souris avec une jeune hybride. Sans le moindre avertissement, il bondit, saisit violemment le bras de Lauren et la plaqua contre le mur à la tête du lit. Stupéfaite, elle le fixa du regard. Elle ne s'était visiblement pas attendue à ce qu'il la touchât.

— Maintenant, je répète ma question : où est Portia ?

— Mon père aura ta peau pour ça, dit-elle en soulevant le menton en signe de défi.

— Ton père va te corriger pour ce que tu as fait, et il me donnera une tape sur l'épaule.

Lauren serra les lèvres.

— C'est faux.

— Parle, sinon je te ramène chez ton père, et on verra, tu veux ?

L'affrontement dura trente secondes, et Zane ne cligna pas des yeux une seule fois. Il était doué à ce jeu-là, et Lauren n'était qu'amatrice, visiblement pas aussi convaincue que ce qu'elle prétendait quant à l'attitude que son père adopterait à ce propos.

— Ok, elle est allée à une fête.

— Où ?

— À une des confréries.

Dès qu'il eut obtenu l'adresse, Zane l'encoda dans le GPS de son portable et se précipita vers la porte.

10

—————

Le bâtiment qui abritait la confrérie était en effervescence. Des haut-parleurs surdimensionnés projetaient une musique qui emplissait totalement les trois étages de la maison de style victorien. L'endroit regorgeait d'étudiants qui tenaient des bouteilles de bière ou des verres en plastique remplis de liqueurs fortes. Dans la pièce du devant, on dansait, tandis que dans les autres, on tentait de discuter malgré la clameur de la musique.

— Je t'en prie Michael, ne sois pas fâché contre moi, dit Portia en battant des cils à l'intention de son comparse. Je t'ai dit que mon père avait eu une urgence hier soir, et que j'ai dû faire vite pour le rejoindre. Je t'aurais appelé plus tôt si j'avais pu.

Michael l'attira dans le corridor. Le calme y régnait légèrement plus.

— D'accord, mais pour ton information, je ne suis pas du genre à me laisser faire. Tu es sexy, Portia, mais je ne te laisserai pas me ridiculiser.

Elle posa une main sur son bras.

— Je sais Michael. Tu veux qu'on se déniche un endroit un peu plus tranquille ? dit-elle en indiquant les étages supérieurs d'un signe de tête.

Lorsque Michael lui prit la main pour l'amener à l'étage, elle attendit que la lueur de l'excitation fît son apparition, mais en vain. Elle le regarda du coin de l'œil. Il avait environ deux centimètres de plus qu'elle et était élégant pour un jeune homme de vingt-deux ans. Et bien bâti, par-dessus le marché. Elle aurait pu trouver pire que Michael. Mais, bien qu'il lui tînt fermement la main dans la sienne et que la sensation n'en fût pas désagréable, le courant ne passait pas ; aucune flamme ne lui caressait la peau comme lorsque Zane l'avait touchée.

Elle atteindrait peut-être le bon état d'esprit une fois qu'ils auraient commencé à s'embrasser. Il le fallait. Ça ne devait certainement pas être si difficile de se mettre dans l'ambiance pour avoir des relations sexuelles. Bon sang, elle n'avait eu qu'un seul petit contact avec Zane et pourtant, elle était presque entrée en éruption, tel le Mont Saint Helens. Si un type aussi peu amical que Zane y était parvenu, cela ne devrait poser aucun problème à un gentil garçon comme Michael. Ils avaient juste besoin d'un peu d'intimité et, bien sûr, d'une ambiance adéquate : un éclairage tamisé, quelques chandelles, un feu dans la cheminée et quelques oreillers au sol.

Et puis zut ! Elle ne devait pas s'attendre à quelque chose de romantique. Il n'était pas question d'une histoire d'amour. Tout ce qu'elle souhaitait, c'était perdre sa virginité. Une relation romantique avec Michael ne l'intéressait pas. Le savait-il ?

Lorsqu'ils atteignirent le palier, elle tira sur sa main. Il se tourna vers elle.

— C'est seulement pour ce soir, balbutia-t-elle, ne sachant pas très bien comment s'y prendre pour qu'il comprît clairement qu'elle ne voulait pas d'une relation suivie.

— T'en fais pas, Lauren m'a déjà expliqué.

Surprise, Portia demeura bouche bée.

— Et qu'est-ce qu'elle a dit ?

Elle espéra que Lauren n'eût pas raconté plus que le strict nécessaire. La situation était déjà bien assez embarrassante comme ça.

Il sourit, dévoilant ainsi ses jolies fossettes.

— N'aie pas l'air si apeurée. Elle m'a dit que tu devenais un peu timide lorsqu'il s'agissait des garçons, et que tu voulais simplement le faire une fois pour surmonter ce petit problème. Elle voulait peut-être me berner, mais bon, je m'en fiche.

Portia grinça des dents, mais ravala son anxiété. Lauren avait raison, elle n'avait qu'à le faire une fois et ensuite, elle pourrait continuer de vivre sa vie et attendre le bon mec. D'autant mieux que Michael semblait comprendre la situation. De cette façon, bien des malentendus seraient évités par la suite, et ils pourraient rester amis.

Portia observa les quelques personnes qui encombraient le couloir du haut, se demandant s'ils savaient ce qu'elle et Michael avaient planifié. Mais ils semblaient bien trop préoccupés par leurs propres existences pour les remarquer. Elle en éprouva de la reconnaissance.

— Ok alors. Elle se força à sourire et fit un pas en direction d'une des chambres. Une main puissante sur son épaule la tira violemment en arrière tout en la retournant.

— Mais qu'est-ce qui …

Les mots demeurèrent coincés dans sa gorge. Zane se dressait majestueusement devant elle, la rage lui voilant le visage.

— Tu croyais que je ne te retrouverais pas ?

Pas vraiment, mais elle n'avait pas cru qu'il y serait parvenu avant qu'elle n'eût le temps de … faire ce qu'elle avait à faire.

— Eh ! T'es qui ? intervint Michael. Laisse-la, elle est avec moi.

Lorsque Zane adressa un regard furieux à Michael, Portia se sentit immédiatement désolée pour lui. Il ne s'en tirerait pas mieux qu'Eric ne l'avait fait entre les mains de son père. Et elle ne voulait absolument pas avoir cela sur la conscience.

— Elle n'est pas avec toi, alors dégage ! Zane saisit Portia par le bras et la traîna en direction d'une des portes.

— Lâche-la ! insista Michael.

Portia lui lança un regard suppliant. Il ne parviendrait qu'à se blesser s'il essayait de combattre Zane. Et, bien qu'elle souhaitât elle-même se battre avec son garde du corps, elle sut que, dans un premier temps, elle devait calmer Michael.

— Tout va bien Michael. Il travaille pour mon père.

Michael inclina la tête.

— T'es certaine ? Je peux appeler la police.

— Non, s'il te plaît, laisse. Ça mettrait mon père en colère.

Finalement, Michael acquiesça. Il gratifia Zane d'un autre regard suspicieux avant de s'éloigner.

Zane ouvrit la porte la plus proche. Un couple qui était en train de s'exécuter sur un lit se mit à crier.

— Vous êtes aveugles ? Cette chambre est occupée ! hurla le type.

— Sortez ! Tous les deux ! ordonna Zane, d'une voix qui n'aurait toléré aucun refus. Je ne le dirai pas deux fois. Son visage de marbre prouvait qu'il ne bluffait pas.

Les deux étudiants se précipitèrent hors de la chambre. Zane ferma la porte derrière eux et la verrouilla. Click . . . Elle était seule avec lui. Et il n'était pas de bonne humeur. Oh que non ! Il était énervé, et selon toute vraisemblance, sur le point de déverser son ire sur elle d'une seconde à l'autre.

Zane ne put retenir plus longuement sa colère et autorisa ses canines à pointer. Portia avait été sur le point de disparaître dans l'une de ces chambres avec ce type afin de . . . Bon Dieu ! Il ne voulait même plus y penser, car son sang atteignait son point d'ébullition rien qu'à imaginer les mains de ce gars sur elle. Et à ce stade, il n'y avait aucun moyen de le refroidir.

— Mais qu'est-ce que tu croyais faire, bordel ? l'accusa-t-il, incapable de mater sa rage.

Portia le défia en relevant la tête et le toisa avec un regard empreint de colère.

— Ce ne sont pas tes affaires !

Le ton de sa voix traduisait davantage « tes putains d'affaires ».

Zane grogna. Les mots qu'elle avait prononcés n'eurent pour effet que de lui faire péter un câble. Il l'attrapa, la souleva contre la porte et la maintint en place avec son corps.

— Tu fais partie de « mes affaires », que ça te plaise ou non.

Le souffle de Portia était haletant, et Zane enfonça ses hanches en elle. Son sexe était dur et désireux de se mêler à la douceur de son corps.

— Espèce de con ! Je fais ce que je veux !

— Pas quand je te surveille ! On m'avait bien averti à ton sujet : la fête, les garçons, l'alcool et les drogues.

Par contre, on ne l'avait pas prévenu qu'il serait attiré par elle, qu'il aurait ardemment envie d'elle. Portia écarquilla les yeux et demeura bouche bée en signe d'incrédulité.

— Qui a dit ça?

— Qui crois-tu que ce soit ? Ton père. Il nous a engagés pour te protéger contre toi-même. Et c'est exactement ce que je fais.

Pas réellement, en fait. Car la protéger d'elle-même ne requérait pas de presser son érection contre elle. Mais son corps excité le faisait instinctivement.

— Il vous a menti ! Ce n'est pas pour ça qu'il vous a engagés ! dit-elle d'une voix furieuse, alors que ses yeux brillaient de rage.

— Il a dit que tu dirais ça.

Comme s'il allait croire un seul mot de cette femme ! Tout ce qu'elle souhaitait, c'était le manipuler. Et c'était ce qu'elle avait fait dès le premier instant où il avait posé les yeux sur elle.

— Pure mensonge ! Veux-tu vraiment savoir pourquoi il vous a engagés ? Vraiment ?

Portia n'attendit pas sa réponse, quoiqu'il n'en eût aucune à avancer, de toute façon. Voulait-il vraiment écouter tous ses mensonges ?

— Il veut me garder loin des mecs pour ne pas que je risque de perdre ma virginité.

La réponse de Zane ne se fit pas attendre.

— Foutaises ! Tu n'es pas plus vierge que je ne suis un agneau !

Portia luttait, mais cela ne contribuait qu'à exciter Zane davantage.

— Et tu sais comment je peux savoir tout ça ? demanda-t-il tout en baissant la tête, ses lèvres surplombant les siennes. Tu n'as pas l'odeur d'une vierge. Même en ce moment, ton corps se prépare au sexe.

Et ce parfum le rendait fou.

— Séductrice !

Ses canines se rétractèrent rapidement, tandis qu'il se tenait prêt pour la suite...

— Tu...

Mais les mots qu'elle prononça furent étouffés pas les lèvres de Zane sur les siennes, alors qu'il s'emparait de sa bouche pour voler le baiser qui lui avait été refusé plus tôt dans la soirée.

Zane n'était pas préparé à l'effet qu'elle lui procurait. Elle tenta d'abord de résister en demeurant toute raide dans ses bras, allant même jusqu'à le cogner à quelques reprises. Mais, tandis qu'il pressait ses lèvres contre les siennes avec plus de vigueur tout en léchant la fente buccale, elle ouvrit lentement la bouche pour lui permettre d'entrer.

Lorsque la saveur de Portia rencontra sa langue, le cœur du vampire se serra, s'arrêtant l'espace d'une seconde avant de se remettre à battre trois fois plus rapidement. Les lèvres de la jeune fille l'appelaient, et elle inclinait la tête pour lui faciliter l'accès. Lorsqu'il orienta ses lèvres pour parcourir cette bouche chaude et accueillante, il sentit les mains de Portia sur sa nuque. Elle l'attirait plus près d'elle.

Il émit un grognement en guise d'approbation et, à l'aide de sa cuisse, écarta celles de la jeune fille afin de pouvoir se frotter contre son sexe. Il put sentir la chaleur et la moiteur qui y régnaient et ce, même à travers le jeans. Preuve qu'elle était tout aussi excitée que lui.

Zane léchait, suçait et tétait, plongeant dans les profondeurs de cette bouche délicieuse, jusqu'à ce que Portia se décidât finalement à lui caresser la langue de la sienne. Ce contact envoya une décharge à travers tout le corps du vampire. Une décharge comme il n'en avait jamais ressentie auparavant. Il ne put empêcher ses canines de descendre. Incapable de se retenir, il l'embrassa encore plus profondément et laissa délibérément sa langue glisser le long de ses dents, tentant de réveiller le vampire qui dormait en elle.

Le pouls de Portia s'accéléra, et les battements de son cœur résonnèrent contre la poitrine de Zane. Les mains de ce dernier remontèrent tout le long du torse de la jeune hybride, lui caressant les flancs. Une des mains rencontra un sein et le recouvrit tout en titillant le mamelon qui y trônait. Aucun soutien-gorge ne faisait obstacle à son toucher. Seul le tissu du t-shirt s'interposait entre la peau de Portia et sa main.

À force de lui caresser le mamelon, celui-ci durcit. Portia expira dans la bouche de Zane et, au même moment, ce dernier sentit les extrémités affûtées des canines de la jeune fille.

— Oui ! gémit-il tout en laissant sa langue en caresser une, la léchant prudemment sur toute la surface.

Portia arracha sa bouche de la sienne.

— Dieu du ciel ! fit-elle sous le choc, les yeux écarquillés.

Ne lui avait-on jamais léché les canines ?

— Laisse-moi faire, grogna Zane tout en ramenant sa bouche près de la sienne.

Chez les vampires, les canines représentaient une des principales zones érogènes et, lécher celles d'un de leurs pairs, procurait des sensations des plus érotiques sans pour autant avoir de relation sexuelle. Portia ne le savait-elle pas ? Zane rompit le contact et s'écarta.

— Personne ne t'a jamais fait ça ?

Portia secoua la tête et, l'air embarrassé, baissa le regard.

— Je n'ai jamais embrassé un autre vampire.

Il comprit. Avec un humain, elle n'était pas en mesure de se laisser aller au point que ses canines pussent poindre. Mais avec lui...

Zane accapara à nouveau ses lèvres. Très lentement et de façon complètement délibérée, il balaya cette fois les canines de sa langue, les caressant encore et encore. Le gémissement que Portia émit fut le son le plus pur qu'il eût jamais entendu. Si beau, si innocent. Et, puisqu'il voulait l'entendre à nouveau, il prolongea sa sensuelle attaque.

Pendant ce temps, les doigts de Portia lui caressaient la nuque. Une de ses mains remonta ensuite vers le crâne chauve du vampire et le caressa. Ce contact le fit trembler. Les femmes avec lesquelles il couchait le touchaient rarement et, si tel était le cas, elles évitaient sa tête et se concentraient plutôt sur des endroits situés plus au Sud. Pour une raison ou une autre, se laisser toucher à cet endroit par Portia revêtait un caractère très intime.

Lorsqu'elle descendit la main sur son épaule, il la reprit et la ramena sur sa tête. Elle lui obéit et laissa de nouveau ses doux doigts caresser son crâne. Il émit un gémissement de plaisir, interrompant ainsi le baiser.

— Fais-moi l'amour, lui glissa-t-elle à l'oreille. Je t'en prie, je veux que tu me déflores.

Ces mots le catapultèrent en arrière. Il la regarda d'un air suspicieux.

— Tu n'embrasses pas comme une vierge alors, pourquoi ne cesses-tu pas cette comédie ?

— Ça n'a rien d'une comédie ! hurla-t-elle, la rage assombrissant ses yeux emplis de désir. Je suis vierge !

Les pulsations rapides du cœur de Portia résonnèrent dans ses oreilles, et il put très bien capter l'odeur de sang qui s'écoulait dans ses veines et venait colorer ses joues d'un rouge ravissant... un rouge presque virginal. Zane l'observa, tandis qu'elle regardait au loin, comme si elle avait honte de quelque chose. Il mit en pratique ses compétences acquises lors de sa formation en tant que garde du corps, cherchant des indices physiques qui dévoile-raient la supercherie. Il n'en trouva aucun.

Lentement, il secoua la tête. Elle ne pouvait dire la vérité, c'était impos-sible. Tout en elle appelait à la passion, au désir et à l'envie. Une vierge pouvait-elle réellement susciter toutes ces sensations ?

— . . . et je dois perdre ma virginité avant d'avoir vingt-et-un ans, sinon . . . Le souffle hésitant, elle ferma les yeux tout en réprimant un sanglot. Lors-qu'elle les ouvrit à nouveau, son regard s'était transformé en un regard de . . . résignation.

Il comprit à cet instant. Il perçut son innocence, sa pureté et toute l'hésita-tion dont elle avait fait preuve en répondant à son baiser. Était-elle réellement vierge ? Pouvait-il s'être trompé à ce point en n'ayant vu en elle qu'une femme qui l'attirait au-delà du compréhensible ? Était-ce la raison pour laquelle il ne pouvait la voir telle une vierge ? Mais, qu'en serait-il si elle avait raison, si elle disait la vérité ? Le moment où son corps se figerait sous sa forme définitive se rapprochait. Donc, si elle disait vrai . . .

— Tu resteras vierge pour toujours, dit-il pour terminer sa phrase.

Elle acquiesça d'un signe de tête si sérieux qu'on ne pouvait le prendre à la légère.

Merde ! Portia était sincère. Il pouvait le discerner dans le pli persistant qui marquait son front, ainsi que dans le contour prononcé de ses lèvres. Elle les pinçait comme si elle s'empêchait de pleurer.

Merde ! Merde ! Merde ! Il ne donnait pas dans le dépucelage des jeunes vierges, et il ne commencerait pas maintenant.

— Alors, je t'en supplie. On doit juste le faire une seule fois, je le promets, supplia-t-elle.

De qui se moquait-elle ? Son engin le démangeait et, s'il l'enfouissait en elle ne fût-ce qu'une seule fois, il voudrait remettre le couvert : encore, et encore, et encore. Ne le réalisait-elle pas ? Il secoua la tête.

— Non.

Face à ce sévère refus, elle tressaillit. Elle enroula rapidement les bras autour de sa taille.

— Tu as une dette envers moi. Tu viens tout juste d'anéantir mes chances avec Michael.

Les poumons de Zane explosèrent de rage.

— Tu allais coucher avec ce gamin ? Tu peux trouver mieux que lui !

Son sexe était entièrement d'accord, mais il ne pouvait écouter cet appendice lubrique …

— Alors, pourquoi ne le fais-tu pas ? Tu n'as pas hésité à m'embrasser ! lança-t-elle d'un ton accusateur tout en baissant le regard vers sa verge.

Génial ! Non seulement, elle savait qu'il était excité mais, maintenant, elle allait utiliser ça contre lui.

— Fais-moi confiance, tu ne souhaites pas vraiment que je sois ton premier. Aucune femme saine d'esprit ne voudrait une telle chose.

Il n'était pas doux ; il n'était pas gentil. Il n'était pas l'homme qu'il fallait pour initier une vierge.

— J'aurai vingt-et-un ans dans cinq semaines. Je manque de temps, dit-elle les larmes au bord des yeux.

Zane détourna le regard, ne voulant pas se laisser influencer par son sort. Cela ne faisait pas partie du boulot. Bien au contraire, celui-ci consistait à la garder loin des fêtes, de l'alcool et des hommes.

— Je ne peux pas t'aider.

— Je te hais.

Il hocha la tête. Très bien. Tant qu'elle le haïrait, elle ne lui demanderait plus de l'emmener au lit. Cela ne ferait pas grande différence, de toute façon. Maintenant qu'il avait goûté à elle et avait senti la réaction de son corps en sa présence, il aurait bien du mal à garder ses mains en place.

— Je te ramène chez toi.

— Non !

Soudainement, sa voix adopta de nouveau un ton agressif. Il la dévisagea.

— Tu ne resteras pas ici.

— Je ne passerai pas mon vingt et unième anniversaire en tant que vierge, répliqua-t-elle. Donc, si tu ne veux pas m'aider, je trouverai quelqu'un d'autre.

— Il faudra que tu me passes sur le corps, grogna-t-il.

— Tu n'as rien à dire !

— Je suis ton garde du corps alors, oui !

— Tu parles comme mon père, et il n'a pas son mot à dire non plus. As-tu la moindre idée de ce à quoi il me condamne ? Une vie remplie de douleur ! Il n'en n'est pas question !

Zane soupira. Il n'y avait peut-être qu'un malentendu entre Portia et son père.

— Il n'est peut-être pas au courant des conséquences.

— Il a avoué ! Et tu ne vaux pas mieux que lui parce que, si c'était le cas, tu m'aiderais !

— T'aider ?

Il inclina la tête.

— Je crois que tu ne comprends pas très bien, petite fille. Je ne suis pas un homme doux ; je ne suis pas l'homme adéquat pour une vierge. Quand il est question de sexe . . . Il se passa une main sur sa tête chauve . . . Je suis brusque. Je baise violemment. Je ne pense qu'à moi ; je n'en aurais rien à faire que tu aimes ou pas.

Zane détourna les yeux afin que Portia ne pût déceler son mensonge. Oui, il était du genre brusque, mais avec elle, il pourrait être prévenant ; avec elle, il remarquerait si elle prenait du plaisir. Pour elle, il pourrait faire cela. Mais il ne voulait pas qu'elle le sût, car cela ne se produirait jamais. S'il la prenait, il la consumerait, la dévorerait et alors, lorsqu'elle voudrait le quitter, il la force-rait à rester avec lui. Parce qu'il serait incapable de la laisser partir. Pour avoir goûté à elle une seule fois, il en avait la certitude. Il ne fallait pas tenter le destin et aller plus loin dans cette direction.

— Ça n'a pas d'importance si j'aime ça.

Il secoua la tête.

— Ne dis pas ça. Tu n'as pas idée de ce que tu manquerais.

— Alors, montre-moi, le défia-t-elle

Zane serra les poings.

— Je t'ai dit que je ne pouvais pas.

Non seulement, il lui ferait du mal, mais il trahirait la confiance de son patron et de ses collègues. Et s'il perdait Scanguards, il perdrait sa famille. Il se retrouverait à nouveau seul car, de toute évidence, Portia ne resterait pas avec lui. Elle était jeune, elle avait toute sa vie devant elle ; des choix s'offri-raient à elle. Tout ce qu'il représentait pour elle, c'était un moyen de parvenir à ses fins. Une fois qu'il aurait fait la chose, elle le larguerait et trouverait quelqu'un de mieux adapté.

Lorsqu'il remarqua qu'une larme coulait le long de la joue de Portia, une douleur sourde se répandit dans ses tripes. Avant même que cette douleur n'eût l'occasion de monter plus haut, il attrapa la jeune fille par le bras et l'emmena hors de la chambre pour quitter la confrérie. Sur le chemin du retour, elle ne dit pas un mot. Seuls ses yeux lui parlaient. Et il n'aimait pas ce qu'ils lui disaient.

Il l'avait déçue.

Mais, s'il s'abandonnait à sa volonté, la déception serait bien plus grande. Pour tous les deux. Et la douleur durerait plus longtemps. Une éternité, peut-être.

11

Zane claqua la porte d'entrée et entendit immédiatement les aboiements enjoués de son chien. Z se précipita vers sur lui depuis la salle de séjour et lui fonça dans les jambes. Le maître se pencha et prit l'animal surexcité dans ses bras. Z se mit immédiatement à lui lécher le cou.

— Eh ! Je ne me suis pas absenté si longtemps, lui murmura Zane en caressant sa douce fourrure.

— Tu n'as jamais dit que tu avais un chien.

Zane regarda en direction de la porte de la salle de séjour. Quinn y était nonchalamment adossé. Même s'il avait près d'un siècle de plus que Zane, il ne faisait pas son âge : ses traits s'étaient figés sous l'apparence d'un jeune homme d'une vingtaine d'années. Ses cheveux blonds et ses yeux noisette lui conféraient un petit air de gamin et, revêtu des vêtements appropriés, il aurait pu passer pour un collégien, s'il l'avait voulu.

Zane déposa le chien sur le plancher et se redressa.

— Je ne le garde pas, on me l'a prêté.

Quinn sourit.

— C'est amusant, car je croyais justement avoir aperçu une petite porte pour chien qui donne sur le jardin. Situation qui me semble assez permanente.

Zane haussa les épaules.

— Le chien doit pouvoir sortir quand je suis au travail.

Il se dirigea vers son ami et lui donna une tape sur le bras.

— Content de te voir.

— Moi de même. Chouette endroit, dit Quinn en désignant toute la maison d'un mouvement de tête circulaire. Quartier louche.

— Amaury m'a assuré qu'il s'agissait d'un très bon investissement. De plus, la vie nocturne y est assez prolifique.

Un large sourire divisa le visage de Quinn.

— Et par vie nocturne, j'imagine que tu veux dire de nombreux cous juteux à ta disposition ?

— Si tu étais honnête envers toi-même, mon vieil ami, tu avouerais que ce qu'on nous donne dans des bouteilles ne fait simplement pas le poids.

Oui, ses amis et collègues de Scanguards pouvaient boire le sang que se procurait une société fictive qui se présentait comme un établissement médical. Cette compagnie mettait le sang en bouteille et l'expédiait aux vampires de tout le pays. Mais Zane ne touchait pas à ce truc-là.

— Il n'y a rien de meilleur que le sang chaud puisé à même la veine. Mais, vas-y, continue de te mentir à toi-même.

Zane pénétra dans le salon et se laissa choir sur le canapé. Quinn vint le rejoindre et s'affala à côté de lui.

— Qu'est-ce qui te préoccupe ?

Évitant d'attirer l'attention sur l'objet de ses tracas, Zane décida d'orienter la conversation sur un sujet plus tangible. Un sujet qui suscitait moins de questions, quoiqu'aussi dangereux.

— Quelqu'un a essayé de me tuer hier.

— Merde ! Quinn se tourna sur le côté. Qui c'était ?

Z entra dans la pièce en se dandinant et inclina la tête, les observant tous les deux.

— Un assassin, dit Zane en se tordant la bouche. D'un signe de la main, il invita alors Z à le rejoindre. Le chiot bondit et s'installa sur ses jambes.

— J'ai tué son père l'année dernière. Il a voulu le venger en me rendant la pareille.

Quinn hocha la tête.

— Et il a réussi à s'enfuir ?

— J'ai l'air de quelqu'un qui laisserait s'enfuir un assassin ? dit Zane d'un ton sarcastique.

— Eh ! Je ne voulais pas t'insulter.

Zane émit un grognement. Il regretta presque d'avoir parlé à Quinn de son passé ou, du moins, d'une partie de celui-ci, lors d'un moment de faiblesse, plus de cinquante ans auparavant. C'était la seule raison pour laquelle Quinn ne le jugeait pas pour les meurtres qu'il avait commis. Car ces meurtres avaient été des exécutions. Et cela lui avait permis de parler à au moins une personne de ce qu'il avait fait. Sur le moment, il en avait éprouvé un certain soulagement.

Zane sortit l'épinglette et la clé de la poche de son jeans et les lança à Quinn, lequel les rattrapa sans le moindre effort.

— Je les ai trouvés sur lui.

Quinn examina les objets.

— On dirait la clé d'un casier.

Zane hocha la tête.

— J'ai pensé la même chose. Que penses-tu de l'épinglette ? As-tu déjà vu ce symbole auparavant ?

Quinn secoua la tête et fit tourner l'objet dans sa main.

— Hum . . . C'est bizarre, ces deux parties. Cette vague, au centre, pourrait représenter une rivière, mais cela pourrait aussi évoquer quelque chose qui est cassé en deux.

Il approcha l'épinglette de ses yeux.

— Le symbole du dessus ressemble à un « u » sans la boucle à sa base, mais avec une hampe sur la droite. Et le symbole du dessous semble être son reflet dans un miroir. Ce serait une formule mathématique ?

Zane récupéra l'épinglette des mains de Quinn afin de l'examiner à nouveau. Il avait passé des heures à la contempler après avoir tué le fils de Brandt, mais il ne comprenait toujours pas.

— Je n'ai jamais vu un symbole mathématique comme celui-ci.

— La ligne brisée entre les deux parties veut peut-être dire qu'elles vont ensemble, suggéra Quinn.

Zane focalisa à nouveau son attention sur l'objet et se l'imagina sans cette ligne. Alors que les deux parties se rapprochaient, elles formèrent un symbole qu'il ne connaissait que trop bien.

— C'est une croix gammée brisée.

— T'as l'air surpris. Étant donné l'identité de l'homme que tu as tué l'année dernière, tu ne devrais pas l'être.

Zane secoua la tête.

— Je n'ai jamais rien trouvé de tel sur Brandt ou sur les autres. Alors, pourquoi sur son fils ? Et pourquoi avoir cassé la croix gammée en deux ? Pourquoi ne pas admettre qui ils sont ?

— La ligne brisée signifie peut-être autre chose.

Zane ressentit une gêne. Une gêne qui s'étendait du dos jusqu'à la nuque.

— C'est trop évident. Je n'aime pas ça. C'est comme si le groupe d'origine existait toujours, mais que maintenant, leurs enfants prennent la relève et impriment leur emblème sur des objets.

— Dans quel but ? Les nazis ne reviendront plus au pouvoir. Aucun gouvernement sur cette planète ne le permettra.

— Et s'ils n'avaient pas l'air de nazis ? Et si personne ne réalisait qu'ils ne font qu'un ? Qu'ils sont juste habillés différemment ?

— Je crois que tu vas un peu trop loin, dit Quinn en inspirant profondément, ce type voulait venger la mort de son père, c'est tout. N'importe qui aurait agi de cette façon. Cela ne signifie pas qu'il y a une grande conspiration derrière tout ça.

— Qu'est-ce que tu veux dire ? Allez, crache !

— Tu ne crois pas que tu deviens quelque peu paranoïaque en pensant qu'ils sont toujours à tes trousses ?

Zane sursauta, et le chien tomba de ses jambes en gémissant.

— Parano ? Tu crois que je suis parano ? Brandt a dit qu'il était impatient de dire à Müller qu'il m'avait retrouvé. Il est toujours là, quelque part.

Zane pointait la fenêtre de la main, son regard suivant instinctivement cette direction. Ce bâtard se cachait toujours quelque part, en train de vivre une vie qu'il ne méritait pas.

— Il peut-être temps de lâcher prise, suggéra Quinn.

Zane grogna tout en permettant à ses canines de poindre pour souligner son désaccord.

— Je lâcherai prise quand Müller sera mort, et pas une minute avant, dit-il en levant la main et en la refermant comme s'il l'ajustait autour du cou de Müller, pour ensuite le pendre à l'extérieur avec des chaînes en argent en attendant le lever du soleil. Le tuer avec un pieu serait une mort bien trop douce pour Müller. Trop humaine.

— C'est en train de te ronger.

— Mais qui es-tu donc ? Mon psy ? Je croyais qu'on était amis, mais si c'est trop te demander, alors tu sais où est la porte. Prends-la.

Les amis qui ne le soutenaient pas ou qui tentaient de le dissuader de sa mission, il n'en avait pas besoin.

— Que veux-tu que je fasse, demanda Quinn en soupirant.

Soulagé, Zane hocha la tête en guise d'approbation. Il ne l'aurait jamais avoué mais, si Quinn avait décidé de partir, cela aurait été dur à encaisser.

— Fais parvenir une reproduction de ce symbole à tes contacts et voie s'il en ressort quelque chose. Il y a certainement quelqu'un qui l'a déjà vu quelque part. Il doit avoir une signification.

— As-tu d'autres renseignements à propos de l'assassin ?

Zane haussa les épaules.

— Il avait un accent sud-américain. C'est normal de la part du fils de Brandt, mais son anglais était bon. Je dirais qu'il est au pays depuis un bon bout de temps. Mis à part la clé, l'épinglette et quelques pièces, il n'avait rien sur lui. Même s'il vivait dans ce pays, il a dû planquer ses pièces d'identité et de l'argent quelque part. Je parierais qu'il y a un casier quelque part. Il a aussi dit que Müller le récompenserait.

— Alors, c'est lui qui l'a envoyé.

— C'est possible, mais Müller n'a pas l'air de savoir où je me trouve. On aurait plutôt dit que le type travaillait pour son compte sur cette mission.

— Je vais vérifier. On devrait être en mesure de trouver quelque chose au sujet du symbole, et la clé, ce ne devrait être qu'une affaire de routine. Je vais commencer par l'aéroport pour vérifier s'il y disposait d'un casier. Ce serait des plus logique s'il était arrivé en avion à San Francisco.

Quinn fit une pause, puis sourit.

— Maintenant qu'on s'est occupé des affaires désagréables, dis-moi ce qui se passe réellement.

Zane s'effondra sur le canapé. Immédiatement, le chien lui adressa son plus beau regard. Son maître n'eut qu'à donner une seule tape sur sa cuisse pour que l'animal bondît sur ses jambes.

— Rien de nouveau. Toujours les mêmes trucs.

Et cette réponse serait tout ce que Quinn pourrait entendre à ce sujet. En aucune façon, Zane ne lui parlerait de sa mission actuelle, et plus précisément de Portia, la femme qui lui avait embrouillé le cerveau, comme si elle l'avait fourré dans un mixer avant de le mettre en marche.

***

PORTIA DÉTOURNA les yeux et feignit de s'intéresser au contenu de son assiette. La cafétéria était pratiquement vide. Oliver se tenait près de la porte. Il la surveillait tout en lui accordant un peu d'intimité. Avec Lauren, elles avaient séché un cours afin d'avoir un peu de temps pour discuter. Et en cet instant précis, elle souhaita n'avoir jamais pipé le moindre mot concernant ses tracas.

— Ce mec méchant ? Tu déconnes, j'espère ? Je t'en prie, dis-moi que tu déconnes, dit Lauren d'un ton insistant tout en posant une main sur l'avant-bras de son amie.

Portia secoua la tête.

— Quand il m'a embrassée…

Ce seul baiser avait ébranlé son monde. Elle s'était aussitôt rendu compte de ce qu'elle avait manqué durant toutes ces années.

— Tu peux trouver mieux que lui, s'exclama Lauren.

— C'est drôle, il a dit la même chose.

Mais elle ne pouvait gober ça. Pour quelle raison un homme qui était attiré par elle – et il l'était clairement – aurait décliné son offre de sexe sans attache ? Elle continua.

— Il a perdu la tête.

Lauren haussa les sourcils.

— Vous l'avez perdue tous les deux ! Tu ne peux pas faire ça. Pas avec quelqu'un comme lui. Je veux dire . . . peux-tu imaginer sa tête chauve au-dessus de toi pendant qu'il . . . beurk !

— Je trouve sa tête plutôt attirante et, en fait, je crois qu'il est très sensible à cet endroit. Elle avait remarqué son frémissement lorsqu'elle lui avait caressé la tête, et elle se souvenait à quel point il avait voulu qu'elle recommençât.

— Beurk ! fit Lauren en se couvrant le visage des mains. Oublie ça, oublie ça, oublie ça ! Tu ne peux pas coucher avec lui.

— Ne fais pas ta Mère Teresa avec moi. De toute façon, il m'a repoussée. Tu peux le croire, ça ? Comme si je n'étais qu'un vilain petit canard.

Cela lui avait fait mal de s'être exposée de la sorte pour, finalement, se faire jeter.

— Quoi ?

— Tu as bien entendu.

— Mais quel trou du cul ! Il n'a pas le droit de te repousser. Il devrait plutôt t'être reconnaissant pour la considération dont tu as fait preuve à son égard. Il se prend pour qui ?

Le gars le plus sexy sur lequel elle avait jamais posé les yeux. Voilà ce qu'elle voulait hurler, mais elle réprima cette envie, refusant de fournir plus de munitions à Lauren.

— C'est exact, se contenta-t-elle de dire plutôt.

— Il ne peut pas s'en sortir ainsi ! Comment ose-t-il te traiter comme une moins que rien ? Connard ! dit Lauren en cognant la table si fort du poing que les plateaux vibrèrent. Un étudiant assis tout près d'elles les regarda avant d'enfouir à nouveau la tête dans son livre.

— Tu peux avoir n'importe quel homme, Portia. Lauren balaya du regard le corps de son amie. Tu es jolie, tu as un corps superbe et de beaux nichons. N'importe qui serait heureux de te sauter.

Portia se fit toute petite en entendant ces mots crus.

— Pardonne-moi, dit Lauren d'un air penaud, il faut appeler un chat, un chat.

— Tu as raison.

Mais Portia ne désirait pas n'importe qui. Elle voulait Zane.

Il était le premier homme à lui avoir fait éprouver quelque chose. Son corps avait frissonné lorsqu'il l'avait touchée ; son baiser avait été si brûlant qu'elle avait cru s'enflammer. Avec lui, elle ne craignait pas que sa première fois se traduisît par une tiède expérience clinique. Si Zane la touchait et la rendait femme, elle était persuadée qu'elle en tirerait du plaisir, quoi qu'il lui eût dit.

Elle ne pensait pas qu'il pût être cruel envers elle. Son baiser ne l'avait pas été. Au contraire, Zane l'avait cajolée. Certes, il avait été demandeur, mais il avait attendu sa permission avant d'aller plus loin. Et, lorsqu'il lui avait léché les canines, elle avait pratiquement explosé. Elle ne savait pas du tout à quel point il pouvait être jouissif de laisser un autre vampire caresser ses canines de cette façon. Avec tant de douceur, quoiqu'emporté par une telle passion.

— Je fais quoi maintenant ? demanda Portia en levant la tête et en regardant son amie.

Lauren lui renvoya un sourire de résignation.

— Tu es certaine que je ne peux pas te convaincre d'y renoncer ?

— C'est lui que je veux !

— Et lui, qu'est-ce qu'il t'a dit exactement quand il t'a repoussée ? Et sois précise, n'omets pas le moindre détail. Chaque mot a son importance.

Portia avait toute confiance en l'expérience de Lauren avec les hommes. Elle s'avança donc sur sa chaise et parla à voix basse. Il n'était pas nécessaire qu'on entendît ce qu'elle avait à raconter.

12

L orsque Portia entendit la porte de devant s'ouvrir, alors qu'aucune voiture ne s'était garée dans l'allée, elle sut que c'était Zane. Elle se demanda pourquoi il avait préféré marcher plutôt que de venir en voiture. Cela signifiait qu'il n'habitait pas très loin. Elle se dit qu'il faudrait demander à Lauren de dénicher l'endroit où il vivait. Elle était convaincue qu'en tant que fille du maire, son amie disposait de moyens pour trouver son adresse. Cela pourrait un jour s'avérer utile. Elle n'allait certainement pas laisser quoi que ce soit au hasard.

Portia jeta un œil dans le miroir. On pouvait remarquer son ventre plat sous son jeans à taille basse, et son t-shirt, trop petit d'au moins une taille, moulait parfaitement ses seins et était assez court pour dévoiler l'entièreté de son abdomen. Elle devait l'admettre : Lauren avait raison quand elle disait qu'elle avait de beaux nichons, pleins et bien ronds, voire même un peu plus que ceux de la plupart des autres étudiantes.

Elle s'était développée plus rapidement durant son adolescence. Son corps était donc mieux formé que celui d'une humaine de près de vingt-et-un ans. C'était bien ainsi, car il serait pénible de rester coincée dans un corps dégingandé d'adolescente pour le reste de sa vie. Mais, avec le corps qu'elle avait à présent, elle pouvait faire avec.

D'une façon ou d'une autre, Zane finirait par lui céder. Même si elle devait se jeter dans ses bras. Il lui restait cinq semaines, et elle comptait bien les utiliser pour le décaper de toute résistance. Aucun homme ne pourrait demeurer si stoïque et refuser quelque chose qu'on lui ferait miroiter toutes les nuits devant son nez, même pas Zane. Tôt ou tard, il succomberait. Se désespérait-elle quelque peu ?

Portia expira longuement, écarta un peu les jambes et posa les mains sur ses hanches tout en essayant d'adopter une attitude séductrice face au miroir. Elle grimaça. Davantage de pratique dans une telle position était sans doute requise, car elle ne semblait pas encore au point. À moins que Zane ne fût excité par les grands sourires forcés que l'on fait en remuant les sourcils. Un peu plus de rouge à lèvres, songea-t-elle, et elle ouvrit le tube qu'elle venait de s'acheter. Alors qu'elle appliquait davantage de cette couleur rouge-sang sur ses lèvres, elle sut qu'elle ne pourrait attendre plus longtemps. La nuit ne durerait pas éternellement, et le moment viendrait où Zane quitterait les lieux pour se faire remplacer par Oliver.

Les mains moites, elle tourna la poignée de la porte et sortit de sa chambre. Son cœur battait si fort qu'elle était persuadée que Zane pouvait l'entendre depuis la salle de séjour du rez-de-chaussée. Elle descendit l'escalier lentement, ses pieds nus ne faisant pratiquement aucun bruit. Seuls les grincements de quelques marches résonnèrent dans la vieille maison. Quand elle atteignit le plancher, elle comprit en voyant la position de Zane, installé bien droit dans un fauteuil, qu'il l'avait déjà entendue.

— Salut.

Il leva brièvement les yeux, murmura une imperceptible salutation et rabaissa la tête pour reprendre la lecture du magazine qu'il tenait entre les mains. Ou qu'il feignait de lire. Ses yeux ne semblaient pas se mouvoir de gauche à droite. On aurait plutôt dit qu'ils fixaient un point choisi au hasard sur la page.

Zane portait le type de vêtements qu'il portait toujours : un jeans ajusté, un pull noir à longues manches, et des bottes qui semblaient faites pour foutre des raclées. Son manteau de cuir pendait à une chaise près de l'entrée. Diable qu'il était sexy dans ces simples vêtements ! Portia ne comprenait pas pourquoi Lauren insistait tellement sur le côté peu attirant de sa tête chauve. En fait, elle n'avait jamais vu personne arborer une calvitie aussi bien que Zane. Avec l'air de dire « c'est à prendre ou à laisser ». Une attitude qui semblait vouloir dire qu'il se foutait pas mal de ce qu'on pensait de lui. C'était peut-être cela qu'elle aimait le plus en lui.

Qu'elle aimait ? Le mot était trop fort. Elle ne l'aimait pas vraiment. Il était plus approprié de dire qu'elle craquait pour lui. Ce qui n'avait rien à voir avec « aimer ».

— T'as fini de regarder ? grogna Zane.

Merde ! Ce qu'elle pouvait détester quand il la remettait à sa place de cette façon. Elle espéra simplement ne pas avoir bavé !

— Il n'y a pas grand-chose à voir. Tu portes trop de vêtements.

Il redressa rapidement la tête et lui lança un regard furieux, les yeux plissés.

— Il est dangereux de parler de cette façon.

Elle fit quelques pas dans sa direction et se rapprocha de lui avec aisance.

— Peur de moi ?

Surprise de l'audace dont elle faisait preuve, elle sentit son cœur battre plus rapidement et plus irrégulièrement.

— N'as-tu pas des devoirs à faire, petite fille ? dit-il, sarcastique.

Contrariée, elle reprit courage.

— Si tu crois qu'en m'appelant « petite fille », tu peux te convaincre que je ne suis pas une adulte, alors vas-y.

À force de serrer le magazine qu'il tenait, Zane eut les articulations de ses doigts toutes blanches. Elle ne le laissait vraiment pas indifférent. Tout comme elle l'avait prévu. Toutefois et, malheureusement pour elle, elle ne l'allumait pas cette fois ; elle le mettait plutôt en boules. Elle n'était peut-être pas très douée en matière de flirt. Pourquoi le serait-elle ? Elle n'avait encore jamais éprouvé le besoin de flirter avec quelqu'un et n'avait donc jamais pris la peine d'essayer.

— Je me fiche pas mal que tu sois une adulte. Combien de fois devrai-je le répéter ? Tu NE M'INTÉRESSES PAS !

Choquée par cet accès de violence, elle tourna les talons et se dirigea vers la cuisine. « Menteur » se dit-elle avant d'ouvrir la porte et de se rendre au frigo.

Tout allait vraiment merveilleusement bien ! Lauren l'avait prévenue qu'un homme comme Zane ne se laissait pas facilement influencer. Après ce désastre, elle devait consulter son amie pour voir comment elle pourrait à présent procéder. Lauren avait beaucoup plus d'expérience qu'elle avec les hommes. Elle trouverait une solution pour sauver la situation.

Ayant besoin d'une bonne dose de sucre et de caféine, Portia attrapa une bouteille de Coca-Cola et referma la porte du frigo.

Une fraction de seconde plus tard, elle se retrouva coincée contre la froide surface en inox du réfrigérateur. Le visage de Zane se tenait à quelques centimètres du sien. Elle lâcha la canette de coca, laquelle tomba bruyamment sur le carrelage.

Les dents serrées, Zane l'avertit.

— Ne me traite plus jamais de menteur !

Sa poitrine se souleva sous le soudain effort qu'elle fit pour respirer. À chacune de ses respirations, ses seins se pressaient contre le maigre corps de Zane. Sous la friction, ses mamelons réagirent instantanément. Lorsqu'elle avança les hanches, elle réalisa quelque chose qui lui donna le courage de parler : il était en érection.

— Je dirais bien « amant », mais tu ne me laisses pas le choix.

Zane ferma les yeux, tandis que ses narines se dilataient.

— Je ne serai jamais ton amant, répondit-il d'une voix neutre et dépourvue de toute colère. Va jouer avec quelqu'un d'autre avant de commencer quelque chose que tu ne pourras gérer.

Croyait-il vraiment qu'elle ne pourrait le gérer ? Il avait tort, et elle le lui prouverait !

Rapidement, Zane relâcha son emprise, mais avant qu'il n'eût le temps de faire un pas en arrière, elle lui enroba le visage des mains et pressa ses lèvres contre les siennes.

— Ne fais pas ça, murmura-t-il sans pour autant reculer.

Portia passa sa langue tout le long de la fente de sa bouche, le pressant de s'abandonner. Lorsque Zane bougea, un frisson la transperça. Il écarta les lèvres et, l'instant d'après, elle était prise en sandwich entre la porte du frigo et le corps si robuste du vampire.

Elle relâcha son visage et enveloppa son cou de ses mains, voulant s'assurer qu'il ne changerait pas d'avis.

— Tu vas le regretter, murmura-t-il contre ses lèvres.

— Non, je ne le regretterai pas.

— Moi, oui, dit-il. Mais, malgré cette affirmation contradictoire, il laissa sa langue caresser les lèvres de Portia et plongea en elle, capturant sa bouche dans un ultime geste de possession. Il la tenait si fort qu'elle n'aurait pu lui échapper. Même si elle avait utilisé sa force d'hybride.

Zane l'embrassait comme s'il voulait la punir. Sa langue était un fouet qui la lacérait jusqu'à la chair vive ; ses lèvres étaient les cordes qui la liaient à lui, tandis que ses mains parcouraient frénétiquement son corps afin d'en toucher chaque parcelle avant que l'un d'entre eux ne se décidât à changer d'avis.

Savourant le désir ardent qui habitait le baiser de Zane et l'évident appétit que ce dernier nourrissait de la posséder et de la dévorer, le cœur de Portia reconnut ses propres besoins : se donner à cet homme, ce vampire ; et s'abandonner à ses propres désirs. Désirs qu'elle n'avait jamais éprouvés auparavant. Tout était si nouveau et inconnu pour elle. Comment avait-elle pu vivre jusqu'à ce jour sans avoir connu les bienfaits d'une caresse et d'un baiser ? Sans avoir compris à quel point cela pouvait consumer une personne, tel un feu de forêt, ne laissant rien d'autre derrière lui qu'une surface carbonisée ?

Voilà comment elle se sentait : sa peau brûlait comme si c'était de la lave qui la touchait, et non pas les longs doigts si sensuels de l'homme le plus séduisant qu'elle eût jamais rencontré, fût-il humain ou vampire. Et ces doigts lui faisaient des choses, des choses incroyables et excitantes. Leur toucher était un poison et un remède à la fois : il attisait tout d'abord le feu qui brûlait en elle, pour l'éteindre par la suite.

La cadence des doigts qui la parcouraient faisait écho à la fréquence de ses respirations, et les secousses qu'elle ressentait en elle avaient l'intensité d'un tremblement de terre. Où que Zane la touchât, elle brûlait. Et elle en voulait davantage. Telle une accro, elle l'attira plus près, murmurant son approbation et sa soumission en un seul souffle. Il semblait toutefois ne pas comprendre, car il continuait de libérer ses prouesses sexuelles, alors qu'il aurait déjà pu lui arracher les vêtements et la pénétrer sans préliminaires.

Portia arracha sa bouche de celle de Zane.

— Prends-moi, tout de suite.

Zane ne l'écouta pas. Pour toute réponse, il émit un grognement, un son ne pouvant provenir que d'un animal. Ses yeux brillaient d'un orange profond, et sa respiration se précipitait hors de ses poumons. Sans la moindre réponse, il captura sa bouche une fois de plus, poursuivant là où il s'était arrêté, comme si elle ne l'avait jamais interrompu.

Tentant d'apaiser la douleur qui régnait entre ses cuisses, Portia leva une jambe et l'enveloppa autour de celle de Zane, l'amenant à se presser plus fort contre elle. Elle sentit le dur contour de son érection contre son bas-ventre et s'y frotta afin de se soulager.

Un gémissement qui grondait de la poitrine du vampire se répercuta sur sa cage thoracique. Zane posa une main sur ses fesses et l'amena tout contre lui, augmentant ainsi la friction entre leurs corps.

Elle se mit sur la pointe des pieds afin de sentir son érection un peu plus bas, là où son clitoris pulsait de concert avec son cœur. Elle descendit les mains sur son derrière et enfonça ses ongles dans le jeans qu'elle souhaitât qu'il n'eût pas porté.

Soudain, Zane la souleva, la forçant à écarter davantage les jambes, la contraignant à les enrouler autour de ses hanches, tandis qu'il se pressait contre elle.

Derrière elle, le frigo fit un bruit de ferraille : son contenu dégringolait des clayettes. Elle l'ignora. À chaque fois que Zane se serrait contre elle, son membre touchait ce petit amas de nerfs enflé qui ne demandait qu'à être soulagé. Qu'il ne s'arrêtât jamais afin que ceci pût durer pour toujours, voilà tout ce à quoi elle pouvait penser.

— J'ai besoin . . . balbutia-t-elle contre ses lèvres, incapable de contrôler plus longuement les réactions de son corps.

Un instant plus tard, elle sentit les canines du vampire lui titiller la lèvre, la mordillant légèrement. Son nez détecta une odeur de sang que sa langue ne goûterait jamais : Zane le léchait et l'avalait.

— Merde ! jura-t-il avant de fermer les yeux.

Elle ne savait pas ce qu'il voulait dire, et elle s'en foutait.

— Encore ! fit-elle, alors que ses hanches s'écrasaient contre lui. À chaque mouvement, le sexe de Zane glissait contre son clitoris. Elle attrapa à nouveau sa tête et la ramena vers elle.

Ding dong ! Ding dong !

Non, pas maintenant ! Elle voulut l'ignorer. Portia pressa ses lèvres contre celles de Zane, espérant qu'il n'eût pas entendu le bruit, tellement il était enivré de désir. Mais il recula.

L'instant d'après, elle se retrouva sur ses deux jambes, des jambes qui tremblaient de manière incontrôlée. Tout comme son corps qui en redemandait.

— Non ! protesta-t-elle. Elle tendit les bras vers lui, mais il lui tourna le dos.

— Bordel ! l'entendit-elle jurer tout bas, tandis qu'il sortait de la cuisine, sans un mot, sans un regard.

Il avait perdu le contrôle.

Portia l'avait traité de menteur, et elle avait eu raison. Mais il n'avait pas voulu affronter la vérité. Il l'avait, de ce fait, punie pour l'avoir mis à nu, et il s'était puni lui-même davantage. Car il savait à quoi cela ressemblerait d'être avec elle, alors qu'il devait s'assurer que cela ne se produisît jamais. Et ça allait le tuer ! Aussi certainement qu'un pieu dans le cœur.

S'il avait dû sentir ses jambes autour de lui une seconde de plus, ou encore humer l'odeur de son excitation tout en goûtant à ces lèvres brûlantes, ses griffes lui auraient réduit les vêtements en lambeaux, et il l'aurait prise contre l'acier froid du frigo. Il se serait peu soucié qu'elle fût vierge et qu'elle eût besoin de douceur et non de brutalité.

À l'aide d'une des manches de sa chemise, Zane essuya la sueur qui perlait sur son front. Bordel ! Qu'allait-il faire maintenant ? Il ne pouvait poursuivre cette mission. Chaque seconde en compagnie de Portia ne serait que pure torture. Et qu'arriverait-il si elle le provoquait de nouveau ? Ne ferait-il que prendre ce dont il mourait d'envie ? Et une fois qu'elle aurait réalisé à qu'elle point il était sauvage, changerait-elle d'avis ? À ce moment-là, il serait trop tard. Il le prendrait, de toute façon. Il prendrait tout ce qu'il considérait comme étant à lui.

Il n'aurait jamais dû lui mordre la lèvre et goûter à son sang. Cette seule goutte avait été suffisante pour que le vampire en lui aspirât à une chose à laquelle il ne pouvait prétendre : une femme bien à lui. Ce n'était pas juste. Comment pouvait-il espérer aimer et être aimé en retour, alors qu'il ne vivait que pour la haine et la vengeance ?

Il n'en avait pas encore terminé avec la vengeance. La justice réclamait un meurtre de plus, un autre nom à ajouter à la liste de ceux qui étaient responsables de tant de misère, de tant de morts. Ceux qui lui avaient dérobé la vie qu'il aurait dû mener. Il ne pouvait abandonner maintenant. Il était trop près du but.

S'il prenait Portia et s'abandonnait à elle, elle pourrait lire profondément en lui et le haïrait car, depuis un certain temps, il craignait déjà être devenu aussi mauvais que les hommes qu'il pourchassait. Si elle s'en apercevait, elle ne ferait que confirmer ses craintes. Il ne pouvait le permettre. Personne ne devait voir ce qui se cachait en lui. Lui-même ne pouvait y faire face.

Ding dong ! Ding dong ! Ding dong !

La sonnerie de l'entrée se faisait plus pressante, rappelant à Zane la raison pour laquelle il s'était précipité hors de la cuisine. Il se redressa et s'éclaircit la gorge. Merde, il avait toujours son goût sur sa langue, et son engin continuait de presser fortement contre sa fermeture Éclair, toujours en attente d'une libération. En vain.

À travers le judas, il reconnut Thomas et Eddie. Mais bordel, que lui voulaient-ils ? Son état d'esprit n'était vraiment pas propice à toute discussion avec ses collègues. Et encore moins avec Eddie, le jeune et joyeux beau-frère d'Amaury. Quoique pas plus en état de voir Thomas, ce mentor toujours si perspicace qui n'avait jamais rien fait de mal dans sa vie... ou peut-être cette seule fois où il s'était épris de Milo, son amant qui l'avait trahi par la suite.

— Écoute Zane, dit soudainement Thomas derrière la porte, nous savons que tu te tiens juste derrière cette maudite porte ! Alors, ouvre-la !

À certains moments, Zane détestait vraiment les sens surdéveloppés dont chaque vampire était doté. Tout comme ce soir.

Il ouvrit la porte et les laissa entrer, espérant que l'odeur de la vieille maison couvrît celle de Portia, omniprésente sur lui tout comme sur ses vêtements. Mais, au moment où Thomas entra dans la maison, comme toujours vêtu de ses fringues de motard, faits de cuir et encore de cuir, le frémissement de ses narines et le plissement de ses yeux indiquèrent clairement qu'il avait remarqué quelque chose.

Alors qu'Eddie suivait son mentor et refermait la porte derrière eux, Zane regarda Thomas, le défiant silencieusement de faire un commentaire désobligeant. L'âge et l'expérience de Thomas triomphèrent de l'envie qui lui brûlait les lèvres. Et, pour que ce dernier pût croire que Zane portait une odeur de femme qui n'était pas celle de la cliente qu'il devait surveiller, il fallait que Portia évitât de les rencontrer et restât dans la cuisine.

— Quoi de neuf ? dit Zane, les mâchoires serrées.

— Hé Zane ! le salua Eddie avant de jeter un œil autour de lui.

Thomas hocha à peine la tête.

— Je suis ici pour prendre la relève.

Prendre la relève ? Merde ! Comment pouvaient-ils déjà être au courant de la façon dont il avait violé le code d'éthique de Scanguards ?

Thomas inclina la tête en direction d'Eddie.

— Eddie va t'emmener chez Drake pour ton rendez-vous.

Rendez-vous ? Le regard de Zane sauta d'Eddie à Thomas. Ses pulsations s'accélérèrent.

— Si j'avais rendez-vous avec ce charlatan, je le saurais !

C'était à peu près ce qu'il pensait du psy, lequel semblait pourtant avoir la cote auprès du personnel de Scanguards.

— Samson avait prévu que tu aurais cette réaction, alors il a décidé de ne pas . . .

— Il a décidé ? Samson n'a rien à décider à propos de ma vie !

— Tu veux continuer à travailler pour Scanguards ? Alors, tu suis ses règles.

Les gencives de Zane le démangeaient.

— Alors, c'est ainsi que ça va ? Et vous deux, vous jouez à ses petits messagers parce qu'il n'a pas le courage de me le dire lui-même ?

Il souleva le menton à l'intention de Thomas, le défiant de lui donner une bonne raison de lui flanquer les poings dans son joli visage. À la vitesse du vampire, Thomas vint se placer face à lui.

— Fais bien attention à ce que tu dis de Samson, mon pote. Nous sommes amis depuis très longtemps, bien avant que chacun d'entre nous ne fasse ta connaissance. Si je décide de lui parler de notre petite discussion, tu ne seras plus des nôtres. Est-ce que ça rentre dans ta grosse tête ?

La voix de Portia se fit alors entendre à l'arrière-plan.

— Mais qu'est-ce qui se passe ici ? Zane, qui sont ces gens ?

Merde ! La chance l'abandonnait.

Zane tourna la tête, demeurant prudent à son approche.

— Des collègues.

— Oh, d'accord, fit-elle tout en adressant un sourire chaleureux à Thomas et Eddie.

Lui avait-elle déjà souri de cette façon ? Il ne s'en souvenait pas. Cette constatation le frappa aussi fort que si quelqu'un lui avait planté un pieu dans la poitrine : Portia ne l'aimait pas du tout. Si c'était le cas, pourquoi ne lui avait-elle jamais souri comme elle venait de le faire à l'intention de Thomas et Eddie ?

Lorsque le jeune vampire alla à sa rencontre pour lui serrer la main, Zane serra les poings. Eddie la touchait ! Le bout de ses canines descendit, tandis qu'il combattait ce besoin pressant de séparer leurs mains.

— Je m'appelle Eddie. Vous devez être Portia.

Du coin de l'œil, Zane remarqua que Thomas secouait la tête, abasourdi et incrédule.

— Oui, salut Eddie.

Zane tourna à nouveau la tête en direction de Thomas, lequel n'avait toujours pas bougé et se tenait à seulement quelques centimètres de lui.

— Espèce de petite merde ! chuchota Thomas. Il avait parlé si bas que seul Zane avait pu l'entendre. Tu crois jouer à quoi ?

Zane cligna des yeux et baissa le ton au même niveau. Thomas avait fait le lien entre l'odeur présente sur lui et celle de Portia.

— Pourquoi ne vas-tu pas baiser Eddie ? Laisse-moi tout seul !

Le visage de Thomas se relâcha, les traits complètement déconfits sous le choc. Zane savait que c'était un coup bas, mais il fallait que quelqu'un le dît un jour. Si Thomas n'était pas aussi frustré de la situation dans laquelle il se trouvait, peut-être ne se mêlerait-il pas de choses qui ne le concernaient pas.

— Espèce de sale connard ! Va voir le docteur Drake immédiatement, sans protester, ou je rapporte tout ça à Samson, et tu es cuit.

La sévérité présente tant dans la voix que sur le visage de Thomas était indéniable. Zane n'avait plus d'autre choix que de se soumettre au chantage. Sans piper mot à Thomas, il se retourna et se dirigea vers Eddie.

— Eddie, on part. Maintenant.

— Où allez-vous ? Le ton de Portia était accusateur. Son sourire avait disparu.

Avant même d'avoir trouvé les bons mots, Thomas prit la parole.

— Zane a un engagement préalable à respecter. J'assurerai la relève durant les prochaines heures, dit Thomas tout en s'avançant vers Portia. Il lui tendit la main.

— Je suis Thomas. Heureux de vous rencontrer.

Zane se précipita vers la porte, Eddie sur ses talons.

— Tu peux prendre ma moto, lui cria Thomas, mais Zane ne se soucia pas de répondre.

— Trou du cul, murmura-t-il.

13

L'air frais de la nuit accueillit Zane lorsqu'il s'engagea dans l'allée. Il s'arrêta un instant pour permettre à Eddie de le rejoindre. Bouillant toujours de colère suite au chantage de Thomas, il observa les alentours et remarqua la moto d'Eddie qui était stationnée près de la barrière. Il s'étira le cou.

— Où est la Ducati de Thomas ?

— Il n'a pas pris la Ducati aujourd'hui, mais la BMW, répondit Eddie en passant devant lui.

Zane le suivit.

— Je ne savais pas qu'il avait une BMW.

— C'est parce qu'il vient tout juste de terminer de la retaper. C'est un ancêtre.

Zane s'approcha de la Kawasaki d'Eddie, la contourna et, derrière celle-ci, aperçut une plus petite moto. Il tressaillit et s'arrêta, son cœur cessant de battre au même moment.

— C'est une R6, le modèle de 1937, dit Zane avec le peu d'air qui lui restait dans les poumons, les cordes vocales pratiquement hors d'état de fonctionner.

— Oui, tu as raison. Thomas en est très fier. Il a dû débourser une belle petite somme pour l'avoir. Mais il a fait du bon boulot, tu ne trouves pas ?

Les paroles d'Eddie s'affaiblirent à l'arrière-plan, tandis que les yeux de Zane examinaient les caractéristiques de la moto dont il se souvenait si bien. Elle était noire et chromée, exactement comme celle qu'il avait eue à l'époque, la R6 qui lui avait appartenu du temps où il était toujours Zacharias, quand il avait encore des cheveux et un avenir prometteur devant lui.

Il pouvait encore sentir le vent qui lui ébouriffait les cheveux, alors qu'il roulait dans les rues de Munich.

Il accéléra et dépassa une voiture, les pavés lui renvoyant de légers chocs à travers tout le corps. Derrière lui, Rachel, sa sœur, était assise sur le minuscule portebagages qui n'était pas vraiment conçu pour le transport de passagers. Elle se cramponnait à lui comme à une bouée de sauvetage, les jambes tendues vers le trottoir.

— Ne vas pas si vite, Zacharias ! lui lança-t-elle tout en pouffant de rire. Elle s'amusait tout autant que lui.

— T'as peur ? lui dit-il en riant pour la taquiner. Il n'y avait meilleure sensation que d'être sur sa moto et de sentir l'air à ses oreilles.

— Non, mais papa sera furieux si nous nous blessons en tombant.

— Ne t'en fais pas pour papa.

Son père ne lui aurait pas offert ce cadeau d'anniversaire, une BMW R6 de trois ans qui semblait toute neuve, s'il n'avait pas voulu qu'il l'utilisât pour s'amuser. Rachel n'était encore qu'une enfant. À seulement quatorze ans, elle obéissait encore à cent pour cent à son père et à sa mère, alors que lui, il s'était déjà rebellé à quelques reprises. Un jour, il avait été sur le point de quitter la maison, mais sa mère avait trouvé l'idée ridicule. De plus, en tant que poète en herbe, il dépendait toujours de l'argent de ses parents pour survivre.

— On devrait rentrer à la maison. Maman nous attend pour le dîner, insista Rachel.

— Juste encore un tour du pâté de maison, la persuada-t-il tout en tournant la poignée d'accélération.

Mais le tour se transforma en trois tours et, lorsque finalement, ils rentrèrent à la maison de leurs parents, il faisait déjà nuit. Rachel sauta à terre, tandis que Zacharias poussait la motocyclette en direction du garage. Ce fut alors qu'il remarqua l'homme en uniforme, armé, qui se tenait devant la porte d'entrée de leur maison.

Immédiatement, la panique s'empara de lui. Quelque chose était-il arrivé à leurs parents pendant que Rachel et lui étaient en train de s'amuser ? Il gara rapidement la motocyclette et se précipita vers la porte. Rachel s'y trouvait déjà.

— Maman ? Papa ? La voix de sa sœur résonna contre les murs de leur rue étroite.

— Est-il arrivé quelque chose à nos parents ? Que se passe-t-il ? Un torrent de mots s'échappait des lèvres de Zacharias, telle l'eau qui déferlait d'une chute.

L'officier, dont l'uniforme portait l'emblème des SS, répondit d'un air stoïque.

— Zacharias et Rachel Eisenberg ?

— C'est nous, dit Zacharias en hochant la tête. Il attrapa la main de sa sœur et la serra. Une pensée envahit son esprit : il avait entendu dire que des officiers SS s'étaient pointés aux domiciles d'autres familles, et des rumeurs circulaient que de braves citoyens avaient été emmenés.

D'un signe de tête, l'officier SS indiqua le couloir derrière lui et dégagea le passage pour les laisser passer. Serrant toujours la main de Rachel, Zacharias courut à l'arrière de la maison. Des voix en provenaient. Chaque pièce devant laquelle il passait était fortement éclairée.

D'anxiété, son cœur faillit exploser dans sa poitrine, alors qu'il se rendait vers la salle de séjour. Sa mère était assise sur le canapé, la tête entre les mains, et son père se tenait debout près d'elle. Il semblait très tendu et lançait des regards nerveux aux hommes présents dans la pièce : trois autres membres des SS, dont les uniformes noirs et les bottes lustrées brillaient sous la lumière artificielle.

— Ce sont vos enfants ? demanda le grand officier blond.

Le père de Zacharias acquiesça et adressa un regard empreint de regret à son fils et à sa fille.

— Papa ?

Zacharias essaya, en déglutissant, de faire passer la boule qu'il avait dans la gorge, mais sans succès. La présence de ces officiers dans sa maison ne pouvait signifier qu'une seule chose. Les rumeurs étaient fondées ; il l'avait compris au visage de ses parents.

Celui de sa mère était rempli de larmes. Zacharias se rua vers elle et s'accroupit pour lui prendre les mains.

— Ils nous emmènent avec eux. Chacun d'entre nous.

Elle sanglotait. Derrière lui, Zacharias entendit Rachel haleter sous le choc.

— Ils nous arrêtent, poursuivit sa mère.

Zacharias tourna la tête vers les intrus et, même s'il connaissait la réponse, il posa la question.

— Pourquoi ?

Lorsqu'un méchant sourire s'afficha sur le visage de l'officier blond, Zacharias eut la sensation qu'une main froide lui serrait la gorge dans le but de lui ôter la vie. Un sentiment d'appréhension le percuta.

— Pourquoi ? fit l'officier en échangeant un regard avec ses collègues. Parce que vous êtes des Juifs, voilà pourquoi. Des sales Juifs.

Sales Juifs. Ces mots résonnaient toujours dans sa tête lorsque les gardes SS les emmenèrent dehors, lui et sa famille, pour les embarquer dans le fourgon qui les attendait. Il tourna la tête pour regarder derrière lui, pour entrevoir une dernière fois la motocyclette avec laquelle il était rentré à la maison à peine quelques minutes auparavant. Il l'avait possédée durant une journée seulement. Un seul jour, en 1940. Il avait vingt-quatre ans, et la vie, telle qu'il l'avait connue jusque-là, venait de changer pour toujours. Personne n'aurait pu imaginer à quel point cela serait drastique.

ZANE DÉTACHA les yeux de la moto et se tourna vers Eddie.

— Je ne peux pas conduire cette moto.

— Bien sûr que tu le peux. Elle fonctionne de la même manière que…

— J'ai dit que je ne pouvais pas conduire cette moto, répéta Zane, les dents serrées, le regard fixé sur Eddie.

Son collègue adopta la bonne attitude et ne posa aucune question stupide.

— Très bien. Alors, monte derrière moi.

⁂

ZANE SE SENTIT PARALYSÉ dès son entrée dans l'immeuble où Drake pratiquait. Lorsque la réceptionniste à l'allure de poupée Barbie lui fit remarquer qu'elle devait d'abord l'annoncer, Zane la regarda d'un air renfrogné et l'ignora complètement. Il fit simplement irruption dans le cabinet du médecin et claqua la porte derrière lui.

Drake était assis derrière son bureau. Il leva les yeux brièvement, ne semblant pas avoir été dérouté par l'entrée dramatique de Zane.

— Je suis ici, hurla Zane lorsque le psy replongea la tête dans sa paperasse. Il détestait qu'on pût l'ignorer.

— Je ne suis pas aveugle, répliqua Drake, calmement.

— Et si tu ne commences pas cette séance tout de suite, je vais m'assurer que tu puisses rentrer dans un cendrier, murmura Zane.

— Je ne suis pas sourd non plus, ajouta Drake. Il referma le document qu'il était en train de lire et le mit de côté. Je ne m'attendais pas à ce que tu sois si impatient de commencer.

Zane roula des épaules.

— Si tes aptitudes en tant que médecin sont aussi pointues que ne l'est ta capacité à interpréter les intentions des gens, je te suggère fortement de changer de métier.

Comme s'il était venu là pour se taper une connerie de psychanalyse et pour laisser ce charlatan lui sonder le cerveau ! Comme si le mot « barjot » était tatoué sur son front. Ce type n'arriverait pas à lui faire dire quoi que ce soit. Zane s'en fit la promesse.

— Je t'offrirais bien de t'asseoir, mais j'ai l'impression que tu préfères rester debout. Alors, je n'en ferai rien.

— Tout faux, encore une fois, répondit Zane, lequel se laissa choir sur l'affreux canapé en forme de cercueil tout en reposant ses pieds sur un des panneaux de bois qui faisaient office d'accoudoirs. Bien sûr, il aurait préféré rester debout, mais il ne laisserait aucune latitude à ce connard. En cinq minutes, il prouverait que Drake n'était qu'un incompétent et, pour couronner le tout, il parviendrait à lui extirper son assentiment à ce propos.

— Bel ameublement, mentit-il.

En abreuvant le médecin de tant de mauvaises réponses, il l'enverrait sur une piste si lointaine que ce dernier serait bientôt en train de faire route vers la Chine.

Drake haussa un sourcil, indiquant clairement qu'il avait compris son stratagème.

— Ton patron m'a averti que tu avais des goûts étranges.

Quoiqu'une tempête fît rage en lui, Zane demeura impassible.

— Je doute fort qu'il m'ait fait venir ici pour que tu puisses discuter de mes goûts étranges. Tu veux quoi, Drake ? demanda-t-il en croisant les pieds, feignant une attitude décontractée.

— Cela ne dépend que de toi.

— N'essaie pas de me la faire celle-là. On sait tous les deux que c'est faux. Samson t'a donné des instructions précises sur ce dont il veut que je te parle.

Demeurant aussi calme que possible, il poursuivit.

— Alors, venons-en aux faits : j'ai tué ce trou du cul. Est-ce que j'ai aimé ? Absolument. J'ai des regrets ? Non. Des remords ? Non. Un cas de conscience ? Surtout pas !

Il reposa les pieds au sol.

— Et maintenant qu'on en a fini, envoie la facture à Samson pour l'heure entière et prends le temps qui reste pour toi.

Il se leva.

Lentement et délibérément, le médecin applaudit. Zane lui lança un regard glacial.

— C'est fabuleux, excellent ! J'adore les belles performances autant que mon prochain. Tu n'as jamais pensé devenir comédien ?

— Va chier !

— Non, vraiment. Drake se leva et contourna son bureau. Je perçois un grand talent en toi.

Zane plissa les yeux face à cette remarque du médecin qui, de toute évidence, se voulait sarcastique.

— On en a fini.

— Pas si vite. Tu n'es certainement pas sans savoir que je dois faire un rapport à Samson si tu manques une séance ou si tu quittes plus tôt que prévu.

Délibérément, il jeta un œil à sa montre.

— Tu n'es ici que depuis cinq minutes. Ce qui constitue évidemment un record.

Son regard revint se poser sur Zane.

— Nous ne sommes pas à un speed-dating.

Zane serra les poings et prit une profonde inspiration. Très bien. Le médecin voulait qu'il demeurât l'heure entière ? Il pouvait le faire.

— C'est comme tu veux.

Il s'étendit sur le canapé-cercueil, tassa l'un des oreillers sous sa tête et ferma les yeux.

— Réveille-moi dans cinquante-cinq minutes.

Le silence se fit dans la pièce. Zane commença à compter. Une minute s'écoula, puis une autre. Le rire du psychiatre résonna ensuite dans la pièce. Zane ouvrit subitement les yeux, épinglant l'homme avec toute la colère contenue dans son regard.

— Et tes collègues qui n'arrêtent pas de dire que tu n'as aucun sens de l'humour, clama Drake.

— Tu es chiant.

Presqu'autant que Portia pouvait l'être.

Bordel, il n'allait tout de même pas se mettre à penser à elle et à ce qui s'était passé moins d'une heure auparavant. Ni se demander ce qui serait arrivé s'ils n'avaient pas été interrompus. Bon sang, il n'allait tout de même pas sauter une vierge ! Et merde, elle ne devrait d'ailleurs plus être vierge ! Ce n'était pas normal.

— Qu'est-ce que tu connais à propos des hybrides ? Zane avait posé la question avant même de savoir qu'il allait le faire.

— J'imagine que tu ne parles pas de voitures.

Zane le fusilla du regard.

— Tu n'es pas le seul à avoir de l'humour, ricana Drake.

Le vampire roula des yeux. Nom de Dieu ! Pourquoi fallait-il que Drake fût le seul psychiatre en ville ? Le seul psychiatre vampire, en fait.

— Les hybrides sont le produit de l'union entre un vampire mâle et sa partenaire humaine de sang-mêlé, ou encore, les enfants des hybrides.

Zane se redressa dans un mouvement d'impatience.

— Même moi je sais ça !

— Alors, peut-être pourrais-tu reformuler ta question en étant un peu plus précis sur ce que tu désires savoir.

Le médecin s'installa dans le fauteuil placé face au canapé-cercueil.

Zane remua sur son siège. Bah, peut-être valait-il mieux tout oublier. Ça ne le concernait pas. Il était plus sage de rester en dehors de tout ça. Mais cette foutue bouche fonctionnait toute seule.

— Y a-t-il une raison pour laquelle un parent refuserait à sa fille hybride de perdre sa virginité avant que son corps ne se fige sous sa forme définitive ?

— Quoi ?

— Il me semblait que tu n'étais pas sourd !

— Oh, je t'ai très bien entendu, c'était clair. Je suis seulement surpris par ta question.

— Et alors ?

Drake croisa les doigts.

— J'imagine que tu fais allusion au fait qu'elle possèdera toujours son hymen lors de sa transformation finale.

Il prit bonne note du hochement de tête de Zane avant de poursuivre.

— Franchement, cela n'a aucun sens. Seul un sadique pourrait faire cela à quelqu'un. Quel âge a l'hybride en question ?

Zane se raidit sur son siège.

— Ce n'était qu'une hypothétique question, docteur.

Drake fronça les sourcils.

— Alors, quel âge a l'hypothétique hybride ?

— Elle aura vingt-et-un ans dans à peine quelques semaines.

— Je suggère que tu parles en privé à sa mère pour l'informer de ce que cela implique.

— Sa mère est morte.

— Son père alors.

— Il la garde pratiquement enfermée pour qu'elle ne rencontre jamais d'hommes.

— Tu crois donc qu'il fait cela délibérément ?

— Qu'est-ce que ça peut être d'autre ?

Les instructions que Scanguards avait reçues du père de Portia ne pouvaient être plus claires : la garder loin des garçons.

Drake réfléchit à la question.

— Comment se fait-il que cette jeune fille t'intéresse tant ?

Zane bondit sur ses pieds.

— Je ne suis pas intéressé !

Et merde ! Lui-même ne croyait pas à ce ramassis de conneries.

— Hum. J'aurais cru le contraire.

Zane ignora le commentaire de Drake, car une autre réflexion lui vint à l'esprit.

— Peut-on enlever l'hymen autrement que par le sexe ?

— Non.

Zane cligna des yeux. Était-il réellement assis dans le cabinet du psychiatre, en train de discuter avec lui au sujet des organes sexuels ? Il avait dû perdre la tête sans s'en rendre compte.

— Mais . . . J'ai entendu dire que, même chez l'humain, un hymen peut facilement être brisé par une activité physique vigoureuse. Donc, n'aurait-elle pas pu déchirer son hymen elle-même ?

Il l'avait vue sauter de la fenêtre et courir comme si une meute de loups l'avait prise en chasse. N'était-ce pas là ce qu'on pouvait considérer comme une activité physique vigoureuse ?

Drake haussa un sourcil.

— Oui, je regarde la chaîne Discovery ! Et alors ? continua Zane, d'un ton sarcastique.

Drake s'éclaircit la gorge avant de reprendre.

— Pour revenir à ta question, malheureusement, la réponse est non. L'hymen d'une jeune femme hybride ne peut subir une blessure permanente. Oui, il peut être déchiré, mais il se reconstituera de lui-même durant le sommeil réparateur. Même en lui mettant un doigt, excuse le caractère cru de l'expression, l'hymen ne se déchirerait pas de façon permanente. Seul un rapport sexuel complet pourra briser l'hymen sans que celui-ci ne puisse s'auto-réparer.

Drake s'avança sur sa chaise.

— Il faut un pénis de chair et de sang, ainsi que de la semence vivante pour dissoudre entièrement l'hymen. Il n'y a pas d'autre moyen. J'imagine que, d'une certaine manière, notre créateur a voulu que nous continuions à procréer, dit-il en haussant les épaules. Qu'est-ce que j'en sais ?

Zane déglutit.

— Alors, il ne reste que le sexe.

Le sexe torride, passionné, et époustouflant . . . avec Portia.

14

Dès qu'il fut sorti du cabinet de Drake, Zane grimpa à l'arrière de la moto d'Eddie et retourna chez Portia. Il continuait de méditer les paroles du médecin et n'était pas du tout enclin à parler. Par bonheur, lorsqu'il arriva à la maison, il apprit de la bouche de Thomas que Portia était allée se coucher. Au moins n'aurait-il pas à l'affronter dans l'immédiat. Il se trouvait dans un tel état de confusion qu'il ne savait plus que faire.

Il fut content lorsqu'Oliver vint prendre la relève, peu avant le lever du soleil.

— Peux-tu venir une heure et demie avant l'aurore demain matin ? demanda Zane à son collègue humain.

— Et pourquoi ça ?

— Je voudrais discuter d'un truc avec Samson.

— Bien sûr. Pas de problème.

— Merci mon pote. Il gratifia Oliver d'une tape sur l'épaule avant de se précipiter dans l'obscurité.

Sur le chemin du retour, Zane faillit s'étouffer en se nourrissant du sang d'un clochard qui dormait sous un portique. Après avoir goûté à cette minuscule goutte du sang de Portia, tout le reste avait à présent la saveur de l'acide sulfurique. Bon sang, il s'était lui-même foutu dans la merde, n'est-ce pas ?

Alors qu'habituellement, il se foutait pas mal de la provenance de son prochain repas, pour autant que celui-ci provînt tout droit d'une veine pulsante, son sens du goûter venait juste de commencer à se raffiner.

Il avait toujours été du genre à aimer le McDo mais, soudainement, il s'était mis à apprécier la nourriture trois étoiles du guide Michelin. Parfait !

Lorsqu'il arriva à la maison, Quinn le détourna de ses pensées perturbantes.

— Tu ne vas pas y croire !

Fatigué, Zane haussa un sourcil et s'affaissa dans le canapé. Z bondit sur ses jambes et se roula en boule.

— Il a mangé ?

— Je l'ai nourri après notre balade, répondit Quinn.

Zane porta son regard sur le chien.

— Merci. Alors, qu'est-ce qu'il y a de si incroyable ?

— L'épinglette que tu as récupérée sur l'assassin. J'ai trouvé le symbole.

Une certaine effervescence s'empara de lui. Enfin quelque chose sur lequel il pouvait focaliser toute son énergie !

— Et qu'est-ce qu'il signifie ?

— Écoute bien. Il s'agit d'un groupe de vampires et d'hybrides qui collaborent à la création d'une race suprême.

Les oreilles de Zane sifflèrent en entendant la nouvelle.

— Une nouvelle race ?

— Pas nouvelle, suprême. Ils sélectionnent des vampires et des hybrides dans le cadre d'un programme de reproduction afin de donner naissance à des hybrides plus forts, *supérieurs.*

Zane frissonna. Cela ressemblait trop à quelque chose qu'il connaissait déjà.

— Exactement comme les nazis, lorsqu'ils ont essayé de créer l'éminente race arienne. Ils sélectionnaient des hommes et des femmes blonds, grands, dotés d'une intelligence supérieure à la moyenne, d'une certaine force physique et d'une certaine beauté afin qu'ils pussent procréer.

Quinn hocha la tête.

— Sauf que cette fois, ce ne sont pas des blonds aux yeux bleus qu'ils cherchent, mais principalement des hybrides. Ils prendront également des vampires, mais seulement ceux qui sortent de l'ordinaire. Les plus forts, dangereux, intelligents et habiles. Ils veulent reproduire ces caractéristiques dans la prochaine génération d'hybrides.

— Comment l'as-tu découvert ?

— Un vampire mécontent d'avoir été rejeté de leur programme a répondu à un de mes contacts, répondit Quinn en haussant les épaules.

— Mécontent ? Pas vraiment une source d'information fiable. Ces gens-là ont la réputation d'exagérer.

— Il avait l'air sincère.

Zane demeura dubitatif, même si Quinn disposait d'un talent incroyable pour cerner les gens.

— Ça ne me dit rien qui vaille. Si je voulais tenter un tel truc, je ne dévoilerais pas ce dont il en retourne à chaque recrue potentielle. Je ne donnerais les détails qu'aux candidats qui seraient retenus dans le programme. Et encore là, je ne leur dirais que ce qu'ils ont besoin de savoir.

Quinn sembla peser ses mots.

— Mon contact me semble être le genre de personnes capable de faire ses propres enquêtes, si tu vois ce que je veux dire.

Un vampire qui fourrait son nez dans des choses qui ne le regardaient pas ? Eh bien, Zane pourrait au moins essayer d'apprendre ce qu'il savait. Il ne serait pas obligé de le croire.

— Sait-il qui dirige le programme ?

— Non. Seuls les candidats admis peuvent éventuellement rencontrer le grand patron.

Cela semblait logique.

— Que savait-il d'autre ?

— L'emplacement de leur quartier général est gardé secret. Seuls les plus haut gradés le connaissent. Tout est secret : le nombre de recrues, ainsi que le nombre de bébés hybrides conçus.

— Y'a-t-il quelque chose qu'il sache ? Quel est l'objectif de ce groupe ? Il doit y avoir une raison qui les pousse à faire ça.

— Je pense qu'on peut le deviner à partir du symbole qu'ils ont choisi. En effet, c'est une croix gammée brisée, comme le suggère la ligne entre les deux parties. Le vampire qui a été exclu a quand même remarqué que le symbole change au fil du temps. Après quelques années, une nouvelle épinglette est créée et, à chaque fois, l'espace entre les deux parties de la croix gammée rétrécit. Elles se rapprochent donc l'une de l'autre.

Zane jura. Un tel symbole ne pouvait signifier qu'une chose.

— Ils essaient de ressusciter le troisième Reich.

— Peut-être pas exactement, mais ils s'inspirent de certaines de ses idées pour créer des hybrides plus forts et indestructibles. Et, puisque ce ne sont pas des vampires au sang pur, ils peuvent circuler à la lumière du jour, se fondre à la population humaine et se propager au sein de celle-ci sans être vus ni dérangés. Imagine la puissance que cela leur conférera. Et nous autres, les vampires de sang pur, nous serons paralysés puisqu'incapables de les contrer durant le jour. Si cette race supérieure a pour but de dominer le monde…

Quinn n'eut pas à terminer sa phrase.

— La race dominante ultime, pourvue des compétences et des avantages propres aux humains et aux vampires, mais sans aucune de leurs faiblesses, rétorqua Zane.

Il n'y avait aucun doute dans son esprit : son plus grand ennemi se cachait derrière tout ça.

— Franz Müller. C'est leur chef.

— Tu n'en sais rien.

Zane rit jaune.

— C'est un complot diabolique, dit-il en jetant un regard à son ami avant de poursuivre. Si quelqu'un est capable de monter une telle machination, c'est bien Müller. Ses antécédents correspondent. Il possède les compétences médicales pour comprendre les caractéristiques nécessaires au bon fonctionnement du programme de reproduction. Et il a toutes ses filières. Il se pourrait que ses collègues et lui aient débuté tout cela dès la fin de la guerre. Dès qu'ils ont compris qu'ils pouvaient se reproduire avec des humains et ainsi créer des enfants hybrides, ils détenaient tous les outils nécessaires.

— Tu le décris comme étant le Diable en personne. Il n'est rien de tel. Tu ne crois pas que tu pousses cette vengeance personnelle un peu trop loin ? Il n'est qu'un vampire qui, jusqu'ici, a réussi à t'échapper.

Zane remua la tête.

— Ne sous-estime pas Müller. Si tu le fais, tu meurs. Il est mauvais jusqu'à la moelle. Et son ambition ne fait que rassasier le mal qui est en lui.

S'il a quelque chose en tête, il le fera. Il est rusé et, par le biais de ses recherches, il a dirigé le programme de Buchenwald. C'est également lui qui a découvert comment créer des vampires après qu'un garde ne soit tombé sur l'un d'eux en train de se nourrir de prisonniers. Il y a vu une opportunité et l'a saisie.

Quinn posa une main sur l'avant-bras de Zane.

— Mais une race suprême ? Tu ne crois pas qu'il s'agit là d'un trop gros morceau, même pour Müller ?

— Il a un complexe de Dieu. C'est un psychopathe.

Quinn soupira

— Que vas-tu faire ?

— Il n'y a qu'une seule chose que je puisse faire. Le trouver et l'abattre. Connaissant sa façon de procéder, je sais qu'il ne fait confiance en personne. Il sera le seul à détenir toutes les informations sur le fonctionnement du programme. S'il tombe, le programme sera réduit à néant.

— Uniquement si c'est bien lui qui le chapeaute.

— Ce ne peut être que lui !

Müller avait toujours détesté l'autorité et, même à l'époque où il opérait à Buchenwald, il en voulait à ses supérieurs. En tant que civil, il n'était absolument pas question qu'il reçût des ordres. Müller ne pouvait être le subordonné de personne. Il devait être le chef.

— Comment allons-nous le trouver ?

— Poursuivons avec le fils de Brandt. Il nous mènera à lui. T'as quelque chose sur la clé ?

De la tête, Quinn répondit par la négative.

— Devine quoi : aucun casier à l'aéroport. Conneries de sécurité nationale, j'imagine. Ce soir, j'irai vérifier dans les gares ferroviaires et dans les stations d'autocars.

— D'accord. Il ne peut pas être venu ici sans quoi que ce soit sur lui. Il doit avoir planqué ses affaires quelque part.

Et avec un peu de chance, Brandt les mènerait directement à l'organisation. Même s'il avait juré ne pas savoir où se terrait Müller, sa parole ne valait pas grand-chose. Si seul le grand patron de l'organisation connaissait l'emplacement des quartiers généraux, et donc l'endroit où l'on pouvait trouver

Müller, cela voulait simplement dire que Brandt ne faisait pas partie de la hiérarchie. Aussi simple que ça.

Zane cogna son poing dans la paume de sa main. Retrouver Müller le démangeait, maintenant plus que jamais. S'il était vraiment à la tête de ce programme de reproduction néonazi, ce dont Zane était convaincu, alors, il devait être mis hors-jeu le plus rapidement possible. Vampires et hybrides étaient déjà plus forts et plus rapides que les humains. Assoiffé de domination, Müller mettrait l'humanité en péril si on lui permettait de créer une race qui leur serait encore supérieure.

Zane ne l'autoriserait pas. Le mal devait être éradiqué.

***

— Tu ne peux pas te pointer comme ça chez lui, chuchota Lauren dans les toilettes de l'université, alors qu'elle refermait le robinet. Il ne te laissera pas entrer.

Portia se passa les doigts dans les cheveux.

— Je ne vais pas me contenter de me pointer là et attendre qu'il m'ouvre la porte. Je vais entrer par effraction.

Lauren secoua la tête.

— Tu sais que tout le monde te reprochera ton comportement en invoquant ma mauvaise influence ? Tu le sais, hein ?

— Il ne t'arrivera rien. Ce sera fait avant même quelqu'un ne s'en rende compte.

— En es-tu certaine ?

Portia hocha la tête.

— Tu n'y étais pas, mais je te dis que Zane était sur moi. Si ses collègues ne s'étaient pas pointés hier soir, on aurait couché ensemble. Malheureusement, lorsqu'il est revenu, j'étais tombée endormie. J'avais pourtant essayé de l'attendre.

Lauren se mit du rouge à lèvres.

— Pourquoi ne pas attendre jusqu'à ce soir ?

Elle ne le pouvait pas. Durant tous les cours de la matinée, elle n'avait pu se concentrer et s'était repassé en boucle les baisers et les caresses de Zane. Elle brûlait littéralement. Si elle devait patienter une heure de plus, tous les camions de pompiers de la ville ne seraient pas assez nombreux pour éteindre les flammes.

— Je ne peux pas.

Le besoin de le posséder, de sentir son corps soudé au sien devenait de plus en plus fort et pressant.

— Comment comptes-tu te débarrasser d'Oliver ? demanda Lauren en désignant la porte d'un signe de tête. Oliver s'y tenait de l'autre côté et les attendait.

— Ne t'en fais pas. Ce n'est qu'un humain. Je serai partie si vite qu'il n'aura rien vu venir.

— Attention. Personne ne doit remarquer ta rapidité de vampire, ou nous serons toutes les deux dans la merde jusqu'au cou.

Portia sourit.

— Tu t'en fais trop.

Depuis qu'elle avait rencontré Zane, elle avait davantage pris confiance en elle. Elle était prête à courir des risques pour obtenir ce qu'elle désirait. Car ce qu'elle voulait en valait la peine. Les mains de Zane sur son corps en valaient la peine. Et, une fois qu'ils auraient couché ensemble, peut-être voudrait-il quelque chose de plus. Parce qu'elle en voulait plus. Elle voulait apprendre à le connaître, explorer ce qui se cachait sous ce masque d'indiffé-rence et de violence. Découvrir ce qu'il cachait au monde, ce qu'il protégeait si férocement.

Oui, elle l'avouait. Peut-être pas à Lauren ou aux autres, mais tout au moins à elle-même. Elle devrait probablement s'enfuir le plus loin possible de Zane, mais elle savait qu'elle en serait incapable. La force qui l'attirait vers lui était trop forte, comme le courant d'une rivière qu'elle ne pouvait remon-ter. Il valait mieux abandonner la bataille et se laisser dériver vers lui, pour finir dans ses bras.

— Es-tu prête ? continua Lauren en l'observant dans le miroir.

— Ouais. Tu as l'adresse ?

Lauren sortit un morceau de papier de son sac à main et le lui tendit.

— C'est dans la Mission.

Portia regarda l'adresse que Lauren avait gribouillée sur le papier.

— Je trouverai bien.

Un frisson d'anticipation lui parcourut le dos lorsqu'elle ouvrit la porte des toilettes et s'avança dans le couloir.

— J'étais sur le point d'aller voir, dit Oliver.

— Il n'est vraiment pas nécessaire de me traiter comme un bébé. Je suis parfaitement capable d'aller aux toilettes toute seule.

Portia scruta le corridor d'un bout à l'autre. Il y avait trop d'étudiants pour qu'elle pût s'échapper à la vitesse du vampire. Il fallait donc recourir à des moyens détournés.

15

———————

Zane déposa les haltères et expira. Sa vigoureuse séance d'entraînement l'avait couvert de sueur. Suite à sa conversation avec Quinn, il avait bien essayé de dormir, mais son esprit ne voulait pas s'arrêter de gamberger, rendant tout repos impossible. Quinn, quant à lui, dormait profondément.

En se rendant à l'étage, il ne se soucia guère d'être bruyant. Il était chez lui, et quiconque y voyait un désagrément n'avait qu'à déménager. De toute façon, Quinn avait l'habitude qu'il fût debout la moitié de la journée. Ils avaient partagé un appartement à New York durant un certain temps, et Quinn avait appris à faire fi des activités diurnes de Zane.

Bordel, ce qu'il pouvait être en rogne ! Le soupçon qu'il avait à propos de Müller quant à sa position à la tête d'un programme de reproduction menant à une race supérieure le rongeait. Il se mit à se faire des reproches. S'il n'avait pas échoué à retrouver ce salop et à le tuer, ceci ne se serait jamais produit. Il avait disposé de plus de soixante années pour le capturer, mais Müller était toujours parvenu à s'enfuir.

Zane se dirigea vers la douche et se déshabilla. Quand l'eau chaude se mit à couler sur sa peau nue, il ferma les yeux et appuya son front contre le carrelage. Il était temps d'admettre que Portia était véritablement responsable de son humeur. Il la désirait au-delà de l'entendement. Mais, s'il s'autorisait à prendre ce qu'elle offrait, il enfreindrait tant de règles qu'il s'attirerait les foudres de Samson.

Et même s'il ne violait pas le code d'éthique de Scanguards en la touchant, il savait qu'il en éprouverait des scrupules.

Zane baissa les yeux et se regarda. Il se rendit compte qu'il avait commencé à bander, prêt à l'action, dès l'instant où ses pensées s'étaient tournées vers Portia. Mais il n'allait pas prolonger son état. D'un petit coup sec et douloureux de l'ongle contre l'extrémité de son érection, il fit retomber la pression de cet appendice surexcité. Après s'être savonné et rincé, il ferma le robinet et posa les pieds sur le moelleux tapis qui reposait devant la cabine de douche.

Les aboiements du chien l'amenèrent à tendre l'oreille un instant. L'animal errait toute la journée dans le jardin et la maison et aboyait sans cesse contre tout ce qu'il voyait : d'un camion qui passait par là, à une abeille butinant une fleur.

Il secoua la tête et continua de se sécher. Au moins y avait-il quelqu'un dans cette maison qui s'amusait. Alors qu'il revêtait sa robe de bain et en resserrait le cordon, il entendit un craquement dans l'escalier. Quinn s'était-il levé ?

Les pieds nus, Zane se précipita hors de la salle de bain et se rendit dans sa chambre, attrapant, au passage, un pieu qu'il conservait dans le tiroir de sa commode. Si un autre assassin voulait sa peau, il serait prêt à l'affronter cette fois-ci. Ses doigts atteignirent l'interrupteur. Il l'actionna, plongeant la pièce dans l'obscurité. L'assassin devait croire qu'il dormait.

Plus un son ne provenait du couloir. L'avait-il simplement imaginé ? La vieille demeure émettait-elle tout simplement certains bruits ? Zane tendit l'oreille tout en patientant, son corps collé contre le mur à côté de la porte, prêt à frapper.

Il retint son souffle afin de ne pas trahir sa position. La poignée de la porte se mit alors à tourner lentement. Les charnières grincèrent. L'ombre s'avança, et Zane bondit, entoura un bras autour du cou de l'intrus et l'amena d'un coup sec contre sa poitrine, le pieu toujours dans l'autre main.

Prenant finalement une grande inspiration, il huma une fragrance qui lui était bien trop familière. Il avait retenu sa respiration et ne l'avait, dès lors, pas reniflée au préalable.

Zane tendit la main vers l'interrupteur et l'enclencha, inondant ainsi la pièce de lumière.

— Merde ! Portia ! dit-il dans un souffle.

Elle se retourna et laissa aussitôt courir son regard sur le corps pratiquement nu de Zane. D'instinct, il vérifia sa ceinture pour s'assurer qu'elle ne s'était pas défaite.

— Salut.

Il plaqua une main contre sa bouche, craignant qu'elle n'eût éveillé Quinn en le saluant.

Zane se pencha vers son oreille.

— Mais, que viens-tu faire ici, bordel ?

Elle murmura dans sa main, mais il ne la relâcha pas.

— Je ne suis pas seul dans la maison. Alors, à moins que tu ne veuilles que ton garde du corps soit viré, parle moins fort, chuchota-t-il les dents serrées.

Elle fit un signe de la tête, et il ôta sa main. Portia rapprocha immédiatement sa tête de son visage. Et merde, elle sentait si bon qu'il ne savait pas du tout combien de temps il parviendrait à se retenir de la toucher.

— Je voulais te voir, dit-elle d'une voix douce et séductrice.

Avait-elle toujours eu cette si jolie voix ? Ou était-ce dû au désespoir de plus en plus profond qu'il éprouvait à force de s'interdire la sensation qu'il se procurerait en la prenant et en la faisant sienne ?

— Tu es entrée par effraction !

Elle haussa les épaules. Sa main entra ensuite en contact avec sa poitrine, et ses doigts se mirent à jouer avec le revers de sa sortie de bain. Avant qu'elle n'eût le temps de glisser la main sur sa peau nue, il l'agrippa et l'emprisonna dans la sienne.

— Arrête ça.

Non, fais-le, voulait-il hurler.

L'autre main, trop rapide pour susciter une réaction, écarta les pans de sa sortie de bain. Les doigts de Portia entrèrent en contact avec sa poitrine imberbe. Son toucher le brûlait comme les feux de l'enfer, si tentant, si séduisant, mais si interdit. Il pouvait peut-être se permettre, ne fût-ce qu'une seconde, de baigner dans son essence, d'autoriser ce parfum si enivrant à s'infiltrer en lui.

— Je te veux, murmura-t-elle tout en pressant ses lèvres contre sa peau.

Elle les laissa glisser vers le haut, sur toute la surface chaude de son corps, en direction de son cou. Il inclina la tête, incapable de résister au plaisir qu'elle lui offrait. L'excitation monta en lui lorsque les lèvres de la jeune séductrice se refermèrent sur sa peau et se mirent à sucer.

Il lui plaqua alors les mains sur le bas du dos et la pressa contre sa forte érection.

— Mords-moi, demanda-t-il d'une voix rauque.

Portia leva la tête pour le regarder, étonnée.

— Oui, répéta-t-il plus fort, c'est comme ça que ce serait avec moi. Nous serions comme des animaux, sauvages, sans retenue. Être avec moi ressemblerait à ça.

Il la relâcha avant de reculer.

— Avoue-le, tu n'es pas prête pour ça. Tout ce que tu désires, c'est faire l'amour, gentiment et fadement. C'est une chose que je ne peux pas te donner.

— Ce n'est pas vrai. Je veux ... plus.

Il secoua la tête.

— Rentre à la maison, petite fille.

Puis, il réalisa quelque chose.

— Où est Oliver ?

— Je lui ai échappé.

— Comment ?

— Contrôle de l'esprit.

— Toi, petite sournoise ...

Il ne pouvait cependant lui faire de reproches. Tout comme elle, il ferait n'importe quoi pour obtenir quelque chose qu'il désirait plus que tout.

— Je ne lui ai fait aucun mal.

— Il faut qu'il vienne te chercher pour te ramener chez toi. Zane se retourna afin d'attraper son portable sur la commode, mais la main de Portia intercepta son poignet.

— Non !

— Ce n'est pas toi qui décides.

— Espèce de grosse brute !

Zane haussa les épaules. Que ne savait-il déjà ?

— Zane ?

Quinn frappait à sa porte. Merde ! Zane lança un regard de réprimande à Portia.

— Tout va bien ?

Zane fit signe à Portia de se cacher dans le lit. Elle comprit et y bondit, remonta les couvertures jusqu'au cou et tourna la tête dans le sens opposé à la porte.

— Tout va bien, répondit calmement Zane tout en ouvrant la porte à moitié. Il fallait que Quinn pût apercevoir les longs cheveux foncés de Portia sans pour autant distinguer son visage. S'il n'avait pas ouvert, Quinn se serait posé des questions.

Ce dernier jeta un œil dans la chambre.

— Eh, je pensais seulement à l'assassin de l'autre jour, et ça m'a rendu inquiet. Puis, il sourit. Quelqu'un de spécial ?

— Non, juste un coup d'une nuit.

— Tu peux l'envoyer dans ma chambre quand t'en auras fini avec elle, suggéra Quinn avec un sourire lascif.

Dans ses rêves !

— Quand j'en aurai fini avec elle, elle ne tiendra plus debout.

— Sacré veinard, se contenta de dire Quinn en gloussant.

Zane lui donna une tape sur l'épaule et referma la porte. Il se retourna ensuite vers le lit : Portia était en train de se découvrir et d'ôter ses souliers.

— Arrête immédiatement, l'avertit-il, refusant qu'elle se dénudât davantage. Lorsqu'elle était habillée, la tentation était déjà assez vive comme cela. Si elle était nue, il ne pourrait s'empêcher de poser les mains sur elle.

— Qu'est-ce que tu vas faire ? Crier à l'aide ? dit-elle pour le taquiner.

Zane bondit sur le lit et la retint en lui saisissant les bras.

— Toi, petite fille, écoute-moi bien maintenant. Tu as le choix : soit tu te comportes bien, et il se pourrait que je décide de te laisser rester ici jusqu'à ce soir, soit j'appelle Oliver immédiatement pour qu'il vienne te chercher.

Bon sang, qu'était-il en train de dire ? Lui permettre de rester ? Pour faire quoi ? Pour se torturer lui-même durant les prochaines heures sans pouvoir la toucher ? Était-il en train de devenir fou ?

Portia pinça les lèvres.

— Peux-tu préciser ce que tu veux dire par « si je me comporte bien » ?

— Ne joue pas à ce petit jeu avec moi Portia, je t'avertis.

— Ou tu feras quoi ?

T'embrasser. Te sauter. Te mordre. Voilà les mots qu'il voulait prononcer. Mais il ne le pouvait pas. Tout ce qu'il pouvait faire, c'était la regarder pour se perdre dans les profondeurs de ses yeux verts, se demandant ce qui se serait passé s'ils s'étaient rencontrés en d'autres circonstances, à une autre époque. S'il avait été un homme différent, un homme qui ne fût pas rongé par la haine et la soif de vengeance, il aurait peut-être pu la rendre heureuse. Mais il était ce qu'il était.

— Tu dois partir, lui dit-il en lui lâchant les poignets et en roulant sur le côté.

— Mais, tu as dit que si je me comportais correctement, tu me permettrais de rester.

Il secoua la tête.

— C'est mieux pour nous deux si tu pars maintenant.

Elle se coucha sur le côté, plia le coude et appuya la tête dans la paume de sa main.

— Parce que tu crois que je ne désire pas la même chose que toi ?

— Tu n'as aucune idée de ce que je veux.

— Alors, pourquoi ne me racontes-tu pas ?

— Je n'ai pas envie de parler.

Elle leva la main et lui caressa la joue. Zane ferma les yeux, ne sachant trop s'il fallait la repousser ou la ramener à lui. Il ne fit rien de tout ça, car la caresse de Portia le heurta telle une balle touchant un cerf. Entre les mains de Portia, il se sentait tout aussi vulnérable.

— Je veux te toucher, murmura-t-elle.

— Tu me touches déjà.

Si elle en arrivait à poser des gestes plus intimes, le dernier filet de contrôle qui lui restait se déchirerait en un rien de temps.

— Je veux toucher tout ton corps.

Zane gémit.

— S'il te plaît, ne fais pas ça.

Allez vas-y !

— Tu pourrais aimer ça.

— C'est exactement ce que je crains, murmura-t-il dans un souffle.

Merde, il ne s'était jamais senti aussi faible de toute sa vie, pas même lorsqu'il était humain. Il savait qu'il devait l'arrêter et lui demander de partir, mais son corps ne répondait toutefois à aucun signal émis par son cerveau. Il restait simplement là, allongé et recroquevillé, à ne rien faire, en attente des caresses de la jeune fille.

Lorsqu'elle glissa la main sous le tissu et lui caressa la poitrine, le cœur de Zane s'emballa, et sa respiration devint saccadée. Ses doigts étaient encore plus doux que ce qu'il avait imaginé et, à chaque contact, sa peau brûlait comme s'il baignait dans du goudron en ébullition. Souffrance et jouissance s'entremêlaient à chaque toucher et à chaque caresse.

— Tu n'as pas dit que tu étais vierge ? souffla-t-il, incapable de concevoir qu'une femme aussi inexpérimentée qu'elle pût prodiguer des caresses aux tels effets dévastateurs.

— Je ne fais que suivre mon instinct.

Et, à cet instant précis, son instinct lui dictait de dénouer sa ceinture et d'ouvrir son peignoir.

Il n'avait jamais été embarrassé par son corps et s'était toujours senti complètement à l'aise dans la nudité, que ce fût avec les femmes, les amis ou les collègues. Mais, cette fois, c'était différent. Devant elle, il se sentait mis à nu, démasqué et vulnérable tellement il la désirait. À présent, il ne pouvait plus rien lui cacher. Lui cacher à quel point il avait envie d'elle ; besoin d'elle.

Il observa Portia lorsqu'elle ouvrit la bouche, le regard dirigé plus bas vers son membre ; son membre en pleine érection. Il ne se souvenait pas avoir jamais bandé de la sorte de toute sa vie.

— Tu es si...

Elle se lécha les lèvres avant de poursuivre.

— ... gros.

Il perçut une certaine appréhension en elle, mais faisant fi de cela, elle guida sa main plus bas vers le Sud, traversant son ventre avec une détermination sans faille et une idée tout à fait précise de l'endroit où elle allait. S'il ne l'arrêtait pas bientôt, elle toucherait son membre dur et, en quelques secondes, il jouirait dans sa main, incapable de se retenir davantage.

— Portia, je t'en prie...

Sa main atteignit le nid de boucles sombres qui garnissaient son sexe.

— ... arrête.

Non...

Ses poumons expulsèrent de l'air lorsqu'il sentit les doigts de Portia toucher la chair sensible à la base de son engin.

Il eut un soubresaut et attrapa sa main.

— Non.

— Zane, je veux...

La sonnerie de son portable le sauva. Heureux de s'être trouvé une excuse, il bondit hors du lit, referma son peignoir et répondit à l'appel.

— Allô ?

— Zane, je m'excuse de te réveiller. C'est Oliver. J'ai besoin de ton aide.

Oliver semblait agité, et Zane avait une très bonne idée de ce qui le mettait dans un tel état.

— Qu'est-ce qu'il y a ?

— Merde ! Mec, j'ai perdu Portia. Elle m'a berné et s'est enfuie. Je ne sais pas quoi faire. Samson et Gabriel vont me virer. Il faut que tu m'aides.

— Du calme, Oliver. Je suis déjà sur le coup...

Il l'était, en effet !

— Portia est venue me voir. Elle est ici.

Mais était-elle en sécurité ?

— Ok, Dieu merci ! Je viens la chercher tout de suite. Merci.

Soudain, la voix d'Oliver changea. Comme s'il venait tout juste de comprendre.

— Eh, pourquoi est-elle donc allée chez toi ?

Ah, bordel ! Ce garçon était plus malin qu'il ne l'avait cru.

— Écoute, je ne dirai pas à Samson que tu t'es bien fait avoir si tu ne lui parles pas de ceci.

— Mais qu'est-ce qu'elle fait chez toi ?

— Que crois-tu qu'elle fasse ?

Elle le séduisait, voilà ce qu'elle lui faisait.

— C'est à toi de me le dire.

— Tu dois venir la chercher, maintenant, dit Zane en ignorant les protestations de Portia derrière lui. Mais fais attention. Quinn s'est installé chez moi. Je ne veux pas qu'il t'entende. Est-ce clair ?

— Oui, je serai là dans dix minutes.

Il raccrocha.

Zane se retourna vers Portia, laquelle était furieuse.

Les mains sur les hanches, elle se tenait à côté du lit et le toisait.

— Je t'ai dit que je ne partirai pas.

— Oh oui, petite fille. Et de ton plein gré.

— Ah . . . ! fit-elle, froissée. Tu ne peux pas m'y obliger. Oliver ne peut pas me forcer. Je lui échapperai une fois de plus.

— Non. Tu ne feras pas ça.

— Tu crois ? le menaça-t-elle.

D'un calme apparent, Zane attrapa une de ses mains et la porta à son visage. Il enfouit ce dernier dans la paume de sa main et y déposa un baiser. Il vit Portia fondre sous ses yeux.

— Tu ne feras rien de tel, d'accord ? Si tu le fais, je vais devoir demander à mon patron de me retirer cette mission, et tu ne me reverras plus jamais.

Cette menace n'était que pur bluff, mais il était particulièrement doué en la matière. Son visage affichait toujours le masque de l'indifférence ; un masque qu'il arborait depuis des dizaines d'années. Cela était devenu plus facile au fil des ans mais, ce soir-là, c'était la chose la plus difficile qu'il eût à faire.

— Tu ne ferais pas ça ! dit-elle en cherchant ses yeux du regard. Mais il demeura de marbre.

Lorsqu'elle finit par baisser les paupières, il remarqua que son visage était balayé par la déception.

— Tu as gagné. Mais seulement pour aujourd'hui. On n'en a pas fini.

Il ne l'arrêta pas lorsqu'elle descendit l'escalier, mais il la suivit et l'observa, tandis qu'elle attendait Oliver. Lorsque la voiture s'engagea dans l'allée, elle ouvrit la porte et s'en alla, sans se retourner, même si elle savait qu'il se tenait là.

Sachant très bien qu'il serait incapable de dormir même s'il le voulait, il se rendit dans la salle de séjour. Z était en train de dormir paisiblement.

— Quel bon chien de garde tu fais ! Tu aboies contre tout ce qui bouge, et tu n'as même pas pu me prévenir de son arrivée ?

Le chien cligna furtivement de l'œil avant de poursuivre sa sieste.

16

Quinn frappa à la porte du bureau privé de Samson et prit une autre profonde inspiration. Il avait l'impression d'être un rat. On lui avait donné l'ordre de garder un œil sur Zane, et ce n'était pas réglo. Après tout, il était son plus vieil ami ; il se devait plutôt de lui offrir son appui. Mais il devait également être loyal envers Scanguards. De plus, Zane l'inquiétait, car ce dernier semblait se diriger tout droit vers la falaise.

C'était quelque chose qu'il avait toujours perçu en Zane. Ce désespoir qui s'emparait parfois de celui-ci lorsqu'il sentait qu'il avait échoué à trainer ces monstres devant la justice, des monstres comme Müller et Brandt. Mais, au sein de l'organisation, Quinn n'avait jamais révélé quoi que ce soit du passé de Zane. Personne ne savait ce qu'il avait traversé. Quinn n'en connaissait d'ailleurs que les grandes lignes. Pour le reste, il l'avait deviné par lui-même, quoiqu'il eût souhaité n'y être jamais parvenu. On n'était jamais trop informé, mais cette information particulière pouvait donner la nausée.

— Viens.

La voix de Samson provenait du bureau. Quinn fit tourner l'ancienne poignée de porte et pénétra dans la pièce.

Samson n'était pas seul. Comme prévu, Gabriel était présent et, tout comme Samson, il attendait le rapport de Quinn relatif à l'état d'esprit de

Zane. Les traditionnelles poignées de mains échangées, Quinn s'installa confortablement dans un fauteuil et regarda Samson droit dans les yeux.

— Je suis heureux que tu aies pu te joindre à nous. T'as fait un bon vol ?

— Comme toujours, j'étais assis sur les genoux du luxe.

Samson sourit.

— Oui, nous venons tout juste de rénover notre jet privé. Maintenant que nous avons le bébé, je voulais m'assurer que Delilah dispose d'un petit espace pour s'étendre.

— Petit ? gloussa Quinn. Cette chambre est plus grande que mon appartement de New York.

Gabriel roula des yeux.

— Si tu veux négocier une augmentation, essaie une prochaine fois.

Quinn fit la grimace.

— Encore heureux que j'aime les taudis.

Samson ricana.

— C'est comme ça qu'on les appelle ces temps-ci sur Park Avenue ?

Quinn haussa les épaules.

— C'est seulement un condo.

— Un condo de plus de quatre cent cinquante mètres carrés, si je ne m'abuse, ajouta Gabriel.

— En grand besoin d'être rénové.

— Blague à part. Zane est-il au courant du motif de ta visite ? demanda Samson.

— Je ne crois pas. Comme d'habitude, il était caustique et conforme à lui-même.

Avant d'entrer dans la pièce, Quinn avait déjà pris la décision de ne rien dévoiler à propos de l'assassin à qui Zane avait eu affaire. Cela nécessiterait des explications quant au pourquoi et au comment, et il ne pouvait trahir la confiance de son ami en révélant les secrets de son passé.

— Parfait. Laissons la situation en état.

Gabriel approuva d'un hochement de tête et changea de position.

— As-tu remarqué qu'il est plus agressif que d'habitude ?

— Pour dire vrai, non. En fait, il a l'air plus calme qu'en temps normal. C'est peut-être ce chien qui lui fait du bien. Jolie petite créature.

Ce chiot s'avérait être un exubérant petit chenapan et un parfait petit compagnon pour Zane.

— Le chiot lui obéit même. Quand Zane s'assied, il monte sur ses jambes, et ça ne semble pas le déranger.

Samson et Gabriel échangèrent un sourire.

— On dirait que mon idée n'était pas si mauvaise en fin de compte.

— On verra bien, répondit Gabriel, il a le chien depuis seulement quoi ? Trois, quatre jours ? J'aimerais bien voir quel effet il aura à long terme sur lui.

Samson s'adressa de nouveau à Quinn.

— Est-ce qu'il dort ?

— Le chien ? Toute la journée.

— Pas le chien, Zane.

Quinn ne put s'empêcher de sourire.

— Durant la journée d'hier, il n'a pas beaucoup dormi, en tout cas.

Samson fronça les sourcils, mais Quinn le rassura rapidement d'un signe de la main.

— Ce n'est pas ce que tu penses. Il ne broyait pas du noir. Il avait ramené une femme.

— Je croyais qu'il ne ramenait jamais aucune femme chez lui, dit Samson d'un air méditatif.

Quinn haussa les épaules.

— Ça m'a complètement surpris moi aussi. Mais, y'a pas à dire, il avait bien une femme dans son lit. Et il ne voulait même pas la partager. Ce devait être une sacrée prise. Hé, je ne suis pas jaloux ou quoi que ce soit d'autre. Je peux me trouver mes propres femmes. Mais hé, c'était bien loin de son *modus operandi*.

Ce qui signifiait généralement une petit baise à la sauvette dans la pièce du fond d'un club ou d'un bar, ou même dans une ruelle.

— Sais-tu s'il lui a fait du mal ? demanda Gabriel.

Sachant très bien que Zane n'était pas du genre à craindre de mélanger douleur et plaisir, Quinn ne fut pas surpris par la question de Gabriel. Quoiqu'il n'eût aucune réponse à lui fournir.

— Je ne suis resté debout qu'environ trente minutes. Je n'ai donc entendu aucun cri, si c'est ce que tu veux savoir. Et ce soir, j'ai retrouvé Zane étendu sur le canapé avec le chien roulé en boule à ses côtés. Ça a dû être une sacrée journée pour qu'il soit si éreinté. J'ai dû le réveiller pour m'assurer qu'il parte au boulot à temps.

Samson soupesa calmement les paroles de Quinn avant de parler.

— Eh bien, il a au moins l'air d'être calme et sous contrôle. J'ai parlé à Drake un peu plus tôt. Bien sûr, son code de l'éthique lui interdit de révéler ce dont ils ont parlé au cours de leur entretien, mais il sait qu'il doit m'avertir s'il constate un quelconque comportement erratique chez Zane. Et il semble qu'il n'y en ait eu aucun.

— Crois-tu qu'il essaie de nous berner en feignant d'être calme et maître de lui-même, alors qu'il ne l'est pas du tout ? demanda Gabriel en fixant Samson du regard.

— Si c'est le cas, il fait un superbe boulot, intervint Quinn, lequel ne souhaitait pas qu'ils pussent suspecter l'état d'agitation dans lequel Zane se trouvait réellement.

Être confronté à l'assassin et découvrir que Müller était vraisemblablement derrière ce programme de reproduction avait réellement ébranlé Zane. Quinn pouvait le constater. Qu'il eût ramené une femme dans son lit pour prendre un peu de bon temps avait probablement contribué à quelque peu lui calmer les nerfs. Mais Quinn ne savait que trop bien que cela ne le calmerait pas indéfiniment. Une seule chose y parviendrait : trouver les quartiers généraux au sein desquels le programme de reproduction était mis sur pied pour en éliminer le chef et les hauts gradés.

Dès que les monstres de son passé seraient anéantis, peut-être son ami pourrait-il retrouver la paix intérieure.

— Garde un œil sur lui. Si quoi que ce soit change, avertis-nous immédiatement. Nous ne voulons pas d'un autre meurtre.

Quinn approuva d'un signe de tête et se leva.

— Je dois m'occuper de certaines choses. Je vous brieferai régulièrement.

— Merci Quinn, ton aide nous est précieuse. En guise de remerciement, Samson lui tendit la main, et Quinn la lui serra.

Après être sorti de la maison victorienne de Samson sur Nob Hill, il descendit la colline et se sentit libéré d'un immense poids sur les épaules. Il n'avait rien dit de négatif sur Zane et n'avait rien révélé qui pût ressembler à de la trahison. Mais bien sûr, Zane ne le verrait pas de cette manière. Il le traiterait de mouchard et le foutrait dehors à grands coups de pieds au cul. Mais s'il était honnête, Zane reconnaitrait que Quinn ne faisait que l'aider. Aussi longtemps qu'il pourrait apaiser Samson et Gabriel en se débrouillant pour que Zane n'apparût plus comme un danger pour quiconque, Quinn ne ferait qu'aider son ami et non le trahir.

Puisqu'il avait déjà investigué à la station d'autocars Greyhound lorsqu'il s'était rendu chez Samson, Quinn se dirigea vers la gare. Il espéra être plus chanceux en trouvant le casier qu'ouvrirait la clé que Zane lui avait remise.

L'heure de pointe était passée depuis déjà longtemps et, seuls les individus qui travaillaient tard patientaient pour prendre les trains qui les ramèneraient à la maison. Quinn observa les quais. Deux trains se trouvaient en gare, quelques douzaines de passagers s'attardaient le long des barrières en attendant leur train, et un contrôleur qui ne cessait de regarder sa montre se tenait près du guichet.

Tout semblait normal. Mais Quinn avait travaillé assez longtemps dans le domaine de la sécurité pour ne pas se laisser berner par une apparente normalité. Il n'avait jamais été bercé dans les bras de l'autosatisfaction. Pas plus que dans le sentiment d'accomplir une tâche facile. Un autre assaillant pouvait frapper à n'importe quel moment. Si le fils de Brandt avait pris la précaution de ne pas garder de pièce d'identité sur lui afin de ne pas être identifié, d'autres personnes protégeaient clairement cette information, et Quinn savait qu'il devait faire preuve de prudence s'il voulait déterrer ce renseignement.

Plutôt que de se diriger directement vers les casiers qu'il avait repérés aux abords du quai numéro un, il examina attentivement le tableau des départs. Seuls cinq trains étaient prévus à l'horaire durant toute la nuit. Il observa les passagers sur les quais. Sa nature suspicieuse fut apaisée lorsqu'il put confirmer que les seuls quais qui devaient accueillir des trains dans les trente prochaines minutes étaient occupés. Bien. Ils semblaient être de véritables voyageurs. D'apparence, du moins.

Quinn se retourna vers le quai numéro un. Il avait mémorisé le numéro de la clé et s'attardait maintenant à scanner les allées et les colonnes de casiers pour trouver celui qu'il cherchait. Ils n'étaient pas nombreux, et il fut chanceux : son numéro se trouvait parmi ceux-là. Il regarda par-dessus son épaule et remarqua que le contrôleur faisait les cent pas.

Redirigeant son attention vers les casiers, Quinn fouilla sa poche et en sortit la clé. Il la glissa dans le cadenas et, l'espace d'un instant, fut réconforté de constater qu'elle tournait. Un seul clic se fit entendre. Il tira sur la porte, mais celle-ci resta fermée.

Au bruit de pas qui s'approchaient derrière lui, il pivota sur les talons, prêt à attaquer.

— Si ça n'ouvre pas, dit le contrôleur d'une voix traînante, alors vous devez y insérer plus de monnaie.

Il pointa l'indicateur rouge sur le dessus du verrou où l'on pouvait lire « EXPIRÉ » en lettres capitales

— Oh, merci.

Quinn sortit quelques pièces de la poche de son jeans et les inséra dans le mécanisme. Après la troisième pièce, l'indicateur passa au vert. Il tourna la poignée et entendit un autre clic.

Les petits poils dressés sur sa nuque demeuraient en alerte. Rapidement, il prit une profonde inspiration. Merde ! Un parfum familier vint lui frôler les narines.

— Ça ne veut toujours pas s'ouvrir ? Parfois, vous devez la tirer d'un coup sec.

Le contrôleur tendit la main pour atteindre la poignée et s'exécuta.

— NOOOONNN ! cria Quinn pour empêcher l'homme de tirer et d'ouvrir la porte. Mais il était trop tard.

L'explosion l'expulsa en arrière et, purement instinctivement, Quinn agrippa l'homme. Ils atterrirent tous les deux quelques mètres plus loin sur le quai. Alors que son corps recouvrait celui du contrôleur, une chaleur brûlante le surplomba, et des débris s'éparpillèrent. Par chance, son épais manteau le protégea, tant de la chaleur que des objets métalliques qui retombaient sur lui.

— Merde ! jura-t-il à nouveau. Il avait perçu l'odeur des explosifs au moment même où le contrôleur avait saisi la porte pour l'ouvrir.

Les passagers qui attendaient leur train se mirent à crier. Du coin de l'œil, Quinn aperçut plusieurs personnes en train de courir. Il tourna la tête pour surveiller la foule, mais ses yeux s'aventurèrent plus loin, vers le quai à l'autre bout de la gare, là où se tenait un homme qui ne bougeait pas.

Leurs regards se croisèrent l'espace d'un instant et, même à une distance de trois cents mètres, Quinn reconnut l'aura d'un vampire. Il aurait pu jurer que cet homme ne s'était pas trouvé à cet endroit auparavant.

Bordel !

Il se souleva pour libérer le contrôleur qui, quoique secoué, ne semblait pas blessé. Des mains désireuses de se rendre utiles se tendirent vers eux, mais tous ces bons samaritains ne faisaient qu'obstruer le passage. Lorsqu'il voulut à nouveau regarder le vampire, celui-ci s'était volatilisé.

Il ne lui restait plus qu'à limiter les dégâts. Il compta. Il y avait deux douzaines d'individus qui avaient été témoins de l'explosion. Il avait besoin d'aide. Et *pronto*.

17

— **Z**ane, j'ai besoin de toi à la gare, au croisement de la 4ième et de King. Maintenant. Il y a eu une explosion.

Quinn parlait d'une voix affolée et, à travers son portable, Zane perçut un certain tumulte à l'arrière-plan.

— Bordel ! Je serai là dans dix minutes.

— Je ne t'en donne pas plus de cinq. Il faut limiter les dégâts.

Zane referma le clapet son téléphone et regarda l'escalier qui menait à la chambre de Portia.

— Portia ! Descends maintenant ! hurla-t-il.

À sa grande surprise, elle se précipita au bas de l'escalier quelques secondes plus tard, un air étonné s'affichant sur son visage.

— Qu'est-ce qui ne va pas ?

Un tas de trucs, mais il n'avait pas le temps de lui expliquer.

— Je dois immédiatement m'occuper de quelque chose. Et tu dois venir avec moi.

Il l'attrapa par le bras et la tira vers la porte.

— Eh, j'arrive, j'arrive. Tu n'as pas besoin d'être aussi brutal.

Il la relâcha aussitôt. Dans sa hâte, il n'avait pas réalisé à quel point il avait été brusque en lui agrippant le bras.

— Nous devons faire très vite.

Il sortit comme une flèche, Portia sur ses talons. Par chance, il était venu avec son Hummer, car il avait prévu de voir Samson à la fin de sa garde. Et, puisque Samson vivait à l'autre bout de la ville, il avait décidé de ne pas perdre de temps en y allant à pied. Il était bien content que sa voiture fût garée juste dans l'allée.

Il monta à bord, suivi de Portia qui s'installa du côté passager. Il démarra le moteur et sortit en trombe du passage avant de dévaler la colline quelques secondes plus tard.

Le Hummer était construit comme un tank et cela, sous divers aspects. Zane venait tout juste d'y faire installer un revêtement anti UV sur les vitres ; une invention de Thomas. Pour qu'un vampire pût conduire le véhicule durant la journée, ils l'avaient transformé en une fourgonnette qui occultait la lumière. Les dangereux rayons du soleil ne pouvaient passer à travers les vitres qui, de l'extérieur, ressemblaient tout à fait aux vitres teintées de n'importe quel SUV.

Ce revêtement spécifique ne limitait en rien les risques encourus par un vampire lorsqu'il conduisait : un accident de la route pouvait mettre sa vie en danger s'il survenait en plein jour. Et tout arrêt de la circulation représentait un risque. Il pouvait, toutefois, utiliser le contrôle de l'esprit si des policiers inattendus le forçaient à se ranger sur le côté et à ouvrir la fenêtre. Mais, si la vitre se brisait lors d'un accident, il serait cuit ! Voilà pourquoi le Hummer de Zane était également équipé de vitres incassables et pare-balles. Toutes les précautions avaient été prises.

— On va où comme ça ?

Zane prit un virage serré et s'engouffra dans une rue étroite tout en essayant d'éviter les rétroviseurs des voitures qui y étaient garées des deux côtés.

— À la gare.

Il se concentra sur la circulation, l'acuité de ses sens l'avertissant de la présence des autres voitures et lui permettant ainsi d'éviter toute collision, même s'il roulait à une vitesse avoisinant les quatre-vingt-dix kilomètres à l'heure.

Il évita la très fréquentée Seizième rue et emprunta une rue parallèle en enfonçant le pied sur l'accélérateur. Trois minutes s'étaient écoulées depuis l'appel de Quinn, et il approchait de sa destination. En fonction du nombre de blessés et de témoins qui avaient vu l'explosion, Quinn et Zane devraient joindre leurs efforts pour s'assurer que la scène fût circonscrite et que personne ne gardât de souvenir de Quinn.

— Que s'est-il passé ? La voix de Portia pénétra les pensées de Zane.

— Une explosion.

De stupéfaction, elle ouvrit la bouche.

— Oh mon Dieu. Y a-t-il des blessés ?

— Je ne sais pas.

S'il y en avait, Quinn et lui pourraient les guérir avec leur sang mais, si quelqu'un avait été tué, il serait trop tard.

Sur la droite, la gare était en vue. Zane immobilisa le SUV dans un crissement de pneus et coupa le moteur.

— Tu restes ici.

— Mais, je peux vous . . .

Il la fusilla du regard.

— Tu restes ici. Ne quitte pas la voiture !

Zane sortit du véhicule et claqua la portière. Il aurait été préférable qu'il vînt seul, mais il ne pouvait courir le risque de laisser Portia seule à la maison. Elle aurait pu profiter de cette occasion pour s'échapper et se rendre à une quelconque foutue fête qui se déroulait cette soirée-là. Ces étudiants faisaient la fête toutes les nuits.

En la maintenant à seulement quelques mètres de lui, il serait capable de la rattraper si jamais elle se décidait à fuir.

Il fonça dans la gare et scanna les alentours, repérant Quinn immédiatement. Un groupe d'individus se tenait autour de lui et parlait avec enthousiasme. Certains avec leurs portables, probablement en train d'alerter les autorités ou des amis.

Zane se précipita aux côtés de Quinn.

— Aide-moi à effacer mon existence de leur mémoire, demanda Quinn. Ils sont trop nombreux, je ne peux pas les empêcher d'appeler la police. Tout ce qu'on peut faire, c'est nous assurer qu'ils ne m'ont jamais vu.

Zane hocha la tête.

— Tu vas bien ?

— Oui.

— Il y a des blessés ?

— Non. Aide moi.

Quinn désigna des individus assis sur des bancs.

— Je me suis déjà occupé d'eux.

Zane se concentra et dirigea ses pouvoirs vers un groupe de personnes qui se tenaient près des casiers et qui, bouche bée, examinaient les dégâts provoqués à la structure. Une chaleur énergétique circula en lui lorsqu'il dirigea ses pensées vers eux, s'infiltrant dans leurs esprits en y implantant ses propres suggestions. Il parvint ainsi à effacer les circonstances de l'explosion de leur mémoire, tout comme les personnes qu'ils avaient vues.

Le silence régnait, et la tension fut palpable durant les quelques minutes qui s'écoulèrent, tandis que les deux vampires travaillaient de concert, côte à côte.

— Je pense qu'on les a tous traités, murmura Quinn.

Zane le regarda.

— Maintenant, dis-moi ce qui s'est passé.

— Y a-t-il des blessés ? dit Portia derrière lui.

Zane se retourna et lui lança un regard furieux.

— Je t'ai dit de rester dans la voiture.

— Je voulais savoir si je pouvais être utile, dit-elle, les mains sur les hanches.

Portia tendit le cou pour observer ce qui se passait derrière lui, mais il lui agrippa le coude et la guida vers l'extérieur. Il put sentir le regard de Quinn posé sur lui et eut envie de se cacher sous terre, espérant que son ami ne pût associer l'odeur de Portia à celle de son invitée du jour précédent.

— Eh, Zane, tu ne fais pas les présentations ? demanda Quinn en se plaçant juste à côté de Zane tout en adressant un sourire à Portia.

— Portia, voici Quinn, grogna-t-il avec réticence.

Lorsque Quinn serra la main de la jeune fille, il inspira, et Zane put remarquer ses narines dilatées. Un regard oblique lui confirma que Quinn avait évidemment fait le lien entre l'odeur de Portia et celle de la femme qu'il avait trouvée dans son lit, la veille. Les apparences pouvaient peut-être être préservées. Quinn n'avait pas besoin de savoir qui elle était.

— Heureuse de te rencontrer Quinn. Es-tu un garde du corps, comme Zane ?

Il hocha la tête.

— Oui, l'un des meilleurs ! Et toi ?

Portia ouvrit la bouche et s'apprêta à parler, mais Zane tenta de détourner la conversation.

— Quinn, pouvons-nous parler de l'explosion ?

— Oh, je suis la mission de Zane, répondit Portia par-dessus la voix de Zane.

Merde, il n'aurait pas dû prendre autant de risques en l'amenant avec lui.

— Mission ?

La tête de Quinn pivota lentement, et son regard entra en collision avec celui de Zane. Il baissa d'un ton.

— C'est ta *cliente* ?

Le ton dans la voix de Quinn traduisait clairement un avertissement. Après ce qu'il avait vu la nuit précédente, il pouvait tirer les pires conclusions.

— Ce n'est pas ce que tu penses.

— Mais où donc ai-je entendu ça auparavant?

— On peut parler de l'explosion maintenant ? demanda Zane, les dents serrées.

Quinn plissa les yeux.

— Très bien, mais cette discussion n'est pas finie.

Des sirènes de police se firent entendre au loin.

— Partons d'ici avant que la police rapplique, suggéra Quinn.

Zane ne put qu'approuver et désigna son Hummer.

— Montez.

Dès qu'ils furent tous à bord, Zane démarra le moteur et s'engagea sur l'Embarcadero. Il rangea ensuite la voiture sur un coin tranquille et se retourna sur son siège pour s'adresser à Quinn qui était assis à l'arrière.

— Maintenant, les détails. Que s'est-il passé ?

— Le casier avait été bourré d'explosifs. Je l'avais reniflé, mais ce connard de contrôleur a tiré la poignée avant que je ne puisse l'en empêcher, et tout a pété. Que personne n'ait été blessé relève du miracle. Je pense que ton assassin s'est paré à toute éventualité.

— Un assassin ? reprit Portia. Quelqu'un essaie de te tuer ?

Zane se tourna vers elle. Il n'aurait pas dû l'amener. Elle n'avait pas à être au courant de tout cela. Mais il souhaita toutefois qu'elle sût à quoi ressemblait sa vie ; qu'elle fût confrontée aux dangers quotidiens auxquels il devait faire face. Ces dangers qu'elle devrait également affronter si elle était avec lui. Agissait-il de la sorte pour la voir s'enfuir, ou tentait-il de s'attirer sa compassion ? Mais qu'essayait-il donc de faire ?

Il haussa les épaules.

— Il y a toujours quelqu'un qui, quelque part, veut ma peau. Ça n'a rien de nouveau.

— Mais c'est terrible.

La main de la jeune fille lui saisit l'avant-bras. Merde, elle compatissait. Il aurait dû savoir que ce genre d'information ne l'exhorterait pas à se détourner de lui.

— Ce n'est pas tout, ajouta Quinn, imperturbable. Quelqu'un surveillait. Je l'ai vu juste après l'explosion.

— Humain ou vampire ? demanda Zane.

— Vampire, peut-être hybride. À cette distance, je n'ai pas bien vu. Mais lui, il m'a vu, et il savait que je voulais ouvrir ce casier.

Zane serra les mâchoires.

— Crois-tu qu'ils l'ont envoyé en réalisant que Brandt ne revenait pas ?

— C'est très possible. Ils connaissaient probablement ses plans et avaient reçu pour instruction de le rechercher s'il ne revenait pas.

Zane avait bien peur que Quinn n'eût raison.

— Alors, maintenant, ils savent que nous sommes après eux. Ils sont avertis.

— Mais qui sont-ils ? interrompit Portia.

Elle en savait déjà trop. Il ne lui dirait rien de plus.

— Il n'est pas nécessaire que tu saches.

Il se tourna de nouveau vers Quinn.

— T'as pu sauver quelque chose du casier ?

— J'ai récupéré un portable, mais il est en pièces et a quelque peu fondu.

Zane se tordit les lèvres.

— S'il a laissé son portable dans le casier, c'est parce qu'il l'a probablement trafiqué lui-même.

— Ou alors le vampire que j'ai vu après l'explosion.

— Nous savons tous les deux comment ça fonctionne : tu pars en mission, mais tu ne veux pas qu'on retrouve ta trace si les choses tournent mal. Alors, tu camouffles tout objet qui pourrait permettre de t'identifier ou de savoir d'où tu viens, et tu le protèges.

— Avec une petite bombe, l'interrompit Quinn.

— C'est ça. Si tout va bien, tu désamorces la bombe et tu récupères tes trucs. Dans le cas contraire, tu t'assures que tes ennemis soient réduits en morceaux s'ils trouvent le casier.

D'un mouvement des mains, Zane mima une explosion.

— J'aurais tendance à être d'accord avec toi. Malheureusement, il est à présent impossible de savoir si cette bombe aurait facilement pu être désamorcée par Brandt. Ce qui me fait dire qu'on ne peut éliminer l'hypothèse que le vampire que j'ai vu ait pu installer la bombe et le portable afin de nous orienter sur une fausse piste.

— Dans les deux cas, nous devons la suivre.

Quinn acquiesça d'un signe de tête.

— Je vais donner le portable à Thomas. Il pourra peut-être tirer quelques informations de la puce s'il arrive à l'extirper de ce débris.

— Ça vaut la peine d'essayer. Peux-tu lui demander de faire cette vérification sans lui en donner la raison ?

Zane n'avait surtout pas besoin que Scanguards découvrît le merdier dans lequel il se trouvait. Il s'agissait de sa vie privée après tout. Scanguards n'avait rien à voir là-dedans.

— Il me doit une faveur. Il ne posera aucune question.

— Alors, vas-y.

Zane mit le moteur en marche.

La tête de Portia tournait toujours, même après qu'ils eurent déposé Quinn. Elle réalisa à quel point elle avait, jusqu'à présent, mené une petite vie bien tranquille, à l'abri. Comme tout autre vampire, son père avait probablement des ennemis et devait se cacher de certaines personnes. De cela, elle était certaine, mais elle n'avait jamais été confrontée à un danger semblable à celui que Quinn venait d'expérimenter. Et que Zane devrait certainement affronter.

— Quelqu'un essaie de te tuer ?

Zane la regarda de côté et ramena ses yeux sur la route, conduisant beaucoup plus lentement que précédemment.

— Ça ne serait pas le premier.

— Mais pourquoi ? Qu'est-ce que t'as fait ?

— Pourquoi faut-il absolument que ce soit quelque chose que *j'ai* fait ?

Portia analysa ces mots.

— Oh. Qu'est-ce qu'ils te veulent, alors ?

— Tu ne veux pas le savoir.

— Si, je le veux.

— Je reformule, ok ? Ce ne sont pas tes affaires.

Sa voix était demeurée neutre malgré la remontrance.

— Qu'est-il arrivé à l'assassin auquel Quinn faisait allusion ?

— Je n'aurais pas dû t'emmener avec moi.

— Ce n'est pas une réponse. Alors, que lui est-il arrivé ? Il s'est enfui ?

Portia n'arrêterait pas de le questionner tant qu'elle ne comprendrait pas ce qui se passait.

— Qu'est-ce que tu crois ? lui demanda-t-il en la défiant.

Sous les manches de son sweat, un frisson lui parcourut les bras et lui donna la chair de poule. Son instinct lui dicta la réponse.

— Tu l'as tué.

— Et ça te choque ?

Elle déglutit et réfléchit aux mots qu'elle allait prononcer. Était-elle choquée ? Dégoûtée ? Effrayée ?

— Non.

Zane la regarda, visiblement étonné.

— Je l'ai tué sans aucune hésitation. Et je le referais.

— Si t'essaies de me faire peur, ça ne marche pas.

Bon sang, pourquoi n'était-ce pas le cas ? Pourquoi ne craignait-elle pas que Zane pût lui faire du mal, alors qu'il pouvait si facilement descendre quelqu'un ? Ne l'avait-elle pas déjà assez fait chier pour justifier sa colère ? N'était-ce pas là une raison suffisante pour qu'elle se tînt tranquille avec lui ?

Lorsqu'il émit simplement un grognement tout en reportant son attention sur le trafic, elle glissa une main sur sa cuisse. Instantanément, il sentit ses muscles se contracter à son toucher.

— Merde, Portia, arrête ça.

Mais elle en était incapable. Son corps brûlait de désir, et savoir que Zane était en danger intensifiait son besoin de le posséder.

— Vas-tu me faire du mal si je n'arrête pas ?

Elle remarqua à quel point il serrait les mâchoires, comme s'il voulait camoufler une douleur invisible.

— Tu pourrais te ranger sur le côté, quelque part, et verrouiller les portes. Personne ne nous verra. Les vitres sont teintées. Et personne ne saura jamais ce que nous aurons fait.

Zane écrasa la pédale des freins et arrêta la voiture d'un coup sec sur le trottoir. Les yeux rouges, il lui saisit la main et l'ôta de sa cuisse.

— Tu joues avec le feu, Portia. C'est si difficile de te l'ancrer en tête ? Je suis un tueur ; je suis brutal, et on ne peut pas me contrôler. Tu ne me veux pas.

— Au contraire, murmura-t-elle, ignorant son pouls galopant, ainsi que le tonnerre qui grondait dans son cœur.

Plus que jamais, voulait-elle crier, mais les derniers lambeaux de fierté qui lui restaient l'en empêchèrent.

— Tu as tort, petite fille. Je ne suis rien de bon.

Le regard triste qu'il lui adressa lui déchira le cœur. Et, à chaque fois qu'il l'appelait « petite fille », elle fondait de l'intérieur, même s'il n'utilisait pas cette expression comme un mot tendre, mais plutôt de façon péjorative, comme une manière de la remettre à sa place.

D'instinct, elle leva la main et la tendit vers son visage, voulant caresser sa joue pour lui montrer que, lui aussi, il méritait d'être aimé. Mais il fut trop rapide. Il recula et fit démarrer le Hummer.

Elle était folle mais, maintenant qu'elle savait qu'il était en danger, elle ressentait cet inexplicable besoin de le protéger. C'était évidemment stupide. Après tout, il était garde du corps et était là pour la protéger. Et non l'inverse. De plus, il ne voulait pas de son aide. Son comportement agressif était la preuve évidente qu'il voulait garder ses distances.

— On va faire un tour ?

— Pourquoi ? répliqua-t-il.

— Je ne veux pas rentrer tout de suite. À la maison, je me sens cloîtrée.

— Je comprends.

Surprise par cette réponse, elle observa le profil de Zane. Après tout, ils n'étaient peut-être pas si différents l'un de l'autre. Ils étaient tous les deux seuls. Et, même si aucun assassin n'était à sa poursuite, une date butoir planait au-dessus de sa tête, et cela était tout aussi urgent. Il ne restait plus que cinq semaines avant son anniversaire et ce jour où son corps se figerait sous sa forme définitive, pour ne plus jamais changer. Elle avait des choix à faire : la longueur de ses cheveux, perdre un kilo ou deux, des trucs qui, tout à coup, semblaient bien insignifiants.

— Quel effet ça fait d'être transformé ?

Elle était née ainsi mais, pour un vampire comme Zane qui, autrefois, avait été humain, cela avait dû représenter une expérience bien différente.

Zane serra le volant si fort que les jointures de ses mains blanchirent.

— C'est l'enfer.

Le cœur de Portia se serra instinctivement.

— Je suis désolée.

— Pourquoi ?

— Tu n'as jamais entendu parler d'une chose qu'on appelle compassion ?

Ne pouvait-il même pas accepter le fait qu'elle pût se sentir désolée pour les souffrances qu'il avait endurées ? Souffrances qu'elle aimerait tellement parvenir à apaiser.

Zane ignora sa remarque.

— J'ai survécu, mais ils ont payé pour ça.

— Payé ?

Elle retint son souffle, pas certaine de vouloir en connaître davantage.

Il la gratifia d'un regard du coin de l'œil.

— Les hommes qui m'ont transformé.

— Il y en avait plus d'un ?

Elle ne comprenait pas vraiment.

— Il s'agissait d'un groupe. Ils sont tous morts maintenant, sauf un.

Il la chercha alors du regard, la fixa et poursuivit.

— Je les ai tués un par un. Lentement et douloureusement.

Portia en eut le souffle coupé. Les battements de son cœur étaient irréguliers, allant parfois jusqu'à l'arrêt complet. Elle voulait dire quelque chose, mais aucun mot ne parvenait à ses lèvres. Il avait tué les hommes qui avaient fait de lui un vampire. Des hommes ?

— Je ne comprends pas. Tu as été transformé par plusieurs vampires ?

Il remua la tête et se reconcentra sur la circulation. Ils roulaient à présent sur un terrain de golf, mais Portia ne regardait pas à travers la vitre pour profiter de la vue.

— Ils étaient cinq. Des humains.

— Mais…

Zane l'interrompit.

— Je ne veux pas parler de ça. Alors, soit tu cesses ces questions, soit je te ramène chez toi immédiatement.

Portia referma la bouche et acquiesça d'un signe de tête.

Quelques instants plus tard, Zane arrêta la voiture et coupa le moteur.

— On a une vue imprenable sur le Golden Gate Bridge d'ici.

Il ouvrit la portière et descendit du véhicule. Portia le suivit et traversa la rue. Elle passa à côté d'un autre trou du terrain de golf et aperçut ensuite la Baie de San Fransisco et le Golden Gate Bridge qui s'étendait de part et d'autre de son embouchure. Illuminé par des lampes, il brillait dans des tons rouge et orange.

— Il est beau, avoua-t-elle en s'arrêtant à côté de Zane.

— La beauté a un prix. Onze hommes sont morts durant sa construction.

Portia soupira.

— Dois-tu toujours voir le négatif en toute chose ?

— J'essaie seulement de ne pas oublier que, là où se trouve la beauté, la misère ne se cache pas très loin.

— As-tu toujours été pessimiste ?

— Les jeunes sont les seuls à pouvoir être optimistes, car ils ne connaissent rien d'autre, répliqua-t-il.

— Et toi, oui ?

Il hocha la tête.

— Dans ma vie, j'ai vu plus de choses que je n'aurais voulu en voir.

— Mais tout ne peut pas avoir été aussi mal que tu le prétends. Tu dois avoir expérimenté de bonnes choses comme l'amitié, l'amour.

Si seulement il lui permettait de s'approcher de lui, peut-être serait-elle alors la personne avec qui il partagerait ses émotions. L'air frais de la nuit la fit grelotter, ou peut-être était-ce la tension qui s'était dressée entre eux qui, soudainement, la faisait frissonner.

— Il se fait tard. Il faut que je te ramène. Tu as des cours demain.

C'en était fini ! Zane ne la laisserait pas se rapprocher ce soir et cela, elle l'avait bien compris ! Il valait mieux laisser tomber et économiser son énergie pour la nuit suivante.

18

L'obscurité régnait toujours à l'extérieur lorsqu'Oliver arriva pour prendre la relève. Il avait l'air fatigué, et Zane se sentit obligé de le tranquilliser.

— Elle ne te causera aucun problème aujourd'hui.

L'air douteux, Oliver haussa un sourcil.

— Ouais, dit-il tout en se débarrassant de sa veste, tandis qu'il avançait vers le salon. Je te jure que cette fille est plus difficile à surveiller qu'un criminel endurci.

Zane eut presque envie de sourire. Presque mais, évidemment, il ne le fit pas. Il ne souriait jamais.

— Je comprends ce que tu veux dire.

Bien sûr qu'il le comprenait !

— Je lui ai parlé de sa petite farce d'hier. Crois-moi, elle ne le fera plus.

— Et comment peux-tu en être certain ? Dès l'instant où tu partiras d'ici, elle utilisera à nouveau le contrôle de l'esprit sur moi et s'échappera.

— Non. Elle sait à quoi elle s'expose.

— Et de quoi l'as-tu menacée ? De torture ?

— Quelque chose du genre.

Au cas où elle lui causerait d'autres ennuis, il agirait bien en abandonnant cette mission. Mais, malheureusement, la torture serait bien plus forte pour lui que pour elle.

— Crois-moi, c'est vraiment chiant qu'elle soit en partie vampire, et pas moi. Je suis terriblement désavantagé.

Ce n'était pas la première fois qu'Oliver louait les avantages que les vampires avaient sur les humains. Zane s'était toujours demandé si le garçon n'allait pas un jour demander la permission d'être transformé à Samson. Mais Oliver était-il vraiment conscient de l'ampleur de sa requête ?

— Être un vampire n'est pas aussi bien qu'on le dit.

— À quel point de vue ? rétorqua Oliver.

Zane répondit gaiment.

— Pour commencer, on ne passe plus ses journées à la plage.

L'espace d'un instant, il se demanda si le soleil lui manquait vraiment. Il vivait dans l'obscurité depuis si longtemps qu'il pouvait à peine se rappeler les effets des rayons du soleil sur sa peau. De plus, l'obscurité convenait davantage à son état d'esprit. Particulièrement maintenant.

— Comme si la météo était propice pour aller à la plage à San Francisco ! La ville est plongée dans le brouillard durant tout l'été et, quand on parvient à avoir nos trois jours de beau temps pour se rendre à la plage, ça tombe un mercredi après-midi quand tout le monde est au boulot.

Oliver avait partiellement raison.

— Ouais, la météo est quelque peu capricieuse ici. Bien sûr, tu pourrais toujours te porter malade.

Oliver fronça les sourcils. Pas question. Le gamin ne négligerait jamais son travail. Ce serait courir à sa perte.

— Alors, si c'est la seule chose que je doive abandonner pour devenir un vampire, le choix n'est pas très difficile à faire.

Zane secoua la tête.

— La transformation est douloureuse.

— Je ne suis pas un froussard.

— Personne ne dit que tu l'es.

— Pour devenir immortel et jouir de tous ces superbes pouvoirs, je me fous d'avoir mal.

— La vulnérabilité va de pair avec les pouvoirs. De plus, on peut se sentir très seul durant une longue vie !

Tout comme Zane. Une vie de solitude consommée par la haine.

— Je ne m'en ferais pas pour ça, répliqua Oliver en affichant son sourire charmeur. Imagine un peu, je pourrais avoir toutes les filles que je veux.

— Ouais, répondit Zane. Comme si cela avait quelque chose à voir avec le fait d'être vampire.

Zane regarda sa montre.

— Il faut que j'y aille.

— Ok, à ce soir.

Zane se dirigea vers son Hummer et se rendit chez Samson, à Nob Hill. Le soleil n'étant pas prêt à se lever, les rues étaient presque désertes. C'était comme cela qu'il les préférait.

Il se gara devant le garage de Samson. À l'intérieur, les lumières rendaient la maison victorienne resplendissante. Il savait que Delilah avait ajusté ses habitudes en vue de dormir le jour et rester éveillée la nuit, afin que Samson et elle pussent mener une vie presque normale. En tout cas, aussi normale que pût l'être une vie avec un vampire !

Samson ouvrit la porte en personne et le fit entrer.

— Tu voulais me voir ?

Zane hocha la tête.

— Allons dans mon bureau.

Sur les talons de Samson, Zane se répétait mentalement comment il allait entamer la conversation. Il n'était malheureusement pas du genre diplomate, et il ne lui était pas aisé d'aborder le sujet dont il voulait parler.

Quand il ferma la porte derrière lui, Samson lui fit face et posa son postérieur sur l'imposant bureau en acajou.

— Alors, que se passe-t-il ?

Zane trépignait. Il essaya d'adopter une attitude désinvolte, mais échoua.

— C'est au sujet de ma mission.

Samson leva une main.

— Arrête immédiatement. Nous en avons déjà parlé. Nous avons décidé que tu devais, pendant un certain temps, faire un travail peu stressant et à faibles risques et ce, jusqu'à ce que les choses entrent dans l'ordre et que nous soyons certains...

— Il ne s'agit pas de cela. Nous n'aurions pas dû accepter le boulot.

Samson le regarda d'un air étonné.

— Quoi ? Écoute, Zane, ce n'est parce que tu n'apprécies pas cette mission que…

Zane l'interrompit encore une fois.

— Nous n'aurions pas dû l'accepter, car ce que nous faisons subir à cette fille n'est pas bien.

Samson plissa les yeux.

— Remets-tu en question la décision que Gabriel et moi avons prise ?

Zane bomba le torse.

— Exactement.

— Explique-toi.

— Avez-vous la moindre idée de ce que son père nous demande de faire ?

Samson serra les mâchoires.

— Si tu as besoin de davantage de détails que ce que tu as lu dans les instructions qu'on t'a transmises, je serai heureux de te les réexpliquer : il s'agit d'une fille au tempérament volatile, qui pleure sa mère et qui se comporte mal. Nous sommes là pour l'empêcher de se faire du mal.

— Des conneries ! cracha Zane. C'est ce que son père essaie de nous faire croire. Mais c'est un mensonge.

Samson se redressa et écarta les jambes.

— Tu ferais mieux d'avoir de bons arguments pour soutenir cette accusation.

— Le père de Portia tente de la tenir loin des hommes pour ne pas qu'elle perde sa virginité avant son vingt et unième anniversaire.

— Cesse de déconner.

Zane pouvait pratiquement voir ce qui se passait dans la tête de Samson. Lui-même père d'une enfant hybride, il savait ce que cela signifiait. Et, à voir l'expression sur son visage, Zane comprit que Samson n'imposerait jamais un tel destin à sa propre fille. Il s'assurerait qu'elle perdît sa virginité bien avant que son corps ne se figeât sous sa forme définitive, même si, à cette fin, il devait lui-même sélectionner les amants potentiels.

— Personne ne ferait une telle chose à sa propre fille, dit Samson sur un ton ferme, tout en se passant une main dans sa chevelure d'un noir corbeau.

— Pourtant, c'est ce qu'il fait.

— Et comment peux-tu être au courant de cela ? L'impatience se lisait dans le regard noisette de Samson.

— Elle me l'a dit.

Les circonstances dans lesquelles il l'avait découvert ne regardaient toutefois pas Samson. Bon sang, cela ne regardait personne mis à part Portia et lui-même.

— Elle te l'a dit juste comme ça ?

— Je l'ai rattrapée lorsqu'elle tentait de s'échapper. C'est à ce moment qu'elle me l'a dit.

Ce qui était assez proche de la vérité. Qu'ils se fussent embrassés pour la première fois cette nuit-là n'avait aucune importance. La vérité demeurait la vérité.

— Intéressant, dit Samson, méditatif. Et le fait qu'elle puisse te manipuler avec cette triste histoire ne t'est pas passé par la tête ?

Bien sûr que Portia le manipulait, mais pas exactement comme Samson le suspectait. Elle voulait l'amener à coucher avec elle et, bordel, c'était également ce qu'il voulait !

— Elle ne me manipule pas.

— Je crois que tu te fais avoir.

Zane jura.

— Personne ne se fout de ma gueule ! Tu ne vois pas ce qu'il essaie de lui faire ? Elle aura vingt-et-un ans dans cinq semaines et sera toujours vierge. Veux-tu vraiment avoir cela sur la conscience ?

— J'ai pu lire beaucoup de choses en toi, Zane, mais la crédulité n'en faisait pas partie. Tu as beaucoup à apprendre au sujet des jeunes femmes. Elle n'est pratiquement encore qu'une adolescente. Elle ferait n'importe quoi pour contourner les règles que son père lui impose. Elle mentira, inventera des histoires pour éveiller ta compassion. Diable, c'est justement pour cette raison qu'on t'a choisi pour ce boulot : parce que tu restes de marbre, même lorsque quelqu'un te raconte une histoire larmoyante.

— Ce n'est pas une histoire larmoyante. Son père la condamne à être vierge toute sa vie. As-tu la moindre idée de ce que cela signifie pour elle ?

— Ne me donne pas de leçons à ce sujet. Je sais ce que cela signifie. Et je sais qu'aucun père, sain d'esprit, n'exigerait cela de sa fille. Il l'aime. Tout ce qu'il essaie de faire, c'est la protéger d'elle-même.

— C'est un mensonge !

Samson se froissa.

— Très bien. Tu veux savoir comment je sais qu'elle te ment ?

Il contourna son bureau pour en ouvrir un tiroir. Un instant plus tard, un dossier atterrit sur le bureau.

— Ouvre-le, regarde à la page trois.

Hésitant, Zane s'avança pour prendre le dossier. Il l'ouvrit lentement et alla jusqu'à la page trois. Il balaya le document du regard. À la moitié de celui-ci, ses yeux s'arrêtèrent sur un passage qui disait :

L'un de ses mensonges préférés est d'affirmer qu'elle est vierge et que son père essaie de l'empêcher de perdre sa virginité.

— Non... dit Zane en secouant la tête.

Lui avait-elle menti ? Avait-elle inventé toute cette histoire pour gagner sa compassion et le convaincre de coucher avec elle ? Était-elle une sorte de nymphomane qui ne pouvait s'empêcher de toucher les hommes qu'elle côtoyait ?

Non, il ne pouvait le croire. Au début, son baiser avait été si innocent. Ses réactions envers lui avaient été sincères.

— Me crois-tu maintenant ? demanda Samson.

Le fait que cela fût écrit noir sur blanc ne voulait pas dire qu'il s'agissait de la vérité. Mais il ne contredit plus Samson. Ce dernier avait tort ; ils avaient tous tort au sujet de Portia. Il la connaissait mieux que quiconque. Il avait vu ses larmes quand elle lui avait parlé de son sort. Il avait lu en elle et avait compris que ses paroles ne contenaient aucun faux-semblant, aucun mensonge.

— Elle ne me mentirait pas.

Il se retourna alors et sortit du bureau de Samson, ignorant la voix de son patron qui le rappelait à lui.

Samson jeta brusquement un regard à l'horloge qui se trouvait sur sa table de chevet. C'était toujours le milieu de l'après-midi.

— Je sais que ça te tracasse, lui dit doucement Delilah en s'asseyant.

C'était là l'un des inconvénients d'être lié par le sang : si quelque chose n'allait pas bien, le partenaire le savait et, puisque Samson ne pouvait pas dormir, Delilah en était également incapable.

— Je m'excuse, ma douce, lui dit-il en se tournant pour la prendre dans ses bras. Mais quelque chose ne tourne pas rond.

— Crois-tu que ce que Zane raconte est crédible ?

— Non. Tu sais autant que moi qu'aucun père ne ferait une telle chose à sa fille. Tu sais que je ne le ferais pas.

Elle lui sourit, et il put ressentir l'amour qui les liait l'un à l'autre. Cet amour rayonnait dans la pièce.

— J'imagine que tu vérifieras les antécédents de tous les hommes qui s'approcheront d'Isabelle ?

Samson sourit.

— Compte sur moi. Mais dès qu'elle aura dix-huit ans, elle sera très convoitée. Et l'élu fera mieux d'être gentil avec elle, ou je lui arracherai la tête.

Delilah lui donna un baiser sur la joue.

— Qu'est-ce qui te tracasse réellement dans les propos tenus par Zane si tu penses qu'il a tort ?

— Ce n'est pas ce qu'il a dit, mais la manière dont il l'a dit. Comme s'il savait quelque chose que personne d'autre ne sait. Delilah, il l'a crue. Zane n'est pas du genre à accorder sa confiance ou à se laisser berner si facilement. Il s'est passé quelque chose là-bas. Il ne s'est pas montré aussi froid et indifférent qu'à l'habitude. Il semblait impliqué dans cette situation.

— Tu crois qu'il se passe quelque chose ?

Elle secoua la tête instantanément.

- Zane est plus loyal que quiconque envers Scanguards. Il ne ferait jamais rien qui

puisse enfreindre tes règles, ajouta-t-elle.

— Je n'en suis plus du tout certain. Quand il était ici tout à l'heure, j'ai senti qu'il voulait se rebeller. Il a mis mon jugement en doute sans être en mesure d'étayer son raisonnement. Ça ne lui ressemble pas. Il agit sous le coup de l'émotion.

— N'est-ce pas une bonne chose ? N'est-ce pas ce qui t'a toujours inquiété chez lui ? Sa froideur, son absence d'émotions ? Drake a peut-être réussi à le percer.

— Après une seule séance ? J'en doute fort. Non, quelque chose d'autre a dû se passer.

— Avec la fille ?

Samson espéra avoir tort, mais son instinct lui suggérait d'examiner tout cela. Si quelque chose devait se passer sans qu'il eût investigué au préalable, il ne se pardonnerait jamais.

— Que vas-tu faire ?

Il se redressa et attrapa le téléphone.

— Je vais vérifier auprès d'Oliver. Pour voir si elle lui a raconté la même histoire.

Delilah savait déjà à quoi il pensait, leur lien télépathique anticipant les prochaines pensées du partenaire.

— Si elle l'a fait, alors c'est qu'elle se joue de tout le monde, mais si ce n'est pas le cas, c'est que cela a à voir avec Zane.

Le portable d'Oliver ne sonna qu'une seule fois. Le jeune homme décrocha et répondit calmement.

— Samson ?

On pouvait entendre des discussions en bruit de fond. Samson supposa qu'il se trouvât toujours à l'université.

— Tu peux parler ?

— Oui. Portia est juste en train de dire au revoir à ses amis. Nous allons rentrer à la maison d'ici peu.

— Écoute, cette question peut te sembler étrange, mais Portia t'aurait-elle raconté une quelconque histoire larmoyante au sujet de son père et de ce qu'il essaierait de lui faire subir afin que tu lui laisses plus de liberté ?

Samson avait délibérément omis de lui parler de l'appel urgent de la jeune fille à perdre sa virginité. Il ne voulait pas influencer la réponse.

Oliver hésita un peu avant de répondre.

— Non, elle a été correcte. La plupart du temps, elle traîne avec Lauren. Elle suit tous ses cours comme une étudiante modèle et est de bonne compagnie.

— Donc, elle n'a pas essayé de t'échapper ou de gagner ta compassion ?

— Non. Absolument pas.

Étrange. Samson échangea un regard avec Delilah. Elle haussa les épaules.

— Merci Oliver, bon travail.

Il raccrocha et composa un autre numéro. Les réponses d'Oliver ne le satisfaisaient pas. Étudiante modèle ? Ça ne ressemblait pas à la fille que le père avait décrite à Gabriel.

Thomas répondit à l'appel, la voix un peu groggy.

— Salut, Samson. Je t'en prie, dis-moi que t'as une bonne raison de me réveiller.

— Désolé, Thomas, mais je m'inquiète pour Zane.

— Qu'est-ce qu'il a encore fait ?

— Rien, c'est plutôt ce qu'il a dit . . . ou pas dit. J'ai besoin de ton opinion.

— Bien sûr.

— Tu l'as remplacé quand il est allé chez Drake. Quelle impression Portia t'a-t-elle laissée ?

— Je ne suis pas certain de saisir ce que tu me demandes. Elle m'a semblé gentille, et même polie.

— A-t-elle essayé de gagner ta sympathie en te racontant une drôle d'histoire quant aux raisons qui ont poussé son père à nous demander de la protéger ?

— Non. Et elle aurait dû me dire quoi ?

— Zane est venu me voir cette nuit. Il prétendait qu'elle lui avait dit que son père tente de la garder captive pour ne pas qu'elle coure le risque de perdre sa virginité avant son vingt et unième anniversaire, dans cinq semaines.

Il y eut une pause.

— Oh merde !

Le corps de Samson se raidit tout à coup lorsqu'il entendit le juron de Thomas.

— Ça veut dire qu'elle t'en a également parlé ?

— Non. Mais . . . Samson, ce n'est pas bon, dit Thomas en s'éclaircissant la gorge.

Instantanément en alerte, Samson pressa davantage le téléphone contre son oreille.

— Que sais-tu ? Dis-le-moi maintenant.

— Écoute, Samson, je ne suis pas du genre à cafter sur mes amis, mais . . .

quand je suis allé chez Portia l'autre nuit . . . J'ai pu sentir son odeur sur lui. Comme s'ils s'étaient embrassés.

— Bordel !

— Je ne peux pas en être tout à fait certain, se dépêcha d'ajouter Thomas.

— Putain, Thomas, tu aurais dû me le dire !

— Merde, Samson, je ne pouvais pas. J'ai prévenu Zane. Il savait qu'on l'avait à l'œil. Mais ça, je veux dire, sachant qu'elle veut perdre sa virginité, ça change tout.

— Ce n'est qu'un mensonge, Thomas. C'est impossible qu'elle soit encore vierge. Aucun père ne permettrait que cela arrive à sa fille hybride. Elle utilise cette histoire pour le manipuler afin d'obtenir ce qu'elle veut. Et Zane est assez stupide pour se laisser entraîner.

— Tu dois lui retirer cette mission.

— Je n'aurais jamais dû la lui confier. C'était une énorme erreur. On ne doit plus du tout lui permettre de la toucher à nouveau.

— J'espère qu'il n'est pas trop tard, murmura Thomas.

Samson dodelina de la tête. Il n'avait rien reniflé de suspect sur Zane et avait la quasi-certitude que ce dernier n'avait pas touché Portia la veille. Mais il ne pouvait plus courir de risques en le laissant s'approcher d'elle. Cela réduirait à néant la confiance que leur client avait placée en Scanguards en les mandatant pour garantir la sécurité de sa fille. L'exposer à un vampire qui irait à l'encontre des strictes instructions de son père briserait cette confiance et mettrait en péril l'intégrité de Scanguards.

— Je veux que tu prennes la relève d'Oliver au coucher du soleil.

Samson savait au moins qu'avec Thomas, il n'y aurait aucun problème : celui-ci était insensible aux charmes féminins, aussi attirante que pût être la femme. C'était un des avantages à compter un vampire gay parmi les membres de son personnel.

— Je m'en occupe.

— Merci.

Samson raccrocha.

— Et maintenant ? demanda Delilah.

— Zane est bon pour un savon.

Un sérieux savon !

19

Zane se cabra dans son lit, se demandant un court instant ce qui avait pu le réveiller, lorsque le bruit se fit entendre une nouvelle fois : son portable vibrait sur la table de nuit. Il s'en empara et regarda l'identité de l'appelant.

Merde, il n'était jamais bon de recevoir un appel de son patron à cette heure de la journée !

— Samson, qu'est-ce qui … ?

— Je te retire ta mission. Dès maintenant !

Au ton de sa voix, Samson semblait décidément très énervé. Zane ne put s'empêcher de laisser échapper un juron.

— Putain !

— Ouais, tu as totalement déconné ! Je veux que tu sois dans mon bureau trente minutes après le coucher du soleil !

— Mais putain, qu'est-ce que j'ai fait !

— Oh, tu le sais très bien. J'aurai ta peau si tu touches encore une fois à cette fille. Est-ce clair ?

Merde, putain, saloperie !

Quinn !

Cette nuit-là, Zane avait prétendu avoir ramené une fille pour le sexe et

Quinn, ce salopard, s'était empressé de courir cafter à Samson qu'il avait vu Portia dans son lit ! Quel sale traître !

— Dans mon bureau, trente minutes après le coucher du soleil ! répéta Samson avant de raccrocher.

Zane, dans un état d'esprit plus sombre qu'il ne l'avait jamais été, cogna le matelas du poing. Il bondit hors du lit, prêt à réduire son ami en purée. Ami ? Il n'avait aucun ami !

Comment avait-il pu agir derrière son dos de la sorte ? Sans le moindre avertissement !

Sa déception se transforma en une haine farouche lorsqu'il considéra les conséquences des agissements de Quinn. Deux choses lui vinrent immédiatement à l'esprit : Portia resterait vierge sa vie durant, et il ne pourrait plus jamais la revoir.

Ces deux options étaient aussi douloureuses l'une que l'autre. Elles lui faisaient mal ; à lui, l'homme qui croyait ne plus pouvoir ressentir la douleur, pour l'avoir déjà éprouvée par le passé. Mais celle-ci était tout aussi forte : violente et brûlante, comme si on lui enfonçait un fer ardent dans le palpitant. Oui, son cœur battait ! Et bien plus fort qu'auparavant ! Non pas pour faire circuler le sang dans ses veines, mais par pure compassion pour une autre personne : Portia.

Malgré tout ce qui pouvait être écrit dans le dossier de la jeune fille, il savait au fond de son cœur qu'elle lui avait dit la vérité. Elle avait peut-être essayé de le manipuler de diverses manières, mais il ne pouvait remettre en question ce qu'il avait vu dans ses yeux.

Et il serait maudit s'il l'abandonnait maintenant entre les mains de personnes qui ne la croyaient pas.

Ébranlé, il s'arrêta devant la porte de la chambre de Quinn, mais finit par s'en aller. Il eût été superflu de satisfaire sa soif de vengeance sur-le-champ. Quinn aurait la raclée qu'il méritait bien assez tôt. Pour l'instant, Zane devait s'occuper de choses plus importantes.

Aussi silencieusement que sa colère le lui permît, il se rendit dans sa chambre à coucher et s'y habilla. Un rapide coup d'œil à sa montre lui confirma que le soleil ne se coucherait pas avant au moins deux heures, mais cela importait peu. Il devait agir immédiatement et prendre de l'avance avant que quelqu'un ne découvrît ses projets.

Il se faufila dans les escaliers et prit soin d'éviter les marches qui grinçaient. Dans le couloir, il se tourna vers la porte qui menait au garage.

Un léger gémissement l'amena à se retourner. Z le regardait, les yeux grand ouverts, la queue remuant d'excitation.

— Retourne dormir, murmura-t-il.

L'animal ne sembla pas comprendre. Il bondit sur sa jambe et lui agrippa le mollet. Zane s'accroupit.

— Non, tu ne peux pas venir.

De grands yeux ronds le supplièrent de reconsidérer sa position.

Et merde !

— Bien, grogna-t-il tout bas d'une voix sourde. Mais ne viens pas te plaindre si tu as froid.

Il attrapa le chien, le mit sous le bras et emprunta la porte. Sans se soucier d'allumer la lumière, il ouvrit, sans attendre, la portière de son Hummer et se laissa retomber sur le siège du conducteur.

Il plaça Z sur la banquette arrière et referma délicatement la portière.

Lorsqu'il démarra le moteur, il grimaça intérieurement, espérant que le bruit ne réveillât pas Quinn, dont la chambre était située à l'arrière de la maison, loin du garage. Et, puisque son invité ne s'était pas accoutumé aux bruits du quartier, Zane espéra qu'il croirait que ceux émis par le moteur et la porte de garage provenaient de la maison d'à côté. Il actionna la commande d'ouverture automatique de la porte et, dès que celle-ci fut suffisamment relevée, sortit du garage. Elle se referma derrière lui, tandis qu'il reculait et s'engageait sur la route.

En début de soirée, la circulation était mortelle dans la Mission. Il était toujours risqué pour un vampire de sortir durant la journée, même dans un véhicule spécialement équipé ou dans l'une des fourgonnettes aux vitres teintées que Scanguards possédait à cette fin. Un seul accident pouvait mettre la vie du vampire en péril. C'était une des raisons pour lesquelles Zane s'était procuré un Hummer. Peu de choses pouvaient endommager ce véhicule, lequel était pratiquement construit comme un char d'assaut.

Malgré cela, sa sécurité était tout autant menacée que s'il se trouvait dehors en plein jour. Il courait un risque, certes, mais un risque auquel il ne pouvait aujourd'hui échapper.

Se frayant un chemin dans la circulation, il composa le numéro du portable de Portia. Elle décrocha après deux sonneries et n'eut pas le temps de prononcer le moindre mot qu'il lui donna un ordre.

— Dis « Salut, Lauren ».

— Salut, Lauren.

Sa voix trembla durant une seconde, mais Portia se ressaisit immédiatement.

— Quoi de neuf ?

Elle avait rapidement capté, et Zane en fut soulagé.

— Écoute-moi bien. Veux-tu toujours perdre ta virginité ?

— Oui, bien sûr.

— Es-tu certaine de vouloir que ce soit moi qui le fasse ?

— Oui.

— Ne réponds pas uniquement par un seul mot. Si Oliver écoute, il pourrait trouver ça suspect.

— Oh, ce serait vraiment sympa, Lauren. Quand crois-tu qu'on pourrait le faire ?

— C'est mieux comme ça.

— Et comment y as-tu pensé ?

— Mon patron me retire cette mission.

— Oh non !

— Et connaissant Samson, il t'assignera quelqu'un qui ne te laissera aucune chance de t'échapper.

— C'est vraiment injuste.

Elle fit une pause.

— Lauren, ça craint.

— Monte dans ta chambre maintenant. Prends quelques affaires, principalement des trucs chauds, de bonnes chaussures et une veste épaisse. Des choses dont tu auras besoin pour quelques nuits.

— Quelques nuits ?

— À moins que tu ne le veuilles plus.

— Non, j'aimerais vraiment, Lauren.

— Bien. Tu as dix minutes. Quand tu entendras la sonnerie du portable d'Oliver, sors par la fenêtre, comme tu l'as fait l'autre nuit. Je ferai diversion en le maintenant au téléphone. Traverse le jardin en courant et grimpe par-dessus la clôture de ton voisin. Je serai dans un Hummer noir dans la rue derrière toi. Tu sais comment t'y rendre ?

— Bien sûr, c'est une excellente idée.

— Quand tu entreras dans la voiture, fais vite. Je ne suis pas d'humeur à attraper un coup de soleil.

— Merci, c'est gentil.

Zane raccrocha et évita un camion en double file. Il accéléra pour passer au feu suivant et laissa enfin la Mission derrière lui pour finalement atteindre le quartier de Noe Valley.

La circulation était moins dense de l'autre côté de la très fréquentée Vingt-quatrième Rue. Et principalement dans ce quartier résidentiel. À un pâté de maisons de chez Portia, il bifurqua dans sa rue, contourna le bloc et emprunta la rue parallèle. Il compta les maisons et se gara devant celle qui était juste derrière la sienne.

Zane mit le véhicule au point mort et éteignit le moteur. Il ne pouvait courir le risque qu'Oliver entendît le bruit du moteur à travers le combiné.

Après avoir envoyé un texto à un de ses contacts, il regarda sa montre. Il attendit deux minutes de plus, espérant avoir laissé suffisamment de temps à Portia pour fourrer quelques affaires dans un sac. Il reprit ensuite son téléphone et composa le numéro d'Oliver.

Le jeune homme répondit dès la seconde sonnerie.

— Zane, tu t'es levé tôt.

Zane s'efforça de sembler décontracté.

— Ce foutu chien ne cesse de me réveiller en plein milieu de la journée. Je jure que je vais le rendre à Yvette.

— Ouais, c'est pour ça que je n'ai pas d'animaux. Trop de responsabilités.

— Ouais. Écoute Oliver, ce dont on a parlé tout à l'heure, quand tu disais que tu trouverais ça cool d'être un vampire.

— Oui ?

Intéressé, Oliver haussa la voix.

Parfait, il avait trouvé le sujet idéal pour distraire le jeune humain pendant quelques minutes. Ce dernier n'entendrait pas Portia ouvrir la fenêtre et s'enfuir par le jardin.

PORTIA ÉTAIT TELLEMENT EXCITÉE qu'elle en avait le vertige. Tout cela était bien réel. Zane avait décidé de lui venir en aide. Ce soir, elle perdrait sa virginité, et ce serait entre les mains de Zane. Peu importe ce qui l'avait amené à changer d'avis, elle ne voulait pas investiguer pour l'instant. Il avait dit que son patron voulait le retirer de cette mission, et cela avait probablement quelque chose à y voir. Mais elle n'avait pas eu le temps de le lui demander, d'autant plus qu'Oliver se tenait à portée de voix.

Elle était au moins parvenue à le berner en feignant parler à Lauren, bien qu'elle l'eût saluée peu de temps auparavant.

Elle fouilla dans son placard et en sortit quelques vêtements, ne sachant pas ce qu'elle devait emporter. Bon sang, si seulement il l'avait prévenue, elle aurait pu décider quoi porter et peut-être même se rendre chez Victoria's Secret pour s'y procurer quelques sous-vêtements convenables. Et dans sa hâte, elle n'avait pu trouver qu'une petite culotte sans attrait et un soutien-gorge des plus ordinaires, sans dentelle. Super ! Pas vraiment romantique !

Lorsqu'elle entendit le portable d'Oliver, au rez-de-chaussée, elle retint un juron, fourra le vêtement qu'elle tenait en main dans son sac à dos et en referma la fermeture Éclair. Elle s'empara de ses bottes au fond du placard et se précipita vers la fenêtre.

Aussi silencieusement que possible, Portia souleva la fenêtre et balança son sac et ses bottes à l'extérieur. Elle se recroquevilla rapidement pour passer par-dessous, lâcha le rebord et atterrit sans bruit. Elle devenait bonne à ce jeu !

Prudemment, elle regarda à gauche, puis à droite et tendit l'oreille, à l'affût du moindre bruit pouvant provenir de l'intérieur. Mais le silence régnait. Elle ramassa son sac d'une main et ses bottes de l'autre, puis courut jusqu'à la clôture. Quoique cette dernière fût haute, Portia la franchit avec aisance. La vitesse et la force propres aux vampires pouvaient parfois s'avérer utiles.

Le jardin du voisin était désert, et elle espéra ne pas avoir été repérée par quelqu'un qui pourrait alerter Oliver. Elle courut le long des petits buissons et rejoignit le petit sentier carrelé du jardin. Ses chaussettes absorbèrent la boue, mais elle ne voulut pas prendre le temps d'enfiler ses bottes avant d'avoir atteint une distance de sécurité.

Elle dépassa les conteneurs à ordures, s'approcha de la barrière et l'ouvrit brusquement. La rue l'appela.

— Eh !

Une voix masculine s'adressait à elle, mais elle se foutait pas mal de ce que son voisin pouvait penser.

Portia ne se retourna pas et poursuivit sa course dans la rue tout en cherchant des yeux le Hummer noir. Il était garé en double file devant la maison située sur sa droite. Les phares l'alertèrent.

Zane !

Pendant une fraction de seconde, elle se demanda si elle commettait une erreur en accordant sa confiance à un homme qu'elle connaissait à peine et en lui permettant pratiquement de la kidnapper. Mais cette pensée s'envola aussi rapidement qu'elle n'était apparue. Son cœur se mit à battre plus rapidement, non pas des suites de sa course, mais parce qu'elle savait qu'elle allait retrouver Zane, l'homme qui l'excitait plus que tout autre.

À proximité du Hummer, elle se remémora ses mots : elle devait entrer rapidement dans le véhicule. Elle ouvrit brusquement la portière, lança son sac et ses souliers aux pieds du siège passager et bondit à l'intérieur tout en claquant la porte.

Le moteur rugit, et elle fut projetée vers l'avant, collée contre le tableau de bord.

— Accroche-toi.

La voix de Zane traduisait son énervement. Il savait pertinemment que ce qu'ils étaient en train de faire n'allait pas seulement à l'encontre de la volonté du père de Portia, mais également des règles de Scanguards. Et elle savait qu'il s'attirerait de graves ennuis en agissant de la sorte. Mais, à présent, il leur était impossible de faire marche arrière.

— Où on va ? demanda-t-elle tout en bouclant sa ceinture.

— À un endroit où personne ne nous trouvera. Assure-toi d'éteindre ton portable.

Elle le sortit de sa poche.

— Pourquoi ?

— Scanguards a ton numéro. Ils pourront te localiser en retraçant les signaux émis entre les différentes antennes-relais.

Elle frissonna à l'idée d'être en fuite.

— Tu as peur ?

Portia remua la tête sans hésiter.

— Non.

Elle n'avait pas peur … elle était terrifiée. Terrifiée à l'idée de ce qui allait se passer. Et si elle n'aimait pas ça ? Si tout ceci n'était qu'une erreur ? Mais elle ne pouvait pas se dégonfler maintenant. Elle devait le faire. Zane risquait probablement son emploi pour elle, elle ne pouvait s'incliner.

— On peut toujours faire demi-tour, si tu as changé d'avis.

Elle le regarda, et il tourna le visage vers elle, les yeux scintillant de compréhension. Mais, à l'arrière-plan, elle vit se profiler la déception qui émergerait si elle rebroussait chemin.

Un aboiement provenant de la banquette arrière lui évita de répondre. Elle se pencha sur le côté et aperçut le chiot Labrador qui la fixait du regard.

— Tu as un chien ? demanda-t-elle, tandis qu'elle tendait déjà les bras vers l'animal pour le poser sur ses jambes.

— Tu vas le gâter. Il n'est pas éduqué, et il semble qu'il ne le sera jamais.

Portia caressa sa douce fourrure.

— Il s'appelle comment ?

— Z.

— Z ? Rien qu'une lettre ?

— C'est tout ce qu'il aura. C'est une petite peste.

Malgré les mots employés, la voix de Zane était chaleureuse et témoignait de toute son affection pour le chien.

Zane ne l'avait pas abandonné. Il l'avait emmené avec lui. Cela ne signifiait-il pas qu'il se souciait d'autrui, qu'il était responsable et certainement pas aussi indifférent que ce qu'il laissait paraître ? Un homme qui possédait un chien, et particulièrement un aussi mignon, était un homme qui avait un cœur et des sentiments.

Son sort était scellé. Elle pouvait lui faire confiance. Il prendrait soin d'elle, tout comme il l'avait fait pour le chien.

— Allons où tu veux.

Quelque chose apparut sur le visage du vampire. On aurait presque pu l'appeler un sourire ou, du moins, un début de sourire : ses lèvres se tordaient de quelques millimètres vers le haut.

— C'est loin ?

— On y sera dans quatre heures.

— Je suis impatiente.

Dans un soudain élan de courage, elle ôta sa main du chiot et la glissa sur la cuisse de Zane. Les muscles de celui-ci se contractèrent, tout comme la dernière fois qu'elle avait posé ce geste. Aucune réprimande ne s'ensuivit pour son audace.

— Je peux peut-être y arriver en trois heures et demie, concéda-t-il en plaçant sa main sur la sienne, non pas pour l'enlever, mais pour la maintenir à cet endroit.

— J'aimerais bien.

Portia ne s'était jamais entendue parler avec une voix si rauque.

Quand leurs regards se croisèrent furtivement, une prise de conscience déclencha en elle un désir brûlant et inextinguible. Un désir qu'elle vit se refléter dans les yeux de Zane.

Oui, c'était la bonne décision. La seule décision possible. Zane serait à elle. Bientôt.

20

Quinn referma violemment la porte du garage à présent vide et colla son portable à l'oreille.

— Merde, il a pris le Hummer. Et le chien avec.

À l'autre bout du fil, Oliver jura tout bas.

— Nom de Dieu ! J'espérais qu'elle soit allée le rejoindre. As-tu vérifié la chambre de Zane ?

— Il est parti, Oliver. Et on dirait bien qu'il a emmené Portia avec lui.

Pourquoi n'avait-il rien vu venir ? C'était exactement pour ce genre de choses que Samson lui avait demandé de venir surveiller Zane … afin de les empêcher.

— Merde ! Qu'est-ce que je vais faire maintenant ? Samson aura ma peau pour ça.

La crainte était perceptible dans la voix d'Oliver.

Quinn y fut sensible. Il s'agissait là de sa première mission importante, et il était en train de la foutre royalement en l'air. Non, en fait, c'était Zane qui avait totalement merdé.

— Viens me chercher chez Zane, et allons ensemble chez Samson.

— Merci Quinn.

Dix minutes plus tard, Oliver, la mine déconfite, arriva dans une des limousines. Et après vingt autres minutes, ils arrivèrent à Nob Hill et se garèrent devant la maison de Samson.

Oliver coupa le moteur et prit une profonde inspiration.

— C'est la merde. J'aurais dû parler avant.

— À quel sujet ?

— Que l'autre jour, Portia a utilisé le contrôle de l'esprit sur moi pour s'échapper. Quand j'ai appelé Zane à l'aide, il m'a dit qu'elle était avec lui. Putain, pourquoi elle a fait ça ? Pourquoi a-t-elle voulu berner un garde du corps pour en rejoindre un autre ?

Quinn le gratifia d'une tape sur l'épaule.

— J'imagine que tu n'as pas remarqué comment ces deux-là se regardent.

Oliver lui lança un regard étonné.

— Tu les as vus ensemble ?

— Hier soir. C'est une longue histoire. Mais laisse-moi te dire une chose : quand deux personnes se regardent de la sorte, on ne peut rien y faire. Vaut mieux ne pas s'en mêler.

— Zane a le béguin pour Portia ? Impossible !

— Pas seulement ça, je crois que c'est pareil pour elle. Et je ne suis même pas convaincu que ce soit tout. Je connais beaucoup trop bien Zane. Il ne devient pas possessif pour n'importe quelle femme. Alors, voici mon conseil : ne dis rien de ce qui s'est passé l'autre jour. Personne n'a besoin de le savoir. Ça ne fera que t'attirer des ennuis avec Samson.

Oliver se passa les mains dans ses cheveux en bataille.

— Tu en es certain ? Et si quelqu'un l'apprend ?

— Je suis la seule personne à être au courant, et je ne vendrai pas la mèche. Suis mon conseil : pour ce qui s'est passé ce soir, ils t'ont tous les deux berné. Ce n'est pas ta faute. Il m'a également dupé, et je le connais encore mieux que toi. J'aurais dû voir ce qui se tramait.

De plus, il aurait dû entendre la porte du garage s'ouvrir et se refermer mais, avec le bruit constant dans le voisinage et le tourbillon d'activité durant la journée, il avait essayé d'occulter tous les bruits et avait utilisé des bouchons d'oreilles.

— OK alors, acquiesça Oliver.

— Tu n'as qu'à me laisser parler. Et ne donne aucune information qui ne soit requise.

Oliver et Quinn gravirent les cinq marches qui menaient à la maison de Samson. Quinn actionna le carillon de la porte et fut surpris par l'ouverture quasi instantanée de cette dernière.

Samson tenait son portable collé à l'oreille. Lorsqu'il aperçut Oliver, il le pointa du doigt.

— Reste en ligne, Thomas, c'est Oliver.

Il lança ensuite un regard furieux au jeune garde du corps humain.

— Où est ta cliente ?

Oliver tressaillit.

— Elle m'a roulé et s'est enfuie.

Quinn poussa son collègue dans le hall d'entrée et referma la porte derrière lui.

— Putain ! jura Samson. Thomas, je te mets sur haut-parleur.

Il appuya sur un bouton et tint le téléphone à plat dans sa main.

— Quand Thomas est allé à la maison à la fin de ta garde, elle était vide. Que s'est-il passé ? demanda Samson à Oliver.

— Pourquoi était-ce Thomas qui devait prendre la relève ? C'était le tour de Zane, interrompit Quinn.

Samson le fusilla du regard.

— Zane a merdé. Je l'ai suspendu et ai confié la mission à Thomas.

— Eh, merde, pas étonnant qu'il soit parti ! répondit Quinn.

— Quoi ?

Samson regardait tantôt Quinn, tantôt Oliver.

— Zane est parti. Il a pris le Hummer et le chien, répondit Quinn.

Oliver hocha la tête.

— Et fort probablement Portia.

— Il a pris Portia ? hurla Samson.

— Zane m'a appelé environ une heure avant le coucher du soleil. Il m'a gardé au bout du fil pour me distraire afin que Portia puisse sortir par l'arrière.

— Comment le sais-tu ?

— Sa fenêtre était ouverte, et j'ai trouvé des empreintes de pas dans le jardin. Il a dû l'attendre.

— Merde ! jura Samson.

— Je vais vérifier si je peux le localiser à l'aide du GPS de son portable ou de son Hummer, dit la voix de Thomas à travers le combiné.

— Fais-le maintenant, ordonna Samson.

— Je te rappelle tout de suite.

Samson leva les yeux et fixa Quinn.

— Tu ne t'es pas rendu compte qu'il quittait la maison en plein jour ? Je pensais que tu l'avais à l'œil.

Quinn trépignait.

— Tu sais bien qu'il se déplace à pas de loup. Je n'ai rien entendu. Même ce maudit chien n'a pas aboyé. Quand l'as-tu relevé de ses fonctions ?

— Vers quatre heures, cet après-midi.

— C'est probablement ce qui l'a mis en rogne.

— Mis en rogne ? Tu n'y es pas du tout, Quinn. Il a noué des liens avec la fille qu'il devait surveiller. Non seulement cette attitude va à l'encontre des règles de Scanguards, mais viole également les ordres que son père, notre client, nous a donnés. Elle est mineure !

— Elle a vingt ans, intervint Oliver.

Samson adressa un regard furieux à l'assistant en qui il avait, autrefois, confiance.

— Dans notre monde, cela fait d'elle une mineure. Dieu seul sait ce qu'il a pu lui dire pour la convaincre de le suivre.

Quinn leva sa main.

— Samson, un tango ça se danse à deux. De ce que j'entends à propos de cette fille, il semble qu'elle soit têtue. Je ne crois pas qu'elle puisse se laisser manipuler par Zane. Je pense qu'elle sait très bien ce qu'elle fait.

— Zane est dangereux. Il y a quelques jours à peine, il a tué un homme de sang-froid. L'as-tu déjà oublié ?

Deux, plutôt, pensa Quinn, subitement heureux que Samson ne sût rien à propos de l'assassin. Et il laisserait la situation en état.

— Il avait une raison. Ce gars était un violeur.

— Zane aurait dû laisser les autorités s'en occuper. Putain, Quinn !

Samson leva un bras et pointa la porte.

— Zane est dehors avec la fille. As-tu la moindre idée de ce qu'il va faire avec elle ?

Il va la sauter d'une manière insensée, s'il avait bien lu en Zane lorsqu'il les avait vus ensemble. Mais Quinn garda cette remarque pour lui. Parfois, il valait mieux ne pas répondre à une question, en particulier lorsqu'elle n'était que rhétorique.

Le portable de Samson sonna. Il y répondit immédiatement en appuyant sur le bouton du haut-parleur.

— Oui ?

— Le GPS du Hummer est désactivé, et je ne peux pas localiser son portable. Le flou total.

— Merde ! Appelle Gabriel et demande-lui d'avertir tous nos contacts vampires du Nord de la Californie. Remets-leur une photo de Zane et le numéro de la plaque de son Hummer. Personne ne doit s'en approcher. Je veux le localiser, c'est tout.

— Je m'en occupe.

Thomas raccrocha.

— Oliver, tu vas te rendre chez Lauren. Je vais avertir le maire de ta visite. Interroge-la et vérifie son portable pour voir si elle a été en contact avec Portia durant ces dernières heures : appels, textos, messages vocaux. Vérifie aussi ses emails.

Consciencieux, Oliver hocha la tête.

— Je sais qu'elle a parlé à Lauren quelques minutes avant . . . Soudain, il se gratta la tête. Et merde, c'était probablement Zane qui l'appelait. J'ai trouvé que la conversation manquait de naturel, mais . . .

Quinn attrapa Oliver par le coude, lui rappelant, sans mot dire et conformément à leur discussion préalable, qu'il ne fallait dévoiler aucune information qui n'eût été requise. Ou il ne ferait que s'attirer des ennuis. Samson était suffisamment furieux comme cela ; et à juste titre. S'ils ne retrouvaient pas Portia bientôt, ils devraient s'entendre sur les raisons à invoquer à son père. Personne n'aspirait à avoir cette conversation.

— Va parler à Lauren maintenant. On doit savoir ce qu'elle sait.

— Oui Samson, dit Oliver en se tournant vers la porte pour sortir.

— Quinn, ceci n'était pas censé se produire.

Quinn acquiesça de la tête et prit une profonde inspiration.

— Il ne lui fera aucun mal.

Samson remua la tête.

— Tu ne connais pas toute l'histoire. La nuit dernière, il est venu me parler. Il prétendait que le père de Portia voulait délibérément la maintenir vierge bien que son vingt et unième anniversaire soit dans cinq semaines. Apparemment, elle lui a raconté tout ça.

— Et c'est vrai ?

— Je ne le crois pas. Son père nous a prévenus qu'il s'agissait d'une histoire qu'elle utilisait pour s'attirer la sympathie. Elle lui ment.

— Et tu le lui as dit ?

— Bien sûr que je le lui ai dit. Je lui ai montré le dossier. Mais je ne crois pas qu'il était convaincu.

— Comment pourrait-il l'être ? murmura Quinn.

— Quoi ? demanda Samson avec une étincelle de suspicion dans les yeux.

— Je dis seulement que, connaissant Zane, il n'y croira pas simplement parce que c'est écrit dans un dossier. Tu le connais : il mènera sa propre enquête pour découvrir la vérité.

Il se remémora la nuit précédente, lorsqu'il les avait vus ensemble. Leurs attitudes avaient démontré que, même s'il y avait clairement quelque chose entre eux, ils n'avaient pas encore été intimes. Même si Portia s'était retrouvée dans le lit de Zane.

— C'est précisément ce que je dois l'empêcher de faire. Dans les deux cas, ce serait une erreur : si elle n'est pas vierge, il sera furieux d'avoir été dupé par elle. Et qui sait ce qu'il fera alors ?

Quinn haussa un sourcil.

— Et si elle *est* vierge ?

Samson cligna des yeux.

— Si son père a réellement l'intention de la garder vierge jusqu'à sa transformation finale, il tuera Zane pour avoir volé la virginité de sa fille.

— S'il le trouve, ajouta Quinn.

— Nous devons le trouver les premiers et l'arrêter avant qu'il ne fasse quelque chose d'irréversible.

Quinn observa longuement son patron, se demandant s'il devait lui poser son autre question ou la fermer. Mais, cette fois, son sens de la justice l'emporta.

— Et qu'en sera-t-il de la fille ?

— Que veux-tu dire ?

— Si elle est vraiment vierge, on ne peut tolérer que son père l'empêche d'être déflorée avant ses vingt-et-un ans.

Sa propre conscience ne lui permettrait pas de rester impassible et de ne rien faire, alors que quelqu'un était clairement en train de faire du mal à cette fille.

— Je sais cela, et j'ai été tourmenté toute la journée. Dans notre propre intérêt, j'espère seulement qu'elle ait menti à Zane. Car je n'ai vraiment pas envie de me disputer avec son père à ce propos.

21

Zane pénétra dans le garage situé sous son chalet. Les chaînes qu'il avait fixées autour des roues avant de s'engager dans la montagne claquèrent bruyamment sur le sol en béton. Dès l'instant où il immobilisa le véhicule et coupa le moteur, Portia remua et ouvrit les yeux. Elle s'était assoupie une demi-heure plus tôt, Z roulé en boule à ses pieds. Ce tableau, pourtant si peu familier, réchauffa le cœur de Zane.

— Nous sommes arrivés ?

Elle jeta un œil au garage et vint ensuite poser le regard sur Zane.

— Je vais prendre les bagages. Vous pouvez entrer, toi et Z.

Portia ouvrit la portière, et Z bondit à l'extérieur. Tout excité, il renifla les alentours.

— Je ne peux pas croire que tu aies un chalet à Tahoe !

Le sac à dos de Portia en main, Zane contourna le Hummer et ouvrit le coffre. En cas d'urgence, il gardait toujours, dans sa voiture, un sac rempli de tout ce dont il avait besoin pour plusieurs nuits.

— Ce n'est pas très grand, mais c'est tout ce dont j'ai besoin. Je viens toujours seul ici.

Il s'arrêta.

C'était son sanctuaire. Il n'y avait jamais amené de femmes. Ni ses amis, ni ses collègues de Scanguards ne connaissaient cet endroit. Lorsqu'il avait acheté cette propriété, il avait même pris la précaution de ne pas la faire expertiser par Amaury. Car il voulait que celle-ci fût son refuge à lui seul. Refuge dont personne ne connaîtrait l'existence.

Zane saisit son sac et referma le coffre. Portia l'attendait toujours près de la portière du côté passager. Leurs regards se croisèrent.

— Je n'ai pas besoin de plus d'espace, murmura-t-elle en se léchant la lèvre inférieure. On a seulement besoin d'un lit. Tant que tu en as un…

Ses joues se colorèrent d'une jolie teinte rosée. Zane déposa les sacs, parcourut la distance qui les séparait en seulement deux enjambées et s'arrêta à quelques centimètres d'elle.

— Entre maintenant, Portia, et rends-moi service : ne mentionne plus de mots comme « lit » tant que nous ne serons pas à l'intérieur. Sinon, tu vivras ta première expérience ici, dans le garage, le dos plaqué contre la voiture.

Il n'y avait aucune menace dans le ton de sa voix, mais il ne put dissimuler ce désir qui le parcourait. Il sembla enroué. Durant toute la durée du voyage, il s'était fait violence pour combattre ce besoin qu'il avait d'arrêter la voiture et de la tirer sur le siège arrière pour la prendre, là, sur-le-champ.

À présent décidé à faire l'amour à Portia, il ne pouvait attendre une minute de plus.

Les cils de la jeune vierge vinrent s'écraser contre ses paupières lorsqu'elle ouvrit lentement les yeux.

— Ne me fais pas attendre, dit-elle en se retournant pour faire entrer le chien.

Attendre ? Ce mot venait tout juste d'être rayé de son vocabulaire pour être substitué par le seul autre qui fût approprié : maintenant. Le cœur de Zane se mit à battre en saccade contre sa cage thoracique, et sa verge, demeurée en semi-érection durant tout le voyage, grossit jusqu'à atteindre sa taille maximale.

Il ramassa les sacs et se précipita derrière elle. Une fois à l'intérieur, il déposa à nouveau les bagages et se redressa. Comme toujours, un sentiment d'apaisement l'envahit lorsqu'il pénétra dans la grande pièce du chalet. Les plafonds voûtés et les poutres en bois conféraient une apparence spacieuse au petit bâtiment de moins de quatre-vingt-dix mètres carrés de superficie. Le décor était rustique : a priori un style que Zane n'aurait jamais pensé apprécier. Mais il s'y était habitué.

— Il y a du feu dans la cheminée, remarqua Portia d'une voix teintée d'un soupçon d'inquiétude. Quelqu'un vit ici ?

Zane secoua la tête.

— Avant de passer te prendre, j'ai envoyé un texto à mon concierge pour qu'il nous prépare le chalet. Regarde dans le frigo. Il devrait être plein de nourriture humaine. C'est pour toi.

Plus tard, il lui faudrait chasser pour trouver du sang. À moins que … Il repoussa cette idée avant qu'elle ne pût germer dans son esprit. Une chose à la fois : d'abord le sexe. Plus tard, il pourrait peut-être …

— Le frigo est bourré de nourriture. Il me prend pour qui ton concierge ? Un gorille de cent-cinquante kilos ?

Les cheveux tombant sur son visage, elle rit et se retourna vers Zane

— Je ne savais pas ce que tu aimais, alors je lui ai demandé d'y mettre un peu de tout.

C'était tellement plus facile avec du sang. Il n'en existait que huit variétés : quatre de rhésus positif et quatre de rhésus négatif. Et il les aimait toutes.

— C'est gentil de ta part.

Gentil ? On ne lui avait jamais dit qu'il était gentil. Dans un but bien précis, il avança lentement dans sa direction. Alors qu'elle le regardait s'approcher, il remarqua qu'elle se tenait complètement immobile. Seuls ses yeux étaient en mouvement. Il s'arrêta à trente centimètres d'elle, tendit la main vers la mèche de cheveux qui reposait sur sa joue et lui dégagea le visage.

— Ne fais pas l'erreur de me prendre pour ce que je ne suis pas. Il n'y a pas la moindre parcelle de douceur ou de gentillesse en moi et, si c'est ce que tu cherches, je ferais mieux de te ramener maintenant.

Dès qu'il eut prononcé ces mots, il sut qu'il ne la laisserait pas partir. Même si elle le souhaitait. Elle se trouvait dans sa tanière et ne pourrait quitter ce lieu qu'en vraie femme dont la virginité ne représenterait plus qu'un souvenir.

Portia leva la main et la lui glissa sur la nuque. Elle secoua la tête en guise de réprimande.

— N'y pense même pas.

C'était une chose qu'il aimait chez elle : elle ne reculait jamais devant un défi.

— Tu aurais pu choisir qui tu voulais. Pourquoi moi, petite fille ?

Savait-elle à quel point elle était désirable, que n'importe quel homme avec les yeux en face des trous verrait en elle la femme passionnée qui était sur le point d'émerger ?

Elle se pencha plus près, sa bouche frôlant celle du vampire.

— Parce que je ressens quelque chose quand tu m'embrasses.

De sa main libre, elle lui prit la sienne pour la guider vers sa poitrine, là où son cœur battait à tout rompre.

— Ici.

Elle pressa sa main contre son cœur et la poussa ensuite vers le bas, dépassant la ceinture de son jeans avant même qu'il n'eût pu apprécier la douceur de sa peau. Elle le récompensa toutefois en plaçant sa main sur son sexe.

Elle souleva les paupières et le fixa dans les yeux.

— Et ici.

Tandis qu'il touchait son intimité, une chaleur irradia de sa main, l'épais tissu du pantalon de Portia faisant obstacle à un contact plus étroit. Sa verge s'en réjouit malgré tout.

Il grogna, incapable de retenir le désir qui le submergeait.

— Puisque nous jouons franc-jeu ici, dit-il tout bas, alors qu'il s'abreuvait du vert de ses yeux, je crois que tu devrais connaître l'endroit où je ressens quelque chose quand tu m'embrasses.

Zane lui prit la main et la guida vers sa verge, l'amenant à palper, sur toute sa longueur,

la forte érection qui poussait contre sa fermeture Éclair.

— Ici.

Elle pressa son membre, et il serra les mâchoires pour lutter contre une libération imminente.

Wouf wouf !

L'aboiement du chien détourna toutefois son attention de Portia et de ses mains si tentantes.

— Vraiment pas le bon moment, Z !

Portia relâcha alors Zane et se tourna vers le chiot.

— Je crois qu'il a besoin de sortir.

Zane fronça les sourcils, mais dut s'y résoudre, conscient du genre de dégâts que son chien pouvait occasionner.

— Je vais avec lui. Installe-toi confortablement en attendant. Je serai de retour dans dix minutes.

Ou peut-être cinq, car le chiot n'avait jamais été en contact avec la neige. La montagne en était recouverte d'une fraîche couche et, maintenant qu'il faisait nuit, la température était négative. Zane était convaincu que Z se les gèlerait en moins de trois minutes et qu'il voudrait rentrer se réchauffer devant la cheminée.

Pendant que Zane accompagnait le chien à l'extérieur, dans cette étendue enneigée, Portia le suivit du regard. Cet homme était plutôt mince mais, bon sang, qu'il portait bien le jeans ! Ses muscles bougeaient à chacun de ses pas, et elle se demanda quelle sensation elle éprouverait lorsqu'ils se retrouveraient tous les deux nus, leur peau glissant l'une contre l'autre.

Quand il referma la porte derrière lui, elle cessa de retenir son souffle. Elle devait mettre à profit le temps dont elle disposait. Elle n'avait pas eu le temps d'enfiler des vêtements propres, encore moins de se doucher. Considérant ce qu'ils envisageaient de faire cette nuit-là, elle ressentit le besoin de se faire belle, non seulement pour être prête pour lui, mais également pour booster sa confiance en elle. Aujourd'hui, elle avait touché Zane intimement et cela, elle ne l'avait encore jamais fait avec aucun autre homme. Elle espéra que son instinct pût la guider afin de ne pas se révéler trop nulle au lit.

Dans la chambre, Portia se débarrassa rapidement de son jeans et de son pull, puis lança ses chaussettes, sa petite culotte et son soutien-gorge sur une chaise. Réalisant le peu d'enthousiasme que ses sous-vêtements suscitaient, elle les ramassa et les balança sous le lit. Zane n'avait nullement besoin de voir les affreuses petites culottes qu'elle portait. Cela ne l'exciterait pas du tout et ne ferait que le refroidir.

Quoique la petite maison fût chaleureuse, elle frissonna à la vue de ce lit immense dont la couverture arborait des rayures sombres, motif typiquement masculin. Dans très peu de temps, ils seraient étendus là, dans les bras l'un de l'autre, nus, uniquement enveloppés de leur passion et de leur désir.

Ne s'attardant pas plus longuement, Portia se précipita dans la salle de bain attenante à la chambre et pénétra dans la grande cabine de douche. De doux galets lui caressaient la plante des pieds. Ces mêmes pierres garnissaient les murs de la douche. La chaleur du jet d'eau se répandit sur son corps dès qu'elle tourna le robinet.

Elle prit une savonnette et l'appliqua sur sa peau. En respirant, elle réalisa que ce savon était non parfumé. Cela la surprit, car l'odeur que Zane dégageait était si masculine qu'elle avait pensé qu'elle provenait du parfum de son savon. Mais, apparemment, c'était son odeur naturelle qui l'enivrait tant. Elle aurait dû s'en douter. Doté d'une puissance à l'état brut et d'une énergie à fleur de peau, un vampire tel que Zane devait forcément dégager une odeur très virile.

Portia ne se préoccupa pas de se laver les cheveux. Cela lui prendrait trop de temps pour les sécher et, puisque Zane était complètement chauve, elle se dit qu'il ne possédait probablement pas de sèche-cheveux. Elle se rinça rapidement, sortit de la douche et posa le pied sur la moelleuse carpette tout en attrapant le drap suspendu au porte-serviette mural.

— Quand je t'ai dit de te mettre à l'aise, je n'avais pas réalisé que je manquerais quelque chose d'important.

Instinctivement, elle couvrit sa nudité en plaçant la serviette de bain devant elle tout en laissant échapper un cri de surprise.

Les yeux de Zane s'assombrirent et visèrent la serviette.

— Tu n'en auras pas besoin.

Hésitante, elle baissa les mains, amenant le drap de bain sous le niveau de ses seins dont les mamelons, subitement durs et droits, s'exposèrent au regard affamé de Zane. Les narines du vampire se dilatèrent, et son corps se mut. Il la rejoignit en deux pas et plaqua ses mains sur les siennes, prenant le contrôle de la serviette, laquelle tomba au sol dans la seconde qui suivit.

Tandis qu'il l'attirait vers lui, sa chemise frôla les seins de la jeune fille.

— J'aurais pu te regarder prendre ta douche si ce maudit chien n'était pas si inexplicablement friand de neige.

Elle ouvrit les yeux et se perdit dans les éclats dorés de ceux de Zane.

— Ou tu aurais pu m'aider.

Dans un gémissement, il couvrit sa bouche de la sienne et la captura. Portia écarta les lèvres à sa demande, accueillant avec plaisir cette vigoureuse invasion. Un désir à l'état pur se substitua au sang qui s'écoulait dans ses veines. Son pouls s'accéléra à un rythme plus effréné que n'importe quelle danse humaine lorsque la langue de Zane vint percuter la sienne lors d'un assaut acharné la priant de s'abandonner.

L'instinct lui dicta ses réponses. Portia accueillit cette saveur masculine d'un grognement sauvage qui lui était propre, lequel signalait indubitablement à Zane que, s'il voulait qu'elle s'abandonnât, elle attendait la même chose de sa part.

Sans accorder le moindre répit à la jeune vierge, les lèvres insistantes et la langue aventureuse de Zane s'attelèrent à leur occupation, tandis que ses mains lui parcouraient le dos pour aboutir sur son postérieur et enrober ses fesses charnues. L'instant suivant, il l'attira vers lui. Il bandait toujours aussi fort et, seule la froideur de son jeans faisait office de barrière entre eux. Une barrière que Portia souhaitait voir disparaitre.

Elle tira sur la chemise de son partenaire pour la dégager du pantalon et tâtonna afin de la déboutonner. Mais elle tremblait tellement sous l'effet du désir qu'il avait éveillé en elle, que ses doigts n'y parvinrent pas.

Zane gronda, et les vibrations se répercutèrent profondément en Portia, fonçant droit vers son utérus pour venir s'entremêler aux contractions que son corps provoquait. Lorsqu'il écarta sa bouche de la sienne, elle voulut crier, protester, mais elle n'en eut pas le temps. Il déposa immédiatement ses lèvres sur la peau sensible du cou qu'elle lui offrait avec empressement. La parcelle de peau moite qu'il tétait fut envahie par une telle chaleur brûlante que les gouttes d'eau laissées par la douche s'évaporèrent.

— Zane, murmura-t-elle, ne sachant pas vraiment ce qu'elle attendait de lui, mais toutefois bien certaine de le vouloir, quoi que cela fût. Elle le voulait, lui.

— Doucement, petite fille, dit-il d'une voix rauque, tout contre son cou.

Ses lèvres se dirigèrent vers le lobe de l'oreille tout en mordillant et tétant cette tendre partie de chair qu'elles enrobaient.

Portia eut le souffle coupé par une morsure indolore. En réaction, ses seins se soulevèrent et vinrent se frotter contre la chemise en coton de Zane. Ce qui lui rappela qu'il portait toujours ses vêtements. Mais elle avait besoin de le toucher. Sans réfléchir, elle empoigna les pans de sa chemise et, d'un seul coup, tous les boutons s'envolèrent.

Elle pouvait enfin toucher sa peau ! Chaude et douce. Imberbe, comme son crâne. Ses doigts glissèrent le long de son torse, juste à l'endroit où un nerf et un fin muscle se contractaient, là où son cœur battait violemment.

— Bon Dieu, Portia, grogna-t-il en jetant la tête en arrière, les mains posées sur elle s'étant immobilisées un instant. Lorsqu'elle regarda son visage, elle remarqua que ses canines s'allongeaient et que l'éclat de ses yeux s'intensifiait.

Un frisson d'excitation la heurta de plein fouet lorsqu'elle réalisa qu'elle pouvait réduire cet homme en une créature qui ne vivait que pour ce moment de passion et de désir.

— Je te veux, dit-elle tout en sentant ses propres canines lui chatouiller les gencives.

Les yeux de Zane brillèrent de désir, et ses narines frémirent juste avant qu'il ne reposât la tête sur elle.

Mais, plutôt que de l'embrasser sur les lèvres ou dans le cou, il descendit et captura ses seins. Dans l'action, il prononça un mot qu'elle ne fut pas certaine d'avoir correctement compris.

Et pourtant, ce mot fit écho dans sa tête : *mienne*.

22

Mienne.

Zane ne l'aurait jamais exprimée à haute voix, mais cette pensée rebondissait toutefois dans sa tête, aussi interdite et inaccessible fût-elle. Mais le fait de ne pouvoir agir en conséquence ne freina pas son désir de le répéter encore et encore. *Mienne, mienne, mienne.* Comme une chanson qui tourne en boucle, ce mot revenait aussi régulièrement que le tic-tac des secondes défilant sur une horloge. Incapable de convaincre son esprit qu'il n'avait pas le droit de s'approprier Portia, de dire qu'elle était à lui, il s'attela à la seule chose qu'il pouvait faire : la gratifier de toute la passion contenue en lui depuis si longtemps.

Attardant ses lèvres sur un mamelon tendu, il balaya sa langue sur ce dernier et savoura le gémissement que Portia libéra dans un souffle. Elle était plus réactive qu'il n'en avait cru une vierge capable. Elle réagissait toutefois de manière naturelle et détachée, telle n'importe quelle femme sans expérience. Il réalisa qu'il préférait cela aux gémissements et grognements artificiels des prostituées et salopes qu'il avait l'habitude de fréquenter.

Chaque gémissement et soupir émanant de la bouche de Portia n'étaient que pur cadeau. Et, égoïste comme il l'était, il en suscita davantage en suçant plus fort, tout en caressant l'autre sein, le serrant et l'enrobant dans sa paume. Tantôt si ferme, tantôt si doux, le corps de la jeune fille n'était que pure contradiction.

Incapable de se rassasier d'elle, il se laissa tomber sur le carrelage, emporta Portia avec lui et allongea celle-ci sur le moelleux tapis de bain. Il laissa ses mains parcourir ce jeune corps, à la conquête d'un territoire inexploré.

Lorsqu'il déposa une traînée de baisers sous son estomac, Portia cabra la tête.

— Zane ! Que fais-tu ?

Ce n'était pas une réprimande, mais une question teintée de surprise et d'incrédulité. Zane souleva les paupières, et son regard entra en collision avec celui de Portia dont les yeux verts brillaient intensément de désir. Elle devait certainement savoir ce qui allait se passer. Bien que vierge, elle ne pouvait être si profane.

— Il faut que je goûte ta chatte.

Alors que les narines de Zane se mirent à renifler l'odeur grandissante de l'excitation de sa partenaire, celle-ci retint sa respiration.

Une horde de chasseurs de vampires en train de le pourchasser n'aurait à présent pu l'arrêter. Baissant la tête, il laissa ses mains descendre vers les cuisses de Portia, les écarta et s'offrit ainsi son intimité, pour son propre plaisir.

Un triangle de boucles foncées l'accueillit, et l'odeur alléchante de la jeunesse et de la pureté le pria de descendre plus au Sud. Il plongea la tête entre les cuisses et inhala, laissant cette senteur s'emparer de lui. Tout le reste passa au second plan : la froideur du carrelage, tout comme le léger aboiement du chien dans la pièce d'à côté. Les seules choses que ses propres sens pouvaient percevoir étaient l'odeur et la sensation de cette chair soyeuse sous ses mains. Les légers et presque inaudibles gémissements de la jeune femme fournirent la musique de fond de ce séduisant tableau d'une femme mûre et désireuse.

Zane lui caressa le haut des cuisses, permettant à ses doigts de converger vers les plis humides de son sexe. Alors qu'il frôlait la fente vulvaire, Portia tressaillit.

— Je serai doux, s'entendit-il dire pour la rassurer.

Doux ? Pouvait-il vraiment l'être ? Pouvait-il être tendre et attentionné avec une femme aussi précieuse qu'elle ? Ou le désir qu'il ressentait pour elle allait-il libérer la bête qui veillait en lui ?

Il voulut se retenir, tenter de se contrôler pour ne pas lui faire mal quand, tout à coup, les mains de Portia lui caressèrent le crane, ses ongles lui écorchant légèrement la peau. Il fut alors incapable de bouger. Un frisson le parcourut et aboutit directement dans son membre. Du liquide pré-éjaculatoire s'échappa de la fente.

Zane laissa courir sa langue sur la chair, lapant la cyprine qui la recouvrait. Tout son corps se raidit lorsqu'il goûta à son innocence.

Nom de Dieu !

Il n'avait jamais goûté à quelque chose d'aussi délicieux ! Et des chattes, il en avait mangé bon nombre dans sa vie. Il n'avait jamais rien eu de tel. Portia avait une saveur épicée, riche et mûre ; la texture si tendre et si douce de sa chair lui titillait les lèvres et la langue sous l'effet des picotements qu'elle provoquait. Son pouls s'accélérait, son cœur battant dans sa poitrine comme s'il voulait sortir de son corps pour envahir celui de Portia.

Sa saveur était supérieure à celle du meilleur sang qu'il eût jamais bu.

Son besoin de la posséder prit possession de chaque cellule de son corps.

Mienne, cria une fois de plus son esprit, le rendant sourd. Des émotions contradictoires livrèrent un combat dans son cœur. D'un côté, le besoin de la posséder. De l'autre, de la protéger. Entre les deux, un troisième lui vint à l'esprit : la volonté de se protéger lui-même du danger de tomber amoureux d'elle, de lui ouvrir son cœur pour le voir se briser lorsqu'elle voudrait le quitter.

Zane repoussa ces pensées, s'efforçant de ne vivre que le moment présent en ne prenant que ce qu'elle acceptait de lui donner : son corps, et rien d'autre. Il devait s'en contenter, bien qu'il en voulût déjà davantage. Il ferait de son mieux pour la convaincre de lui en donner plus. Il avait déjà enfreint l'éthique de Scanguards et transgressait, une à une, les règles qu'il s'était imposées à lui même : ne jamais s'impliquer, ne jamais se soucier et ne jamais espérer trouver l'amour.

Maintenant, c'était foutu ! Tout cela, à cause de Portia et de la façon dont il réagissait face à elle. Tout comme elle réagissait face à lui.

Le corps de celle-ci se tortilla sous sa bouche ; elle vint cogner son bassin contre sa tête tout en lui caressant le crâne. Ce crâne si sensible.

Pour la première fois dans sa vie de vampire, il éprouva une certaine satisfaction à être chauve. Cela avait rendu sa peau plus douce au toucher, et son crâne était devenu une des zones les plus érogènes de son corps. Après celle qui luttait pour s'échapper de son pantalon !

De sa langue, il explora cette charmante intimité, mordilla, suça et lécha dans un sens, puis dans l'autre. Lorsqu'il toucha le clitoris, elle laissa échapper un cri dans un souffle.

— Si sensible, murmura-t-il tout contre ce bouton complètement engorgé où convergeaient tant de terminaisons nerveuses.

Mais Zane ne lui accorda aucun répit. Il voulait goûter à sa passion, à son désir, à son envie. Il voulait la sentir jouir dans sa bouche, afin d'être convaincu d'avoir pu lui donner quelque chose dont elle se souviendrait. Une sensation qu'elle n'oublierait jamais, et qu'elle associerait toujours à lui.

Bien que le sexe eût toujours été un jeu de pouvoir pour lui, un jeu qui ne devait jamais être confondu avec l'affection ou l'amour, il sentit son cœur s'adoucir. Et le mur qu'il y avait construit tout autour se fissura lorsqu'il vit Portia, visiblement en extase, se tordre sous lui. Refusant d'analyser tout ce que cela impliquait, il redoubla d'efforts et, du bout des lèvres, tira sur le clitoris.

Le gémissement qu'elle émit fut accompagné d'un frisson. Les vagues de plaisir se succédèrent et vinrent se fracasser contre les lèvres de Zane dès qu'elle eût atteint l'orgasme.

Quant à lui, sa propre libération fut inhibée par la justesse de son jeans. Sa fermeture Éclair s'enfonça douloureusement dans sa chair excitée. S'il avait été nu, il aurait répandu sa semence sur le carrelage.

Zane grogna et continua de lui lécher le clitoris, l'excitant une fois de plus. Il leva ensuite la tête et regarda son visage. Elle avait les yeux fermés, sa poitrine se soulevait, et ses lèvres entrouvertes laissaient apercevoir le bout de ses canines. De toute sa longue vie, il n'avait profité d'un si beau spectacle.

— La prochaine fois que tu jouiras, je serai en toi.

Elle ouvrit les yeux et le mit au pied du mur.

— Maintenant.

Ce mot, qu'elle prononça dans un souffle, eut un effet inattendu sur les muscles faciaux de Zane. Ils se tordirent, ses lèvres dessinèrent une courbe vers le haut tout en s'écartant. Il porta une main à son visage afin de constater ce qui lui arrivait et réalisa, à sa grande surprise, qu'il souriait.

Il n'avait pas souri depuis plus de six décennies.

Le plaisir langoureux donna à Portia l'impression qu'elle avait les jambes coupées. Elle s'était déjà masturbée à quelques reprises et, même si cela lui avait fait du bien, ça ne pouvait être comparé à ce que les mains et la bouche de Zane venaient de lui faire. Elle se sentait si légère.

Lorsqu'elle ouvrit les yeux, elle regarda le visage souriant de Zane. Il semblait à présent si différent, plus jeune et bien plus heureux qu'elle ne l'eût jamais vu.

Zane se redressa d'entre ses cuisses. Cuisses qu'elle avait délibérément écartées pour lui en ne pensant qu'à son propre plaisir. D'un mouvement gracieux et fluide, il l'attira dans ses bras tout en la berçant contre son torse nu. Toujours affublé de sa chemise et de son pantalon, il l'emmena dans la chambre.

Elle enfouit sa tête dans le creux de son cou et laissa ses lèvres glisser sur sa peau tout en l'embrassant. Elle le sentit incliner la tête afin de lui faciliter la tâche. En guise d'approbation, elle soupira. Ses canines frôlèrent le cou de Zane et décelèrent, sous la peau, la veine pulsante qui les suppliait de s'enfoncer dans la chair afin de s'y abreuver.

Zane grogna.

— Attention, Portia, si tu me mords, tu pourrais te retrouver plus impliquée que tu ne le souhaiterais.

Elle rencontra le regard de son partenaire et y remarqua un éclat étrange. La repoussait-il parce qu'il regrettait ce qu'ils venaient de faire ?

Elle détourna les yeux.

— Je suis désolée.

Lorsqu'il la déposa sur le lit, elle s'éloigna légèrement de lui, piquée d'avoir été éconduite. Elle maudit son manque d'expérience. Si elle avait pu fréquenter un vampire avant Zane, peut-être aurait-elle été au courant de l'étiquette. Dans l'état actuel des choses, elle ne pouvait se fier qu'à son instinct, et celui-ci lui dictait qu'elle désirait le sang de Zane tout autant qu'elle désirait qu'il la pénétrât.

La main du vampire lui souleva le menton. À présent face à face, il la dévisagea.

— Tu as mal compris, je serais honoré si tu buvais mon sang.

Portia sentit son cœur bondir.

— Mais alors, pourquoi …

— Prendre le sang d'un autre vampire crée une connexion …

Elle connaissait tout à propos des liens du sang, sa mère les lui avait expliqués.

— Mais si tu ne me mords pas en même temps que moi, cela ne créera aucun lien.

— Je ne parlais pas de ça. Même sans cela, il y aurait une connexion plus intime que si nous n'étions que des partenaires sexuels.

Elle fronça les sourcils. Partenaires sexuels … cela avait une consonance médicale.

— Je vois.

Apparemment, il ne voulait que ce qu'elle lui avait demandé au départ : l'aider à perdre sa virginité. Rien de plus, rien de moins.

— Non, tu ne vois pas.

Zane se débarrassa de sa chemise et la laissa choir sur le plancher. Il étira ensuite le bras droit, laissant découvrir l'intérieur de son avant-bras. Avec le doigt de son autre main, il pointa le tatouage qui entachait sa peau.

Les yeux de Portia suivirent le mouvement, et son pouls devint irrégulier au point de s'arrêter complètement. Là, sur la peau de Zane, six chiffres étaient imprimés. Il lui fallut moins d'une seconde pour réaliser ce dont il s'agissait. Elle en avait appris la signification quelque part, dans un livre, ou lors d'un cours qu'elle avait suivi, ou peut-être même dans l'un des nombreux documentaires qu'elle avait regardés avec intérêt. Soit. Elle sut immédiatement que Zane était un survivant des camps de concentration nazis.

— Voilà ce que je suis, Portia. J'ai fait des choses innommables pour survivre. Tu ne veux pas de mon sang, crois moi. Je suis un animal.

Étonnée par la très mauvaise estime qu'il se vouait à lui-même, elle cessa de respirer.

— Je suis un sale juif, Portia. Est-ce vraiment ce que tu veux ?

Il se haïssait d'être juif ? Elle dodelina de la tête, incapable de comprendre comment il pouvait nourrir de tels sentiments envers lui-même.

Lorsqu'il recula en baissant les yeux, elle se rendit compte qu'il avait mal interprété sa réaction, comme si son dodelinement de tête avait été une réponse à sa question.

— Non ! cria-t-elle en tentant de rattraper sa main et de ramener son bras plus près d'elle.

— Celui qui a dit cela de toi avait tort.

Combien de fois lui avait-on répété ces mots pour qu'il eût fini par y croire ? Que lui avait-on fait pour le convaincre qu'il était sale de par son héritage ?

Mais Zane s'était déjà refermé sur lui-même, son sourire avait disparu de son visage, et son masque d'indifférence y avait repris place.

— Je te veux.

Il secoua la tête.

— Je ne veux pas de ta pitié ou de ton sens du politiquement correct.

— Ça n'a rien à voir avec ça.

Et merde, pourquoi était-il si obstiné ?

Sans se formaliser de sa nudité, elle s'approcha du bord du lit et observa une fois encore son avant-bras. Elle le porta à sa bouche et déposa un baiser sur le premier chiffre.

— Portia, arrête . . .

Ses protestations cessèrent lorsqu'elle embrassa le second chiffre, puis le troisième. Au quatrième, Zane gémit doucement et, lorsqu'elle embrassa le cinquième et le dernier, il l'entoura de son autre bras et glissa ses doigts dans ses cheveux.

— Pour moi, tu es beau, honorable et fort. Tu es la première personne que j'aie jamais voulu mordre. Mais si tu ne veux pas que je le fasse . . .

Portia laissa ses mots en suspens, lui laissant une chance de prendre une décision.

— Tu n'as jamais mordu personne ?

— J'ai été élevée à la bouteille.

Cette révélation sembla le surprendre. Elle observa le changement dans ses yeux : il semblait combattre un ennemi invisible. La tension fut palpable durant les minutes qui s'écoulèrent avant que Zane ne la serrât soudainement dans ses bras tout en enfouissant son visage dans ses cheveux.

— Lorsque nous ferons l'amour, quand je percerai ton hymen, je veux que tu plonges tes canines en moi et que tu prennes tout le sang que tu voudras.

— Et que se passera-t-il si je ne peux m'arrêter ?

À l'odeur de son sang, elle n'était pas du tout certaine de pouvoir se retirer à temps.

— Ce serait une mort très douce.

Elle recula et lui lança un regard furieux, mais elle vit qu'il souriait.

— Comment peux-tu plaisanter de cette façon ?

— Qui a dit que c'était une plaisanterie ?

— Tu sais que ton sens de l'humour est assez noir ?

Car ce devait être une plaisanterie.

— Beaucoup de choses en moi sont noires, petite fille. Et dans ton intérêt, j'espère que tu ne les verras jamais.

Mais elle n'eut pas le temps de répondre : la bouche de Zane se retrouva bientôt sur la sienne, stoppant net toute protestation à ce sujet.

23

____

Zane se mit à l'embrasser plus profondément tout en essayant de s'extirper de son jeans. Portia l'y aida avec enthousiasme, et il se retrouva nu en un rien de temps. Il la repoussa finalement sur le matelas et la recouvrit de son corps.

Même si l'Histoire s'était chargée de raconter au monde entier toutes les atrocités commises par les nazis et, notamment, que les Juifs n'avaient pas été les seuls à avoir été tatoués en vue d'être éliminés, Zane n'avait jamais été capable de se débarrasser des mots qu'ils avaient employés pour le casser : sale Juif. Une croyance bien ancrée subsistait : celle de mériter d'avoir été transformé en vermine à Buchenwald, tout comme la conviction qu'il n'arriverait jamais à se racheter pour les actes de brutalité qu'il avait commis durant les années qui suivirent.

Il aurait facilement pu lui cacher son tatouage un peu plus longtemps mais, curieux de sa réaction, quelque chose l'avait poussé à le lui montrer. Il ne s'était pas attendu à une telle gentillesse. Mais, lorsque Portia avait embrassé chacun des chiffres qui, jadis, l'avaient identifié en tant que prisonnier, les chaînes enroulées autour de son cœur s'étaient desserrées. Si une personne innocente comme Portia pouvait faire abstraction de ce stigmate qui lui rappelait quotidiennement son passé, alors, peut-être que l'espoir subsistait, après tout.

Espoir qu'un jour il serait libéré de la souffrance et de son besoin de vengeance.

Libre d'aimer.

Il chassa cette pensée de son esprit et porta plutôt son attention sur le corps si aguichant de Portia. Il était un sacré veinard qu'elle se fût mis en tête qu'il devait être son premier amant. Sachant très bien qu'une occasion pareille ne se reproduirait plus jamais, il ne voulut pas précipiter les choses. Et le fait qu'elle allait lui prendre son sang, pendant qu'il serait plongé en elle, rendit la perspective encore bien plus douce.

Les lèvres de Portia avaient un goût d'abandon, et ses mains qui parcouraient librement son torse parlaient un langage qui leur était propre : celui du désir et de la passion, de l'ardeur et de la curiosité.

Il détacha ses lèvres des siennes et la fixa du regard. Elle avait les joues en feu et haletait.

— On va y aller doucement, la rassura-t-il.

À sa grande surprise, Portia secoua la tête.

— Non, pas doucement. Je ne veux pas que tu te retiennes.

— Mais tu es …

Elle pressa un doigt sur les lèvres de Zane, l'invitant à se taire.

— Je suis hybride. Tu ne me casseras pas. Je t'en prie.

De la jointure des doigts, Zane lui caressa la joue.

— Que veux-tu de moi, petite fille ?

— Traite-moi comme une femme qui te passionne. Fais comme si tu ne pouvais contrôler ton désir. Ça n'a aucune importance si ce n'est pas réel. Je veux seulement le ressentir.

Zane chercha son regard.

— Faire semblant ? dit-il en appuyant son front sur le sien. Je ne peux pas faire semblant.

Un soupir de déception se fit entendre, et Zane en sourit presque.

— Je n'ai pas besoin de faire semblant.

Il lui effleura les yeux du bout des lèvres et les embrassa.

— Tu vois, Portia ..

Il lui saisit les poignets et les plaqua de chaque côté de sa tête. Le rythme cardiaque de la jeune fille s'accéléra instantanément, mais elle ne lui opposa aucune résistance.

— . . . ce que je veux, c'est que tu halètes quand je m'enfoncerai en toi ; que tu cries que tu en veux plus ; que tu me supplies de te baiser plus fort. Peux-tu faire semblant pour moi ?

Une chaleur intense s'empara de tout son corps dès l'instant où il remarqua la lueur qui était apparue dans les yeux de Portia.

— Et si je n'ai pas besoin de faire semblant ?

Zane laissa échapper un faible grognement de sa poitrine.

— Même si je te fais mal ?

— Tu ne peux pas me faire mal.

Il ferma les yeux l'espace d'une seconde. Certes, en tant qu'hybride, elle était presque indestructible, mais il pouvait tout de même la blesser d'une multitude de façons.

— Alors, tu veux que ce soit vrai. Tu veux du sexe sans contrainte, sans retenue ?

— Oui.

Sans dire un mot de plus, il lui écarta les cuisses à l'aide de sa jambe. L'odeur de l'excitation de sa partenaire s'intensifiait et emplissait la chambre. Son membre frôla l'intérieur de sa cuisse, se délectant de la chaleur de son corps.

Il relâcha ses poignets, la serra plus fort contre lui et se positionna au centre de sa féminité. Lorsqu'il recula les hanches, son membre glissa dans l'interstice de ses cuisses et entra en contact avec la moiteur de son intimité. Ce bref contact faillit le faire jouir.

Lentement, il sonda l'entrée de son vagin en pressant le bout de son sexe enflé sur les grandes lèvres avant de toucher la membrane gardienne de sa virginité.

— Grand Dieu que tu es étroite, lui murmura-t-il à l'oreille.

— Fais-le, le pressa-t-elle en caressant son cou du bout des lèvres.

Zane inclina la tête, anticipant ce qui allait se passer.

Portia poussa son bassin contre lui. Sans réfléchir, il plongea vers l'avant, se frayant un chemin à travers l'hymen, lequel représentait le dernier obstacle à la découverte des trésors qu'elle avait à offrir.

Il s'installait en elle.

Au même moment, les canines de Portia plongèrent dans son cou et lui percèrent la peau. Lorsqu'elle tira sur la veine, un plaisir intense se répandit en lui ; un plaisir qui n'avait d'égal que celui de se retrouver enfoui dans cette cavité si délicieusement étroite.

Putain !

Les muscles de Portia se contractèrent autour de lui de façon telle qu'il dut serrer les mâchoires pour éviter une délivrance prématurée. Tout à fait serein quant à exprimer l'intensité du plaisir qu'elle lui procurait, il s'autorisa à libérer les gémissements qui avaient pris naissance dans sa poitrine. La main Portia sur sa nuque le maintenait tout contre sa bouche affamée. Elle ne l'aurait pas agrippé de la sorte qu'il ne se serait pas retiré pour autant. Les canines de Portia logées dans son cou lui offraient l'expérience la plus intime qu'il eût connue.

Une seule chose pourrait surpasser cette sensation. Zane ne s'extirpa de son vagin que pour s'y enfoncer à nouveau. Il plongea encore plus fort et plus profondément en elle. Elle lubrifiait, et chaque va et vient en elle était comparable à une friction de la soie contre la soie.

Les grognements triomphants de Zane se mêlèrent aux doux gémissements de Portia lorsqu'il assimila réellement ce qu'ils étaient en train de faire. Portia ne lui avait pas seulement offert un cadeau, mais bien deux : elle avait accepté de prendre son sang et lui avait abandonné sa virginité. En retour, il consentait à lui faire ce qu'elle avait demandé : libérer toute sa passion en elle et l'amener à se sentir désirée. Parce qu'elle l'était.

Les bruits de la chair s'écrasant contre la chair emplirent la chambre. Mêlés aux doux gémissements et soupirs de Portia, ainsi qu'aux grognements plus prononcés de Zane, un concert placé sous le signe du désir et de la passion se joua dans la petite maison qui, jusqu'ici, n'avait connu qu'une existence tranquille. Mais plus maintenant. Les échos de l'amour rebondissaient sur les chevrons et retombaient sur les deux protagonistes telles des vagues qui s'échouaient sur une plage.

Tout cela était nouveau pour eux, mais malgré cela, leurs corps se mouvaient dans un rythme parfait, comme s'ils avaient fait ça des milliers de fois. Le souvenir que Zane avait gardé des autres femmes commença à s'évaporer, comme si quelqu'un était en train d'effacer l'ardoise, et le vampire se sentit alors aussi vierge que la femme malléable qu'il tenait dans ses bras. Il n'avait jamais expérimenté quoi que ce soit d'aussi beau et sensuel que l'union de leurs deux corps. Il était à présent incapable de se remémorer les autres femmes qu'il avait touchées. Seule Portia comptait, seul son plaisir lui importait. Car, s'il parvenait à lui procurer du plaisir, sa propre satisfaction en serait doublement intensifiée.

Tel qu'elle le lui avait demandé plus tôt, il alla et vint en elle, son membre claquant fortement et rapidement contre le bassin de sa partenaire. Il réalisait à présent qu'il lui aurait été impossible d'y aller doucement avec elle. Un désir trop longuement refoulé le poussait à revendiquer le centre de sa féminité pour lui seul ; à faire en sorte qu'elle ne désirât que lui et aucun autre homme. L'envie de la marquer lui traversa l'esprit. Mais en réalité, c'était elle qui le marquait : non seulement par sa morsure, mais également avec l'empreinte de ses doigts sur sa peau, doigts qui s'étaient transformés en griffes et qui s'enfonçaient dans sa chair.

Soudain, il la sentit extraire ses canines de son cou pour, ensuite, lécher les incisions et les cicatriser grâce à la salive.

— Ne t'arrête pas, la pressa-t-il en levant la tête.

Elle le regarda à son tour, les lèvres maculées de son sang, les yeux étincelants. Elle était encore plus belle maintenant.

— J'adore ta saveur.

À ces mots, Zane éprouva l'envie de hurler à la lune, tel un animal sauvage. Son sang coulait à présent en elle, et elle aimait ça. Il ne pouvait en demander plus. C'était déjà plus que ce à quoi il s'était attendu. Et maintenant que son sang courait dans les veines de Portia, il savait qu'elle était devenue plus forte : son sang aurait un effet puissant sur elle, un effet qu'il désirait exploiter plus que tout.

Zane se retira et la retourna sur le ventre.

— Oh !

Ce fut le seul son qui s'échappa de sa bouche.

— Tu as bien dit que je ne devais pas me retenir, lui rappela-t-il et agrippant ses hanches pour les relever vers lui.

Son petit cul en forme de cœur recula et ses cuisses s'écartèrent.

— Gentille fille !

Elle gémit lorsqu'il glissa une main entre ses fesses et le long de sa fente, avant de lui enfoncer un doigt dans la chaleur de son intimité.

— Je vais te prendre par derrière. Tu veux savoir pourquoi ?

— Pourquoi ?

Cette question ressemblait davantage à un soupir.

Il se positionna au bon endroit, ôta son doigt et guida son membre dur à l'intérieur de ses replis scintillants. La peau était rouge et enflée, mais Zane n'accorderait pas le moindre répit à Portia. Elle pouvait le supporter.

— Quand tu te tiens à quatre pattes comme ça, j'ai un contrôle total sur toi. Je peux te baiser aussi fort qu'il me plaît. Tu es à ma merci.

— Oui... oh, mon Dieu, oui...

Zane s'engouffra en elle, enfonçant si fort son engin jusqu'au bout que le corps tout entier de sa partenaire se souleva et se déplaça de quelques centimètres en direction de la tête de lit. Il empoigna ses hanches et la tira vers lui pour l'empaler de façon à ce que son sexe tout entier pût s'enfouir en elle.

— Encore ! l'encouragea-t-elle.

Pas besoin de le lui dire deux fois. Zane répéta le mouvement et parvint à un rythme qui allait le mener directement vers le gouffre. Mais il ne pouvait se permettre de se laisser aller tant qu'elle n'eût pas atteint l'orgasme. Il relâcha sa hanche droite, glissa la main le long de son ventre et l'amena jusqu'au nid de boucles pour y trouver le clitoris.

Complètement engorgé, celui-ci sortait de son capuchon. Zane humecta son doigt dans la cyprine et le frotta contre cet organe si sensible, suscitant ainsi un gémissement des plus expressifs de la part de Portia.

— Oh, mon Dieu ! dit-elle en haletant.

Zane l'y caressa à nouveau avec son pouce, en avant et en arrière, puis en cercle, ne cessant d'accroître la pression. Il observait les réactions de Portia et affûtait ses caresses selon ses préférences tout en poursuivant ses profondes et puissantes allées et venues en elle.

Quand les muscles vaginaux se contractèrent soudainement autour de lui, cela le prit par surprise. Son membre convulsa en elle, déversant sa semence dans son vagin, alors qu'elle continuait de l'inonder du produit de sa propre jouissance. Il relâcha la pression qu'il exerçait sur son clitoris afin de lui permettre de profiter des vagues de plaisir qui s'emparaient de son corps. Lorsqu'elles se calmèrent doucement, il caressa de nouveau ce petit tas de nerfs réactifs, l'amenant une fois de plus au bord du précipice avant de la voir s'effondrer sous lui.

Refusant de relâcher son corps, il roula sur le côté tout en la maintenant contre lui. Il pressa le joli postérieur de sa partenaire contre son abdomen et demeura en elle. Dans un soupir traduisant la satisfaction, Portia laissa son dos épouser la forme du torse de Zane. Ce dernier tira la couverture sur eux et serra sa partenaire dans ses bras.

— Zane, murmura-t-elle langoureusement.

— Oui, petite fille ? demanda-t-il en lissant ses cheveux derrière son oreille.

Comme elle ne répondait pas, il étira le cou pour regarder son visage. Elle avait les yeux fermés, et la régularité de sa respiration lui confirma qu'elle s'était endormie.

Endormie dans ses bras, lui accordant toute sa confiance pour qu'il pût la garder en sécurité. Elle n'était plus vierge.

24

———————

Quinn régla la course au chauffeur et sortit du taxi. Il attendit que la voiture eût disparu au bas de la colline avant de remonter la rue de deux pâtés de maisons et d'emprunter la suivante. Sa silhouette se confondait avec l'ombre des grands arbres qui bordaient la route. Il parvenait difficilement à se libérer de toute paranoïa, et ses années d'expérience en tant que vampire lui avaient appris à ne jamais baisser la garde, même s'il n'avait aucune raison de croire qu'on le suivait. Mettre la vie de ses collègues vampires en péril était bien la dernière chose qu'il souhaitât. D'autant plus qu'il était ici pour demander une faveur.

Ce n'était pas parce que Zane avait disparu avec cette fille que ses autres problèmes s'étaient volatilisés. Déterminer d'où venait l'assassin était une priorité et, dès qu'il aurait obtenu la primeur de l'information, Quinn pourrait utiliser ce renseignement pour forcer Zane à revenir. Il connaissait suffisamment son ami pour savoir que, dès qu'il aurait connaissance de l'endroit où se trouvait Müller, rien ne pourrait l'arrêter dans sa quête ultime : la vengeance. Même pas un beau petit cul comme celui de Portia. C'était, du moins, ce qu'il espérait.

Il s'arrêta en soupirant devant la maison moderne qui trônait sur les hauteurs de Twin Peaks. Sur deux de ses façades, la demeure était pourvue de baies vitrées qui s'élevaient du sol au plafond, tandis que la partie arrière s'incrustait dans la montagne. Quoiqu'impressionnante, elle cadrait parfaitement avec le voisinage. Comme toute maison de vampire digne de ce nom, elle possédait toutes les commodités nécessaires pour y mener une vie confortable, tout en s'intégrant au décor sans attirer l'attention.

Quinn gravit les escaliers en direction de la porte d'entrée et appuya sur la sonnette. Il ne dut attendre qu'un court instant avant qu'on ne vînt lui ouvrir. Ce ne fut toutefois pas Thomas qui le salua, mais bien Nina, l'impétueuse compagne d'Amaury. Sous ses boucles blondes ébouriffées, elle semblait légèrement à bout de souffle. Sa transpiration dégageait une odeur sucrée et s'avérait tentante. Il ne pouvait qu'imaginer le goût de son sang, mais il ne saurait jamais à quel point il était riche et délicieux. Seul Amaury le savait. Et ce dernier tuerait quiconque oserait la toucher.

— Eh, salut Quinn.

— J'ai gagné !

Le cri enthousiaste d'Eddie provenait de l'arrière.

— Eh, Nina. Thomas est ici ?

Elle ouvrit la porte toute grande et lui fit signe d'entrer.

— Il est au garage, en bas, avec Amaury.

Quinn entra dans ce grand espace de séjour où l'on pouvait apercevoir quelques ordinateurs dans un coin et une immense télé à écran plat fixée au mur. Eddie, le frère de Nina, se tenait debout devant l'écran, un objet en plastique blanc à la main.

— Qu'est-ce que vous faites ? demanda Quinn en pointant l'écran sur lequel on pouvait distinguer une espèce de grand terrain vert.

— Tennis sur la Wii, répondit Eddie en souriant, et je botte les fesses de ma grande sœur !

Quinn sourit d'un air suffisant. Qui donc refuserait de botter, ou plutôt de fesser ce mignon petit cul ? Encore une chose qu'il devait oublier s'il ne voulait pas se retrouver à l'autre bout d'un pieu.

— Nous n'en sommes qu'au second set ; on joue en trois sets gagnants, lança Nina à son frère tout en lui arrachant la manette des mains.

Elle démarra un nouveau set, se mit en position et balança son bras droit exactement comme si elle tenait une raquette de tennis. Des effets sonores provinrent de la télé. Ses seins rebondirent dès que son bras eut formé un mouvement de trois cent-soixante degrés, et Quinn dut arracher son regard de ce si beau tableau. Il était incontestablement attiré par des femmes sexys, en particulier par celles qui appartenaient à d'autres hommes. De cette façon, il était certain qu'aucune d'entre elles ne l'attraperait dans ses filets pour le forcer à se caser pour de bon. Il était bien loin de penser à se marier. D'ailleurs, avait-on déjà entendu parler d'un playboy marié ? Car c'était ce qu'il était, un playboy. À côté de lui, Hugh Hefner n'était qu'un écolier sans expérience.

Quinn sourit intérieurement et descendit l'escalier qui menait au garage. En s'approchant, il put capter les voix de Thomas et d'Amaury.

Il frappa furtivement à la porte située au pied des marches et entra.

— Salut, les gars.

Thomas et Amaury le regardèrent et le saluèrent avec enthousiasme.

— Il était temps, ça faisait un bail, dit Amaury en serrant la main de Quinn.

— Eh, Quinn.

Thomas lui adressa un signe de la main avant d'essuyer celle-ci sur son pantalon souillé de cambouis.

Quinn jeta un rapide coup d'oeil à la moto à ses côtés et remarqua que la moitié du moteur semblait manquer.

— Tu travailles sur une nouvelle moto ?

— Quelques petites réparations.

Dubitatif, Quinn haussa un sourcil.

— Si tu le dis.

Si démonter un moteur pour le réassembler par la suite ne relevait que d'une petite réparation, Quinn se demanda comment ce génie de la technique évaluerait le degré de difficulté qu'il éprouverait à lire la puce électronique de ce portable en pièces qu'il avait toujours dans sa poche.

— Donc, à propos de Zane . . . commença Amaury tout en attardant le regard sur Quinn, lequel se sentit obligé de répondre.

— Ouais, pas idéal comme situation.

Thomas fit un pas dans sa direction.

— Plutôt étrange que tu n'aies pas remarqué ce qui se tramait. C'est toi qui le connais depuis le plus longtemps.

Refusant de trahir les secrets de son ami, Quinn haussa les épaules.

— Tu sais qu'il est incernable. Mais bon, ce qui est fait, est fait. Vous avez repéré son Hummer ?

Amaury remua la tête.

— Rien jusqu'à maintenant. Il a disparu.

— J'ai un logiciel qui, en ce moment, tente de pénétrer dans les comptes personnels de Zane. Je vous le dis, ce gars est parano. Tout est entièrement crypté. Mais tôt ou tard, j'y arriverai, poursuivit Thomas.

— Et tu espères trouver quoi ? demanda Quinn. Il devait avoir une idée de l'endroit où il voulait emmener Portia. Il n'irait pas simplement dans un hôtel. De jour, ce serait trop dangereux. Je pense qu'il doit avoir une planque quelque part.

— Un endroit dont Zane ne nous aurait jamais parlé, dit Amaury en transperçant Quinn du regard. Il t'a peut-être dit quelque chose. Il t'a contacté ?

— Écoute Amaury, et toi aussi Thomas, ce n'est pas parce que je suis son plus vieil et plus proche ami qu'il me raconte toutes ses merdes. Je suis le premier à admettre que Zane dépasse les bornes. Mais je n'apprécie pas vos insinuations quant au fait que j'aurais du savoir, ou que je sais quelque chose que je ne dis pas. Je suis aussi loyal envers Scanguards que vous l'êtes.

L'offensive étant préférable à la défensive, il espéra que cela ferait retomber la pression.

Amaury leva les mains en signe de capitulation.

— Eh, y'a pas de mal. Nous sommes seulement un peu nerveux.

Thomas approuva d'un hochement de tête.

— Je m'en veux. J'aurais dû parler avant, mais j'avais pensé qu'un avertissement aurait suffi.

— Dire quoi plus tôt ?

Quinn voulait savoir. Il était hors de lui.

— Que j'avais remarqué qu'il se passait quelque chose entre lui et sa cliente. Mais, lorsque j'en ai parlé à Samson, il était déjà trop tard.

Merde ! C'était donc Thomas qui avait cafté. Quinn serra les dents.

Thomas leva la main.

— Je sais ce que tu penses, mais ce n'est pas ce qui s'est passé. Samson avait déjà un doute. Je n'ai fait que le confirmer. Et je le referais. Ce que je regrette, c'est que nous ne l'ayons pas dit directement à Zane. Si nous l'avions fait, nous aurions peut-être su ce qu'il avait derrière la tête.

Quinn contint sa colère. Ce ne serait pas bon de se battre avec Thomas, et tout particulièrement parce qu'il n'était pas encore parvenu à entamer la conversation sur le réel motif de sa visite.

— Et je doute même que ça ait fait une différence. Zane dissimule ses émotions mieux que quiconque, ajouta Amaury tout en gratifiant Thomas d'une tape amicale sur l'épaule.

— Eh, Thomas, étant donné ce que tu penses de la tournure qu'ont pris les événements, tu peux peut-être m'aider à le convaincre de revenir, dit Quinn pour appâter son collègue.

Thomas haussa les sourcils.

— Persuader Zane ? Comment ?

Quinn sortit les restes du portable de sa poche, attirant ainsi l'attention d'Amaury et de Thomas sur l'objet.

— Il cherche des renseignements, et je suis persuadé que, si je parviens à les lui obtenir, il reviendra en courant.

Même s'il avait fait la promesse à Zane de ne pas révéler à Thomas qu'il avait quelque chose à voir dans cette affaire, il ne pouvait à présent plus la tenir. Thomas pourrait s'occuper de ce problème bien plus rapidement et avec plus d'énergie s'il savait que cela pourrait ramener Zane.

— Des renseignements dans ce tas de merde ? demanda Amaury, incrédule.

— Quelle sorte de renseignements ? ajouta Thomas.

— Numéros de téléphone, coordonnées personnelles, tout ce que tu pourras y dénicher.

Quinn lança le portable à Thomas qui l'attrapa d'une main. Il le fit tourner entre ses doigts, l'observa sous tous les angles et leva les yeux.

— Explosion ?

Quinn haussa les épaules.

— Peux-tu récupérer la puce ?

— Peut-être.

— Je croyais que tu étais un génie, dit Quinn pour le piquer.

— Et je croyais que tu étais loyal envers Scanguards.

— Ça n'a rien à voir avec Scanguards, protesta Quinn. Et c'est tout ce que je peux te dire.

— Pour l'instant, dit calmement Thomas. Je m'en tiens à ça mais, si quelque chose tourne mal, je te réclamerai toute l'histoire.

— C'est entendu.

25

Portia laissait glisser ses doigts sur le bras de Zane. Elle ressentait une intimité et une connexion qu'elle n'aurait jamais pensée possibles avant. Se retrouver dans les bras de Zane allait bien au-delà de ses rêves les plus fous. Les éphémères difficultés liées à la perte de sa virginité avaient été rapidement remplacées par un plaisir intense qui avait mûri et mûri à un point tel qu'elle avait cru ne pouvoir le supporter davantage.

Elle ronronna comme une chatte satisfaite et se blottit tout contre le maigre corps de Zane.

— Je me sens aussi bien que toi, lui murmura-t-il à l'oreille, tandis que ses lèvres exerçaient une légère traction sur le lobe.

Elle intensifia son sourire comme si elle souhaitait le graver de manière permanente sur son visage.

— J'ai aimé.

— Seulement « aimé » ? grommela-t-il.

De sa main posée sur le ventre de Portia, il l'attira plus fermement contre lui afin qu'elle pût épouser la courbe de son corps . . . son corps toujours très dur.

— Tu as failli t'évanouir.

Les joues de Portia s'enflammèrent.

— Je me suis endormie, désolée.

Du bout des doigts, il lui souleva le menton et tourna son visage vers le sien.

— Ne le sois pas. J'aime bien te serrer dans mes bras.

— Tu « aimes bien », seulement ça ? dit-elle pour le taquiner.

Les yeux de Zane pétillèrent en guise de réponse.

— Que crois-tu ?

Portia se retourna dans ses bras et, de sa main, lui caressa le cou, à l'endroit où elle l'avait mordu. La peau avait guéri instantanément, d'elle-même, mais la minuscule blessure était toujours visible.

Les yeux de Zane s'assombrirent, et un gémissement s'échappa de sa poitrine.

— Je peux toujours sentir tes canines à cet endroit, dit-il en l'attirant encore plus près de lui.

Portia se lécha les lèvres, se remémorant la richesse de sa saveur. Soudain, elle eut envie d'en avoir davantage.

— On peut le refaire ?

— Juste la morsure ?

— Non. Les deux.

— La morsure et l'amour ?

Portia sentit une chaleur se répandre dans son ventre.

— Je veux les deux.

— Quand tu veux, petite fille. Dis-moi juste quand tu te sens prête.

Encouragée par la douceur de sa voix et la chaleur qui émanait de lui, elle poursuivit ses caresses sur son avant-bras tout en s'attardant sur le tatouage. Elle l'observa plus attentivement et sentit Zane bouger.

— Tu n'es pas obligé de m'en parler si tu ne veux pas.

— Portia . . .

Ses muscles se raidirent.

— Tu as dû connaître de terribles moments.

Quoi qu'il eût subi, les camps de la mort avaient forgé la perception qu'il avait de lui-même. Cela, elle l'avait déjà ressenti. Et maintenant qu'elle avait fait l'expérience de toute cette passion dont il pouvait faire preuve, elle en désirait davantage. Elle voulait le comprendre, découvrir ce qui se cachait d'autre en lui. S'il la laissait entrer.

— Il vaut mieux oublier tout ça.

— Mais toi, tu n'as pas oublié.

Sous ses doigts, le tatouage semblait brûlant.

Zane ferma les yeux.

— Non. Je ne pourrai jamais oublier.

De sa main, Portia enroba la joue de Zane. L'espace d'une seconde, il sursauta, mais vint ensuite recouvrir sa main de la sienne.

— Pourquoi veux-tu savoir ?

Il ouvrit les yeux et la regarda.

— Parce que je veux savoir qui tu es . . .

Portia prit son courage à deux mains pour prononcer les mots suivants.

— . . . parce que je suis en train de tomber amoureuse de toi.

Une lueur de désespoir éclaira les yeux de Zane.

— Oh, grand Dieu, Portia. Je t'en prie, ne fais pas ça . . . Tu es jeune. C'est ta première expérience. Tu ne sais pas ce que tu ressens.

Portia dodelina de la tête. Ses sentiments à son égard étaient intenses et honnêtes, et par-dessus tout, limpides : ce n'était pas uniquement le désir qui la maintenait en captivité dans ses bras, mais quelque chose de plus profond, de plus fort que tout ce qu'elle avait connu par le passé.

— Je sais ce que je ressens.

— Tu ne me connais pas.

— Alors, aide-moi à te connaitre.

Il la fixa du regard, les mâchoires serrées, son torse se soulevant comme s'il éprouvait des difficultés à respirer.

— Je t'en prie, murmura-t-elle. Dis-moi qui tu es.

Zane s'abandonna en fermant les yeux.

— Promets-moi quelque chose.

— Tout ce que tu veux.

— Ne me juge pas pour ce que j'ai fait.

Elle exprima son accord en l'embrassant. Lorsqu'il l'embrassa en retour, elle ressentit tout son désespoir. De même qu'une réticence à la lâcher. En réaction, elle s'approcha davantage.

— J'étais humain quand je suis arrivé à Buchenwald. Quand je me suis évadé, j'étais un vampire. Entre ces deux évènements, cinq années de misère, de mort et de souffrances se sont écoulées. Les deux premières années dans le camp, j'ai travaillé très dur dans une usine d'armement qui soutenait une cause en laquelle je ne croyais pas. Nous vivions dans des conditions si misérables que je croyais être en enfer. Mais un jour, ils nous ont choisis, ma sœur et moi, pour les besoins d'un autre programme.

— Quel programme ? interrompit Portia.

— Ils appelaient ça de la recherche médicale, mais c'était beaucoup plus que cela. C'était le mal.

— Les baraquements ressemblaient en tous points à ceux qu'on réservait aux détenus ordinaires, à la différence près qu'à l'intérieur de la structure en bois, l'enfer avait été recréé. Les chambres, ou plutôt les cellules, se succédaient sur toute la longueur du bâtiment. De l'autre côté, des laboratoires abritaient de sinistres et mystérieux conteneurs en verre. Ils étaient si stériles qu'ils brillaient presque. Ce qui contrastait avec la sordide condition du camp.

— Tout ça devait être horrible, l'interrompit Portia.

Zane hocha la tête.

— Inimaginable. Tu es certaine de vouloir en savoir plus ?

— Oui, continue. Que se passait-il dans ces baraquements ?

— Là, les prisonniers étaient bien nourris. Ils étaient propres, et les médecins présents surveillaient leur état de santé en permanence. En surface, on aurait dit un hôpital de pointe, équipé de tout le matériel médical qu'on pouvait trouver au début des années quarante. N'importe quel visiteur n'y aurait rien vu de plus effrayant que deux douzaines de prisonniers en tenues blanches plutôt qu'en uniformes rayés, tels que les portaient les prisonniers des autres baraquements.

— Mais ces hommes et ces femmes ne se considéraient pas chanceux. Chacun d'entre eux aurait préféré ne jamais être sorti des baraquements infestés de vermine, où les autres juifs, gitans, homosexuels et prisonniers politiques étaient gardés. S'ils avaient pu prédire le destin qui leur était réservé, ils auraient volontiers repris le dur labeur auquel les autres, les plus chanceux, étaient quotidiennement confrontés.

Zane sentit que Portia retenait son souffle en anticipant la suite.

— Mais ils n'avaient pas le choix. En 1942, deux ans après notre arrivée au camp, ils nous ont choisis, ma sœur Rachel et moi. Le jour où ils nous ont emmenés dans ces baraquements spéciaux fut le jour où j'ai vu mes parents pour la dernière fois. Je ne sais pas ce qui leur est arrivé par la suite.

Portia lui caressa le bras pour le réconforter.

— Mes cheveux ne mesuraient pas plus d'un centimètre à cette époque, mais ils ont rasé ce qui en restait afin de pouvoir coller les électrodes pour leurs expériences. Le docteur Franz Müller était le médecin en chef. Quatre autres médecins travaillaient sous ses ordres. Ils faisaient tout ce qu'il leur demandait. Personne ne remettait ses méthodes en question. Même le commandant du camp, le Standartenführer Hermann Pister, n'interférait pas dans ses affaires. Müller avait carte blanche. Les ordres officiels qu'il avait reçus consistaient à effectuer des expériences qui aideraient l'armée allemande à soigner les soldats blessés. Et, en général, c'était bien ce que ces docteurs faisaient, non seulement à Buchenwald, mais également dans d'autres camps comme Auschwitz et Mauthausen. Müller était aussi cruel que Mengele et aussi cinglé que le Führer. Mais le pire de tout, c'était son obsession pour deux choses : l'immortalité et la race supérieure.

— Oh mon dieu, j'ai toujours cru que certaines de ces histoires n'étaient que des rumeurs.

Zane secoua la tête.

— Les prisonniers étaient ses cobayes, et il menait ses expériences comme il le voulait. La cruauté faisait partie du programme. Au début, il testait le seuil de la douleur qu'un homme pouvait endurer, infligeant des blessures par-dessus les blessures, incisions, brûlures et coups de fouets. Les expériences étaient plus cruelles et plus brutales que tout ce qu'on pouvait imaginer : transplantations d'os, de muscles et de nerfs d'un prisonnier à l'autre, et le tout, sans anesthésiant ; des expérimentations avec le froid, afin de déterminer à quelle température corporelle l'hypothermie devenait irréversible.

Zane sentit Portia frissonner à ses côtés, comme si elle ressentait le froid dont il parlait.

— Les expériences impliquant des blessures à la tête étaient parmi les plus sauvages. Les prisonniers étaient ligotés à une chaise et devaient supporter des coups de marteau incessants sur le crâne. Leurs cris glaçaient le sang, et les résultats étaient inéluctables : dommages irréversibles au cerveau et, éventuellement, la mort. Müller a utilisé des centaines de prisonniers. Ils étaient jetables. Lorsqu'il dépassait une certaine limite et tuait un cobaye, il demandait aux gardes d'aller lui en chercher d'autres dans les baraquements ordinaires. L'approvisionnement était illimité. Chaque jour, il en arrivait d'autres dans des trains, entassés comme du bétail. Buchenwald n'était pas un camp voué à l'extermination, mais les prisonniers ordinaires mouraient tout aussi rapidement que ceux qui subissaient les expériences ou que ceux qui travaillaient dans les manufactures d'armes et qui succombaient à l'extrême fatigue et à la malnutrition. En définitive, Müller avait amassé suffisamment de données pour pousser ses expériences plus loin. Il savait jusqu'où il pouvait aller avec un corps humain sans arriver à le tuer. Mais il en voulait plus. Alors, il a injecté différents composés aux prisonniers pour tester ce qui leur permettrait de mieux endurer la douleur, de vivre plus longtemps ou de devenir plus forts. Tout ce qui pouvait l'aider à promouvoir l'idéologie raciale du Reich : créer une race supérieure, des humains plus forts que les autres qui régneraient sur le monde. Ces injections ont tué autant de prisonniers que n'en avaient tués les coups et autres blessures.

Portia laissa échapper un soupir.

— Comment ces pauvres gens ont-ils pu survivre aussi longtemps ?

Zane la regarda un instant.

— J'ai si souvent souhaité mourir. Mais je n'ai pas eu cette chance.

Pas plus que sa sœur.

— Ils offraient le même traitement aux femmes. Aujourd'hui encore, je n'arrive pas à sortir les cris de ma tête. Les cris de Rachel. Elle avait seize ans à l'époque, et sa vie s'est achevée avant même d'avoir commencé. Savoir ce qu'elle endurait me faisait plus mal que ce que je subissais moi-même. Et je n'ai pas pu les en empêcher, je n'ai pas pu aider ma petite sœur.

Il régularisa sa respiration, essayant ainsi de renforcer le timbre de sa voix. Celui-ci s'affaiblissait toujours lorsqu'il pensait à sa sœur.

— Bien sûr, les expériences n'ont mené nulle part. Le programme tout entier n'a été qu'un échec, mais Müller n'était pas prêt d'abandonner. À chaque mois qui passait, sa détermination à atteindre son but se manifestait par une brutalité et une cruauté exacerbées . . . Son visage s'était transformé en un masque de folie ; l'obsession voilait souvent ses yeux, et ses cheveux étaient constamment ébouriffés à force d'y passer ses doigts en méditant sur la prochaine étape, en réfléchissant à de nouvelles façons de faire avancer sa prétendue recherche. Alors, un jour d'hiver, en 1944, il a eu la révélation. Tout comme Hitler, qui était obsédé par les forces occultes, Müller et les hommes qui travaillaient pour lui croyaient au surnaturel. Un soir, quelque chose d'étrange s'est passé à l'intérieur du camp, et les gardes ont mené l'enquête. Ils ont trouvé un homme qui se nourrissait de prisonniers. Il buvait leur sang. Plus tard, j'ai appris de la bouche d'un prisonnier qui se trouvait dans les mêmes baraquements que moi, que des rumeurs circulaient à propos de la présence de vampires dans la région. Mais elles ont été reléguées au rang d'histoires à faire peur aux enfants désobéissants. Ils se sont arrangés pour piéger et capturer le vampire. Lorsqu'ils l'ont emmené dans les baraquements destinés à la recherche, attaché avec des chaines aussi grosses que mes poignets, l'extase de Müller fut sans bornes.

— Comment est-ce possible ? Un vampire aurait normalement dû être beaucoup plus fort que ces humains.

Zane acquiesça d'un hochement de tête.

— Le vampire avait tué plusieurs gardes avant que les autres ne puissent prendre le dessus sur lui. Il était apparemment presque mort de faim et trop faible pour les combattre plus longuement.

— Que s'est-il passé alors ?

Il posa une main sur la sienne et la serra.

— Des choses terribles, petite fille. Des choses que personne ne devrait avoir à vivre.

26

———

—U n vampire, répéta Müller, les yeux empreints de surprise.

Depuis la chaise de torture à laquelle il était enchaîné, Zacharias fut témoin de ce qui allait devenir le point culminant dans les recherches de Müller.

L'immortalité soudainement à sa portée, l'infâme docteur s'approcha de la créature. Mis à part les grosses canines qui dépassaient de sa bouche et les mains qui ressemblaient davantage aux griffes d'un animal qu'à des doigts, elle avait l'aspect d'un humain. Le corps décharné et les joues creuses, elle avait l'air affamée, presque tout autant que les prisonniers des autres baraquements. Les grognements féroces que cet homme-animal libérait, en tentant de venir à bout des énormes chaines avec lesquelles le garde l'avait attaché, résonnèrent contre les murs du bâtiment et réveillèrent les détenus des cellules avoisinantes.

Zacharias ferma les yeux. C'était la seule façon pour lui de conserver sa santé mentale, en pensant aux autres, non pas en tant qu'êtres humains, mais en tant que cobayes. Ce n'était que lorsqu'il voyait sa soeur dans sa cellule, alors qu'il regagnait la sienne, qu'il se rappelait qu'ils étaient tous humains. Ou lorsqu'il l'entendait pleurer et gémir. Dans ces moments, il souhaitait trouver un moyen de mettre un terme à sa vie. Mais il n'en avait aucun.

— Je vous tuerai tous ! grogna le vampire, en tchèque, d'une voix rauque et faible.

Zacharias avait appris quelques mots de cette langue en écoutant d'autres prisonniers. Suffisamment pour comprendre ce que ce dernier disait.

— Il parle ! s'émerveilla Müller en regardant les gardes. On a quelqu'un ici qui parle le tchèque ?

D'un signe de tête, les deux soldats répondirent par la négative.

Müller proféra alors sèchement ses ordres.

— Vite, trouvez quelqu'un qui parle tchèque et amenez-le moi.

Lorsque le vampire tenta, en vain, de griffer et de mordre les gardiens, Zacharias regarda la pauvre créature, le cœur empli de pitié. C'était peut-être un animal, un dangereux démon mais, entre les mains vicieuses de ces nazis, il n'était plus qu'un cobaye comme les autres. Silencieusement, Zacharias laissa échapper un sanglot. Aucun soldat ne sembla l'entendre. Le regard du vampire affronta toutefois le sien et, l'espace d'un instant, Zacharias ne vit que l'homme en lui. Il marmonna quelques-uns des mots qu'il connaissait en tchèque.

— Je suis désolé.

Il ne le savait pas encore à ce moment précis, mais cette brève connexion entre leurs âmes fut ce qui, en fin de compte, lui sauverait la vie.

Müller se frotta les mains.

— Enchaînez-le au brancard. Allez réveiller Brandt et Arenberg et dites-leur de rappliquer immédiatement. Nous avons du boulot.

Durant ce laps de temps, personne ne sembla se souvenir que Zacharias était toujours enchaîné à la chaise de torture située dans l'autre coin de la pièce. Tous les yeux étaient rivés sur le Tchèque.

Dès que les subalternes arrivèrent, les directives de Müller furent très simples.

— Je veux analyser son sang.

Assisté d'Arenberg, Brandt fit la prise de sang. Müller, quant à lui, observait la scène tout en maintenant une distance de sécurité.

Lâche, pensa Zacharias. Avec les faibles prisonniers humains, Müller n'hésitait pas à infliger lui-même de douloureuses blessures. Mais, avec un vampire plus fort qui avait déjà tué plusieurs gardiens durant sa capture, le docteur préférait la jouer prudemment.

Personne n'avait idée de la véritable force du détenu, pas plus que de la résistance des chaines. Alors que Zacharias observait cet homme étrange avec fascination, il lui sembla que les chaines commençaient à se détendre et que le fer grinçait, tandis qu'il luttait pour se libérer de ses liens.

Sans pouvoir établir un contact visuel avec la créature qui était à présent allongée sur un brancard, Zacharias était incapable de communiquer avec elle sans trahir le fait qu'il possédait quelques rudiments de tchèque. Son instinct lui dictait de garder cela secret.

Lorsque le bruit du métal brisé emplit soudainement la pièce, et que le vampire réussit à libérer une de ses mains, les collègues de Müller se mirent à crier.

— Il démolit ses chaînes !

Plutôt que de les aider, Müller recula par mesure de sécurité, les yeux écarquillés tant il était fasciné.

— Si fort, se dit-il tout bas.

Ce fut à cet instant que Zacharias put clairement lire dans les pensées de Müller. Il aurait fait n'importe quoi pour pouvoir exploiter la force du vampire, la dompter et l'utiliser à des fins personnelles.

— Scheiße ! cria Brandt juste avant que la main du détenu ne l'attrapât par la gorge.

Alors qu'ils se battaient et qu'Arenberg essayait de maîtriser l'animal en lui enfonçant une seringue au contenu inconnu dans le cou, la chaîne en argent qu'Arenberg aimait porter entra en contact avec la peau du prisonnier.

Un grésillement, suivi d'une odeur de chair et de cheveux brulés, se mêla aux cris du vampire. Au même moment, ce dernier relâcha le cou de Brandt qui toussa et recula d'un bond.

— L'argent ! cria Müller. L'argent le brûle.

Il se précipita vers Arenberg et lui arracha les deux chaînes qu'il portait autour du cou pour rapidement les enrouler autour de celui de la créature.

Celle-ci hurla de douleur. Sa peau brûlait comme si on l'avait couverte d'acide. Ses mouvements s'affaiblirent.

— Trouvez-moi plus d'argent ! ordonna Müller.

À partir de cette nuit-là, ils l'enchaînèrent avec de l'argent. Cela l'affaiblissait tellement qu'il lui était devenu impossible de s'évader. Les semaines qui suivirent ne furent que pure agonie, non seulement pour le vampire, mais également pour les autres prisonniers. Plusieurs essais bâclés furent nécessaires avant que Müller et ses acolytes ne pussent trouver la façon de transformer les autres détenus. Leur injecter le sang de celui qu'ils avaient capturé n'était pas suffisant. Cela leur permettait de guérir leurs blessures sans, toutefois, parvenir à les rendre plus forts ou à les métamorphoser.

Ils n'y aboutirent que lorsqu'ils comprirent que la personne destinée à être transformée devait ingérer du sang de vampire lorsqu'elle était sur le point de mourir. Et, après avoir dénaturé le premier prisonnier, ils s'assurèrent que ce dernier demeurât faible et sevré de sang humain afin de le maintenir aisément sous contrôle.

Zacharias se trouvait dans la cellule adjacente à celle du vampire tchèque et, à chaque fois que Müller et ses collègues quittaient les baraquements de l'hôpital et que seuls quelques gardiens demeuraient en service, ils se parlaient en chuchotant. Ce fut lors de ces conversations à voix basse que Zacharias put tout apprendre du captif.

— Notre espèce est capable de contrôler l'esprit, dit-il un soir.

— Contrôler l'esprit ?

Zacharias n'était pas certain d'avoir bien traduit.

— Oui, je peux transmettre mes pensées à d'autres et les amener à faire ce que je veux.

— Mais alors, pourquoi ne leur dis-tu pas de te libérer ?

Un sourire empreint de fatigue anima les lèvres du vampire.

— J'étais trop affamé et faible quand ils m'ont capturé. Et même maintenant, ils me maintiennent dans un tel état de faiblesse que je ne trouve pas la force d'y parvenir. J'ai besoin de plus de sang humain.

Zacharias réagit immédiatement en s'éloignant des barreaux qui les séparaient.

— Non, se dit-il. C'était un stratagème. S'il lui permettait de se nourrir de lui, il s'affaiblirait et mourrait. Et alors, qui sauverait Rachel ?

— Donne-moi ton sang, et je t'aiderai à t'échapper.

Zacharias secoua la tête, trop effrayé pour croire cet homme.

— Tu vas tous nous tuer.

Tout bien considéré, cela avait été une erreur de décliner. Ce vampire aurait pu tous les sauver si Zacharias n'avait pas douté de sa parole.

En mars 1945, un mois avant la libération du camp par l'armée de Patton, Müller transforma Zacharias et Rachel afin d'étudier les effets produits sur les femelles et les mâles de cette espèce. Rachel dut subir les pires expérimentations : ils l'amputèrent de ses doigts et de ses orteils à la seule fin d'en observer la repousse durant son sommeil réparateur. Et, lorsque la douleur s'amenuisa, Zacharias se rendit compte que sa sœur avait perdu la tête. Les mutilations successives et les prélèvements réguliers de sang avaient fini par avoir raison de son esprit et l'avaient rendue folle. Le regard vide qu'elle arborait fit sombrer Zacharias dans un profond désespoir.

Sa propre métamorphose avait été douloureuse, mais le pire fut la soif de sang qui s'ensuivit. Il avait d'abord cru que les privations qu'on lui avait fait subir durant ses deux premières années au camp avaient été les plus atroces, mais aucun mot ne pouvait décrire les épouvantables et irrésistibles envies contre lesquelles son corps devait lutter, ou encore la honte qui les accompagnait. Il était devenu un animal, et non plus le fils raffiné d'un avocat qui écrivait de la poésie et aimait la musique. Il n'était plus cet homme qui s'appelait autrefois Zacharias Abraham Noah Eisenberg, mais seulement une coquille vide qui ne méritait plus de porter ce nom. Tout ce qu'il lui restait de sa vie humaine, c'était une contraction de ce qu'il avait été par le passé : Z.A.N.E.

Mais, s'il pensait que le pire était derrière lui, il avait tort.

Une nuit, il entendit les gardiens parler de l'évacuation partielle du camp. L'hôpital et ses prisonniers devaient être supprimés. Les troupes alliées ne devaient absolument pas trouver la moindre preuve sur les recherches menées par Müller. Prêt à tout pour se sauver, sa sœur et lui, Zacharias sollicita l'aide du Tchèque.

— Maintenant, tu viens vers moi, dit faiblement l'autre captif. Il est trop tard. Nous sommes trop faibles. Nous avons tous les deux besoin de sang.

— Dis-moi quoi faire.

Son instinct de survie était toujours intact, et Rachel souffrait.

Il fixa les yeux cave de son compagnon de cellule.

— Ils m'ont drainé de mon sang et l'ont mis en bouteille. Je crois qu'ils l'utiliseront plus tard pour créer d'autres vampires. Tu veux t'échapper ? L'argent va t'en empêcher. Et le contrôle de l'esprit demande énormément d'énergie.

Z.A.N.E remua la tête. Il ne pouvait abandonner. La vie de Rachel était entre ses mains.

— Apprends-moi. Dis-moi tout ce que tu sais.

— Tu te souviens du jour où ils m'ont capturé ?

Il hocha la tête.

— Ce jour-là, tu m'as dit que tu étais désolé. Tes paroles m'ont redonné de la force et, si l'un d'entre eux n'avait pas porté de collier d'argent, je me serais échappé cette nuit-là. Je te suis redevable.

Il ferma brièvement les yeux avant de poursuivre. Sa voix s'affaiblissait de minute en minute.

— Écoute-moi maintenant, mon ami. Il ne me reste pas beaucoup de temps, mais tu peux peut-être y arriver. Le sang d'un vampire est très puissant. Ils peuvent te priver de sang humain pour t'affaiblir et te maintenir aisément sous contrôle, mais si tu bois les dernières gouttes du mien, il se pourrait que tu aies une chance de recouvrer suffisamment de forces pour contrôler l'esprit du gardien le plus faible et l'amener ainsi à te détacher. Une fois libéré des chaines d'argent, tu devras le vider de son sang. Fais-le rapidement. Cela permettra à ton corps de guérir de ses blessures et te rendra fort.

Z.A.N.E. déglutit. L'idée d'apaiser sa faim outrepassa les scrupules qu'il nourrissait quant au fait de devoir tuer.

— Et le contrôle de l'esprit. Ça marche comment ?

— Tu dois te concentrer sur ce que tu veux le plus. Tu sentiras alors une chaleur dans ton ventre qui se répandra dans tout ton corps. À ce moment, focalise-toi sur la personne que tu souhaites influencer. Dis-lui ce que tu veux qu'elle fasse, et elle le fera. Ne te laisse jamais déconcentrer. Oublie la douleur que l'argent t'inflige et concentre-toi sur ton objectif.

La respiration du détenu ralentit.

— Je suis désolé.

Une faible lueur scintilla dans ses yeux lorsqu'il les ouvrit.

— Il est temps de mourir. Au revoir mon ami, et promets-moi de les tuer tous, de tuer les hommes qui nous ont fait ça.

Z.A.N.E. acquiesça d'un signe de tête et approcha son visage du cou de l'homme. Dès que ses canines eurent plongé dans la chair, il tira sur la veine et en aspira entièrement le contenu ; jusqu'à l'arrêt complet des pulsations de cette coquille vide. Il sentit son corps se remplir du breuvage de la vie, ses muscles se fortifièrent, et son esprit devint plus clairvoyant.

Il était devenu un tueur. C'était un fait, et rien ne pourrait le changer.

Le vampire tchèque avait eu raison : son sang le rendait plus fort. Et finalement, sa dixième tentative de contrôle de l'esprit produisit les résultats escomptés : pendant que l'un des gardiens dormait, il parvint à forcer mentalement l'autre à le libérer de ses chaines en argent.

Il draina complètement le corps de celui qui l'avait libéré et laissa tomber son corps inerte sur le sol. Une vague de puissance et de force déferla en lui. Mais, avant qu'il n'eût le temps de s'approcher du deuxième garde, ce dernier se réveilla et sonna l'alarme. D'autres soldats accoururent de partout.

Afin de créer la confusion, Z.A.N.E. fit en sorte d'ouvrir plusieurs cellules, permettant ainsi à quelques prisonniers de s'échapper. Il profita de tout ce vacarme pour chercher sa sœur. Des coups de feu furent tirés, et une bagarre s'engagea entre *les prisonniers libérés et les gardiens. Le désespoir, couplé à la rumeur de l'arrivée des troupes alliées, rendit les cobayes humains plus forts que ce à quoi les nazis s'étaient attendus, et plus forts qu'ils ne l'auraient été avant la circulation de ces rumeurs.*

Mais Z.A.N.E. n'avait pas le temps de s'en réjouir. Il trouva Rachel attachée sur un brancard dans une des salles de torture. Sa tête était rouée de coups ; son corps, brisé. Elle était toujours en vie, mais ils l'avaient ouverte pour examiner son utérus, probablement dans le but de vérifier si ses organes reproducteurs étaient toujours en bon état d'œuvrer.

Le cœur de Z.A.N.E se serra.

— Rachel.

Elle ouvrit les yeux. Dans un premier temps, ils fixèrent le vide, mais s'illuminèrent ensuite lorsqu'elle reconnut son frère.

— Zacharias.

— Je suis là maintenant. Ils ne peuvent plus te faire de mal.

Elle remua la tête, les yeux remplis de larmes.

— Laisse-moi partir.

— Oui, on s'en va. Je vais t'aider à guérir. Du sang humain, murmura-t-il. Il se procurerait un humain resté au camp et aiderait sa sœur à boire son sang.

— Non. Laisse-moi partir. Je ne peux pas vivre comme ça. Laisse-moi partir, le supplia-t-elle. Et il comprit.

— Noooon ! hurla-t-il.

Elle tendit les mains vers lui en réitérant son souhait du regard. Ses yeux désignèrent ensuite une table équipée d'instruments. Z.A.N.E suivit le mouvement et aperçut le pieu en bois que les médecins avaient confectionné. Ils l'avaient utilisé à chaque fois qu'ils en avaient fini avec un des vampires fraîchement créés, ou lorsqu'ils craignaient que ce dernier ne devînt trop puissant.

Ses pieds se mirent en mouvement avant même que son cerveau n'en eût pris la décision. Lorsque sa main s'enroula autour de la douce pièce en bois, il eut la sensation que quelqu'un lui arrachait le cœur.

Mais, lorsqu'il se retourna sur Rachel et qu'il aperçut le faible sourire qu'elle arborait, il sut que c'était la seule solution possible.

— Je t'aime Zacharias.

Il fit alors ce qu'il avait à faire. Et ce fut la dernière fois qu'il versa des larmes.

Des sanglots ramenèrent Zane au présent. Les larmes n'étaient pas les siennes, mais bien celles de Portia.

— Pourquoi pleures-tu, petite fille ?

— Ils vous ont tellement fait souffrir.

Les chaînes qu'il avait autour du cœur se détendirent un peu plus.

— Ne pleure pas pour moi. Je suis un tueur.

Elle secoua la tête et, dans le mouvement, ses longs cheveux effleurèrent la poitrine de Zane.

— Ils sont responsables. Ce n'est pas de ta faute. Les monstres, ce sont eux.

— Aujourd'hui, la plupart d'entre eux sont morts.

Du pouce et de l'index, il lui releva la tête et essuya ses larmes.

— L'assassin dont Quinn a parlé l'autre nuit. Il était l'un d'entre eux ? demanda-t-elle.

— C'était le fils de Brandt, un hybride.

Portia écarquilla les yeux.

— Mais, Brandt était humain.

— Ils ont utilisé le sang puisé des vampires qu'ils avaient créés et se sont enfuis en l'emportant avec eux, la nuit même où je me suis échappé. Ils savaient comment transformer un humain et ont pratiqué l'expérience les uns sur les autres. Müller détenait enfin tout ce qu'il avait toujours souhaité : l'immortalité et une race suprême.

— Comment sais-tu qu'ils se sont transformés ?

— J'ai immédiatement eu des doutes quand ils se sont tirés et que tout le sang vampire avait disparu. Et j'en ai eu la confirmation plus tard, lorsque j'ai mis la main sur l'un d'entre eux. Il était métamorphosé. Et je l'ai tué. Wolpers en premier, puis Arenberg, puis Schmidt, puis Brandt.

— Et Müller ?

— Il court toujours. C'est lui qui m'a envoyé le fils de Brandt. J'en suis persuadé. Il veut ma mort parce qu'il sait que je suis à ses trousses. Et il sait que je ne m'arrêterai pas.

Portia caressa la joue de Zane.

— Je lui souhaite une mort atroce.

Zane déposa un doigt sur les lèvres de Portia pour l'empêcher de parler.

— Chhh . . . Je ne veux pas que ma haine te contamine. Ce sont mes affaires.

— Tu as subi tellement de choses . . . je veux te soutenir.

Il soupira.

— Oh, petite fille. Tu ne devrais pas être mêlée à tout ça.

— C'est trop tard, murmura-t-elle en effleurant ses lèvres des siennes.

L'odeur si alléchante de Portia balaya les souvenirs de son passé et lui rappela le réel motif de leur venue dans ce chalet.

— Bon sang, je me sens si bien lorsque tu es dans mes bras, marmonna-t-il en l'attirant plus près de lui.

— Et si on faisait encore l'amour ?

— Tant que tu veux.

Et ce ne serait pas encore assez souvent à son goût. Mais, pendant au moins quelques heures, ou peut-être même quelques jours, il pourrait vivre le moment présent en oubliant son passé et cet avenir si incertain qui était le sien.

27

Le jour se leva, puis se coucha. Ils étaient restés tout le temps au lit et ne l'avaient quitté que pour sortir le chien et le nourrir.

Portia roula sur le côté et remarqua qu'elle était seule dans le lit. L'odeur de Zane planait toujours. Elle s'était probablement endormie dès le coucher du soleil. Elle regarda l'horloge sur la table de nuit : il était à peine passé neuf heures.

En étirant ses muscles délicieusement endoloris, elle se glissa hors du lit et saisit l'un des t-shirts de Zane dans la penderie. Uniquement pourvue de cette chemise qui lui tombait presque à la mi-cuisse, elle erra dans la salle de séjour.

Vêtu d'un t-shirt et d'un boxer, Zane était installé à un petit bureau et lui tournait le dos. Elle s'avança sur la pointe des pieds, mais les aboiements enjoués du chien trahirent sa silencieuse approche.

— Z ! le gronda-t-elle. Tu gâches tout.

Zane se retourna dans sa direction, dégageant ainsi l'écran de l'ordinateur dissimulé jusqu'alors par son buste.

— Qu'essayais-tu de faire ? Me mettre à terre pour faire tout ce que tu veux de mon corps ?

Portia se pencha pour caresser le chiot qui, tout excité, tournait autour de ses jambes.

— J'aurais vraiment besoin de me battre avec toi pour ça ?

Elle s'avança pour être à sa portée, et il lui enroula instantanément le bras autour de la taille pour la rapprocher de lui.

— Je me battrais avec toi n'importe quand.

Il enfouit son visage dans le ventre de la jeune femme et huma distinctement son odeur.

Portia observa l'écran. La messagerie était ouverte.

— Que fais-tu ?

— Je vérifiais mes messages, dit-il en tournant la tête vers l'ordinateur. Je ne peux pas allumer mon portable, ou sinon, mes collègues me retraceront immédiatement, et il n'y a pas de ligne fixe dans le chalet. Mais ce programme se connecte à la messagerie de mon portable et les transcrit.

— Et il les transmet sur ton compte mail ? demanda-t-elle. C'est pratique. Mais tes collègues ne pourront pas retracer l'endroit d'où tu as accès à tes messages ?

— C'est très peu probable. Tout est crypté et passe par plusieurs serveurs…

Il la prit sur ses genoux, chercha son cou des lèvres et s'y blottit.

— …mais j'avais besoin de savoir ce qui se passe à San Francisco.

— Quelque chose d'inquiétant ?

Il dodelina de la tête.

— Mes collègues sont furax. Mais à part ça, rien de neuf.

Les yeux de Portia s'attardèrent sur une phrase du message qui venait de s'afficher à l'écran et le lut.

— Quinn a une piste sur l'assassin ? Et tu me dis qu'il n'y a rien de neuf ?

Zane ne tourna même pas la tête et continua de mordiller sa peau.

— Quinn ment. Il n'a rien. C'est un piège.

— Comment peux-tu en être certain ?

Elle poursuivit la lecture du message dans lequel Quinn parlait de la puce d'un portable contenant plusieurs numéros.

— Il essaie de me piéger pour que je revienne. Et pour ce faire, il utilise la chose que je désire le plus.

— Et s'il disait la vérité ?

Zane leva la tête et la regarda.

— Quinn est celui qui a cafté à mon patron. Il leur a parlé de nous deux, et c'est pour cette raison qu'ils m'ont retiré cette mission. Crois-moi, il essaie de se jouer de moi en ce moment.

— Oh, il avait pourtant l'air si gentil.

— Gentil ? C'est ce que tout le monde croit parce qu'il a ce visage angélique de collégien. Ne te laisse pas berner par ça. C'est un homme dangereux. Et il n'est plus mon ami.

Le ton de sa voix était sévère.

Portia déposa un doux baiser sur ses lèvres.

— Je suis désolée.

— Ce n'est pas ta faute.

Elle secoua les longues boucles de ses cheveux.

— Ça l'est. Si je ne t'avais pas harcelé pour faire ça, tu n'aurais pas perdu ton ami.

— Me harceler ? dit-il en arborant un léger rictus. Je suppose que c'est une façon de voir les choses.

Il plaqua ses lèvres contre les siennes.

— Alors, reviens au lit, chuchota-t-elle, en ressentant physiquement le désir de son partenaire. Son corps y répondit instantanément : ses mamelons durcirent, se tendirent et, en lieu et place du sang, c'était de la lave brûlante qui s'écoulait dans ses veines.

— Je ne peux pas, dit Zane en reculant.

Ce refus la choqua. En avait-il déjà assez d'elle ? La déception se pointait à la barrière, prête à faire son entrée.

— Je dois aller me nourrir.

Il l'invita à quitter ses genoux et se redressa.

— Laisse-moi m'habiller. Je te promets que je serai de retour d'ici une heure.

Sidérée, elle resta sur place un instant, tandis qu'il se dirigeait vers la chambre. Elle ouvrit alors la bouche, et les mots en jaillirent.

— Pourquoi ne veux-tu pas de mon sang ?

Zane s'immobilisa complètement.

Portia posa le regard sur le dos du vampire et remarqua la tension dans ses épaules.

— Portia... commença-t-il avant de bafouiller.

— Pourquoi ?

Lentement, il se retourna. Ses yeux étaient rouges et ses canines acérées dépassaient de ses lèvres. Quand elle porta son regard plus bas, elle remarqua que son boxer était tendu. Cela la fit saliver, et elle comprit que l'idée de boire son sang l'avait excité.

Déterminée, elle fit deux pas dans sa direction. Il ne bougea pas.

— Tu veux mon sang, n'est-ce pas ? murmura-t-elle.

Elle souleva une main pour caresser la veine pulsante du cou de Zane, attirant ainsi son attention.

— . . . Alors, pourquoi ne pas le prendre ? Pourquoi ne pas enfoncer tes canines en moi et boire ?

Elle se lécha la lèvre inférieure. Ses genoux flageolèrent et son flux sanguin se mit à pulser juste sous la peau lorsqu'elle imagina le tableau dépeint par ses propres mots.

Zane se décida finalement à bouger, se rapprochant d'un pas hésitant jusqu'à ne plus se trouver qu'à quelques centimètres d'elle.

— Oui, dit-elle dans un souffle. Je veux que tu me mordes.

Elle porta la main à son boxer-short et caressa le membre rigide qui s'y dissimulait. Celui-ci se redressa brusquement lorsqu'elle tira l'élastique de la taille vers le bas.

— Et je veux ton engin en moi . . .

Elle l'enveloppa dans sa main et ressentit la chaleur sous ses doigts.

— . . . profondément . . .

Elle le caressa sur toute sa longueur.

— . . . dur.

Irrégulière, la respiration de Zane rebondit sur elle.

— Putain, Portia.

Il pressa sa main sur celle de la jeune fille, l'empêchant ainsi de répéter le mouvement.

— Si je bois ton sang, je serai incapable de m'arrêter.

— Quand, le corrigea-t-elle. Quand tu boiras mon sang, nous nous assurerons tous les deux que tu ne me fasses aucun mal.

ZANE FERMA LES YEUX, les sensations qui le parcouraient devenant si intenses qu'il ne pouvait plus les supporter.

— Portia, tu es certaine que c'est ce que tu veux ?

Lui avait-elle vraiment offert son sang, ou son état de manque le faisait-il halluciner ? Après tout ce qu'elle venait d'apprendre sur lui, le croyait-elle toujours digne d'un tel présent ? Digne de le gratifier de l'intimité suprême de se nourrir d'elle ?

Les dernières vingt-quatre heures l'avaient épuisé. Il ne se souvenait pas de la dernière fois qu'il s'était nourri, mais il savait que cela remontait à trop loin. Faire l'amour à Portia nuit et jour avait pompé toutes ses réserves et, maintenant, il était complètement lessivé. S'il ne se sustentait pas endéans les six prochaines heures, sa faim prendrait des proportions effrayantes, et il perdrait le contrôle. Il pourrait même s'en prendre au chien pour s'alimenter, même si le sang animal ne le rassasiait pas suffisamment.

Sachant très bien qu'il était à deux doigts de céder à ce latent désir de sang, comment pouvait-il se permettre d'accepter cette offre ? Et s'il ne pouvait s'arrêter ?

Son côté sombre pointait le bout de son nez. Elle serait délicieuse, meilleure que tout ce qu'il avait goûté jusqu'à présent. Et la baiser en même temps serait la cerise sur le gâteau.

— Tu le veux, répéta-t-elle.

— Et toi ?

— Je veux ce que tu veux. Quand j'ai bu à ton cou, ce fut la meilleure chose que j'aie goûtée de toute ma vie…

Le regard de Zane se baissa sur sa gorge, là où le pouls rebondissait sous la peau.

— … la meilleure chose que j'aie sentie, continua-t-elle, dans un léger souffle. Je veux que tu ressentes la même chose.

Ça ne serait pas la même chose. Ce serait beaucoup plus. Le sang de Portia était tellement plus puissant que n'importe quel sang pur de vampire. Le sien était empreint de la douceur du sang humain. Il ne ferait pas que le nourrir et lui donner des forces, il accentuerait la connexion déjà bien présente entre eux.

Il l'avait ressenti au moment même où Portia avait bu son sang, et également par la suite, lorsqu'ils avaient fait l'amour à répétition. Quelque chose se passait entre eux, il ne pouvait le nier, même s'il le voulait. Il voulait la proclamer sienne, sans se soucier des conséquences, et elle y consentirait. Il pouvait le lire sur son visage si expressif. Mais ce ne serait pas juste. Elle était jeune et venait juste de connaître sa première expérience... avec lui. Il n'avait pas le droit de la retenir auprès de lui, alors que tout ceci ne représentait, pour elle, qu'un engouement passager.

— Portia, ne me tente pas davantage.

Elle porta l'une de ses mains à la bouche de Zane et, de l'index, lui caressa une canine. La flamme du désir le transperça.

— Donc, tu *succombes* à la tentation.

Quoiqu'empêchée par la main de Zane sur la sienne, Portia parvint à le caresser.

— Putain ! siffla-t-il.

— Mords-moi. Bois mon sang.

Ah, au diable ! Il n'avait pas la force de résister. D'un mouvement fluide, il la souleva et la porta jusqu'au canapé. Il s'y laissa tomber tout en la positionnant correctement sur ses genoux. Portia écarta les jambes, et le t-shirt qu'elle portait se souleva, révélant ainsi l'absence de culotte. Zane émit un grognement d'appréciation.

L'odeur de l'excitation de sa partenaire l'enveloppa immédiatement, ce qui eut pour effet d'exacerber sa faim.

— Ce ne sera pas doux, l'avertit-il avant d'enfoncer son engin dans ses douces profondeurs, pour y être accueilli par un liquide soyeux dont la chaleur humide l'intoxiquait.

Portia renversa la tête en arrière, exposant entièrement son cou dans toute sa vulnérabilité. Tel un compte à rebours, les pulsations apparentes sous cette peau d'ivoire invitèrent Zane à se rapprocher : tic-tic-tac l'appelaient-elles, mais il dirigea son regard plus bas.

Au cours des dernières décennies, ses dents avaient percé tant de cous qu'il désirait quelque chose qui sortît de l'ordinaire. Il leva les mains pour agripper le col de son t-shirt et déchira celui-ci en deux sur la moitié de sa longueur.

Portia haleta, écarquillant les yeux lorsqu'elle comprit.

— Qu'est-ce... ?

— Trop tard, Portia.

Trop tard pour les protestations.

On ne pouvait plus l'arrêter. Surtout pas elle, et encore moins lui-même.

D'une main, il saisit délicatement l'un de ses seins, en appréciant le volume dans sa paume. Juste sous la surface de cette peau pâle, ses yeux passionnés localisèrent les vaisseaux sanguins. Ils étaient si près qu'il put en humer toute la douceur.

Sa gorge se serra et son membre se contracta en elle.

— Chevauche-moi, lui ordonna-t-il rudement.

Il fut contraint de quitter son logement lorsqu'elle se mit à genoux ; juste avant de revenir s'empaler sur lui.

— Plus fort !

Le corps de Zane se raidit en accueillant les mouvements de Portia. Il avait espéré savourer cet instant, mais il perdit totalement le contrôle. Sans autre pensée cohérente, il plongea la bouche sur son sein et saisit le mamelon entre ses lèvres. Tout en le léchant, il laissa ses canines percer la chair de chaque côté de ce dernier et aspira le sang.

Sous son emprise, Portia tressaillit un court instant avant de laisser échapper un gémissement qui parvint aux oreilles de Zane. Ce sang si riche lui enveloppa la langue et entra au compte-gouttes dans sa gorge tout en libérant différentes saveurs sur ses papilles gustatives. À la fois douces et épicées, elles représentaient tout ce dont il avait toujours rêvé. Et même plus.

Il grogna tout en poussant brusquement les hanches en harmonie avec les mouvements de sa partenaire qui le chevauchait toujours. Ses muscles fermes se serraient autour de lui à mesure qu'elle s'empalait, et se relâchaient lorsqu'elle remontait.

Elle lui empoigna l'arrière du crâne de la main et l'attira plus près de sa poitrine. Le cœur de Zane en bondit de joie. Il se sentait accepté et désiré par une femme qui pouvait avoir n'importe qui. Et pourtant, elle l'avait choisi, lui, pour apprendre ce que signifiait le plaisir et la passion. En attendait-elle davantage de sa part ? Pouvait-il espérer que son cœur ressentît la même chose que le sien et ce, malgré sa jeunesse et son manque d'expérience ?

Il se débarrassa de cette pensée, ne voulant pas entacher cet instant par l'inévitable déception qui s'ensuivrait. Ce moment était tout ce qu'il pouvait demander, un moment de totale possession, d'acceptation et d'abandon.

Portia était dans ses bras, gémissant de plaisir, le chevauchant avec force et énergie, le pressant de pomper davantage de sang. Seul le présent comptait. Le passé et l'avenir n'existaient pas. Ici et maintenant, voilà tout ce qui importait.

Le sang de Portia le remplissait et se répandait dans chacune des cellules de son corps. Il lui donnait l'impression d'être l'homme le plus riche de la terre, un homme qui possédait tout et qui ne manquait de rien. À l'inverse, il n'avait rien à lui offrir, excepté son corps et tout l'amour qu'il avait en lui, contenu et caché. Il pouvait se l'avouer, à présent, mais il ne pourrait jamais le lui dire. C'était là le seul secret qu'il devait préserver. Si elle apprenait la nature de ses sentiments, elle se sentirait obligée de lui en offrir plus, car elle était trop gentille pour le quitter. Elle confondrait ses propres sentiments avec l'amour, quand tout ce qu'elle ressentait vraiment n'était que désir et envie pour quelque chose qu'elle venait à peine de découvrir : le sexe.

Il ne serait pas correct de lui faire porter le fardeau de ses sentiments. Cela ne l'empêcha toutefois pas de la ramener plus près de lui ; de plonger ses canines encore plus profondément en elle pour s'abreuver de son essence. Cela ne l'empêcha pas non plus de s'enfoncer encore plus fort en elle, de combler son canal étroit de toute la longueur de son membre dur qui était sur le point d'exploser.

Et cela ne l'empêcha pas de souhaiter y laisser quelque chose lui appartenant, de vouloir que sa semence prît racine en elle. De créer une nouvelle vie. Mais il savait pertinemment que cela serait impossible : seuls les couples liés par le sang pouvaient engendrer la vie, et il ne lui imposerait jamais ce lien. S'il s'y laissait aller en ce moment, dans le feu de la passion, elle ne lui pardonnerait jamais de s'être lié à elle pour l'éternité.

— Encore, murmura-t-elle en baissant la tête vers son oreille.

Mais il savait qu'il ne pouvait en prendre davantage. Déjà, ses mouvements s'étaient ralentis, et sa voix, affaiblie. Il fit glisser sa main entre leur deux corps et se mit à lui caresser le clitoris. D'abord tout doucement, puis plus fort.

Zane extirpa ses canines de son sein et lécha les incisions marquées par ses dents. Sa salive les referma instantanément et recousit la peau.

— Oh, mon Dieu !

L'orgasme de Portia la percuta de plein fouet. Il le ressentit et s'abandonna également. Cette libération parcourut chacune de ses cellules, telle une bombe atomique dévastant tout sur son passage.

Portia s'effondra sur lui. Il la débarrassa de son t-shirt déchiré et la berça tout contre son torse.

— Petite fille, murmura-t-il dans ses cheveux. Il avait tant d'autres choses à lui dire ! Mais il ne pouvait s'y résoudre.

— Fais-moi la promesse de toujours te nourrir de moi, prononça-t-elle dans un souffle tout contre son cou.

Les muscles de Zane se raidirent. Quoiqu'il désirât plus que tout ce qu'elle était en train de lui proposer, il ne pouvait absolument pas lui promettre une telle chose.

— Je ne peux pas.

Elle s'écarta de lui et, à l'expression sur son visage, il comprit. Il était si facile de lire en elle et, à cet instant précis, Zane espéra que cette expression eût été différente. Mais ce qu'il y lut, c'était de la douleur ; la douleur d'être repoussée. Et tel un pieu, cette douleur lui transperça le cœur.

Portia tenta de se relever, mais il lui attrapa les bras et l'arrêta, tout en remuant les hanches afin de se repositionner en elle.

— Tu ne comprends pas, Portia.

Elle lui lança un regard réprobateur.

— Oh oui, je comprends. Tu en as déjà assez de moi.

Zane lui montra les dents.

— Ce n'est pas vrai !

Elle se débattit. Offusqué par son mépris, il la retourna sur le dos et s'arc-bouta au-dessus d'elle. Elle le poussa, mais fut incapable de s'échapper.

— Ce n'est pas moi qui ne veux pas de toi.

Pourquoi lui disait-il tout cela ? Il ne lui devait absolument aucune explication. Sa foutue bouche ne comprit toutefois pas le message et poursuivit.

— Ça ne pourra jamais marcher entre toi et moi. Tu as toute ta vie devant toi. Pourquoi voudrais-tu t'enchaîner à quelqu'un comme moi ?

Elle remua la tête et se calma avant de mouler son corps au sien.

— Mais je te veux.

— Tu dis ça maintenant. Tu dis ça parce qu'on s'éclate sexuellement. Il ne s'agit que de cela. Tu confonds amour et désir.

Elle le fixa du regard et une lueur de compréhension illumina ses yeux. Peut-être venait-elle juste de le comprendre ?

— Et toi, confonds-tu désir et amour ? Connais-tu au moins la différence entre les deux ?

Il était évident qu'elle lui lançait un défi, et bon sang, il valait mieux faire preuve de plus de sagesse et ne pas le relever. Mais, quoi que ce fût qui l'y poussa – les conséquences de son orgasme ou le fait d'avoir le sang de Portia dans ses veines – il ne put s'empêcher de répondre.

— Bien sûr que je connais la différence ! cracha-t-il, les dents serrées.

— Alors, explique-moi, petit malin ! Dis-moi que tu n'éprouves que du désir, et je te laisserai tranquille. En réalité, je remballerai mes trucs et rentrerai chez moi immédiatement. Et tu n'auras plus jamais à poser les yeux sur moi.

Ne plus jamais la voir ? Son cœur se serra douloureusement rien que d'y penser. Il la dévisagea afin de voir si elle bluffait, mais elle ne laissa rien paraître. Était-elle en train de lui indiquer la sortie, un moyen de rompre proprement sans perdre la face ?

— Dis-moi que tu ne m'aimes pas.

En prononçant ces deux derniers mots, sa voix se mit à trembler.

Zane ferma les yeux, essayant de combattre les sentiments que cette requête avait suscités. Il valait mieux lui mentir et en finir. Mais les tremblements dans la voix de Portia l'avaient profondément pénétré et exigeaient une réponse honnête.

Sans ouvrir les yeux, il avoua ce qu'il aurait dû garder pour lui.

— Je t'aime.

Il tenta de se relever, mais elle le retint en enroulant une jambe autour de la sienne. Il rouvrit alors les yeux et s'enfonça à nouveau en elle.

Un sourire chaleureux illumina le visage de Portia.

— Je pense que je ferais mieux de te réexpliquer les règles, dit-elle doucement.

— Quelles règles ?

— Tant que tu m'aimeras, tu ne pourras pas t'en aller.

Il haussa un sourcil, surpris du ton assuré qu'elle avait employé.

— Et cette règle est valable dans les deux sens ?

Ses doigts balayèrent les lèvres de Zane en une longue et lente caresse.

— Pourquoi ne demandes-tu pas ce que tu veux réellement savoir ?

Il se sentit soudainement soulagé, l'attitude enjouée de Portia l'aidant à se relaxer. Peut-être pouvait-il essayer de se prêter au jeu.

— Dis-moi que tu ne m'aimes pas, et je te laisserai partir immédiatement.

— Quand je suis près de toi, je te sens ici, dit-elle en pressant sa main contre son cœur. Et quand tu n'es pas là, mon cœur se sent vide. Et ça fait mal. Et cette douleur ne me quitte qu'à ton retour. Dis-moi Zane, dis-moi ce que cela signifie.

Ses yeux étaient aussi grands que des soucoupes, et elle était plus belle que jamais. Dans ses yeux, il put voir qu'elle connaissait la réponse à sa question, mais qu'elle souhaitait, de surcroît, qu'il le reconnût, qu'il l'acceptât.

— Tu ne sens pas que ton cœur pourrait être réduit en miettes à la seule idée qu'on ne puisse jamais se revoir ?

Car c'était ce qu'il ressentait. Et la douleur était insupportable.

Portia acquiesça d'un hochement de tête.

— Petite fille, murmura-t-il en effleurant ses lèvres des siennes. En es-tu certaine ?

En lieu et place d'un autre hochement de tête, elle s'avança pour lui déposer un petit bisou sur les lèvres. Son souffle rebondit sur sa bouche lorsqu'elle voulut parler.

— As-tu trouvé la réponse ? murmura-t-elle.

Zane recula la tête de quelques centimètres pour la regarder dans les yeux.

— Tu m'aimes.

À quel point, il ne pouvait en être certain, mais les yeux de Portia brillaient de cet amour qu'il avait refusé de voir de prime abord.

— Je t'aime, Zane.

En serait-il toujours digne ? Il tenta de ne pas y penser, refusant de s'inquiéter du fait qu'elle pût, un jour, changer d'avis et le quitter. Il n'y survivrait pas, car la perdre lui arracherait le dernier lambeau de cœur qui lui restait et le transformerait en ce monstre qui se cachait dans l'ombre.

28

Gabriel s'attendait à recevoir cet appel, mais pas aussi rapidement. Et, lorsqu'il entendit la voix de Lewis s'enquérir de sa fille Portia, il réalisa qu'ils étaient dans la merde jusqu'au cou.

Comme convenu avec Samson, il le mit en attente et appela son patron. Cette situation devait être gérée avec soin.

— C'est Robert Lewis, le père de Portia.

— Merde ! jura Samson. Tu l'as déjà mis au courant ?

— Non, mais on ne peut pas repousser l'échéance.

— Je sais. Passe-le-moi.

Gabriel appuya sur un bouton. Il put entendre la respiration de l'homme à l'autre bout du fil.

— Monsieur Lewis, vous êtes en communication avec Samson Woodford, le propriétaire de Scanguards.

— Où est ma fille ? Elle ne répond pas à son portable, et personne ne répond à la maison non plus.

L'impatience était clairement perceptible dans sa voix.

Samson s'éclaircit la gorge.

— Je vous assure, monsieur Lewis, que votre fille se porte bien.

Bien ? Gabriel ne put s'empêcher de se gratter la tête en entendant la manière dont Samson abordait la conversation. Comment Portia pouvait-elle bien se porter en compagnie de Zane ? Son collègue vampire, second dans la hiérarchie, n'était qu'un fou furieux ! Il avait kidnappé la personne qu'il était chargé de surveiller. N'était-ce pas là un bon résumé de la situation ?

— Qu'êtes-vous en train de me dire ? Que lui est-il arrivé ?

L'impatience dans la voix de Lewis céda immédiatement place à la panique.

Gabriel réalisa instantanément que cet homme se souciait vraiment de sa fille. Le ton de sa voix en témoignait. Il ne s'était pourtant pas attendu à cela après avoir appris, de la bouche de Samson, que Zane affirmait que ce père voulait maintenir sa fille vierge pour quelque perverse raison. Tout ceci ne contribua qu'à renforcer sa conviction : Zane avait tort.

— Elle est toujours sous notre responsabilité.

— Qu'est-ce que ça signifie ? hurla Lewis à l'autre bout du fil, obligeant Gabriel à décoller son oreille du combiné.

— Ce que monsieur Woodford veut dire, c'est qu'il ne lui est rien arrivé de mal, interrompit Gabriel.

— Je veux lui parler ! MAINTENANT !

— Euh, monsieur Lewis, je dois discuter avec vous de quelque chose avant que vous ne puissiez parler à votre fille.

Un rugissement déchira la ligne. Les choses ne se passaient pas très bien. Pouvait-il en être autrement ? Cet homme avait le droit de parler à sa fille, et il le savait. Postposer l'échéance ne les aiderait pas à s'extirper de ce bourbier. Rien ne pourrait leur permettre de se sortir de cette situation merdique.

— Votre fille a avancé certaines allégations, et j'ai bien peur que nous ne soyons contraints d'enquêt…

— Quels mensonges vous a-t-elle encore racontés ?

— À ce stade, nous ne sommes pas certains que ce soient des mensonges. Votre fille est parvenue à convaincre un de nos employés de la prendre au sérieux et, considérant le caractère grave de ces affirmations et leurs hypothétiques répercussions sur l'avenir de votre fille, nous avons décidé de faire le nécessaire pour y voir plus clair.

Y voir plus clair ? Samson déformait la vérité un tantinet plus fort qu'à son habitude. Le seul qui y regardait vraiment de plus près, ou plutôt *plus profondément*, c'était Zane, pensa amèrement Gabriel.

— Vous n'avez pas le droit de m'empêcher de voir ma fille ! Elle est toujours mineure et selon la loi . . .

— Plus d'une loi régit notre communauté de vampires et d'hybrides, l'interrompit Samson, avec plus de tranchant dans la voix. Et bien que je comprenne tout à fait que le droit d'un père soit primordial, celui-ci n'outrepasse pas les lois de notre société.

— Je me fous éperdument de vos lois. Ma fille m'appartient ! Tout ce que je vous ai demandé, c'était de la protéger. Et qu'avez-vous fait ? Vous avez cru à ses balivernes.

Gabriel serra les mâchoires. En faire tant pour le bien de sa fille ! Cela n'avait plus rien à voir avec le souci d'un père pour le bien-être de sa fille, tel qu'il l'avait préalablement perçu dans la conversation. Il s'agissait là de tout autre chose. Gabriel chassa toutefois cette pensée, se refusant de tirer des conclusions hâtives.

— Monsieur Lewis, continua stoïquement Samson, nous pouvons en parler . . .

— Oh, bien sûr que nous allons en parler ! hurla Lewis. Dès le coucher du soleil, je prendrai le premier avion pour San Francisco. Vous avez intérêt à ce que ma fille soit là à m'attendre sinon, des têtes vont tomber !

La communication fut coupée sur cette menace.

À l'autre bout du fil, Samson expira.

— Toujours là, Gabriel ?

— Ouaip. Ça ne s'est pas trop bien passé.

— Je ne m'attendais pas à ce que ce soit facile. Mais, au moins, nous disposons de quelques heures de plus avant de devoir l'affronter. Du nouveau sur la localisation de Zane ?

De la tête, Gabriel répondit par la négative.

— Rien découvert auprès de nos contacts. Quant à Lauren, elle n'a pas eu signe de vie de Portia non plus, même si ces deux-là sont comme larrons en foire. Mais Thomas essaie d'accéder aux comptes de Zane pour voir s'il peut trouver quelque chose.

— Bien. Et Quinn ? Il doit savoir quelque chose.

Gabriel se frotta le cou.

— C'est ce que j'ai cru aussi, mais je ne peux rien en tirer.

— Zane a-t-il utilisé sa carte de crédit quelque part ?

— Il est trop prudent pour faire une telle chose. Même s'il a eu besoin d'essence pour son véhicule, je suis persuadé qu'il a payé comptant. Il faut le reconnaître : s'il ne veut pas être trouvé, nous ne le trouverons pas.

— On doit donc trouver une façon de le faire sortir de sa planque.

— Et comment allons-nous procéder ?

En pleine réflexion, Samson marqua une pause avant de répondre.

— Appelle Quinn et passe-le-moi. Il est allé voir Thomas hier, et je veux savoir pourquoi.

— Pourquoi ne demande-t-on pas à Thomas ?

— Parce que Quinn sait quelque chose que personne d'autre ne sait. J'ai ce pressentiment.

— J'espère que tu as raison.

— Moi aussi.

Un clic sur la ligne lui signala que Samson avait raccroché.

Il soupira.

Derrière lui, un bruit l'alerta de la présence de son épouse. Il se retourna et sourit à Maya qui vint se blottir dans ses bras.

— Tu sembles inquiet, bébé.

Gabriel enfouit son visage dans sa longue chevelure noire et inhala son parfum envoûtant.

— Parce que je le suis.

— Crois-tu vraiment que Zane lui ferait du mal ?

— Si elle lui a menti, oui.

Dans l'intérêt de Portia, il valait mieux qu'elle n'eût rien caché à Zane.

— Mais ce n'est pas pour ça que tu t'inquiètes. C'est à propos de son père, n'est-ce pas ?

Il ne pouvait presque rien cacher à Maya. Et cela n'était pas dû qu'à leur mélange de sang. Abstraction faite de ce lien qui les unissait, elle se serait rendu compte que quelque chose clochait.

— Il avait quelque chose dans la voix que je n'ai pas aimé. Ça m'a glacé le sang.

Maya inclina la tête et lui lança un regard interrogateur.

— C'est plus qu'une simple inquiétude d'un père envers sa fille ?

— Oh. Il est inquiet, je n'en doute pas. Mais la façon dont il a parlé de sa fille comme d'une chose qui lui appartient... ce n'était pas correct. Il la traite comme étant sa propriété.

— Tu en es certain ?

Il hocha la tête.

— Ce qui signifie qu'il croit pouvoir faire ce qu'il veut avec elle.

Et Gabriel n'était pas convaincu que Lewis voulût agir dans l'intérêt de sa fille, quelles que fussent ses intentions.

— Alors, tu crois que Zane a peut-être raison, après tout, et que le père veut vraiment qu'elle reste vierge.

— Et si Zane a raison, la seule question qui demeure, c'est : pourquoi ?

Maya caressa la cicatrice que Gabriel avait au visage.

— Et si cela n'avait plus d'importance ?

Il haussa un sourcil, interrogateur.

— Chère épouse, je ne suis pas certain de te suivre.

— Quelles que soient les raisons du père, tout cela n'a plus d'importance. Après avoir passé plus de vingt-quatre heures seule avec Zane, crois-tu vraiment qu'elle soit toujours vierge ?

Aucune chance, pensa-t-il.

Exactement, lui répondit-elle par transmission de pensée.

— ÉCOUTE, Samson, insista Quinn en arpentant le bureau de son patron. Si je savais où il se trouve, je te le dirais.

— Le père de Portia sera ici dans moins de douze heures. Que veux-tu que je lui dise ?

— Dis-lui la vérité.

— Et quelle est la vérité, Quinn ?

— La vérité ? dit Quinn dans un souffle, tout en rassemblant ses idées. Pour qu'il revienne, je l'ai appâté avec la chose qu'il désire le plus au monde.

— Explique-toi.

— Je lui ai laissé un message vocal et lui ai envoyé un mail contenant des renseignements qu'il cherche à trouver depuis des années.

— Tu as monté une histoire ? Il se peut qu'il ait compris ta duperie.

— C'est très probable, mais je n'ai rien inventé. J'ai vraiment trouvé ce qu'il cherchait.

— Et cela avait quelque chose à voir avec ta visite chez Thomas ou était-ce seulement une visite de courtoisie ?

Surpris, Quinn s'immobilisa.

— Ça n'a pas d'importance. Ne fouine pas plus loin. Je ne peux rien te dire de plus sans trahir la confiance de Zane.

Samson acquiesça d'un signe de tête. Il avait compris.

— Et pourtant, il ne sort tout de même pas de sa planque. Comment expliques-tu ça ?

Quinn se laissa choir sur le canapé, tout à coup plus las que fatigué. Il se frotta le haut du nez.

— Je dois vraiment te faire un dessin ?

— N'attends pas que je devine. Tu sais que je déteste ça.

— Il ne sort pas d'où il est parce qu'il préfère être avec Portia. Ça ne t'en dit pas assez ?

— Tu ne crois pas réellement que Zane… Non, il n'est pas capable de… dit Samson en dodelinant de la tête.

— Et pourquoi pas ? C'est un homme, tout comme nous. Ce n'est pas parce qu'il n'a jamais laissé paraître ses sentiments qu'il n'en a pas. Elle a peut-être déclenché quelque chose en lui. Elle est peut-être exactement ce dont il a besoin.

Samson en demeura bouche bée.

— Une fille si naïve ? Tu n'es pas sérieux.

— Je parierais que maintenant, elle n'est plus si naïve.

— Et que crois-tu qu'il veuille faire d'elle ?

Quinn aurait voulu dire *la baiser, en faire sa compagne*, mais il retint sa langue. Samson pouvait très bien y penser lui-même.

— Et il lui reste combien de temps avant son vingt-et-unième anniversaire ?

Samson baissa la tête et examina le dossier qu'il avait devant lui. Ses yeux scannèrent le document.

— Quatre semaines et demie.

— Tu m'as demandé de te faire part de mon ressenti. Voici ce que je pense : il va la garder cachée jusqu'à sa majorité.

— Pour la maintenir loin de son père ?

Quinn acquiesça, quoiqu'il sût que sa réponse n'était pas complète. Si Zane était vraiment tombé amoureux de Portia, il en voudrait un peu plus de sa part. Il devrait attendre sa majorité pour qu'elle pût consentir à devenir sa partenaire. Son père ne le permettrait jamais. C'était l'évidence même. S'il voulait préserver la virginité de sa fille, il ne souhaitait certainement pas qu'elle devînt la partenaire du vampire le plus méchant qui existât.

29

Zane tourna le dos à l'ordinateur et sourit à Portia. En soixante années, il n'avait pas autant souri que durant ces dernières vingt-quatre heures.

— Ta pizza est en route. Explique-moi juste une chose : le frigo déborde de nourriture humaine alors, pourquoi veux-tu te faire livrer ?

— Ce n'est pas différent de toi lorsque tu as envie d'un type de sang en particulier. Tu n'as jamais de fringales ? le taquina-t-elle.

Zane se leva et tenta de l'attraper, mais elle courut vers la porte et l'ouvrit pour sortir. Z, qui s'était installé devant la cheminée, déboula immédiatement en agitant la queue.

— Oh, bien sûr que j'ai mes fringales, petite fille.

Et à cet instant précis, il en avait une en particulier. Depuis qu'il avait dégusté son sang et lui avait avoué son amour, quelque chose avait changé. Une atmosphère de douce insouciance avait soudainement pris possession du chalet . . . et de son cœur. Portia et lui riaient et plaisantaient plus librement. Et, à chaque fois que leurs regards se croisaient, le feu qui brûlait entre eux s'intensifiait, et la température grimpait.

Portia gloussa et, au passage, agrippa sa veste qui était suspendue au crochet près de la porte.

— Alors, tu me comprends, dit-elle en lui adressant un clin d'œil par-dessus son épaule. Si tu veux que je satisfasse certaines de tes fringales plus tard, je ferais bien de m'attaquer à cette pizza pour reprendre des forces.

Tel un gémissement réprimé, un grognement provenant du plus profond de sa poitrine s'échappa des lèvres de Zane.

— J'ai commandé une extra-large.

Portia s'accroupit et caressa la fourrure du chiot tout excité.

— Viens, allons jouer dehors dans la neige.

— Je peux me joindre à vous ? demanda Zane en prenant son manteau sans attendre la réponse.

Gracieusement, Portia leva ses yeux bordés d'épais cils noirs.

— Seulement si tu te comportes bien.

— Tout dépend de ce que tu entends par là.

Elle éclata de rire.

— Je crois bien que je vais avoir du pain sur la planche avec toi. Ton chien se comporte mieux que toi, dit-elle en se retournant vers le cabot pour lui caresser le cou. N'est-ce pas Z ?

En deux enjambés, Zane la rejoignit et l'aida se relever, tout contre lui.

— Je suis capable de bien me tenir mais, pour cela, il me faut une motivation.

— Quel genre de motivation ? dit-elle d'une voie voilée.

Malgré l'épaisseur des vêtements qu'elle portait, il put sentir l'excitation éclore en elle.

— Une petite gâterie ? Zane pressa les hanches contre les siennes pour lui montrer ce qu'il avait à l'esprit. Il s'était habitué à être constamment en érection et avait abandonné toute tentative de la dissimuler ou de la faire retomber. C'était inutile. Portia s'y habituerait et, à ce qu'il y paraissait, elle n'était pas du tout dérangée par cette soif qu'il avait d'elle. Elle ne l'avait pas repoussé une seule fois.

En fait, elle semblait épanouie, telle une jolie fleur qui éclot en été. Tout en elle était plus féminin, plus doux et plus sensuel qu'avant. Même ses mouvements étaient plus gracieux. Elle était devenue une femme à part entière.

— Je vois que tu as un cadeau pour moi.

Elle se frotta contre lui, toute en confiance et en séduction.

Les aboiements d'impatience du chien amenèrent Zane à détourner le regard de sa récompense

— J'ai bien peur que tu ne l'aies déjà gâté. On ferait mieux de le sortir si on ne veut pas qu'il nous interrompe plus tard…

— … et ce n'est pas ce que nous voulons, dit-elle pour finir sa phrase.

Quelques minutes plus tard, ils étaient dehors à jouer dans la neige, tantôt courant après le chien, tantôt se poursuivant l'un l'autre. La fenêtre du chalet projetait assez de lumière pour éclairer le sol de la devanture. Et, grâce à sa vision nocturne, Zane était capable de scruter les alentours pour s'assurer qu'ils étaient bien seuls. Certes, il arborait une attitude décontractée, mais n'en oubliait pas pour autant son entraînement. Il était toujours le garde du corps de Portia. Mais les choses avaient changé. À présent, il la protégeait par amour et ne pourrait supporter de la perdre. S'il lui arrivait quelque chose, il serait anéanti.

Mais il restait des obstacles à franchir avant que Portia ne pût devenir sienne. Elle n'avait pas encore atteint sa majorité et, après tout ce qu'il avait entendu dire au sujet de son père, il savait que ce dernier ne donnerait pas son assentiment à leur union. Quelques semaines la séparaient de ses vingt-et-un ans, et il n'avait d'autre choix que d'attendre. Elle pourrait alors prendre ses propres décisions.

Bien sûr, il pouvait très bien s'unir à elle immédiatement, mais son père pourrait en appeler au conseil des vampires dans le but d'annuler leur union. Et leur décision serait claire : Zane aurait tort, et Portia lui serait enlevée. En tant que partenaires de sang-mêlé, cela équivaudrait à une mort certaine pour lui. Son corps ne tolérerait plus que le sang de sa compagne et, privé de cela, il mourrait de faim. Portia, quant à elle, de par sa nature hybride, pourrait continuer d'ingérer de la nourriture humaine.

Mais si elle avait été un vampire de pure souche, les choses seraient différentes. Ils pourraient se nourrir l'un de l'autre sans pour autant rejeter le sang provenant d'une autre source. Celui d'un hybride produisait les mêmes changements chez un vampire au sang pur que ne le faisait le sang humain. Samson et Amaury en avaient tous les deux fait l'expérience lorsqu'ils s'étaient liés à des humaines. Ils étaient à présent totalement vulnérables et dépendants des femmes qu'ils aimaient. À leur merci. Mais, en même temps, ils leur avaient conféré l'immortalité : elles demeuraient humaines, mais ne vieilliraient pas tant qu'elles boiraient leur sang.

Et, même s'il n'était pas encore uni à Portia, Zane se sentait tout autant à sa merci. Et, fait étrange, cette pensée ne l'effrayait pas.

Une boule de neige l'atteint directement à la poitrine. Il dirigea le regard en direction de l'expéditeur.

— Un penny pour tes pensées, dit Portia d'un rire qui inondait tout son visage.

— Je ne suis pas à vendre.

Elle entrerait dans sa tête bien assez vite. Immédiatement après leur mélange de sang, leur connexion serait plus intense et plus intime que ce qu'aucun couple humain ne pourrait oser rêver.

Il était si impatient de vivre ce moment ; moment où leurs corps et esprits se mêleraient en pure osmose, pour ne plus jamais être séparés.

Zane se pencha et confectionna une boule de neige. En plein dans le mille ! Il toucha le joli petit derrière de sa dulcinée, alors qu'elle tentait de fuir. Il la pourchassa, sachant très bien ce qu'elle voulait.

Courant tantôt vers lui, tantôt vers sa cible, Z le fit tomber au moment où il allait la rejoindre. Dans sa chute, il s'accrocha à Portia et l'emporta avec lui. Lorsqu'elle atterrit à ses côtés, il la plaqua dos contre la neige sans perdre de temps. Tout comme lui, elle ne ressentait pas le froid car, en plus de porter une veste chaude, son corps hybride pouvait tolérer des températures extrêmes.

S'étirant au-dessus d'elle, il approcha la tête de la sienne et exprima sa requête.

— Maintenant, je veux ma récompense.

— Quelle récompense ? dit-elle en lui destinant un charmant sourire qu'il ne lui connaissait pas encore.

Oh oui, elle devenait de plus en plus confiante, et il aimait cela. Elle ferait une solide partenaire, celle qui pourrait le garder à l'œil. S'il voulait maintenir son côté sombre à l'écart, c'était ce dont il avait besoin. Il le savait.

— C'est toi ma récompense, ne le sais-tu pas ?

Elle pouffa de rire et ne put s'arrêter.

— Qu'y a-t-il de si drôle là-dedans ?

— Z. Il tire sur ma jambe, et je suis chatouilleuse.

Zane tourna la tête et vit le chien en train de tirer joyeusement sur le bas du pantalon de Portia. Il mordait le tissu et, en alternance, léchait la peau par-dessous.

— Z ! Vas-t-en ! Trouve-toi une fille. Celle-ci, c'est la mienne !

Lorsqu'il ramena son attention sur Portia, leurs regards se rencontrèrent.

— Si je suis à toi, cela veut-il dire que tu es à moi aussi ?

La voix de Portia le parcourut tel un léger filet d'eau qui coulait lentement, mais de manière constante, le long de sa peau pour venir se loger dans le bas de son dos.

— Je suis à toi, petite fille, que tu le veuilles ou non.

— Je le veux, murmura-t-elle en tendant les lèvres pour les presser contre sa bouche. Quoique froides, elles se réchauffèrent en quelques secondes. Ce fut alors que cette familière soif qu'il avait d'elle revint en force. Ses canines s'allongèrent instantanément, et sa verge se durcit davantage, désirant la prendre ici et maintenant.

Le bruit des pneus d'une voiture dans la neige l'amena à mettre un terme à ce baiser.

— On a de la compagnie, murmura-t-il. Il jeta rapidement un œil derrière lui et se redressa tout en aidant Portia, sans le moindre effort, à se relever à ses côtés.

Le gamin qui sortit de la Honda quelque peu amochée portait une affreuse veste rouge affichant le logo de la pizzéria du village. Il se dirigeait vers le porche lorsqu'il remarqua Zane et Portia approcher depuis la cour, accompagnés du chien qui fonçait dans sa direction.

— Livraison de pizza.

C'était une évidence !

— Je vais chercher du liquide, dit Zane en se précipitant vers le chalet.

— J'en ai un peu ici, répondit Portia.

Après avoir rejoint le livreur qui attendait sur les marches, elle fouilla la poche de sa veste et en extirpa un portemonnaie.

Lorsque le garçon lui tendit la boite plate, elle le déposa par-dessus.

— Merci !

— Au revoir et bon appétit ! cria le livreur qui, grelottant de tous ses membres, se ruait vers sa voiture.

Au moment où Zane voulut prendre la pizza pour l'emmener à l'intérieur,

Z se mit à courir, tout excité, autour des jambes de Portia, aboyant à l'odeur de la nourriture. Portia fit un pas et trébucha, manquant presque d'écraser Z et de laisser choir la pizza. Le portemonnaie qui y avait été déposé échoua sur le porche enneigé. Zane gronda l'animal.

— Z !

Il croit qu'il pourra en avoir un morceau, ajouta Portia tout en se penchant pour ramasser le portefeuille.

— Laisse, petite fille, je l'ai.

Zane s'accroupit pour le prendre, tandis que Portia rentrait, le chiot surexcité à ses trousses. S'étant ouvert en tombant, le portefeuille révélait, d'un côté, quelques cartes de crédit insérées dans leur compartiment et, de l'autre, une photo.

Il balaya la neige qui en voilait une partie.

Son cœur s'arrêta net. Subitement, tout devint flou. Une nausée l'envahit, ses genoux fléchirent, et il dut se retenir contre l'embrasure de la porte afin de ne pas tomber. L'âcre puanteur de la mort et de la misère envahit ses narines et lui enserra le cœur de sa main glaciale.

— Non, souffla-t-il, tentant de rétablir sa vision. Il essaya éperdument de se convaincre qu'il avait halluciné, mais cette photo était bel et bien devant ses yeux. Et elle y resterait ! Pour se moquer de lui.

Une version plus âgée de Portia lui souriait. L'air de famille était évident. Portia avait hérité des traits de sa mère. Mais rien de son père, par contre : ni les yeux, ni le nez, ou encore le menton. C'était pour cette raison qu'il n'avait rien vu et qu'il n'aurait jamais pu s'en douter.

Mais il ne pouvait être que son père. Il n'y avait aucune autre raison pour que Portia gardât une photo de Franz Müller dans son portemonnaie.

— Zane, tu laisses rentrer le froid, dit-elle de sa voix d'ange.

La gorge de Zane se resserra, l'empêchant de répondre.

Il avait fait l'amour à la progéniture de Franz Müller, l'homme qu'il détestait le plus au monde. Il s'était cru amoureux de sa fille. À peine quelques minutes plus tôt, il s'était pris à rêver de mêler son sang au sien, de s'unir pour l'éternité.

Ses mains tremblèrent de rage face à une telle injustice. Qu'avait-il pu faire pour mériter cela ? Pour tomber amoureux d'une femme qu'il ne pourrait jamais faire entrer dans sa vie ? Car tout ce qu'elle représentait était le mal. Un homme comme Müller ne pouvait engendrer rien de bon. Tout ce qu'il touchait était mal, et sa propre semence ne pouvait avoir donné naissance qu'au mal.

— Tu n'entres pas ?

À l'entrée de la porte, Portia baissa les yeux sur son portemonnaie.

— Oh, merci, dit-elle après une pause. Ce sont mes parents.

Lentement, comme le tueur qu'il était, il redressa la tête et examina Portia attentivement. Et même de plus près, il ne pouvait distinguer la moindre ressemblance avec son père.

— Qu'est-ce qui ne va pas ? demanda-t-elle d'une voix empreinte d'inquiétude.

— Cet homme, c'est ton père biologique ? s'enquit-il avec insistance, tout en pointant la photographie, dans l'espoir que, contre toute attente, cet homme ne fût pas son père.

— Oui, bien sûr, pourquoi ?

La vague de douleur qui déferla en lui se transforma en rage. Et, comme il s'y était entrainé durant toutes ces années passées à attendre la vengeance, il calma les réactions de son corps et évacua toute forme d'émotion. Il n'était plus que froideur et en ressentit physiquement le frisson. Dorénavant, son cœur ne serait plus protégé que par un mur de glace.

L'opportunité de faire souffrir Müller de la plus cruelle des manières se présentait à lui : lui prendre sa fille, la lui enlever, lui faire mal. Tandis que ses griffes pointaient et que ses canines s'allongeaient, il tenta de contrôler la bête qui sommeillait en lui.

Les traits de Portia arborèrent une lueur craintive et, d'instinct, elle recula d'un pas.

— Qu'est-ce qui ne va pas ? Y'a quelqu'un dehors ?

Lentement et de manière délibérée, il remua la tête.

— Non. Nous sommes seuls.

Il était seul avec la fille de Müller. Le pouls de Portia s'affola, et il concentra le regard sur la veine de son cou. Ce serait si facile de lui déchirer la gorge. Elle se débattrait, mais il était plus fort. Müller l'avait rendu plus fort. C'était entièrement de sa faute.

— Ton père, c'est Franz Müller.

Le souffle qui s'échappa des lèvres de Portia, lèvres qu'il avait embrassées quelques instants auparavant, fut à peine perceptible. Elle ne cessait de tourner la tête d'un côté à l'autre, niant silencieusement cette affirmation.

— Non, murmura-t-elle. Non.

Elle observa à nouveau la photo.

— C'est lui, dit Zane d'une voix qu'il ne reconnaissait pas lui-même. C'était celle d'un étranger.

— Tu dois te tromper…

Ses yeux se remplirent de larmes. Bouche bée, elle ne pouvait se résoudre à y croire.

— … ça ne peut pas être lui. Non, ça ne peut pas être Müller. Mon père s'appelle Robert Lewis.

Ses paroles ne changèrent rien aux faits. Zane n'oubliait jamais un visage. Et celui de Müller était gravé dans son esprit. Il l'avait hanté durant plus de six décennies. Dorénavant, celui de Portia le hanterait tout autant.

— Un nom, ça ne signifie rien.

Ils avaient tous changé de nom : Brandt et les autres. Tout comme Zane avait relégué son vrai nom dans l'oubli.

— Tu es la fille de Müller.

Le mal incarné.

Le tueur qu'il était réclamait satisfaction. Le mal que Müller représentait devait être annihilé, détruit, tué. Zane serra les poings, tentant de retenir la rage qui menaçait de le submerger.

— Zane, je t'en prie. Tu me fais peur.

Il montra ses canines et, cette fois, cela n'avait rien à voir avec le désir ou la passion.

— Tu as raison d'avoir peur. Rien de bon ne peut provenir d'un homme comme Müller. Sa semence ne peut qu'engendrer le mal.

La panique s'installa dans les yeux remplis de larmes de la jeune fille.

— Mais nous nous aimons. Tu m'aimes.

Zane laissa échapper un rire amer.

— L'amour ? Tu crois que je pourrais aimer la fille de l'homme qui m'a volé ma vie ? Qui a tué ma sœur ? Qui m'a tout pris ?

Sa voix résonna dans la nuit.

— Mais…

— Sors ! Sors de mon chalet !

Parviendrait-il encore longtemps à maintenir en laisse le tueur qui veillait en lui ? Il n'en savait rien ! Mais le moment où il se ruerait sur elle pour reprendre la vie que Müller lui devait était tout proche.

— Sors de ma vie !

Portia le regardait comme une biche apeurée. Ses lèvres tremblaient, et les larmes inondaient son visage.

— COURS, ne marche pas !

Ses poings serrés se soulevèrent de leur propre gré, prêts à frapper.

— … Cours avant que je ne te tue, comme je vais tuer ton père.

Zane ferma les yeux un instant, réprimant le besoin urgent qu'il ressentait de lui faire mal et, par la même occasion, de faire mal à Müller. Quand il les rouvrit, Portia sortit et s'enfuit en courant dans la nuit. Il s'efforça de ne pas porter attention à ces sanglots qui lui déchiraient la gorge ; de ne pas inhaler son odeur qui flottait à côté de lui. De ne pas courir derrière elle pour la retenir. Pas plus que de retirer ses paroles et lui dire qu'il ne lui ferait jamais de mal. Car il ne pouvait être certain d'y parvenir. Son côté meurtrier se cachait, attendant sa proie, rageant d'être privé de sa vengeance.

Le brin d'humanité qu'il avait conservé avait combattu ses démons intérieurs et avait permis à Portia de s'échapper. Mais, si un jour leurs chemins devaient encore se croiser, il la tuerait. Et elle serait tout aussi morte qu'il ne l'était à présent.

Il tourna le visage en direction de ce sombre ciel d'hiver.

— Que t'ai-je fait pour mériter cela ? Dieu, tu es cruel ! jura-t-il. Un dieu qui lui avait montré ce qu'était l'amour avant de le lui enlever l'instant d'après. Sur-le-champ.

Zane sentit qu'il s'enfonçait dans les ténèbres. Cette fois, il ne lutta pas. Ce n'était pas nécessaire. Il avait perdu tout ce qui avait toujours compté pour lui. Et, maintenant, il avait perdu Portia, son unique chance d'aimer. Les ténèbres pouvaient tout aussi bien l'emporter. Tel avait peut-être toujours été son destin, et il n'avait simplement pas voulu le voir.

Il était un tueur qui ne vivait que pour la vengeance, et sa vengeance, il la prendrait. Maintenant qu'il savait où trouver Müller, il aurait sa peau.

30

Ses poumons brulaient d'épuisement, mais Portia ne ralentit pas sa course. Elle devait fuir Zane ; fuir la vérité et la douleur. De chaudes larmes coulèrent sur ses joues, mais elle n'y prêta pas attention. Elle n'aurait pu les contenir. Pas plus qu'elle eût pu empêcher une chute d'eau de couler.

Zane devait nécessairement avoir tort. Elle ne pouvait pas être la fille de Müller. La fille d'un monstre. De celui qui avait fait subir l'innommable à Zane et aux autres prisonniers. Son esprit ne pouvait admettre qu'un proche eût pu être capable de tant de cruauté. Et surtout pas son propre père, l'homme qui l'avait élevée.

Elle remua la tête, et des mèches de cheveux restèrent collées sur ses joues mouillées.

Tremblotante, elle se souvint du regard de Zane. Une telle lueur meurtrière y avait brillé qu'elle ne l'oublierait jamais. Il n'y restait rien de cet amour qu'il lui avait avoué. Seules la haine, la rage et la colère y demeuraient.

Et le dégoût.

Ce souvenir lui provoqua un sentiment d'amertume. En raison de son identité, il l'avait regardée avec aversion. Son visage avait si clairement exprimé ses pensées ! Il regrettait de l'avoir touchée, de lui avoir fait l'amour et de lui avoir avoué qu'il l'aimait.

Son estomac se tordit de douleur lorsqu'une seconde vague de sanglots la submergea.

Il l'avait aimée. Comment pouvait-il à présent la détester à ce point ?

Portia se laissa tomber à genoux dans la neige vierge. Zane représentait tout pour elle. Il lui avait tant promis avec ses caresses, ses baisers et ses mots d'amour et d'affection. C'était vrai : elle l'avait bien vu dans ses yeux. Il avait ri avec elle comme jamais. Il avait changé, et elle en était à l'origine. Car elle l'avait aidé à ouvrir son cœur.

À présent, il l'avait mise à la porte, à la merci du froid.

Il l'avait traitée de semence de malheur. Mais elle n'aurait jamais cru qu'il la menacerait de la tuer en raison de qui elle était. Ce n'était pas Zane, pas *son* Zane. Ne se souvenait-il pas que chacun d'entre eux portait le sang de l'autre en lui ? Ne se souvenait-il pas à quel point leurs ébats avaient été magnifiques ? À quel point leur amour avait été intime et intense ?

Comment pouvait-il rejeter tout cela ?

Portia enfouit la tête dans ses mains et laissa libre cours à ses larmes. Dans cette nature sauvage, personne ne pourrait l'entendre. Personne ne lui demanderait pourquoi elle pleurait comme si quelqu'un était mort.

Il l'avait jetée dehors sans même l'écouter, sans prendre une minute pour analyser les conséquences. Il n'avait même pas eu le temps d'y penser : dès qu'il avait vu la photo du père, il s'était forgé une opinion. Portia n'avait pas eu la moindre chance.

Elle se sentait perdue, et le froid qui la transperçait ne fit qu'intensifier ce sentiment. Zane ne l'aimait pas. L'avait-il jamais réellement aimée ? Dans l'affirmative, comment avait-il pu la traiter de la sorte ? Comment avait-il pu faire preuve d'autant de froideur et de haine ?

Comment pourrait-elle continuer son chemin maintenant ? Son cœur se mourait pour le seul homme qui fût parvenu à lui faire éprouver quelque chose. Zane était son cœur, son amour et sa vie. Elle avait rêvé d'une vie à ses côtés. D'une vie éternelle, remplie de rires et d'amour, de passion et de désir ; de fonder sa propre famille. Exactement tout ce qu'elle venait de vivre ces deux derniers jours.

Sa poitrine la faisait souffrir, et l'endroit où les canines de Zane avaient percé la peau brûlait comme un feu de forgeron. Son désir de le ressentir à nouveau à cet endroit s'accentua et ne fit qu'empirer cette douleur. L'amour avec Zane ressemblait à un cocon. Sans lui, elle se sentait vulnérable et perdue.

Plus rien ne comptait. Si elle restait là, dans la neige, et qu'elle laissait les éléments s'occuper de son cas, elle finirait peut-être par oublier cette douleur dans le cœur. Si elle avait été humaine, elle se serait simplement endormie dans cet environnement glacé pour ne plus jamais se réveiller. Mais son corps hybride ne lui accorderait pas cette échappatoire. Au contraire, il l'obligeait à continuer, à mettre un pied devant l'autre et à rester en mouvement. Son instinct de survie était plus fort que sa propre volonté.

Engourdie et sans idée de la direction où elle allait, elle marcha à travers la neige sans se soucier de l'endroit où ses jambes la portaient. Si elle refermait son cœur, la douleur finirait peut-être par s'évanouir.

En vain.

Comment les autres femmes parvenaient-elles à gérer cela ? Comment pouvaient-elles supporter d'être rejetées par l'homme qu'elles aimaient ? Qu'avait fait Lauren ?

En pensant à son amie, elle ferma les yeux et se mit à sangloter de façon incontrôlée. Elle avait tant besoin d'un ami en ce moment même. Elle avait besoin d'entendre, de la bouche de quelqu'un, que les choses iraient mieux ; qu'elle passerait outre cette épreuve ; qu'elle oublierait Zane et l'amour qu'elle éprouvait pour lui. Elle avait besoin d'aide.

Lorsqu'elle atteignit une route, Portia ne put évaluer le temps qu'elle avait passé à errer dans la forêt. Il y avait peu de trafic. Elle demeura dans l'ombre des arbres jusqu'à ce qu'elle sût quoi faire : se poster sur le bord de la route, pouce en l'air.

Le premier pick-up qui passa s'arrêta. Elle n'hésita pas une seconde avant de saisir la poignée pour ouvrir la portière.

Le conducteur était un homme d'une quarantaine d'années. Alors qu'il lui lançait un regard d'encouragement, elle se laissa choir sur le siège du passager.

— Où tu vas comme ça, mon chou ?

— Conduis, c'est tout.

Elle put instantanément percevoir ses intentions, mais c'était sans importance : il ne poserait jamais les mains sur elle.

Tu as soudainement envie de te rendre à San Francisco. Tu ne me vois pas, je ne suis pas dans ta voiture. Conduis, c'est tout.

Elle lui insuffla ses pensées jusqu'à ce qu'il eût détourné le visage et fait redémarrer le camion. Comme s'il ne la voyait pas.

Alors qu'elle s'éloignait de plus en plus de Tahoe et du chalet de Zane, son cœur continua de se plaindre en silence. Dans sa vie, rien ne l'avait autant blessée que la perte de Zane. Sans lui, elle n'avait rien à attendre de la vie.

Elle regarda à travers la fenêtre du côté passager, son léger reflet se fondant dans l'obscurité qui régnait à l'extérieur. Elle ne méritait pas cela. D'une façon ou d'une autre, elle devrait prouver qu'elle n'était pas la fille d'un monstre. Et dès lors, Zane l'aimerait à nouveau.

31

Zane embarqua les dernières armes à l'arrière du Hummer et referma le coffre. Il y avait chargé tout ce qu'il avait emmagasiné dans le chalet, conscient qu'il ne reviendrait plus. Portia connaissait l'endroit et savait comment s'y rendre, ce qui signifiait que Müller le découvrirait un jour. Les liens du sang étaient les plus forts et, selon Zane, cela ne faisait aucun doute que Portia se rangerait du côté de son père une fois qu'elle se serait remise des événements.

Avec le recul, il réalisa qu'il avait été stupide de ne pas la tuer sur-le-champ, mais l'idée de répandre son sang l'avait répugné. Néanmoins, quoiqu'il fût certain de devoir l'éliminer, au même titre que son père, dans le but d'éradiquer le mal, une part de lui protestait fermement. Il tenta de ne pas écouter cette voix qui le tourmentait intérieurement.

— Z ! Mais, bordel, où es-tu ?

Il appela le chien en hurlant, cherchant un exutoire à sa colère.

Un faible gémissement provint du chalet, et Zane se précipita à l'intérieur. Lorsqu'il traversa le porche, celui-ci se mit à vibrer sous la lourdeur de ses pas.

Il trouva l'animal recroquevillé devant la cheminée, le museau enfoui dans un bout de tissu. Zane s'approcha et reconnut ce que Z semblait tant adorer : un des soutiens-gorge de Portia.

Zane s'arrêta net. Il ne lui avait pas laissé la moindre chance de faire ses valises ou de reprendre une seule de ses affaires. Son portemonnaie était encore là, tout comme son portable et ses vêtements. Ce salaud sans cœur qu'il était l'avait laissé partir dans le froid, sans rien.

Le chien se pelotonna dans l'une des poches du soutien-gorge, inhalant l'odeur persistante de Portia.

— Arrête ça, Z ! le gronda-t-il. Elle ne reviendra plus. Jamais !

Certainement pas après avoir été traitée et menacée de la sorte. Menacée de mort. Bon Dieu, quelle espèce de monstre disait de telles choses à la femme qu'il aimait ? Quelle sorte de connard brutal chassait l'amour de sa vie en raison de ses origines ? En raison de l'identité de son père ? N'avait-il pas de cœur ? De compassion ? De décence ?

L'animal le regarda avec ses grands yeux de jeune chiot, avant de replonger le museau dans le soutien-gorge. Son chien n'avait aucun scrupule. Il ne faisait que suivre son cœur, ne comprenant rien d'autre. Si seulement Zane pouvait en faire de même … Mais son esprit ne l'y autorisait pas.

Toute son existence gravitait autour d'un seul objectif : venger sa famille, et en particulier sa sœur, l'innocente Rachel, cette enfant qui n'avait pas eu la moindre chance de connaître sa vie de femme. La sœur qu'il avait assassinée tant elle l'avait supplié de le faire.

Sa vie ne pouvait subitement prendre une autre direction. Il ne pouvait envoyer tout balader et trahir Rachel parce qu'il était amoureux de la fille de son ennemi. Sa soeur ne le lui pardonnerait jamais. Et il lui était redevable. Il lui avait promis de rendre justice, tant à elle qu'à tous les autres qui avaient succombé aux mains de Müller. Il ne connaîtrait le repos qu'après avoir honoré cette promesse.

Ses propres souhaits n'importaient pas. Il avait vécu sans amour durant les six dernières décennies. Alors, qu'y avait-il de si différent, à présent ? Pourquoi ne pouvait-il oublier ce qu'il ressentait pour elle ? Son cœur ne pouvait-il comprendre que l'amour qu'il éprouvait ne pouvait survivre, ou plutôt, n'avait pas le droit de survivre ?

— Stupide chien ! cria-t-il en arrachant le soutien-gorge des pattes de l'animal, avec la ferme intention de le jeter au feu, là où quelques braises couvaient encore. Mais il n'eut pas la force de s'exécuter tant l'odeur de Portia envahit ses narines, au point de le droguer.

Incapable de rassembler suffisamment de forces pour demeurer debout, il tomba à genoux et se prit la tête entre les mains. Il se sentit aussi dévasté que la nuit où il avait dû mettre un terme à la vie de Rachel. De combien de pertes humaines devrait-il encore être témoin avant que cela ne devînt trop pour lui ; avant qu'il ne s'exposât à la lueur du soleil et en finît avec tout cela, pour de bon ?

Ce moment de déprime lui coûta une heure précieuse. Une heure qu'il ne pouvait se permettre de gaspiller. Mais, ce qui était fait, était fait !

Lorsque Zane entendit un SUV s'engager dans l'allée, les phares illuminant tout un côté du chalet, il sut que son heure était arrivée. Ils l'avaient retrouvé.

Dès que le véhicule se fut immobilisé, le moteur toujours en marche, Samson en sortit, suivi d'Eddie, d'Amaury et de Haven, le partenaire d'Yvette. La présence de ce dernier signifiait que Samson avait dû rassembler une équipe à la hâte, emmenant quiconque fût disponible dans les plus brefs délais. Haven ne travaillait en effet pas pour Scanguards. Mais il n'en était pas un moindre adversaire pour autant.

Les quatre vampires se précipitèrent en haut de l'escalier. Zane les y attendait, calmement. Il savait qu'il était inutile de les combattre. Se retrouver seul face à eux ne l'enchantait pas vraiment.

— Comment m'avez-vous retrouvé ? demanda-t-il posément en rencontrant le regard de Samson.

Eddie répondit, Samson étant visiblement trop en colère pour demeurer civilisé.

— Thomas a retracé une facture que tu as payée en ligne. Elle concernait ce chalet. Tu aurais pu nous inviter à venir skier, mais non, tu as choisi de garder cet endroit pour toi seul.

Zane haussa les épaules. Il voulait préserver son calme apparent même si, à l'intérieur, il ne l'était pas du tout. On venait de l'étriper et de le donner en pâture aux loups. De lui, il ne restait plus qu'une coquille vide.

— Où est-elle ? Qu'as-tu fait d'elle ? gueula Samson à quelques centimètres de son visage.

— Elle est partie.

Visiblement sous le choc, le patron tressaillit.

— Tu lui as fait du mal ? Sale trou du cul, tu lui as fait du mal ?

Le cœur de Zane se rebella.

— Jamais !

Même s'il avait fait croire à Portia qu'il serait capable de la blesser, il se catapulterait sur un pieu de bois plutôt que de toucher à un seul de ses cheveux. Ouais, il était cinglé à ce point.

— Où la gardes-tu, alors ?

Amaury et Haven se précipitèrent dans le chalet en criant son nom.

— Je te l'ai dit, elle est partie.

— Mais, bordel, qu'est-ce que ça veut dire ? gronda Samson de sa voix grave et sombre, les canines pointant d'entre ses lèvres, et les yeux brillant rouge dans l'obscurité.

— La maison est vide.

La voix d'Amaury provenait du chalet.

Samson attrapa Zane par le coude et l'amena à l'intérieur. De son endroit préféré près de la cheminée, Z aboya méchamment.

Haven déboula de la chambre à coucher, le sac à dos de Portia en main. Il en extirpa une paire de bas.

— Ça ne semble pas être ta taille, Zane, grogna-t-il.

— Il y a deux heures qu'elle est partie.

Samson plissa les yeux, balayant du regard la cuisine à plan ouvert. Ses yeux s'arrêtèrent à l'endroit où Zane avait laissé le portefeuille de Portia.

— Sans ses affaires ? Tu nous prends vraiment pour des cons ?

Samson signifia à Haven de lui apporter le sac. Il sentit l'odeur qui en émanait et s'approcha ensuite de Zane en prenant une autre inspiration.

— Tu te l'es tapée, n'est-ce pas ? Connard de merde ! Tu n'as pas été capable de retenir tes sales pattes, c'est ça hein ?

Pourquoi lui demander quelque chose qu'il savait déjà ?

— Elle m'a supplié de le faire.

— Et son sang ? Je peux le sentir sur toi ! Il fallait que tu prennes tout, n'est-ce pas ?

Zane haussa les épaules, feignant l'indifférence à un point tel que ce geste lui fit mal.

— Elle s'est offerte. Un tel cadeau ne se refuse pas.

Dieu qu'il se détestait à parler d'elle de la sorte ! Comme si tout cela ne représentait rien à ses yeux, alors que cela signifiait tout.

De son poing, Samson le cogna sur le côté de la tête. La douleur se mit immédiatement à irradier le long de sa colonne vertébrale. Putain, son patron était toujours aussi rapide et avait un sacré punch.

— Il y a du sang sur les draps, dit soudainement Eddie qui se tenait dans l'embrasure de la porte de la chambre.

Tous se tournèrent vers lui.

Samson se précipita devant Zane pour voir ce qu'il en était. Zane le suivit, non pas qu'il le souhaitât, mais bien parce qu'il détestait qu'on violât son intimité. Il ne voulait pas qu'ils pussent toucher à quoi que ce soit d'autre ; en particulier à l'endroit où Portia et lui s'étaient allongés dans la béatitude la plus totale.

Lorsque Samson s'arrêta devant le lit, les draps encore emmêlés par leurs ébats, les autres vampires envahirent l'espace.

Eddie pointa une petite tache au centre du lit.

— Là. C'est du sang.

Pour la première fois depuis qu'il était arrivé au chalet, les traits de Samson exprimèrent autre chose que de l'indignation lorsqu'il se retourna. Le léger scintillement qui apparut dans ses yeux démontra qu'il commençait à réaliser quelque chose, et qu'il en était soulagé. S'était-il attendu à découvrir un bain de sang dans la chambre ?

— Elle était vierge, comme elle l'avait dit, avoua Zane. J'ai fait ce que je devais faire.

Et dire que personne ne l'avait cru.

Samson ferma les yeux.

— Cela ne change rien à ce que tu as fait. Tu l'as enlevée.

— Elle m'a demandé de le faire ! grogna Zane.

— Elle est mineure ! Ce n'était pas à elle de le demander ! Et elle était sous ta protection ! hurla Samson.

— Oh, mais j'ai bien pris soin d'elle.

— Tu étais son garde du corps. Rien dans nos règlements ne t'autorisait à la toucher ! Sale merde !

C'en fut assez pour Zane.

— Je me fous de vos règlements ! Je démissionne !

— Tu ne t'en sortiras pas en démissionnant ! Cette affaire n'est pas terminée ! Loin de là !

Samson se passa les mains dans ses cheveux et fit signe à Haven et Eddie.

— Passez-lui les menottes et ramenez-le au jet. Amaury et moi allons prendre son Hummer.

Il gratifia ensuite Zane d'un autre coup d'œil.

— Si tu lui as fait du mal, je te ferai exécuter.

Haven enfila ses gants et extirpa quelque chose de la poche de sa veste. Zane observa l'objet et reconnut immédiatement les menottes en argent.

— Bande d'enculés !

Mais il ne protesta pas lorsqu'ils les lui serrèrent aux poignets. Pas plus qu'il ne laissa paraître les signes extérieurs de la souffrance que le métal lui infligeait. Sa peau grésilla, et l'odeur de la chair en train de brûler se répandit dans la pièce où ils étaient tous entassés. Mais il serra à peine les mâchoires, n'autorisant aucun cri de douleur à franchir la limite de ses lèvres.

— Pour la dernière fois : où est-elle ? demanda Samson.

Zane releva la tête.

— Elle s'est enfuie quand je lui ai dit que je ne voulais plus la voir.

D'une certaine façon, c'était la vérité. Il omit toutefois de dire qu'il l'avait également menacée. Cela ne regardait pas Samson. La vérité, c'était qu'il n'avait fait aucun mal à Portia.

— Elle croit qu'elle m'aime.

Cette remarque s'adressait davantage à lui-même qu'aux autres.

Elle finirait par s'en remettre. Elle était jeune et, pour le moment, elle le détestait. Cela simplifierait les choses. Mais, quant à savoir comment il survivrait à ce déchirement, la réponse lui échappait.

— Amaury, ordonna Samson, toi et moi allons sonder les alentours pour voir si on peut déceler son odeur ou une trace dans la neige. Nous devons la retrouver.

Amaury acquiesça d'un hochement de tête et adressa ensuite à Zane un regard qui traduisait son énervement.

— Tu as beaucoup d'explications à fournir. Et, si tu crois que tu vas t'en sortir facilement, tu te trompes. Samson fait preuve de clémence en proposant de t'exécuter. J'ai, pour ma part, d'autres idées pour te faire payer, connard.

— Je ne lui ai rien fait, siffla Zane.

— Tu ne sais rien des femmes ! Tu ne lui as peut-être pas fait mal physiquement, mais tu n'as aucune idée de ce que les femmes peuvent s'infliger lorsqu'elles se sentent lésées. Tu n'as jamais pensé à ça ?

Amaury se retourna pour suivre Samson à l'extérieur.

Non, Portia ne se ferait aucun mal. Elle était forte. C'était une survivante. Il ne pouvait y croire. Tentant de se sortir les dernières paroles d'Amaury de la tête, Zane dévisagea ses deux geôliers.

— Super, je suis coincé avec vous deux : un civil et un petit nouveau.

Haven se pencha vers lui.

— Je ne suis pas sensible à tes petites piques ! Alors, économise ta salive !

Zane grogna et pénétra dans la salle de séjour, flanqué d'eux deux. Z se dandina vers lui, le regard confus, en trainant le soutien-gorge de Portia qu'il serrait entre les dents.

— On ne peut pas le laisser ici, dit Zane en pointant le chien de ses mains menottées.

Haven sourcilla, interrogateur, et Eddie se tordit les lèvres.

— Tu croyais qu'on allait abandonner le chiot ? demanda Eddie en remuant la tête. Nous ne sommes pas sans cœur.

— Contrairement à d'autres, ajouta Haven.

— Si j'avais un cœur, je serais blessé à l'heure qu'il est, répliqua Zane d'un ton sec. Heureusement, le cœur me fait sacrément défaut, aujourd'hui. Alors, allons-y.

Mais, malgré la dureté de ces paroles, il se sentit soulagé lorsqu'Eddie souleva le chien pour l'emmener avec eux. Il ne dit pas un mot sur la route qui le menait au petit aéroport où l'un des jets privés et personnalisés de Scanguards les attendait. Eddie et Haven ne semblaient pas être d'humeur à parler non plus. Seul Z fut de bonne compagnie : durant les trente minutes de vol, il demeura recroquevillé sur les cuisses de son maître. Mais ce dernier fut incapable de caresser l'unique créature qui l'aimât encore. Ses poignets le faisaient souffrir tant la friction de l'argent lui démangeait la peau et laissait apparaître la chair à vif.

Et il le méritait.

32

Portia ordonna mentalement au conducteur du pick-up de la déposer au coin de sa rue. Après avoir rapidement effacé tout souvenir d'elle de sa mémoire, elle le renvoya sur la route de Tahoe. Elle ne se sentait pas du tout coupable de s'être servie de lui. Après tout, lorsqu'il l'avait laissé monter à bord, il avait eu l'air déterminé à la draguer. Mais, par chance, ses dons de vampire avaient balayé cette pensée de l'esprit de cet homme.

Elle se dirigea vers sa maison, fatiguée et lasse. Revenir dans une maison vide n'allait certainement pas lui remonter le moral mais, sans son portable, sans argent et sans vêtements propres à enfiler, elle ne pouvait se rendre qu'à un seul endroit : chez Lauren. Toutefois, elle savait qu'elle avait attiré des ennuis à sa meilleure amie. Sans pour autant avoir eu connaissance de leur escapade impromptue, Lauren avait été au courant pour Zane.

Après avoir pris une douche chaude, elle appellerait Lauren et lui demanderait l'autorisation de passer chez elle pour pleurer sur son épaule. Elle n'avait qu'un infime espoir que, peut-être, oui, que son amie pût peut-être l'aider à se sentir mieux. Et si ce n'était pas le cas, tout au moins ne se retrouverait-elle plus seule. La solitude qu'elle avait éprouvée tout au long de ces quatre heures de route lui avait donné un avant-goût de la vie sans Zane, et cela l'avait terrifiée. La tristesse s'était emparée de son cœur et ne semblait pas vouloir lâcher prise.

Ses jambes lui parurent lourdes lorsqu'elle atteignit la porte d'entrée. Heureusement qu'elle avait toujours pris l'habitude de garder la clé de la maison dans la poche de sa veste plutôt que dans son sac à main. Cela lui évita d'avoir à fracasser une fenêtre pour entrer. Elle tourna la clé dans la serrure et s'engagea dans l'obscurité de la maison. Tout était exactement comme elle l'y avait laissé.

Elle ne se soucia pas d'allumer et se dirigea vers l'escalier. Au moment où elle posa le pied sur la première marche, elle laissa sa main glisser sur la douce surface en bois de la rampe. Une énorme main la propulsa alors en arrière.

Cela fut si inattendu qu'elle en eut le souffle coupé. L'étau resserré sur sa main l'empêchait de se sauver. Portia comprit que les ennuis commençaient avant même que sa tête n'eût le temps de se retourner sur son agresseur.

Elle n'avait jamais vu son père aussi furieux qu'en cet instant précis.

— Où étais-tu ?

La colère dans la voix de ce dernier la percuta tel un coup de fouet. La lueur rouge dans ses yeux témoignait du sérieux de la situation dans laquelle elle se trouvait.

Elle ne voulait pas d'une confrontation avec lui. Surtout pas dans l'immédiat, alors qu'elle se sentait déjà au plus bas de sa forme.

— Je suis fatiguée.

Portia détourna le regard afin d'éviter de croiser celui de son père qui l'examinait attentivement, mais elle savait qu'elle ne pouvait rien lui cacher. L'odeur de Zane la recouvrait toujours et était d'autant plus intense que le sang de ce dernier coulait dans ses veines.

Lorsque les narines de son père se dilatèrent, elle frissonna, instinctivement. Mais elle fut totalement surprise par le geste qui s'ensuivit.

— Sale pute !

Du revers de la main, il la heurta avec tant de force qu'elle en perdit l'équilibre et alla s'écraser contre le mur. L'impact laissa une trace dans le plâtre. Le choc provoqué par ces mots et ce traitement brutal la blessèrent plus que le coup en lui-même. Elle ne reconnaissait plus son père. Ce n'était pas l'homme qui l'avait élevée, mais bien celui que Zane avait dépeint : le monstre de Buchenwald, Franz Müller.

— Tu es en train de tout détruire, l'accusa-t-il d'une voix qui envahit la maison au point d'en faire vibrer le chandelier du salon. Salope ! Tu te laisses souiller par quelqu'un qui n'en vaut pas la peine !

Chancelante, Portia se hissa péniblement sur ses pieds. Dans les yeux de cet homme, elle put voir la brutalité à l'état pur, tout comme la folie qu'ils dissimulaient. Oui, c'était bien Franz Müller – et il était son père. Cette seule pensée lui donna la nausée.

— Père, je t'en prie...

Le coup suivant la catapulta contre la rampe de l'escalier et lui coupa le souffle.

— J'ai de bien plus grandes ambitions pour toi, et qu'est-ce que tu fais ? Tu te comportes comme une salope ! Tu es la pierre angulaire d'une nouvelle race supérieure ! Tu en seras la princesse, la chef. Ton partenaire et toi régnerez sur le monde.

Il la regarda avec dégoût.

— S'il veut toujours de toi, maintenant que tu t'es laissé toucher par un autre homme !

Portia ne prit même pas la peine de se relever une seconde fois. Réalisant de quoi il s'agissait, elle se laissa glisser à terre. Elle ne pouvait toutefois pas en croire ses oreilles.

— Partenaire ?

— J'ai mené de dures et longues recherches pour trouver le plus vaillant, le plus fort et le plus féroce des hybrides qui servirait notre cause. Tes enfants seront plus forts que quiconque dans ce monde.

— Non... murmura-t-elle, à bout de souffle.

Cela ne pouvait être vrai. Mais aucun doute ne subsistait à ce sujet. Son père voulait créer une race suprême, une race supérieure qui dominerait le monde.

— Non, tu ne peux pas...

Il la toisa de haut.

— Tu m'appartiens ! Et tu obéiras !

L'instinct d'autoconservation l'aida à se relever. Elle ne lui appartenait pas.

— Je n'appartiens à personne !

Elle seule choisirait l'homme à qui elle s'unirait, et ce ne serait certainement pas à celui que son père avait sélectionné.

Tel un étau, la main de Müller se resserra autour de son bras, les griffes plantées dans sa chair. Involontairement, elle laissa échapper un souffle. Rien n'arrêterait cet homme. Une peur froide s'empara d'elle et glissa tout le long de sa colonne vertébrale.

— Maintenant, tu vas m'écouter, jeune fille. Dorénavant, tu feras exactement ce que je te dirai. Dans trois jours, tu seras liée par le sang à ton partenaire, et tu le feras de ton plein gré.

— Ou alors ? cracha-t-elle. Elle préférait mourir plutôt que de lui obéir. Elle n'avait plus rien à perdre. Zane l'avait chassée et, maintenant, son père se révélait être un monstre. Elle n'avait plus personne.

— Ou je pourchasserai ton amant et le tuerai très, très lentement. Je te le jure, il devra endurer les pires souffrances dont ce monde ait jamais été témoin.

Sous le choc, le cœur de Portia s'arrêta pour ensuite repartir deux fois plus rapidement.

— Non !

— Oh, regarde-moi !

Si elle avait un jour nourri des doutes quant à l'identité de son père, ils venaient tout juste d'être balayés.

— Je ne voulais pas le croire, murmura-t-elle.

Müller la secoua par le bras.

— Croire quoi ? demanda-t-il en plissant les yeux.

Lentement et calmement, Portia releva la tête.

— Que tu es Franz Müller.

À la façon dont il recula, bouche bée et les yeux écarquillés, elle en eut la confirmation. Il reprit le contrôle de lui-même endéans la seconde. Il grogna et lui montra ses canines.

— Qui t'a dit cela ? lui demanda-t-il en la secouant toujours.

Mais elle n'ouvrit pas la bouche.

— QUI ? hurla-t-il tout contre son visage.

Refusant de céder, Portia serra les dents.

Le visage de son père changea alors, comme si quelque chose lui avait traversé l'esprit. Il grinça des dents.

— Il n'y a qu'un homme en dehors de l'organisation qui sache qui je suis. Un seul qui utiliserait cette information contre moi : Eisenberg.

Elle reconnut le nom de famille de Zane, mais tenta de demeurer impassible.

Mais son père la connaissait trop bien. Aussi certainement qu'elle était sa fille, il pouvait toujours interpréter les moindres expressions de son visage.

Avec dégoût, il la balaya du regard.

— Tu t'es laissé sauter par Eisenberg ? Ce sale juif répugnant ?

À présent, il ne servait plus à rien de le nier.

Portia souleva le menton en signe de défi.

— Et j'en ai savouré chaque minute.

La répulsion s'empara du visage de Müller, et Portia poursuivit.

— J'ai bu son sang et lui ai donné le mien. Et je l'…

Elle ne put terminer sa phrase. Les poings de son père s'abattirent sur elle. Elle souleva les bras pour se protéger, mais en vain. Les coups à la tête furent suivis de coups de pied dans le ventre, tandis que les griffes lui déchiraient les vêtements pour s'enfoncer dans la chair de sa poitrine. L'odeur de son propre sang emplit la pièce.

Déjà affaiblie par les précédents événements de la nuit, Portia sentit toute force l'abandonner. Le coup suivant la heurta à la tempe. L'obscurité totale l'envahit, et elle cessa d'y opposer une quelconque résistance, accueillant le noir tel un cocon. Dans le noir, elle serait en sécurité.

33

Zane faisait les cent pas dans sa cellule. Après avoir atterri à San Francisco, ils l'avaient emmené au bureau du centre ville de Scanguards et l'y avaient enfermé en attendant le retour de Samson et Amaury. Ils lui avaient toutefois ôté les menottes en argent mais, ni Eddie ni Haven ne s'étaient souciés de lui donner du sang afin de permettre à ses poignets de guérir. De toute façon, il ne l'aurait pas accepté. Il refusait ce foutu sang en bouteille.

Il donna un coup de botte contre le mur en béton, y appuya le front et ressentit la douceur de cette surface froide sur sa peau.

Bordel, il avait merdé ! Et si quelque chose était arrivé à Portia après qu'elle se fût enfuie, ou si elle était blessée et qu'elle ne pouvait s'en sortir seule ? La logique lui insufflait de ne pas s'inquiéter : Portia était hybride et, de ce fait, presque indestructible. Elle pouvait repousser n'importe quel être humain du petit doigt. Mais la logique ne dominait pas son esprit en ce moment. Contrairement aux émotions qui, elles, étaient très intenses.

Il se retourna et cogna du pied l'unique chaise qu'ils lui avaient laissée pour tout confort. Il la ramassa ensuite et la claqua contre le mur. Le métal se tordit. Ils n'avaient évidemment pas laissé de chaise en bois dans la cellule. Il lui serait trop facile de la transformer en pieu.

— Tu te sens mieux ?

La voix de Gabriel provenait de la porte.

Zane pivota sur les talons et fit face à son hôte inattendu.

— Non, mais ça ne me fait pas de mal non plus.

L'imposant physique de Gabriel remplissait tout l'espace de l'encadrement de porte.

— Tu veux parler avant que les autres n'arrivent ? En ce moment, ils traversent le Bay Bridge.

Le cœur de Zane s'emballa.

— Ils l'ont trouvée ?

Il retint sa respiration dans l'attente d'une réponse affirmative.

— Non.

Découragé, il baissa la tête. Et merde, ils pouvaient tout aussi bien le tuer immédiatement.

— Tu te soucies vraiment d'elle ?

— Ça ne te regarde pas !

Que voulait Gabriel ? Que Zane s'épanchât ? Cela n'arriverait pas.

— Bon, alors j'imagine que tu ne veux pas savoir où elle se trouve, dit Gabriel en se retournant pour quitter les lieux.

Zane s'avança.

— T'as dit qu'ils ne l'avaient pas trouvée.

Sans regarder derrière lui, Gabriel le provoqua.

— C'est exact, *Amaury* et *Samson* ne l'ont pas trouvée. Mais cela ne signifie pas que je ne sais pas où elle est.

Zane bondit en direction de Gabriel, plaqua une main contre l'épaule de son patron et le fit se retourner.

— Alors, elle est où, bordel ?

Les lèvres de Gabriel arborèrent un demi-sourire, et Zane eut une folle envie de le faire disparaître.

— Alors, tu te soucies vraiment d'elle.

Zane relâcha son emprise et se retira dans un coin de sa cellule.

— Qu'est-ce que ça peut te faire ?

— Ça m'intéresse parce que je suis déchiré entre l'envie de te casser la gueule et celle de t'aider. Et en ce moment même, avec ton attitude de merde, je tends plutôt vers la première possibilité. Peux-tu t'enfoncer ça dans le crâne ?

Pour bien lui faire comprendre ce qu'il voulait dire, Gabriel serra un poing et, de ses jointures, donna un petit coup sur la tête chauve de son collègue. Insulté, Zane grogna.

— Ne fais pas semblant de vouloir m'aider. Tu ne vaux pas mieux que le reste de la bande !

— Et c'est censé vouloir dire quoi ?

— Juste ce que j'ai dit.

— Bon sang de bon Dieu ! Parle si tu veux que je te dise où elle est !

Zane se froissa.

— Personne ne l'a crue ! Ni Samson, ni aucun d'entre vous. Elle disait la vérité, bon sang ! Son père, cette espèce de salaud, voulait qu'elle demeure vierge jusqu'après son vingt et unième anniversaire. Merde, elle me demandait de l'aider. C'est ce que j'ai fait. Si ça fait de moi un criminel à vos yeux, qu'il en soit ainsi.

— Eddie et Haven ont déjà confirmé qu'elle était vierge.

Impatiemment, Zane essuya les gouttes de sueur qui perlaient sur son front.

— Alors, qu'attends-tu de moi ?

— Je veux savoir ce qui s'est passé à Tahoe.

— On a baisé, elle est partie. Fin de l'histoire.

Le fait qu'il l'aimât et qu'elle fût la fille de Müller ne regardait personne d'autre. Il s'occuperait personnellement de ce nazi dès qu'il serait sorti de ce trou à rat.

— Connard entêté ! jura Gabriel. Si tu ne parles pas, je ne peux rien pour toi.

Zane croisa les bras sur sa poitrine.

— Très bien. Ainsi soit-il. Mais je t'avertis, Samson ne t'accordera aucune clémence.

Gabriel se précipita vers la porte.

— Et pour ton information, j'ai tenu tête à Lewis il n'y a pas deux heures de cela. Quelle perte de temps et d'énergie ! J'aurais dû te balancer à ses pieds pour qu'il s'occupe de ton cas lui-même !

Il claqua la porte avant que Zane ne pût répondre.

— Il est de retour ? Son père est revenu ?

Zane cogna la porte des poings, mais Gabriel ne revint pas.

Müller était à San Francisco ? Gabriel l'avait vu ? Et lui, il était enfermé, incapable d'aller le trouver. Il maudit violemment le ciel. En six décennies, il ne s'était jamais retrouvé aussi près de son ennemi. Cette foutue porte était tout ce qui le séparait de ce monstre.

La panique s'empara alors de lui. Gabriel savait où était Portia, même s'il ne l'avait pas avoué. Cela ne pouvait signifier qu'une seule chose : elle était de retour. De retour chez elle … avec son père.

Qu'allait lui faire Müller ? Il sentirait qu'elle avait été avec un homme. Aucun doute n'était permis. Tant l'odeur de Zane sur elle que celle de son sang en elle étaient encore trop fraîches. Elles se seraient évaporées en quelques jours, mais Müller était revenu trop tôt. Il les percevrait immédiatement et serait furieux, même sans savoir qui avait touché sa fille. À en juger par son abominable caractère, tout pouvait arriver.

Pourquoi Zane n'y avait-il pas pensé plus tôt ? Il avait été tellement aveuglé par le fait que Portia fût la fille de son plus grand ennemi qu'il n'avait pas vu l'évidence : Müller ne voulait pas qu'elle perdît sa virginité et, maintenant qu'il supposait – à raison – qu'elle fût déflorée, il deviendrait fou. En l'absence d'un exutoire approprié, et étant incapable de répandre sa colère sur l'homme qui était responsable de cela, Müller ne pourrait diriger son ire que contre une seule personne : Portia.

— Laisse-moi sortir ! cria-t-il devant la porte close tout en la frappant à coup de poings. Gabriel ! Reviens ! Laisse-moi sortir ! MAINTENANT !

Il s'époumona. Les secondes passèrent, puis les minutes. Il était sur le point de perdre la voix lorsque, finalement, un bruit se fit entendre de l'autre côté. Au moment où la porte s'ouvrit, il fonça dessus, mais Samson et Amaury le repoussèrent dans la cellule.

— Laissez-moi partir ! Je dois aller la rejoindre !

— Enferme-nous avec lui, Gabriel, cria Samson par-dessus son épaule, tandis qu'Amaury et lui joignaient leurs forces pour maintenir Zane loin de la porte.

Quelques instants plus tard, la porte se referma, et le verrou fût tiré. Zane recula.

— Vous devez me laisser partir. Elle est en danger. Je dois l'aider, dit Zane dans un souffle.

— Ce n'est pas comme ça que ça marche, Zane, répondit calmement

Samson. Tu crois vraiment qu'on va te laisser sortir d'ici après tout ce que tu as fait ?

— Il le faut ! Portia a besoin de moi.

Le désespoir s'empara de lui. Il devait absolument convaincre Samson de le laisser partir.

Amaury inclina la tête.

— Ouais, elle a autant besoin de toi que d'une balle dans la tête. Tu as une notion assez tordue de ce que cela signifie.

— Samson, il n'y a pas de temps à perdre. Elle est en danger. Son père . . .

Samson le pointa du doigt.

— Son père a tous les droits d'être furieux contre nous. Tu peux te considérer chanceux qu'on ne te pende pas dehors pour t'y laisser sécher. Il nous a engagés pour une raison précise, et une seule, et nous n'avons pas fait notre boulot. Non ! On a fait quoi ? On a tout foutu en l'air en faisant exactement tout le contraire de ce qu'il nous avait demandé.

— C'était mal ! hurla Zane.

— Tu parles que c'était mal ! C'est ce que tu as fait qui est mal !

— Je n'avais pas d'autre foutu choix ! Tu ne voulais pas m'écouter. Je t'ai dit ce qui était en jeu, et tu l'as ignoré !

Samson souffla.

— Je ne l'ai pas ignoré. Je tenais compte de tes accusations et allais investiguer à ce sujet.

— Trop tard !

Mains sur les hanches, Zane écarta les jambes.

— Grâce à toi !

— Tu dois me laisser partir. Son père va lui faire du mal.

Samson dodelina de la tête.

— Il va la gronder, lui crier dessus, c'est tout. Elle y survivra.

Zane saisit l'avant-bras de Samson.

— Tu ne comprends pas. Je ne peux pas la laisser subir son courroux pour ce que j'ai fait.

— C'est la première fois que quelque chose de sensé sort de ta bouche, ajouta Amaury.

Zane lui lança un regard furieux.

— Aucun de vous ne comprend. Il va lui faire du mal. Je le connais. Je sais ce dont il est capable.

— Qu'est-ce que tu racontes ? demanda Samson. Comment pourrais-tu connaitre Lewis ? Il était parti durant le laps de temps où tu surveillais Portia.

Zane ferma les yeux.

— Je l'ai connu durant la guerre.

— La guerre ? répéta Amaury.

Zane ouvrit les yeux et regarda les deux hommes qui le connaissaient depuis des décennies sans pour autant être au courant de la moindre chose sur son passé. Mais cela allait changer.

— La deuxième guerre mondiale. J'étais prisonnier à Buchenwald. Le camp de concentration.

Il décela la surprise qui se reflétait dans les yeux de Samson et d'Amaury. Mais ceux-ci demeurèrent silencieux, tendus et attentifs.

— Le père de Portia y était médecin. Il ne s'appelle pas Lewis, mais Franz Müller. Si vous connaissez la réputation de Josef Mengele pour avoir torturé des prisonniers par le biais d'épouvantables expériences, vous n'avez pas encore rencontré Franz Müller. À côté de lui, Mengele ressemble à un enfant de chœur. Je ne peux vous raconter tout ce qu'il a fait, comment il nous a torturés ou combien d'entre nous il a tués.

Les yeux de ses amis se remplirent de compassion.

— Il voulait créer une race supérieure et était obsédé par cela. Lorsqu'une nuit, ils ont capturé un vampire, il a obtenu tout ce qu'il voulait. J'étais l'un de ses cobayes, tout comme ma sœur.

— Tu es certain que c'est lui ? l'interrompit Samson d'une voix plus calme et posée.

Zane acquiesça de la tête.

— C'est un visage que je ne pourrais jamais oublier. Je l'ai pourchassé pendant des années. Samson, tu dois me croire quand je te dis qu'il est toujours aussi fou et dangereux qu'il l'était à l'époque. Il a monté une organisation pour créer cette nouvelle race suprême.

— Quelle sorte de race ?

— Une race d'hybrides, plus forts que les autres, plus forts que tous les vampires. Il a toujours cette obsession. J'ai commis une erreur en renvoyant Portia. Je le sais maintenant.

— Tu l'as renvoyée ? demanda Amaury.

Penaud, Zane le regarda.

— Quand j'ai vu une photo de son père, et que je me suis rendu compte qu'elle était sa propre chair, je lui ai dit que je la tuerais si elle ne s'enfuyait pas. Je l'ai menacée.

— Oh mon Dieu, pourquoi ? demanda Samson, le souffle coupé.

— Tu ne comprends pas ? Je suis amoureux de la fille de l'homme qui a détruit ma famille ; qui a torturé et tué ma sœur. Je devais la renvoyer. Dans ma rage, je ne pouvais être certain de ne pas la tuer.

Zane baissa la tête. Il n'aurait jamais dû la laisser partir. Il savait à présent que, même dans sa rage, il ne lui aurait fait aucun mal.

— Mon Dieu, Zane, on fait quoi maintenant ?

Lorsque son regard croisa celui de Samson, il comprit que ce dernier le croyait et souhaitait l'aider. Un vent de soulagement le parcourut telle une douce brise.

— Nous devons l'éloigner de son père.

— Et après ? demanda Amaury, d'une voix solennelle.

— Vous devrez la protéger.

— Nous ? demanda doucement Samson.

— Elle ne voudra plus de moi. Elle me déteste maintenant.

Et il pourrait vivre avec cela aussi longtemps qu'il la saurait en sécurité.

34

L'air était un peu frais lorsque Zane descendit de son Hummer garé à un pâté de maisons de celle de Portia.

Selon Gabriel, Oliver avait été chargé de surveiller la maison pendant que Samson et Amaury étaient partis à la recherche de Portia à Tahoe. Cette mission s'était achevée lorsque la jeune fille était rentrée chez elle, et qu'Oliver l'eût rapporté à Gabriel avant de quitter son poste de surveillance. Considérant que Scanguards avait terminé son travail une fois Portia de retour chez son père, la décision de Gabriel n'avait été que pure logique. Cependant, sachant tout ce qu'ils savaient à présent, il aurait été plus prudent de garder un œil sur la maison.

Amaury et Samson emboîtèrent le pas à Zane et sortirent du véhicule, prenant soin de refermer délicatement les portières. Il était passé trois heures du matin, et le calme régnait dans les rues. Le moindre bruit qu'ils feraient pourrait porter loin, et Zane craignait plus que tout d'alerter Müller de sa présence avant qu'il ne se fût retrouvé en position d'attaque.

La maison était plongée dans l'obscurité, pas une seule lampe ne l'éclairait de l'intérieur. Il ne savait à quoi s'attendre. Portia connaissait son vrai nom : Zacharias Eisenberg. L'avait-elle révélé à son père ? Et pourquoi ne l'aurait-elle pas fait ? Après tout, il l'avait rejetée et menacée de mort, et elle était en colère contre lui. Quoi de plus logique que de divulguer à son père l'endroit où il pourrait trouver son plus grand ennemi. Ce serait la manière la plus facile d'assouvir son ultime et légitime vengeance.

Mais le flou demeurait quant à la façon dont Müller punirait sa fille pour lui avoir désobéi. Zane redoutait le pire. Müller était un fanatique. Tolérerait-il vraiment que sa fille eût couché avec un juif, même si cela le rapprochait de son but, lequel était de l'exterminer ? Cette trahison l'amènerait-il à s'en prendre d'abord à elle ? Tant qu'il n'aurait pas vu Portia, Zane ne pourrait en avoir la certitude.

Selon lui, il se pouvait que Müller fût couché là, en train d'attendre dans l'obscurité de sa maison, pour lui plonger un pieu dans le cœur. Non seulement pour mettre un terme à une poursuite longue de plus de soixante ans, mais également pour avoir défloré sa fille.

Zane soupira. Quelle ironie qu'il se fût retrouvé dans la maison de Müller sans le savoir. Mais il n'y avait vu aucune photo de famille, rien qui eût pu trahir l'identité du nazi.

— Ça va ? chuchota Amaury qui se tenait à ses côtés.

— Non.

Il ne se sentirait probablement plus jamais bien. Quoi qu'il pût faire, cela blesserait quelqu'un. Il devait réussir à faire sortir Portia de chez elle, vraisemblablement contre sa volonté, car elle ne voudrait plus de son aide. Et en même temps, il devait saisir cette chance qui s'offrait à lui de tuer Müller. Et elle le détesterait encore plus après cela.

Ils s'approchèrent de la façade nord de la maison, laquelle était uniquement pourvue d'une porte d'entrée. Ces trois-là étaient tellement rôdés à se faufiler en catimini que leurs pas ne firent aucun bruit sur la froideur du béton. Ne communiquant qu'avec les mains et les yeux, ils se postèrent de chaque côté de la porte.

Zane glissa sa clé dans la serrure et la tourna. Tout en adressant un signe de tête à ses collègues, il ouvrit brusquement la porte et se précipita à l'intérieur. Samson et Amaury lui emboîtèrent le pas et, en l'espace d'une seconde, ils se retrouvèrent à l'intérieur de la petite maison, chacun en position contre un mur différent. Ils étaient parés, tant à l'attaque qu'à la défense.

Zane prit une inspiration et autorisa ses sens à entrer en action. Seul le vide l'accueillit.

— Ils sont partis, dit Samson dans un souffle.

Mais Zane entendit à peine la voix de son patron tant l'odeur qui s'était infiltrée dans ses narines avait déclenché les sonnettes d'alarme dans sa tête et l'avait immédiatement dirigé vers l'escalier. Il s'accroupit et balaya les doigts sur une tache visible sur la rampe.

Du sang. Du sang séché.

— Portia…

Ses yeux s'accommodèrent, et il aperçut d'autres traces de sang séché.

— Oh mon Dieu, non !

La main de Samson lui saisit fermement l'épaule.

— Nous allons la trouver.

Zane souleva les paupières.

— Il lui a fait du mal… elle a saigné. Samson… tout ça est entièrement de ma faute. Il lui a fait du mal à cause de moi.

— Elle doit lui avoir dit qui tu étais, affirma Amaury.

Zane ferma les yeux, réprimant les larmes qui ne demandaient qu'à couler en réaction à la souffrance endurée par Portia.

— Nous devons la retrouver… avant qu'il ne la tue.

— Il ne le fera pas.

La voix de Quinn provenait de la porte. En l'entendant, Zane se retourna, la rage s'emparant instantanément de son esprit. La situation avait dégénéré à cause de son ami d'autrefois. S'il ne l'avait pas dénoncé à Samson, Zane n'aurait jamais dû s'enfuir avec Portia.

Une autre personne fit son apparition aux côtés de Quinn lorsque ce dernier entra dans la pièce. Aussitôt en alerte face à ce vampire inconnu, Zane bondit et saisit son pieu. Il s'occuperait de Quinn plus tard.

Ce dernier leva rapidement la main.

— Je te présente Cain. C'est lui qui a identifié l'épinglette que tu as trouvée sur l'assassin.

— Assassin ? l'interrompit Samson en levant un sourcil interrogateur.

— C'est une longue histoire. Je te mettrai au parfum plus tard, répondit rapidement Zane.

Samson hocha furtivement la tête.

— Je compte bien te le rappeler.

Zane acquiesça d'un léger signe de tête et reporta son attention sur Quinn et Cain. Ce dernier faisait un peu plus d'un mètre quatre-vingt, était bien bâti, avait de courts cheveux noirs et l'esquisse d'une barbe qui aurait poussé s'il avait toujours été humain.

Cain les salua d'un signe de tête.

— Quinn m'a fait prendre un vol aujourd'hui pour que je puisse vous aider.

Quinn haussa les épaules à l'intention de Samson.

— J'ai emprunté un des jets.

— Nous en reparlerons plus tard, répondit Samson. Et comment Cain pourra-t-il nous aider, sans vouloir vous offenser ?

L'étranger hocha la tête.

— Pas de souci. Je pourrais probablement être en mesure d'identifier certains membres du programme de reproduction.

— Nous savons déjà qui est à sa tête.

Quinn donna un coup de coude au vampire.

— Raconte ce que tu m'as dit à Zane.

Cain s'éclaircit la gorge.

— Un événement majeur aura lieu dans deux ou trois jours.

— Quel genre d'événement ? demanda impatiemment Zane.

— Une union par le sang. Apparemment, le chef a déniché l'hybride approprié pour la princesse.

— Princesse ? Putain de m . . .

On n'était tout de même pas en Angleterre avec la famille royale et tout le bataclan !

— On dit que c'est sa fille. Elle serait supposée être la pierre angulaire d'une dynastie d'hybrides supérieurs. Et il en a trouvé un avec qui elle s'unira.

Le cœur de Zane s'arrêta net. Portia devait mêler son sang à celui d'un hybride que son père avait choisi pour elle ?

— Non !

— C'est pour cette raison qu'il ne la tuera pas, ajouta Quinn. Il a besoin d'elle. Elle représente son passeport vers sa race supérieure.

Zane tenta de se débarrasser de ces idées, mais n'y parvint pas.

— Il ne peut pas faire ça. Elle est à moi ! Portia est à moi !

L'exprimant ainsi à voix haute devant ses amis et collègues le ramena à la réalité. Il ne pouvait se fourvoyer davantage. Sans Portia, il n'était rien, à peine une coquille vide dépourvue de cœur. Son père avait peut-être besoin d'elle pour créer sa race supérieure, mais Zane avait besoin d'elle pour survivre.

— Alors, il ne nous reste pas beaucoup de temps, dit Amaury. Nous devons la retrouver avant la cérémonie, sinon…

Amaury n'eut pas à terminer sa phrase. Zane n'en connaissait que trop bien les implications. Si Portia mêlait son sang à celui d'un autre homme, il la perdrait. Il ne pourrait la libérér qu'en tuant son partenaire. Et quand bien même il le tuerait, Portia accepterait-elle de lui ouvrir son cœur une seconde fois ? Serait-elle capable de lui pardonner ce qu'il lui avait fait ? Car, après tout, c'était de sa faute si elle s'était retrouvée dans cette situation : il l'avait chassée sans en analyser les conséquences et l'avait renvoyée directement à son père, et en enfer. S'il avait pris la peine d'y réfléchir un moment, il se serait rendu compte que l'identité du père n'avait aucune importance. Elle était pure et bienveillante, quelles que fussent ses origines.

— Sais-tu où cette cérémonie aura lieu ? demanda Samson à Cain.

— C'est quelque part sur la côte Ouest, c'est certain, mais je n'ai pas pu découvrir l'endroit précis. Ce lieu est gardé secret. Seules quelques personnes le connaissent.

Zane regarda Quinn et se rappela quelque chose.

— Tu m'as laissé un message dans lequel tu disais avoir trouvé des numéros de téléphone dans le portable de Brandt. Était-ce seulement un appât pour me faire revenir ?

— Thomas en a extrait des numéros incomplets. Nous avons un code régional et un préfixe.

— Où ?

— Seattle. Le préfixe correspond au quartier appelé Queen Anne. Mais…

— Mais quoi ?

— On ne peut pas être certain que c'est là que Müller est allé.

— C'est tout ce que nous avons.

Ce n'était qu'une lueur d'espoir, mais Zane s'y raccrocha comme si sa vie en dépendait.

Samson hocha la tête.

— Faisons pour un mieux, dit-il en se tournant vers Amaury. Mobilise les troupes. Nous avons besoin de tous ceux qui sont disponibles.

— Je peux vous aider, l'interrompit Cain.

Zane examina attentivement le vampire. Il les avait aidés jusqu'à présent, mais était-il digne de confiance ?

— Tu voulais faire partie du programme de reproduction. Je comprends que tu sois mécontent d'en avoir été éjecté, mais pourquoi nous aiderais-tu maintenant ? Qu'est-ce qui t'empêche de retourner les voir en courant pour les avertir qu'on est à leurs trousses ?

Ce grand vampire bien bâti se passa une main dans ses cheveux noirs. Zane se demanda pourquoi Müller l'avait évincé du programme. Il avait l'air fort et intelligent et, selon Zane, il était plutôt pas mal.

— Écoutez, je sais que ça peut vous paraître étrange mais, quand j'ai entendu parler du programme de reproduction, je me suis dit que ça pourrait donner un sens à ma vie. J'étais à la dérive. Sans famille, sans amis, sans appartenance.

— Et pourquoi cela ? répliqua Zane de plus en plus suspicieux.

Les solitaires étaient toujours synonymes d'ennuis.

— Car je ne sais pas qui je suis. Une nuit, je me suis réveillé, et j'étais tel que je suis, tout simplement. Je n'ai aucune idée du moment où j'ai été transformé, ni par qui, ni comment. Je ne me souviens pas non plus de ma vie en tant qu'humain. Rien. J'ai cherché une réponse, et quand j'ai entendu parler du programme, j'ai pensé que ce serait mieux que tout ce que j'avais vécu jusqu'à présent.

Zane hocha la tête. Il comprenait ce besoin de se trouver une famille, d'avoir des amis, de ne plus être seul.

— Le programme de reproduction, tu y croyais lorsque tu as décidé de t'y inscrire ?

Cain haussa les épaules.

— Ils promettaient de mettre les femmes les plus séduisantes à la disposition de n'importe quel vampire ou hybride faisant partie du programme. Quelqu'un comme moi ne peut se permettre de refuser une telle chose. Je ne comprends pas pourquoi ils n'ont pas voulu de moi. Je suis pourtant fort et intelligent. Et il paraît que je ne suis pas mal non plus. Je me demande bien ce qu'ils recherchaient de si particulier que je ne possède pas.

— Je crois que c'est ton manque d'engagement qui t'a rendu inéligible, dit Zane d'un air songeur. Müller ne veut que des hommes qui croient en sa cause. C'est un fanatique, et il aime s'entourer d'autres fanatiques. Tu voulais t'inscrire pour les mauvaises raisons.

— Je crois aussi. Enfin, peu importe. Puisqu'ils vont échouer, c'est une bonne chose que je ne fasse pas partie du programme, poursuivit-il en désignant la porte. Eh bien, bonne chance les gars. Puisque vous n'avez pas besoin de moi, je vais continuer mon chemin.

Mais, avant que Cain n'eût pu franchir la porte, Zane lui barra le passage.

— Pas si vite. Je suis certain que tu comprendras qu'on ne peut pas te laisser partir et courir le risque que tu ailles alerter Müller.

Zane regarda Samson qui acquiesça d'un hochement de tête.

— C'est pourquoi, intervint Samson, on préférerait t'avoir dans notre équipe. Bats-toi à nos côtés et, si tu fais tes preuves, il y aura peut-être une place pour toi parmi nous.

Zane remarqua que les yeux de Cain s'écarquillèrent sous l'effet de la surprise. Ses lèvres arborèrent ensuite un sourire.

— Vous ne le regretterez pas.

— Maintenant, dis-nous tout ce que tu sais. Chaque détail, ordonna Samson avant de se tourner vers Amaury. Prépare le jet et mets tout le monde au parfum. Nous partirons avant le lever du soleil.

35

Portia tenta de soulager son épaule endolorie en remuant le bras, mais elle se rendit compte qu'elle ne pouvait pas bouger. Elle ouvrit les yeux. Paniquée, elle fixa la pénombre. Au fur et à mesure que ses yeux s'acclimataient à l'obscurité, elle put distinguer l'environnement où elle se trouvait.

Elle était étendue sur un grand lit, dans une chambre de taille moyenne qui comportait deux fenêtres recouvertes de lourds rideaux et de stores épais. Un feu brûlait dans la vieille cheminée alimentée au gaz. Une penderie se dressait contre le mur au pied du lit, et il y avait trois portes. Portia supposa que l'une d'entre elles menait à un placard, l'autre fort probablement vers le couloir et, la troisième, demeurée entrouverte, semblait conduire à une autre chambre.

Portia s'étira le cou afin d'avoir une meilleure vue et tenta d'entrevoir la pièce qui semblait faire office de bureau. Les mouvements fortement restreints, elle agita brusquement les bras, mais ceux-ci étaient attachés à une lourde barre.

Elle s'étira le cou une fois de plus et observa ce qui la retenait. Merde ! Son père l'avait immobilisée avec des menottes en argent. Il lui avait cependant protégé les poignets contre les brûlures du métal en les enveloppant dans des bandages. Et, ce qu'elle avait d'abord pris pour une barre, était en réalité une poutre en acier qui avait été utilisée pour sécuriser la vieille maison contre les tremblements de terre.

Portia jura. Elle ne pouvait se libérer de ses entraves. Même si l'argent ne la blessait pas dans l'immédiat, elle ne pouvait le briser. Sa force supérieure ne le lui permettait même pas.

Frustrée, elle laissa retomber la tête sur l'oreiller et tendit l'oreille. À l'étage du dessous, elle entendit des murmures témoignant de la présence d'autres personnes dans la maison. Car elle se trouvait dans une maison, c'était certain. Une vieille demeure, peut-être édouardienne ou victorienne, à en juger par les moulures en forme de couronne entre le mur et le plafond. Mais elle n'avait aucune idée de l'endroit où elle était.

Après avoir été battue d'une manière insensée par son père, elle était tombée dans les pommes et avait apprécié cette fuite indolore dans l'obscurité. Maintenant qu'elle était éveillée et, bien que ses blessures physiques fussent guéries, le souvenir d'avoir été éconduite par Zane et d'avoir subi une telle raclée par son père vint la heurter de plein fouet.

Son estomac gargouilla, et elle se souvint qu'elle n'avait pas eu l'opportunité de manger la pizza que Zane lui avait commandée. Un sanglot lui échappa en pensant à lui, mais elle le ravala rapidement. Elle ne voulait plus craquer. À présent, elle se devait d'être forte. Elle était la seule à pouvoir se venir en aide. Personne ne viendrait à sa rescousse.

Son père était le machiavélique docteur Franz Müller, un homme si vil et sans cœur qu'elle ne pouvait croire qu'il les eût déjà aimées, sa mère et elle. Et il voulait l'unir de force à un vampire choisi pour elle, une chose qu'elle ne pourrait jamais accepter. Si elle ne pouvait avoir Zane, elle ne voulait personne d'autre.

Un bruit provenant de l'autre pièce la fit tourner brusquement la tête dans cette direction. Une porte s'ouvrit, et elle entendit des pas dans le bureau. Deux hommes, selon ce qu'elle pouvait en dire.

— Tu aurais dû me le dire immédiatement, siffla son père, d'une voix grave et dangereuse.

— Avec tout le respect que je vous dois, j'essayais seulement de repérer Brandt. Quand il n'est pas revenu, tel que prévu, j'ai suivi sa trace, répondit la seconde voix masculine.

— Respect ? Je vais t'enseigner le respect ! Tu aurais dû me prévenir pour Eisenberg !

Eisenberg . . . c'était le nom de Zane.

— Je n'ai pas vu Eisenberg ! L'homme qui bricolait le casier de Brandt ne ressemblait pas à l'homme que vous m'avez décrit. Il n'était pas chauve. Je ne savais pas qui c'était.

— Tu aurais tout de même dû m'appeler à la minute où le casier de Brandt a explosé. Nous aurions pu nous assurer d'éliminer toute trace pouvant les conduire à nous.

Portia ne se souvenait que trop bien de cette nuit.

— Croyez-moi, le casier a été réduit en poussières. Brandt l'avait trafiqué exactement selon les instructions, afin que toutes les preuves soient détruites au cas où quelqu'un le trouverait. Il ne nous a pas compromis.

— C'était un fou !

— Il voulait seulement faire ses preuves, le contredit l'étranger. Quand il a appris que vous cherchiez un partenaire pour votre fille, il a voulu . . .

— Assez ! Brandt voulait venger son père, rien de plus ! Il aurait dû me parler avant. Il ne faut pas sous-estimer Eisenberg. Il est devenu trop fort et trop malin. Malgré tous nos efforts, il a réussi à retrouver mes plus fidèles comparses . . . et les a éliminés.

— C'est malheureux mais, maintenant que nous savons qui il est et où il est, nous allons envoyer un contingent à ses trousses, suggéra l'homme.

— Je donnerai les ordres. Personne ne fera quoi que ce soit avant la cérémonie, aboya son père.

Cérémonie ? Portia eut un haut-le-cœur.

— Une fois que tout sera terminé, nous l'attraperons. Et ce chapitre sera alors définitivement clôturé. Je ne peux pas laisser un sale juif interférer plus longuement dans mes plans.

Soudainement, des pas lourds s'approchèrent de la porte. Portia ferma rapidement les yeux et feignit de dormir.

— Laisse-moi !

Elle entendit l'autre homme détaler et refermer la porte derrière lui.

— As-tu entendu ça, Portia ? Je vais tuer ton amant et lui faire regretter d'avoir poser ses sales pattes sur toi.

La porte s'ouvrit complètement, et Portia ouvrit les yeux. Elle lança un regard furieux à son père qui se tenait dans l'embrasure de la porte.

— Tu es exactement comme il t'a décrit : un monstre.

Son père parcourut la distance qui le séparait du lit en quelques longues enjambées.

— Ne me confonds pas avec lui. Je suis un créateur. Je crée un nouveau monde ici, une nouvelle race, une dynastie qui règnera pour toujours.

Portia oscilla la tête.

— Non.

— Oh oui, et tu vas m'y aider, dit-il en s'asseyant sur le bord du lit.

— Je ne t'aiderai pas.

Il la gifla fortement du revers de la main, mais elle ne tressaillit pas.

— Tu ne peux pas me forcer à m'unir par le sang à n'importe qui.

— Bien sûr que je le peux, dit-il en pointant ses canines dans sa direction, les yeux rouges de rage.

— Et tu feras quoi ? Me maintenir pendant qu'il me baise et plante ses canines en moi ? hurla-t-elle. Tu ne peux pas me forcer à boire son sang. Jamais je ne le ferai !

— Lorsque le temps sera venu, tu enfonceras tes canines là où je le voudrai. Que ce soit dans une chose, ou dans une personne.

— Non !

— Tu n'auras pas le choix. D'ici deux jours, tu seras si affamée que tu prendras tout ce qui sera à ta portée, du sang ou de la nourriture humaine.

Il laissa échapper un sinistre ricanement, et le choc provoqué par ses paroles se répandit à travers les veines de Portia.

— Tu ne peux pas faire ça.

— Regarde-moi bien.

Puis, il se leva.

— Je suis ta fille. Je pensais que tu m'aimais.

Une larme menaçait de se déloger de son œil, mais elle la réprima, soucieuse de ne pas dévoiler sa faiblesse. Sa vie durant, elle avait admiré son père. Comment pouvait-il la trahir de la sorte ?

— C'est pour cela que je t'offre cette opportunité. Si je ne t'aimais pas comme je t'aime, j'aurais choisi quelqu'un d'autre pour trôner sur cette race. Ne comprends-tu pas ? Tu seras reine.

Portia serra les lèvres pour éviter qu'elles ne se missent à trembler. Mais en vain. Elle ne souhaitait pas devenir reine, princesse, ou encore chef de quoi que ce soit. Elle voulait être la femme de Zane, sa partenaire. Pour toujours.

— Non . . . non, murmura-t-elle tout en fermant les yeux afin de se couper du monde.

— Repose-toi. Dans deux nuits, ton époux sera ici, et tu verras les choses différemment.

Il sortit de la pièce et referma la porte derrière lui. Quand elle entendit ses pas disparaître au bout du couloir, elle s'autorisa à laisser couler les larmes sur ses joues. Elle faisait un cauchemar toute éveillée. Et cela ne faisait que commencer.

La machine bien rodée de Scanguards s'était mise une fois de plus en action. En deux courtes heures, tout fut organisé. Tous les vampires à la solde de la société avaient été mobilisés et étaient assis à bord d'un jet spécialement équipé. Même Haven, jadis chasseur de primes, allait prendre part à la bataille.

À sa grande peine, Maya, la compagne de Gabriel, était restée à la maison pour veiller sur Delilah et le bébé. Elle aurait préféré demeurer aux côtés de son époux mais, par expérience, Samson savait qu'il ne devait plus jamais laisser sa femme seule, sans protection.

À présent, Zane ne le comprenait que trop bien. Il savait ce que cela faisait de perdre la personne qui comptait le plus dans sa vie. Il se jura de ne plus jamais laisser Portia sans protection quand tout ceci serait terminé, qu'elle voulût toujours de lui, ou pas. Dans la négative, il embaucherait un garde du corps pour veiller de loin sur elle et s'assurer que rien de mal ne pût lui arriver.

Il avait eu une longue discussion avec Samson, tandis qu'ils attendaient qu'on préparât l'avion. Il avait parlé à son patron des hommes qu'il avait pourchassés, de l'assassin qu'il avait tué tout récemment, et de sa quête permanente pour traîner en justice les monstres de Buchenwald. Samson avait compris, et Zane fut soulagé de pouvoir compter sur son total soutien.

Zane attachait sa ceinture lorsqu'Oliver vint s'asseoir sur le siège d'à côté.

— Tu m'en dois une, mon pote, dit-il calmement.

Zane tourna la tête dans sa direction.

— Écoute, Oliver, pour ce que ça vaut, je suis désolé.

Il éprouva quelques difficultés à déglutir.

— Mais, si j'y étais obligé, je le referais.

Furieux, Oliver le toisa.

— Tu aurais au moins pu me mettre sur le coup. Bon sang ! Je t'aurais couvert si j'avais su !

— Tu aurais fait quoi ?

Avait-il bien entendu ? Oliver l'aurait soutenu ?

Son collègue se pencha plus près.

— Tu sais que je t'admirais. Pourquoi ne m'as-tu pas fait confiance ? Ensemble, nous aurions pu faire en sorte que personne d'autre n'apprenne ce qui se tramait. Mais non, il a fallu que tu me pièges avec ce stupide coup de fil.

Les yeux brillants de déception, Oliver pointait l'index sur la poitrine de Zane.

— Je ne savais pas . . .

Oliver se retourna et regarda droit devant lui.

— Les choses que tu m'as dites, tu les pensais vraiment ?

— Quelles choses ?

— Ce que tu m'as dit au téléphone à propos de devenir un vampire. Que si c'était ce que je désirais, tu pourrais m'aider.

Zane se passa une main sur son crâne chauve et soupira.

— Bon sang, quel con je suis !

— Tout à fait d'accord avec toi !

— Alors, comment est-il possible que tu veuilles être comme moi ? Je mène une vie misérable.

Et les choses ne feraient qu'empirer.

Oliver tourna la tête dans sa direction.

— Misérable ? As-tu la moindre idée de ce que tu es en train de dire ? Tu as reçu un don. Sais-tu combien il y a de personnes dans ce monde qui donneraient n'importe quoi pour pouvoir rallonger leur vie de quelques années ? Avoir la chance d'être immortelles ? Vivre toute une vie sans tomber malade ?

Zane dodelina de la tête.

— Tout cela ne rime à rien quand tu es obligé de vivre cette vie tout seul.

— De quoi parles-tu ? Tu as Portia. Quinn m'a raconté la façon dont elle te regarde.

Soudainement, Zane sentit sa vieille colère refaire surface.

— Ah oui, Quinn. J'ai encore des comptes à régler avec lui. C'est lui qui, en premier, a vendu la mèche à Samson.

Les traits d'Oliver arborèrent une expression de surprise.

— Quinn ne t'a pas vendu. Au contraire, il n'a pas dit un seul mot à propos de Portia et toi, et ce, même après que Samson ait été mis au courant.

— Mais alors, qui … ?

— Pour ma part, je n'ai rien dit, je n'ai même pas mentionné le fait qu'elle était allée chez toi l'autre jour, dit Oliver, sur la défensive.

Zane leva les mains.

— Hé, je n'étais pas en train de t'accuser. Je veux simplement savoir.

— Je ne suis pas le genre à cafter …

— C'est qui ? l'interrompit Zane.

Oliver hésita.

— Samson a demandé à Thomas qui, apparemment, avait remarqué quelque chose.

Zane laissa échapper un juron. Faire état de l'attirance de Thomas pour Eddie devant tout le monde n'avait pas été une bonne idée, après tout. En particulier puisque tout le monde savait que Thomas n'agirait pas. Il était le mentor d'Eddie qui, lui, était hétéro. Pas étonnant que Thomas eût éprouvé le besoin de rendre la monnaie de la pièce pour cette gifle en plein visage.

— J'imagine que je l'ai bien mérité.

Confus, Oliver le regarda.

— Ne me demande rien.

Il devait des excuses à Thomas. Merde, il ne s'était pas excusé auprès d'autrui depuis des décennies et, maintenant, il était sur le point de présenter deux fois ses regrets en l'espace d'une heure. Sa vie était réellement en train de changer.

La voix du pilote se fit entendre à travers l'interphone.

— Prêt pour le décollage.

Zane demeura silencieux jusqu'à ce qu'ils fussent dans les airs. Mais l'opportunité de parler en privé à Thomas ne se présenta pas. Il était temps pour eux de mettre au point leur plan d'action.

SAMSON S'ÉTAIT ASSURÉ, auprès de ses contacts, de la mise à disposition d'une maison afin qu'ils pussent opérer en toute sécurité dès leur arrivée à Seattle.

Trouver l'endroit où Müller se terrait n'était pas une tâche facile. Même si la partie du numéro de téléphone qu'ils avaient décrypté permettait de rétrécir le champ d'investigation à un quartier bien spécifique, il restait tout de même une grande superficie à couvrir. Alors que Thomas faisait usage de sa magie sur l'ordinateur afin de localiser les quartiers généraux de Müller en procédant par élimination, Amaury étalait ses compétences en fouillant dans des fichiers reprenant tous les titres de propriété. Il y cherchait la preuve que Müller avait fait l'acquisition, plutôt que la location, d'une maison. Zane s'assura que tous les noms fussent examinés : celui de Müller, ou n'importe quel autre nom qu'il aurait utilisé par le passé. De même pour ses associés déjà connus.

Durant la journée, les humains qui l'avaient rejoint pour la mission, Oliver, Nina et deux autres gardes du corps, passèrent les environs au peigne fin. De retour à la maison, Nina souleva un point pertinent.

— Nous avons besoin d'une photo de Müller.

— Il y en avait une dans le portefeuille de Portia, se souvint Zane. Merde, je n'y avais pas pensé.

Dès l'instant où Portia s'était enfuie, il n'avait plus eu les idées claires. Quel bon garde du corps il était !

Gabriel posa une main sur son épaule. Surpris, Zane tressauta.

— T'en fais pas, je sais à quoi il ressemble. Je vais transférer mes souvenirs dans l'esprit de Samson, et il nous dessinera son portrait.

Par-dessus l'épaule, Gabriel lança un regard à son patron.

— N'est-ce pas ?

Samson hocha la tête.

— Ce n'est pas un problème.

— Parfois, je vous envie pour tous ces dons, admit Zane.

Selon lui, celui de Gabriel, qui consistait à accéder aux souvenirs de n'importe qui pour les transférer dans la mémoire de quelqu'un d'autre, était probablement le plus cool. Et la mémoire photographique de Samson, lequel était un expert en peinture et dessin, n'était pas mal non plus.

— Tu ne devrais pas nous envier, dit Amaury à l'arrière. Certains dons sont également synonymes de malédictions.

Zane hocha la tête. Amaury pouvait ressentir les émotions de tout le monde, et ce don lui avait causé de perpétuelles migraines qui n'avaient cessé que lorsque Nina était arrivée.

Lorsque le jour laissa place à la nuit, les humains s'aventurèrent à l'extérieur et poursuivirent leurs recherches en prenant des renseignements sur les cibles que Thomas avait préalablement sélectionnées. Entre temps, Zane fut contraint de faire les cent pas. Ses pieds le conduisirent jusqu'à la pièce où Thomas avait installé ses ordinateurs et s'affairait à pirater tous les systèmes imaginables.

Zane donna un petit coup à la porte, l'ouvrit et entra.

— Salut, dit Thomas.

— Salut.

Zane ferma la porte derrière lui tout en trépignant.

— Quoi de neuf ? demanda Thomas sans quitter le moniteur des yeux.

— On peut parler ?

Son collègue pivota sur sa chaise.

— À quel sujet ?

— C'est à propos de ce que j'ai dit.

— Et qu'est-ce que t'as dit ?

La voix de Thomas était teintée d'une fermeté peu coutumière.

— À propos d'Eddie et de toi.

Thomas se raidit et croisa les bras sur sa poitrine.

— Il n'y a rien à en dire.

— Si, il y a quelque chose. Je veux te présenter mes excuses.

Thomas en demeura bouche bée.

— Tu as bien entendu. Ce ne sont pas mes affaires, et ma remarque était déplacée.

Thomas hocha lentement la tête.

— On ne choisit pas par qui on va être attiré. J'imagine que c'est notre cas, à tous les deux.

— Non. C'est pourquoi je n'aurais pas dû dire ça. C'est probablement déjà assez difficile pour toi.

Thomas eut un rire amer.

— Je maudis le jour où je l'ai rencontré . . . Et pourtant, si je pouvais remonter le temps, je me proposerais encore en tant que mentor. Foutu, hein ?

Zane dodelina de la tête.

— Tu es un homme bien, Thomas. Je te souhaite d'obtenir ce que tu veux, car je sais à quel point ça fait mal de ne pas y parvenir.

Zane osa maladroitement un pas vers l'avant, ne sachant pas s'il devait prendre Thomas dans ses bras ou simplement se tourner et partir.

Son ami lui adressa un sourire fatigué.

— Tu sais que c'est moi qui ai tout dit à Samson, n'est-ce pas ?

— Ça n'a pas d'importance, tu as fait ce que tu avais à faire. Si les rôles avaient été inversés, j'aurais fait la même chose. Sans rancune.

— Sans rancune.

Thomas pivota sur sa chaise et se replaça face à l'écran, tandis que Zane se dirigeait vers la porte. Lorsque ce dernier tourna la poignée, il entendit Thomas se racler la gorge.

— J'espère que tu la récupèreras, Zane. Je pense qu'elle est celle qu'il te faut.

37

Portia ressentit les tiraillements de la faim. Ils empiraient. Alors qu'elle se retournait sur le lit auquel elle était toujours enchaînée, son estomac se contracta, et sa gorge sembla aussi sèche que du papier de verre. Son père avait bien tenu parole : il l'affamait pour la forcer à se soumettre. Elle avait cessé de pleurer depuis longtemps. Depuis plusieurs heures, la déception ressentie face au mépris de son père envers ses sentiments avait laissé place au désespoir.

À chaque heure qui s'écoulait, elle s'affaiblissait. Elle sombrait dans le sommeil, se réveillait, proche du délire tant elle avait faim et soif, que ce fût de sang ou de nourriture humaine. Dans l'état où elle se trouvait, elle mordrait tout ce qui s'approcherait de sa bouche.

Portia serra les mâchoires, s'efforçant désespérément de repousser ce besoin d'enfoncer ses canines dans quelque chose. Devant elle, la chambre commença à tourner, et les meubles la garnissant semblèrent bouger tous seuls. Ils penchaient d'un côté, puis de l'autre. Le feu dans la vieille cheminée au gaz s'embrasait comme s'il se riait d'elle, la chaleur s'intensifiant. Elle savait que son esprit lui jouait des tours, et que la privation commençait à la faire halluciner. Si elle avait été humaine, ces effets néfastes ne se seraient pas manifestés avant longtemps, mais sa nature hybride exigeait un plus grand apport énergétique qu'un corps humain.

Son père finirait par gagner. Voulant survivre à tout prix, elle mordrait n'importe quel homme qui lui serait présenté. Cela scellerait son destin. Elle ferait alors partie intégrante d'une bande de fanatiques, emprisonnée dans leur folle idéologie et leurs stupides idées de dominer le monde.

Portia tira fortement sur ses liens. Elle étira les épaules et les bras au-dessus de sa tête. Ses membres étaient demeurés dans la même position des heures durant et étaient pratiquement paralysés. L'argent émit un bruit métallique contre la lourde barre en fer à laquelle elle était attachée et, malgré les bandages, son état de faiblesse l'amenait à ressentir les effets dévastateurs du métal sur sa peau.

La chaleur se répandait dans ce tissu censé la protéger, et elle éprouva une sensation de brûlure. Elle changea de position, tentant de minimiser le point de contact avec l'argent.

Un énorme bruit provenant de l'étage du dessous la fit sursauter. Ensuite, un cri. Et plusieurs autres cris.

Ses hallucinations empiraient-elles ?

Portia leva la tête et essaya d'ajuster sa vision, mais tout était flou. La porte qui menait au couloir semblait tordue, et la commode vis-à-vis du lit avait l'air de bouger toute seule. Les étourdissements la submergèrent et la contraignirent à reposer la tête sur l'oreiller. Le bruit cognait encore plus fort dans sa tête, la narguant tel un tambour qui battrait la mesure jusqu'à minuit, heure à laquelle la cérémonie scellerait son destin.

Du verre vola en éclats non loin d'elle. Les vibrations se répercutèrent dans toute la maison.

Ensuite, elle la reconnut, cette présence qui la calmait et la réconfortait. Satisfaite, elle soupira et se laissa aller à dériver plus profondément dans son rêve. Là, dans son monde imaginaire, Zane se tenait à ses côtés ; cet homme qui l'aimait et la regardait comme si elle représentait le monde.

— Portia !

Sa voix était si proche, si forte. Il la sauverait de toute cette folie et chasserait de sa mémoire le souvenir de ces deux derniers jours et nuits. Dans ce rêve, ils étaient de retour au chalet de Tahoe et faisaient l'amour devant la cheminée.

— Oh, petite fille, qu'est-ce qu'il t'a fait ?

Cette question n'avait pas du tout sa place dans ses songes. Non, elle ne voulait pas qu'on lui rappelât la situation dans laquelle elle se trouvait. Elle voulait revivre des instants heureux.

Elle agita la tête d'un côté à l'autre, comme si elle tentait de se débarrasser de cette intrusion dans ses rêveries.

— Non !

Une main puissante lui saisit le visage.

Ses yeux s'ouvrirent lentement. Sa vision était floue. Quelqu'un se tenait là. Un visage qu'elle reconnaissait, mais qui ne pouvait être réel.

— Non, prononça-t-elle dans un souffle.

— Regarde-moi, petite fille.

Portia observa le mouvement de ses lèvres. Elle sentit son souffle lui caresser la peau et inhala ses mots et son odeur. Elle cligna des yeux et traversa le brouillard qui l'enveloppait. Ce qu'elle vit lui causa un tel choc qu'elle bondit vers l'avant.

— Zane !

Était-elle toujours en plein rêve ?

— Je suis venu pour toi.

Lorsque ces mots produisirent leur effet, son esprit se ressaisit. D'accord, il était bien réel. Mais il n'y avait aucune raison de se réjouir. Il était venu pour elle. Qu'avait-il dit la dernière fois qu'elle l'avait vu ? Qu'il la tuerait, tout comme il tuerait son père.

Paniquée, elle recula tant bien que mal et, pour la première fois, elle le vit distinctement. Zane était tout de noir vêtu. Il portait un t-shirt moulant à manches longues et un jeans noir par-dessous une veste en cuir demeurée entrouverte. Elle entraperçut tout un arsenal dans ses poches intérieures. Des armes destinées à tuer un vampire... ou un hybride.

Portia ouvrit la bouche, menaçant de crier, non pas à l'aide, mais par désespoir. Zane plaqua alors une main sur sa bouche.

— Je suis désolé, petite fille.

Les yeux de Portia se remplirent de larmes. Pourquoi l'appelait-il toujours de la sorte ? Pourquoi était-il si cruel, alors qu'elle savait très bien qu'il était venu pour la tuer ?

. . .

Portia avait l'air complètement effrayé. Il lui faisait peur. Elle avait voulu crier, mais il l'en avait empêchée.

Ses collègues étaient en train de mener l'assaut au rez-de-chaussée, dans l'autre aile de cette grande maison victorienne. Ils avaient décidé d'y attirer Müller et ses acolytes afin de permettre à Zane de se glisser par une fenêtre de l'étage et partir à la recherche de Portia. Il ne pouvait prendre le risque qu'elle alertât son père.

Zane aperçut les menottes en argent autour des poignets de la jeune fille. Il jura. Il avait amené des armes susceptibles de tuer des vampires, mais il n'aurait jamais cru que Müller aurait maintenu sa fille captive avec le seul métal qu'il ne pouvait briser. Il serra le poing tant il était submergé par un sentiment de frustration.

Portia le dévisagea de son regard effrayé.

— Je ne te ferai jamais de mal, s'empressa-t-il de la rassurer.

La crainte qui transparaissait sur le visage de la jeune fille laissa place au doute.

— Je t'en prie, fais-moi confiance.

Et, lorsqu'une larme coula sur sa joue, il l'essuya avec le pouce.

— S'il te plaît, ne pleure pas, petite fille.

Lentement, il ôta sa main de la bouche de Portia, paré à la repositionner si celle-ci se décidait à crier. Elle garda toutefois le silence, mais épingla Zane du regard.

Celui-ci distingua alors un mouvement des cordes vocales.

— Dis-moi que tu ne m'aimes pas, murmura-t-elle si faiblement qu'il l'entendit à peine.

— Je ne peux pas.

Il remarqua l'étincelle dans ses yeux et en eut chaud au cœur. L'espoir renaissait. Elle n'avait pas encore renoncé à lui. Elle n'avait pas cessé de l'aimer en dépit de toutes ces cruelles paroles qu'il avait proférées.

— Zane.

Doucement, il lui caressa la joue de la paume de sa main tout en gardant une oreille attentive sur les hostilités qui se déroulaient à l'étage inférieur.

— Pardonne-moi pour toutes les choses que je t'ai dites. Je ne savais pas ce que je faisais.

Elle souleva la tête pour se rapprocher de lui, et il accepta l'invitation en lui effleurant les lèvres. Il envahit sa bouche dans un baiser passionné tout en la serrant contre lui. Les menottes en argent claquèrent contre le poteau en acier lorsque Portia tenta de remuer les bras. Ce bruit les ramena tous deux à la réalité. Zane devait la libérer. Il recula et relâcha son étreinte.

Elle voulut l'atteindre, ses canines dépassant soudainement de ses lèvres.

— Qu'est-ce qui ne va pas ?

— J'ai soif… dit Portia en détournant les yeux.

— Il t'a affamée ?

Il voulut hurler tant il se sentait frustré. S'il avait su, il lui aurait amené des bouteilles de sang humain.

Elle hocha la tête.

— Ce soir, il veut m'unir par le sang. Je lui ai dit que je ne le ferais pas… avec l'homme qu'il a choisi.

Sa voix se brisa, preuve d'une intense faiblesse.

Ils n'avaient plus de temps à perdre.

— Nous devons te sortir d'ici. Maintenant.

Zane pressa un doigt sur le petit appareil sans fil qu'il avait dans l'oreille pour se connecter avec le centre de commandement.

— Thomas, je l'ai trouvée. Il l'a enchaînée avec de l'argent. Il nous faut des pinces coupantes et du sang humain. Vite.

— Ton emplacement, demanda Thomas.

— Au deuxième, dans la chambre du coin, côté sud-ouest.

— Bien reçu.

Au rez-de-chaussée, le bruit s'intensifiait. Zane espéra que ses collègues pussent garder Müller et ses bandits à distance jusqu'à ce qu'il eût libéré et mis Portia à l'abri. Il ne règlerait le compte de son ennemi qu'une fois cela accompli.

Les yeux de Portia fixèrent la porte.

— Qui est avec toi ?

— La moitié de Scanguards. Ils combattent Müller et sa bande.

Zane évita d'y faire référence en tant que père de Portia, soucieux de maintenir la réalité bien loin d'eux. Car celle-ci s'avérait bien cruelle. Et pour cause : il détestait le père de la femme qu'il aimait, et il était ici pour en finir avec lui, une bonne fois pour toutes.

Leurs regards entrèrent en collision.

— Tu vas le tuer, n'est-ce pas ?

Portia l'examina attentivement, et Zane supporta cet examen minutieux pendant quelques secondes avant de rompre le contact visuel.

— Je tuerai quiconque te fera du mal.

Ne recevant aucune réponse, il la regarda de nouveau et remarqua qu'elle avait refermé les yeux.

La panique le submergea.

— Petite fille !

— Si fatiguée . . . Si soif . . . marmonna-t-elle.

Il devait faire quelque chose avant qu'elle ne s'enfonçât. Il avait besoin qu'elle demeurât cohérente s'il voulait la sortir de là et, à ce qu'il y paraissait, elle semblait incapable de marcher. Le sang de vampire ne la sustenterait que temporairement, mais Zane savait qu'il lui prodiguerait un regain d'énergie pendant un court instant, le temps qu'ils pussent se procurer du sang humain. Cela avait fonctionné pour lui dans le camp de concentration, lorsqu'il s'était nourri du vampire tchèque. Il en serait de même à présent.

— Il faut que tu te nourrisses, dit-il en lui soulevant la tête.

Portia ouvrit les yeux à moitié, et il lui présenta son poignet au bord des lèvres.

— Allez, petite fille, cela apaisera ta soif.

C'était nécessaire, même s'il s'en trouverait quelque peu affaibli par la suite. Il ne pouvait supporter de la voir souffrir.

Elle écarta davantage les mâchoires, et ses canines écorchèrent la peau de Zane. Ce dernier frissonna involontairement. Dieu, qu'elle lui avait manqué ! Cela semblait complètement fou mais, en si peu de temps depuis leur rencontre, elle était non seulement devenue partie intégrante de sa vie, mais également de lui.

Les pointes acérées des canines de Portia s'enfoncèrent dans la peau et vinrent se loger dans la chair. Lorsqu'elle commença à se nourrir, il sentit la chaleur se répandre dans son corps.

— Oh, mon Dieu, murmura-t-il, tout en essayant de se retenir pour ne pas succomber au besoin qu'il éprouvait de se glisser en elle pour la prendre. Ce n'était ni le moment ni l'endroit.

Sa tête ne fit qu'un tour lorsqu'il entendit grincer les charnières de la porte derrière lui.

— Toi !

Müller le fouetta du regard tout en se précipitant dans la pièce.

En une fraction de seconde, Zane reconnut son opposant. Celui-ci n'avait pas changé : des cheveux blond foncé et des pommettes saillantes. Mais il était toutefois différent. Des canines dépassaient de sa bouche tordue en forme de nœud. Les yeux, de couleur marron à l'origine, étaient rouges. Müller paraissait totalement en mode combat.

Les canines de Portia toujours enfoncées dans son poignet, Zane perdit une précieuse seconde à se dégager. Elle ouvrit les yeux et, bien qu'affaiblie, ressentit la présence de son père dans la chambre. Elle relâcha alors immédiatement le poignet de Zane pour lui rendre la liberté de ses mouvements.

Mais Müller était déjà sur lui. Un coup de griffe lui déchira l'épaule, mais sa veste le protégea.

— Ne la touche pas, sale juif !

Zane bondit et fonça sur Müller. Ils s'écrasèrent tous les deux contre la commode.

— Tu lui as fait du mal, conard ! répliqua Zane en assénant un crochet du droit sur la joue de son ennemi.

La tête de ce dernier fut projetée sur le côté, mais il la redressa aussi vite.

— Tu l'as souillée !

Müller souligna cette remarque par un coup de genou vers le haut. Ayant anticipé le mouvement, Zane pivota sur le côté et se prémunit de l'impact dans les parties. Il avait deviné que ce salaud allait viser les couilles.

— Elle est à moi ! cracha Zane, les dents serrées.

Un coup dans le plexus solaire le réduisit au silence, l'air de ses poumons s'expulsant plus vite que s'il ne s'échappait d'un ballon qui éclate. Zane récupéra rapidement et contre-attaqua des poings en visant à nouveau la tête de l'ennemi.

Le sang gicla lorsque la peau de Müller se déchira au niveau de l'œil.

Le regard furieux, celui-ci s'élança de tout son poids contre Zane et lui fit perdre l'équilibre. Sous les cris paniqués de Portia, ce dernier trébucha en arrière et alla s'écraser contre la porte qui donnait sur la pièce d'à côté. Sous l'effet de l'impact, elle s'ouvrit toute grande, et Zane se retrouva dans l'autre pièce, sur le derrière.

Il prit alors appui sur le bureau qu'il avait heurté et se releva juste au moment où Müller se lançait à nouveau sur lui. Zane lui asséna alors un coup de jambe dans les genoux.

Le visage de Müller se tordit de douleur.

— Sale connard ! J'aurais dû te tuer il y a longtemps.

— Trop tard.

Zane se rua vers l'avant et bombarda son opposant de coups, tandis qu'il en subissait de violents en retour. Tous deux se sentaient bien. Zane ne pouvait se résoudre à sortir une des armes de sa veste pour en finir rapidement avec ce combat, tellement ce dernier avait mis du temps à se produire. Cette lutte lui était nécessaire. Il avait besoin de battre l'homme qui l'avait privé de tant de choses, qui avait volé la vie de beaucoup d'autres personnes, et qui avait torturé les plus innocentes d'entre elles.

Haletant, il scanna la pièce des yeux. Ce bureau, en l'occurrence, ne contenait qu'un pupitre avec du matériel informatique, une étagère, une chaise et une commode. Plein de choses que Müller pouvait utiliser à ses dépens. Et il y serait forcé car, à masses corporelles égales, ils étaient aussi forts et aussi agiles l'un que l'autre. En d'autres temps, Zane aurait apprécié de se battre contre un adversaire de même envergure, en le défiant à tout point de vue. Mais pas ce soir. Ce soir, il ne souhaitait que deux choses : faire payer Müller et sortir Portia de cet enfer.

L'étage du dessous baignait dans une véritable cacophonie. Des corps et des meubles étaient projetés contre les murs et au sol. Et tout cela était accompagné de cris et de coups de feu. Les membres de Scanguards avaient réussi à entrer en trombe dans la maison et combattaient l'ennemi depuis l'intérieur. Des grognements et des cris de colère se mêlaient aux ordres proférés et à l'état de confusion dans lequel les habitants des lieux se retrouvaient. Les collègues de Zane se chargeaient d'eux. Quant à Müller, il devait personnellement s'occuper de son cas.

Se souvenant des réactions irrationnelles du fils de Brandt lorsque ses émotions avaient pris le dessus sur lui, Zane décida de provoquer Müller à commettre les mêmes erreurs.

Il reçut un coup à l'épaule et pivota sur lui-même sans, toutefois, perdre pied.

— Ta fille me veut. Elle est insatiable de moi, un sale juif ! dit-il, d'un ton provocateur.

Müller grogna et pointa ses canines dans sa direction en signe d'agressivité.

Zane lui rit alors au visage.

— Oui, je me la suis faite… Et je vais la garder.

Ses paroles semblèrent avoir l'effet escompté.

— Jamais ! promit Müller. Elle vaut mieux que toi !

Zane eut à peine le temps de voir une des griffes de son ennemi s'avancer sur lui, tellement ce dernier fut rapide. Tenter de l'éviter eût été futile. Elle lui trancha le cou sur le côté, et le sang s'écoula de la blessure. Cette plaie n'était pas suffisamment profonde pour le faire souffrir dans l'immédiat mais, plus il perdrait de sang, et plus il s'affaiblirait.

Sachant qu'il devait agir rapidement, Zane submergea son opposant de coups de poings, de pied et de griffes. Müller parvint à en contrer certains, mais d'autres atteignirent leur cible. Zane haletait fortement pour fournir à son corps tout l'oxygène dont il avait besoin. Son cerveau lui dictait d'en finir avec tout cela, de sortir sa lame en argent et d'ouvrir Müller en deux, exactement comme ce dernier l'avait fait avec ses victimes. Mais son cœur protestait. Celui-ci n'était pas encore satisfait. Zane éprouvait le besoin de cogner plus longuement sur son ennemi, de le faire souffrir, de lui planter les griffes dans sa chair et de le blesser de ses mains nues.

C'était là l'unique façon de faire qui pût, lentement, mais assurément, lui permettre d'atténuer sa soif de vengeance. La bête en lui ne se sentait satisfaite que lorsque ses griffes se plantaient dans la peau du nazi, et que le sang de ses blessures se répandait sur ses mains. Müller payait enfin pour ce qu'il avait fait. Zane s'imprégna de cette prise de conscience tout en humant la puanteur du sang et l'odeur de la sueur de son ennemi. Plus il cognait sur lui, et plus il sentait l'adrénaline le parcourir.

Celle-ci se diffusa abondamment dans son corps malgré les blessures lui infligées par Müller. Et il voulait faire perdurer cette sensation jusqu'au moment où il serait réellement prêt à envoyer ce salaud là où il méritait d'aller : en enfer.

Zane l'accula dans le coin du mur, la bibliothèque à sa gauche empêchant Müller de lui échapper. Celui-ci agrippa une lampe murale sur sa droite, laquelle était couronnée d'un abat-jour fleuri. Il tira si violemment dessus que le fil électrique fut arraché du mur. Au moment où il leva le bras pour l'abattre sur Zane, ce dernier l'esquiva, et la lampe vola à travers la porte ouverte pour atterrir dans la chambre d'à côté. Du coin de l'œil, Müller remarqua qu'elle alla s'écraser contre le pare-feu de la cheminée.

Le cri de panique que Portia émit amena Zane à détourner les yeux de son opposant. Ce fut une erreur. Müller était parvenu à saisir un lourd serre-livres en fer et le lui lançait à présent à la tête. Zane évita toutefois le choc en se penchant sur le côté et reçut plutôt l'objet sur la clavicule. Il entendit le bruit des os qui se brisaient et en ressentit la douleur à travers tout son corps.

Merde ! Il était temps d'arrêter de déconner et d'en finir avec tout ça.

Zane enfouit une main dans la poche intérieure de sa veste et en extirpa la première chose que ses doigts purent saisir. Dans sa main, le pieu en bois lui parut lisse. Cela devrait suffire. Il aurait préféré utiliser son couteau en argent afin d'administrer une mort plus douloureuse à son tortionnaire, mais ce dernier l'attaquait plus férocement que précédemment, et il n'avait plus le temps de changer d'arme.

Il n'était pas le seul à vouloir grimper d'un cran dans l'intensité du combat. Müller semblait également y être disposé. Ce dernier bondit vers le bureau, s'empara de la chaise et la fracassa avec tant de puissance contre le mur qu'elle se fendit en éclats.

Zane se lança à sa poursuite, mais ne put l'empêcher de ramasser un des pieds de la chaise brisée et de le saisir comme un pieu. Au moment de l'impact avec son adversaire, Zane lui plaqua, d'un coup sec, sa main libre sur la gorge et la resserra. Müller dirigea le pieu vers l'avant, mais Zane parvint à l'évincer du coude et continua à serrer.

— Ça, c'est pour toutes les personnes que tu as torturées, siffla Zane tout en soulevant le bras qui tenait le pieu. Il se prépara à frapper.

— À l'aide ! Zane ! Au feu !

38

L e hurlement de Portia transperça Zane jusqu'à l'os. Au même moment, il perçut l'odeur de cette fumée que son cerveau avait occultée afin de mieux se focaliser sur Müller. Il cligna des yeux.

Il n'eut pas le temps de parachever le mouvement. Il laissa retomber le bras et relâcha Müller au même instant. D'un coup sec, il détourna les yeux vers la porte de la chambre où Portia était gardée captive. Le fauteuil était déjà en train de brûler, et les flammes qui avaient envahi l'espace devant la cheminée atteignaient le plafond. Un nuage de fumée s'en dégageait.

Zane ne pensa qu'à une chose. Il se rua dans la chambre et sentit les flammes se frotter à lui lorsqu'il passa devant le foyer.

Portia tirait sur ses liens, les yeux empreints de panique. Elle avait le visage couvert de sueur, et elle remuait désespérément les pieds pour remonter plus près de la tête de lit et s'éloigner ainsi du feu.

— Portia ! cria-t-il. Oh mon Dieu !

Il la rejoignit et tira sèchement sur les menottes en argent, faisant fi de la douleur que les brûlures infligeaient à sa chair. Mais la barre en acier à laquelle les menottes étaient attachées ne céda pas.

Il appuya sur le bouton de son oreillette pour joindre son collègue.

— Thomas, où sont les pinces coupantes ?

Mais il n'entendit qu'un simple grésillement sur la ligne. Merde !

— Aide moi, le supplia Portia.

Tous deux savaient qu'elle succomberait aux flammes. L'inhalation de la fumée ne la tuerait pas, contrairement à un humain, mais le feu la brûlerait vive.

Il tenta de la rassurer tout en évinçant ces affreuses pensées de son propre esprit.

— Je vais te libérer. Je t'en fais la promesse.

— Oh, mon Dieu, Portia ! dit Müller depuis la porte.

Zane lança un regard dans sa direction et le vit, là, hésitant. Il extirpa sa lame en argent de sa veste et attrapa l'un des poignets de Portia.

— Ne bouge pas.

Elle serra les lèvres et le regarda de ses yeux apeurés, à présent remplis de larmes.

Il enfonça la lame de son couteau dans la serrure des menottes et la remua : vers l'avant, vers l'arrière, introduisant tout d'abord la pointe du couteau, puis l'enfonçant plus profondément, avant de réessayer. Mais en vain ! Aucun cliquetis ne lui confirma l'ouverture des menottes. La douleur cuisante à l'épaule lui causait des tremblements dans la main, et le couteau se délogeait dès lors sans cesse de la serrure. Il réessaya.

Des gouttes de sueur provoquées par la chaleur rayonnante dans son dos se mirent à perler sur son front. Il devait essayer plus fort. Sans détourner les yeux des menottes, il calla la lame du couteau dans une strie et la tourna. La lame se tordit.

— Je t'aime Zane, murmura Portia, une larme coulant le long de sa joue. Il comprit qu'elle lui faisait ses adieux.

Elle posa le regard derrière lui, et il comprit que le feu commençait à envahir le lit.

Mais il ne pouvait se retourner pour juger de la progression des flammes. Et il ne pouvait la laisser croire qu'il la laisserait mourir.

— Non, Portia, je ne te laisserai pas ici.

Il tourna le visage en direction de la porte, là où Müller se tenait toujours, pétrifié. Les flammes allaient bientôt obstruer le passage.

— Les clés ! le supplia Zane. Tu dois avoir les clés !

Müller observa le feu avec circonspection avant de répondre.

— Ta vie en échange de la sienne.

Incrédule, Zane le regarda. L'incendie allait complètement envahir la pièce d'une minute à l'autre, il n'y avait pas de temps à perdre, et ce type restait là, à marchander ?

— Ta réponse ?

Müller le nargua en sortant les clés de la poche de son pantalon, et en les agitant en l'air.

Zane se leva.

— Libère-la d'abord et tue-moi ensuite.

— Non !... hurla Portia, plus puissamment que son état de faiblesse ne pouvait le lui permettre... Jamais ! Je préfère mourir !

Son regard rencontra celui de Zane.

— Si tu meures, il fera de moi exactement ce qu'il avait planifié, lui rétorqua-t-elle en le suppliant des yeux.

L'espace d'un instant, le temps se figea, et les engrenages du cerveau du vampire s'activèrent. Portia avait raison, bien sûr, mais il ne pouvait pas la laisser mourir. Pas plus qu'il ne pouvait autoriser son père à l'utiliser pour arriver à ses fins.

Il existait néanmoins une autre façon de la libérer, mais c'était l'option la plus extrême. La plus barbare aussi. Il frémit en pensant à ce qu'il devait faire.

— Tu as confiance en moi ?

Portia hocha la tête.

— Si je te coupe une main avec le couteau en argent, tu seras libérée des menottes.

L'autre poignet serait toujours attaché, mais Zane pourrait la relaxer en glissant la chaine des menottes derrière la barre en acier.

Portia laissa échapper un soupir et ferma les yeux.

— Ton corps se guérira de lui-même, et une nouvelle main repoussera.

Elle écarta les lèvres pour parler, mais sa gorge éprouva des difficultés à expulser les mots.

— C'est la seule façon, n'est-ce pas ?

Il acquiesça solennellement. Il aurait préféré une autre option.

— Fais-le.

— Non !

Müller hurla depuis la porte, s'avançant soudainement vers les flammes, comme s'il voulait les traverser.

— Tu ne peux pas faire ça !

Zane n'en tint pas compte. En lieu et place, il sortit un autre pieu de sa poche.

— Mords ceci, dit-il en plaçant le morceau de bois entre les dents de Portia. Faisant preuve de bravoure, elle le mordit et hocha la tête.

— Je vais faire vite, lui promit-il, le cœur rempli de douleur. Il ne pouvait plus attendre Thomas et les pinces coupantes. Une minute encore, et il serait trop tard.

Il plaça la lame du couteau contre son poignet.

— Nooooon !

Le hurlement de Müller fit irruption dans ses pensées. Instinctivement, Zane tourna la tête d'un coup sec et vit son ennemi se précipiter à travers le brasier, lequel avait envahi les deux tiers de la pièce. La célérité dont il avait fait preuve n'empêcha pas ses vêtements de s'enflammer.

— La clé ! Prends-la ! cria-t-il en levant la main. La lueur des flammes se réfléchit sur le métal lorsqu'il les lui lança.

Par réflexe, Zane attrapa la petite clé et se précipita pour l'enfoncer dans la serrure des menottes. Dans les yeux de Portia, il put voir se refléter la scène qui se déroulait derrière lui.

Le pied du lit était en feu, et les flammes suivaient rapidement leur chemin vers Portia. Quoiqu'immolé par le feu, Müller tira frénétiquement sur les draps afin d'en éloigner sa fille.

Lorsque les menottes s'ouvrirent, Zane libéra Portia et la prit dans ses bras tout en regardant par-dessus son épaule.

Müller n'était plus qu'une boule de feu toujours en mouvement. Mais aucun son n'émanait plus de lui. Ses mains s'agitaient toujours dans toutes les directions, comme si elles tentaient d'éteindre l'incendie, mais Zane savait qu'il était trop tard pour lui.

Il tira les rideaux et asséna un coup de pied contre la fenêtre, faisait ainsi voler le verre en éclats. L'air frais qui s'engouffra dans la pièce provoqua instantanément un retour de flammes. Sans perdre une seule seconde, il sauta par la fenêtre, Portia fermement serrée contre lui.

Quelques buissons amortirent sa chute. Son épaule blessée céda toutefois sous l'impact, et il ne put retenir Portia. Par bonheur, elle l'avait si énergique-ment enlacé qu'elle demeura collée à lui.

— Tu vas bien ? lui demanda-t-il, à bout de souffle.

Il la sentit hocher la tête.

Une explosion ébranla la nuit. D'instinct, il se releva péniblement, resserra fortement Portia contre lui et bondit pour s'éloigner de quelques mètres avant de se retourner.

Au second étage, des flammes sortaient de plusieurs fenêtres, et le toit commençait également à brûler. Zane supposa que l'explosion avait été causée par une conduite de gaz ou par quelque chose d'autre de très inflammable lorsque l'incendie s'était propagé dans la chambre.

La vieille maison victorienne, entièrement construite en bois, brûlait comme du petit bois.

Portia enfouit la tête dans le creux de son cou, et il sentit soudainement des larmes couler sur sa peau.

— Je suis désolé, petite fille, dit-il avant de déglutir et de poursuivre avec les mots les plus difficiles qu'il eût jamais eu à prononcer de toute sa vie : ton père t'aimait, après tout.

À sa façon, même s'il ne l'avait démontré que trop tard.

La vanne se rompit, et Portia tomba en sanglots tout contre la poitrine de Zane.

— Je t'aime, petite fille. Toujours.

Quelques minutes plus tard, avant même qu'elle n'eût cessé de pleurer, Portia perçut l'arrivée d'autres vampires. Sa colonne vertébrale se raidit.

— Courrons, il faut que nous courrions, se pressa-t-elle de dire à Zane tout en le regardant.

Alors qu'il la gratifiait d'un léger sourire, elle remarqua, en se détachant de lui, que le sang jaillissait de son cou. Des entailles étaient visibles sur son épaule. Et il maintenait celle-ci d'une étrange manière.

Paniquée, elle lui saisit les bras, mais il demeura de marbre.

— Ce sont des amis.

Elle laissa échapper un soupir de soulagement et se tourna en direction des vampires qui s'approchaient. Elle reconnut aussitôt l'un d'entre eux : Quinn. D'autres arrivaient en courant depuis la maison en flammes qui se dressait toujours derrière eux. Elle ajusta sa vision. Thomas était blessé, et

Eddie le trainait tout en essayant de le maintenir debout. Mais, lorsque les genoux de son mentor se dérobèrent sous lui et que sa tête plongea vers l'avant, Eddie le rattrapa avec célérité et le porta.

Un vampire autoritaire aux cheveux d'un noir corbeau proférait des ordres dans l'obscurité, et les autres les exécutaient sans poser de question. Il ne pouvait être que le patron de Scanguards : Samson.

— Ramenez les blessés dans les fourgonnettes ! Amaury ! Gabriel ! On limite les dégâts.

Portia observa alors les deux vampires aux longs cheveux foncés qui se rapprochaient de Samson.

— Éloignez les humains. Effacez leurs souvenirs. Nous ne pouvons courir le risque d'être démasqués.

— Tout ça à cause de moi, murmura-t-elle.

La main de Zane lui saisit alors le menton pour lui soulever la tête et la forcer à le regarder.

— Ce n'est pas de ta faute, dit-il en désignant le brasier. Il fallait qu'on les arrête, d'une façon ou d'une autre. On ne pouvait les laisser mettre leurs plans à exécution.

Elle n'eut pas le temps de répondre, car Samson les rejoignit en courant.

— Tu es blessé, affirma-t-il d'un ton neutre tout en parcourant Zane du regard.

— Je vais bien, mais Portia a besoin de sang. Son père l'affamait.

— Ça va, protesta-t-elle. C'est Zane qui a besoin de sang.

Elle devina que ce dernier voulait à nouveau protester, mais Samson lui coupa la parole.

— Vous avez tous les deux besoin de sang. Du sang en bouteille fera l'affaire pour vous, mais Zane a besoin de sang frais…

Il regarda par-dessus son épaule et scanna le jardin avant de faire signe à quelqu'un.

— … Oliver ! Par ici.

Portia se remémora tout à coup la conversation qu'elle avait eue avec ce dernier quelques jours plus tôt, lorsqu'il lui avait expliqué qu'il laissait volontairement les vampires se nourrir de son sang dans les cas d'urgence.

Oliver s'approcha en courant et lui sourit. Aussitôt, Zane attira Portia plus près de lui. Elle ressentit physiquement son sentiment de possessivité, et cela déclencha une vague de chaleur à travers son corps.

— Zane a besoin de toi.

Samson alla ensuite fouiller dans le sac pendu à l'épaule d'Oliver et en sortit une bouteille de liquide rouge qu'il présenta à la jeune fille.

— Tenez, buvez.

Dès l'instant où ses lèvres touchèrent la bouteille et que le sang se déversa dans sa gorge, Portia réalisa à quel point elle était affamée. Zane avait eu raison. Son sang lui avait procuré un léger mais éphémère regain d'énergie. Une fois la bouteille vide, elle jeta un œil en direction de l'élu de son cœur et le vit avec les canines enfoncées dans le bras d'Oliver.

Mais il avait gardé les yeux ouverts et l'observait. Son regard empreint d'envie témoignait de son unique et réel souhait : plonger ses canines en elle. Ne voulant pas sombrer dans le désir, elle se retourna vers Samson.

— Y a-t-il des morts ? demanda-t-elle calmement, inquiète de son éventuelle responsabilité dans le décès de quelqu'un.

— Pas parmi nous. Seulement quelques blessés. Il y a eu des pertes dans l'autre camp par contre, et nous avons fait quelques prisonniers…

Samson s'éclaircit la voix.

— … nous n'avons pas vu votre père…

Portia ferma les yeux pendant un moment, afin de retenir les larmes qui menaçaient de couler.

— Il est mort, brûlé vif.

— Je suis désolé.

Elle sentit sa gorge se resserrer. Était-elle désolée ? Sincèrement, elle ne le savait pas. Elle se sentait paralysée. Après tout, il l'avait sauvée. Peut-être qu'un jour, son cœur trouverait la force de lui pardonner. Mais, pour l'instant, la douleur était encore trop vive.

Le bruit d'une sirène la sortit de ses pensées.

— Les pompiers. Nous devons partir, ordonna Samson avant de hausser la voix. Tout le monde dans les vans, maintenant !

Les vampires se ruèrent vers les fourgonnettes à vitres teintées qui les attendaient au bord de la route. Tout en lançant un dernier regard en direction du brasier qui contenait les cendres de son père, Portia se précipita vers le trottoir, accompagnée de Samson et de Zane.

39

────────

Ils passèrent la journée entière à l'abri, dans leur maison de Seattle, à panser leurs plaies, surveiller les prisonniers et prendre toutes les dispositions nécessaires à leur transfert devant le Conseil, la haute Cour des vampires qui sanctionnait les infractions commises au sein de leur communauté.

La maison qui avait servi de quartier général à Müller avait été complètement détruite par les flammes malgré l'arrivée rapide des pompiers. L'existence des vampires avait pu être maintenue secrète et, selon les indicateurs locaux de Samson, les pompiers suspectaient l'incendie criminel sans, toutefois, détenir la moindre piste. Aucun corps n'avait été retrouvé dans les débris, ce qui confirma que seuls des vampires avaient péri, leurs corps ne laissant que des cendres dépourvues de toute trace d'ADN en se consumant.

Zane n'avait pas eu l'occasion de se retrouver en aparté avec Portia tant il y avait eu du monde à la maison. Des personnes comme Samson, qui avaient voulu s'assurer que Portia et lui se remettaient de cette épreuve. Physiquement, tout au moins, Eddie et Oliver s'occupèrent de soigner les blessures de Thomas.

Lorsque Samson autorisa finalement tout le monde à renter à San Francisco, Zane se sentit soulagé. Il avait besoin d'être seul avec Portia, pour parler de leur avenir, et cette conversation ne suscitait nullement la présence d'un public.

Il lui serra la main, tandis qu'ils sortaient de l'avion et avançaient sur la passerelle.

— Zane ! l'appela Samson.

Celui-ci se retourna, pas réellement enthousiaste à l'idée d'échanger d'interminables adieux, alors qu'il n'aspirait qu'à ramener Portia chez lui, dans ses bras, et dans son lit.

— Oui ?

— J'ai oublié de te dire que le parrainage d'Isabelle aura lieu samedi prochain. Puisque tu es son parrain, nous t'y attendrons après le coucher du soleil.

Zane acquiesça d'un hochement de tête. Lors de cette cérémonie, il deviendrait officiellement le parrain de la petite, son mentor pour la vie. Et il lui choisirait son second prénom.

— Ce sera un honneur.

— Oh oui, autre chose : je me suis arrangé pour que ton chien reste chez Yvette cette nuit. J'ai pensé que vous aimeriez rester seuls.

Zane fut si ébahi de la prévoyance dont son patron avait fait preuve qu'il faillit s'étouffer. Merde, il était devenu si émotif ! Phénoménal !

Il observa Portia à ses côtés et vit qu'elle avait également hâte de se retrouver seule avec lui. Ils devaient encore débattre de plusieurs choses.

— Oui, nous devons discuter.

Il prit congé et accéléra le pas pour rentrer chez lui sans toutefois relâcher la main de Portia un seul instant.

Lorsque la porte d'entrée se referma derrière lui, son regard chercha celui de sa bien-aimée. Pour la première fois de sa vie, il ne savait pas par où commencer. Ils avaient à peine eu l'occasion de parler depuis la mort de Mûller et, mis à part les quelques mots qu'il avait prononcés depuis leur saut par la fenêtre, il n'avait pas encore abordé ce sujet. Mais ils devaient résoudre ce problème.

— Je sais, murmura-t-elle.

Pouvait-elle si facilement lire en lui ?

— Tu sais quoi ?

— Que c'est difficile pour toi. Je suis sa fille. On ne peut rien y changer.

Quand tu me regardes, tu penses forcément à lui et aux choses qu'il vous a faites, à ta famille et à toi. Je ne sais comment faire pour, qu'un jour, tu ne penses plus à tout ça.

Il la força au silence en posant un doigt sur ses lèvres.

— Tu n'as rien à me prouver, je sais qui tu es, dit-il en lui serrant la main tout contre sa poitrine. Je le sens juste ici. Tu n'as rien à voir avec lui. Quand je te regarde, je ne vois que toi. Mais je t'ai blessée. Les choses que je t'ai dites, la manière dont je t'ai menacée . . .

Zane ferma les yeux. Il aurait tant aimé pouvoir défaire ce qu'il lui avait fait.

— Comment peux-tu même avoir confiance en moi après la façon dont je t'ai traitée ?

— Tu étais prêt à donner ta vie en échange de la mienne, dit-elle avant de reprendre rapidement son souffle. Je ne l'aurais jamais accepté, bien sûr mais, de savoir que tu étais prêt à faire ça . . . j'ai eu la confirmation de ce que tu as dans le cœur.

— Je l'offrirais encore.

— J'espère que tu n'auras plus jamais à le faire.

Zane baissa les paupières et fixa ses bottes pendant un instant.

— Il y a une autre chose que tu dois savoir, dit-il.

Lorsqu'il releva les yeux, elle le regarda étrangement.

— Vu ton âge et, puisque tu n'as plus de parent en vie, tu es d'office considérée comme ayant atteint l'âge légal de la maturité. Cela signifie que tu peux prendre tes propres décisions.

Les lèvres de Portia arborèrent un sourire.

— Quelle sorte de décisions ?

— N'importe laquelle.

Soudainement nerveux, il commença à trépigner.

Portia fit un pas dans sa direction, puis un autre, jusqu'à se tenir tout contre son corps.

— Voudrais-tu me demander quelque chose ?

Elle battit lentement des cils, et Zane perçut subitement un tremblement dans sa voix.

— Je n'ai pas le droit de te demander ça.

Elle fronça les sourcils.

— Je ne comprends pas.

— Tu es jeune, et je suis ton premier . . . Ce ne serait pas bien de ma part de te proposer . . . de t'unir à moi.

Surprise, elle eut un mouvement de recul.

— Tu ne m'aimes pas ?

Il avala la boule qu'il avait dans la gorge.

— Ce n'est pas ce que j'ai dit. Mais je ne peux pas te demander de prendre une décision qui affectera tout le reste de ta vie. Tu dois prendre le temps de décider, seule, de ce que tu veux. Je peux attendre.

Il y avait longuement et sérieusement réfléchi durant le vol de retour. S'il lui demandait de s'unir à lui maintenant, ce serait comme exploiter sa vulnérabilité. Elle était affligée par la mort de son père et cela, même si elle refusait de l'admettre. Et elle était seule. Il ne voulait pas qu'elle portât son choix sur lui pour la seule et simple raison qu'elle n'eût personne d'autre vers qui se tourner.

— Attendre ?

— Oui, petite fille. J'attendrai jusqu'à ce que tu sois prête, jusqu'à ce que tu sois certaine de vouloir de moi. Parce qu'une fois que tu auras dit oui, je ne te laisserai plus jamais partir.

Les yeux de Portia s'adoucirent.

— Et en attendant ?

— Tu pourrais vivre avec moi . . . dit-il en cherchant l'approbation dans son regard.

— Dans le péché ? le taquina-t-elle tout en battant gracieusement des cils.

— Beaucoup de péchés. Ça, je te le promets.

Le regard avide, elle souleva une main et lui caressa la lèvre inférieure. Ce toucher fut électrisant.

— Puis-je avoir un avant-goût de tout cela tout de suite ? Je ne voudrais pas acheter un chat dans un sac, si tu vois ce que je veux dire.

Il lui mordilla le doigt.

— Je croyais que tu ne le demanderais jamais.

Sans lui donner le temps de réfléchir, il la prit dans ses bras et l'emmena dans sa chambre avant de la reposer sur les pieds. Quelques secondes plus tard, leurs vêtements jonchèrent le sol. Ils se les étaient littéralement arrachés dans leur hâte. Ils avaient attendu ce moment trop longtemps.

Le corps de Zane se libéra de toute cette tension accumulée durant ces derniers jours dès l'instant où Portia pressa ses lèvres chaudes sur les siennes, tandis qu'il touchait sa peau nue.

Son corps ne réclamant que son dû, il ne fit preuve d'aucune délicatesse en l'allongeant sur les draps. Il voulait lui accorder suffisamment de temps pour s'adapter à sa nouvelle vie et avait promis de ne pas s'unir à elle ce soir-là. Portia se révélant toutefois si malléable dans ses bras, il sut qu'il allait devoir combattre chaque cellule de son corps pour tenir sa promesse.

Zane déposa des baisers le long de son cou et enroba ses seins dans la paume de ses mains, pétrissant la chair ferme tout en excitant les mamelons à l'aide de ses pouces. Une de ses jambes était coincée entre celles de Portia, et son membre dur, pressé contre sa cuisse, était impatient de retrouver son foyer. Il dut réprimer son besoin de s'enfouir en elle sans préliminaires mais, se souciant peu d'agir tel un sauvage, il utilisa sa jambe pour exhorter Portia à écarter les siennes.

Elle se serra un peu plus contre lui, se cambra et se mit à parler d'une voix rauque.

— Ne sois pas cruel ; ne me fais pas attendre. Tu sais ce que je veux.

Il souleva la tête et la dévisagea. Elle rougissait.

— Alors, dis-le-moi.

Elle glissa une main sur sa nuque et l'attira vers elle.

— Je te veux en moi. Et tes canines dans mon cou.

Cette franche requête fut suffisante pour libérer la bête qui sommeillait en lui. Ses canines s'allongèrent au maximum, leurs extrémités pointant entre ses lèvres. Et son membre n'avait jamais été aussi dur.

Se conformant à ses souhaits, Zane la recouvrit de son corps. L'odeur de l'excitation de sa partenaire remplissait la pièce et le droguait, à un point tel, qu'il fut incapable de se retenir. Triomphant, il émit un grognement et s'enfonça en elle d'un seul coup. Les muscles de son vagin se resserrèrent autour lui tel un poing fermé, et cela le rendit fou, une fois de plus. Il se demanda si, un jour, il s'habituerait à cette façon qu'elle avait de l'accueillir dans ce si beau corps qui était le sien. Il n'en n'avait pas la moindre idée.

Une fine pellicule de sueur apparut sur son corps et, à chaque coup de rein qu'il donna, à chaque impact de la chair contre la chair, il transpira davantage. Il tenta de retarder le moment où il allait la mordre, ne souhaitant pas perdre la tête en se noyant dans son essence trop rapidement. Mais ce ne fut plus qu'une question de temps. Il ne put ignorer les doux gémissements de Portia, ses respirations haletantes et l'intensité grandissante de son odeur causée par sa propre sueur sur sa peau.

La courbe gracieuse de son cou l'appela, et la veine qui y pulsait frénétiquement lui fit signe d'approcher.

Ses hanches ondulaient sous lui, l'empressant de la pénétrer encore plus fort. Sous ses paupières mi-closes, ses yeux brillaient de passion et d'amour. En silence, ils réitéraient sa requête.

— Zane ! supplia-t-elle.

Le son de sa voix le fit craquer. Dans un grognement, il glissa la bouche jusqu'au confluent du cou et de l'épaule de Portia et, frissonnant, effleura sa peau du bout de ses canines. À ce contact, son corps s'enflamma. Pour toute réponse, Portia gémit. Il transperça alors la peau et y plongea les dents.

Il fut instantanément frappé par la saveur sucrée de ce sang, à la fois si riche et si fort, lorsque ce dernier entra en contact avec sa langue. Il avait la sensation de planer tellement son corps vibrait de plaisir. Et, alors qu'il puisait davantage de sang, la sensation s'intensifia.

— Je t'aime Zane, l'entendit-il murmurer.

Il voulut lui répondre et lui avouer ce qu'il ressentait, mais fut incapable de relâcher son cou. C'était ce dont il avait besoin ; besoin d'elle.

Son membre allait et venait frénétiquement, exacerbant ainsi leur plaisir réciproque. Leurs ébats résonnaient dans la maison.

— J'ai pris ma décision, Zane.

Ces mots se frayèrent un chemin dans le cocon de béatitude dans lequel Zane se trouvait. Son cerveau fut trop lent pour comprendre ce qu'elle voulait dire et, soudainement, il sentit les lèvres de sa partenaire sur son épaule, de même que ses dents qui lui égratignaient la peau.

— Je ne veux pas attendre.

Il comprit subitement. Son cœur cessa de battre un instant pour mieux repartir dès l'instant où les canines de Portia s'enfoncèrent dans sa chair.

En s'abreuvant de lui, alors qu'il en faisait de même en plein milieu de leurs ébats, elle l'acceptait en tant que partenaire de sang-mêlé.

Ensemble, pour toujours.

Ne faisant plus qu'un, pour toujours.

Et, tandis que leur sang se mélangeait et que leurs corps exultaient du bonheur charnel, Zane se laissa aller à ouvrir son cœur. Plus aucun mur ne le barricaderait, plus aucune chaîne ne le verrouillerait.

Il était libre. Libre d'aimer.

Son esprit se connecta à celui de Portia : *Je t'aime, petite fille.*

Dès cet instant, et pour la première fois, il la ressentit en lui, la chaleur et l'amour se diffusant dans son cœur et son esprit. Lorsqu'il entendit la voix de Portia résonner dans son corps, alors que ses canines étaient toujours logées dans sa chair, il se dit qu'il n'avait jamais rien entendu de plus doux.

Tu es à moi, Zane, pour toujours.

ÉPILOGUE

Une semaine plus tard

Zane faisait les cent pas dans sa salle de séjour avec le petit Z qui courait autour de lui. Il s'était réveillé seul, alors qu'il faisait encore jour. De ce fait, il n'avait pu partir à la recherche de sa partenaire.

Il réprimanda le chien.

— Tu aurais pu me réveiller. Tu n'as pas songé à aboyer lorsqu'elle est sortie de la maison ?

Z souleva la tête pour le regarder et usa de son charme de petit chien.

— Ah oui, tu m'es d'un grand secours !

Une semaine s'était écoulée depuis leur union et, pourtant, il demeurait nerveux, de crainte de la perdre. Ses cauchemars, dans lesquels il la voyait dans la maison en feu, commençaient à peine à s'estomper. La seule chose qui parvenait à les faire disparaître complètement, c'était lorsqu'il la tenait dans ses bras.

Où es-tu, petite fille ?

Une sensation de chaleur envahit son esprit.

J'arrive, lui répondit-elle.

Entendre sa voix dans sa tête l'apaisa quelque peu. Un cadeau de Dieu que ce lien télépathique qui voyait le jour après une union par le sang ! Cela leur permettait de communiquer lorsqu'ils étaient séparés.

Quelques minutes plus tard, lorsqu'il entendit la clé dans la serrure de la porte d'entrée, il sentit les pulsations de son cœur dans sa gorge et, dès que la porte se fût refermée, il se précipita dans le couloir pour serrer Portia dans ses bras.

Il lui dévora avidement les lèvres sans même prendre le temps de la saluer, et ne les relâcha que lorsque Z se mit à aboyer.

— Maintenant, il aboie ! C'est un sacré bon chien de garde que nous avons là !

— À en juger par ce baiser, répondit Portia, je t'ai certainement manqué.

Ce sourire coquet fit bondir son cœur, comme s'il sautait sur un trampoline.

— Qu'en penses-tu ?

Son regard s'enchaîna à celui de Zane.

— Dis-moi que tu ne m'aimes pas.

— Je ne peux pas faire ça, petite fille, dit Zane en souriant.

Elle se frotta les lèvres sur les siennes.

— Pourquoi pas ?

— Parce que ce serait un mensonge, murmura-t-il en reprenant l'assaut sur ses lèvres.

À bout de souffle, il la relâcha quelques minutes plus tard.

— Maintenant, dis-moi ce qu'il y avait de si important pour que tu sortes du lit.

Portia s'écarta et sortit un petit sac en plastique de la poche intérieure de sa veste.

— Tu n'as aucune idée de la difficulté que j'ai eue à dénicher ceci dans la Mission.

Piqué par la curiosité, Zane l'observa, tandis qu'elle extirpait un objet soyeux du sac. Il reconnut ce bout de tissu rond. Bouche bée, il leva les yeux et dévisagea Portia.

— Tu as acheté une kippa ?

Elle hocha la tête en souriant.

— Je veux que tu la portes ce soir, lors de la cérémonie pour Isabelle.

Ses lèvres se mirent à trembler lorsqu'il tenta de réprimer les émotions qui menaçaient sa masculinité.

— Je n'ai pas … il y a si longtemps …

Portia posa une main sur la peau nue de son avant-bras. Grâce à elle, il ne dissimulait plus son tatouage et avait même commencé à porter des chemises à manches courtes au lieu de celles à manches longues qui s'étaient avérées si utiles durant ces dernières décennies.

— Tu devrais être fier de qui tu es, lui dit-elle d'un sourire chaleureux. Moi, je suis fière de toi.

Elle souleva les bras et plaça la kippa sur la tête de son partenaire. Ce bout de tissu se positionna de lui-même au bon endroit, là où il aurait toujours dû se trouver. Zane se sentit soudainement accompli. La dernière pièce qui lui manquait venait d'être mise en place.

Il caressa lentement le couvre-chef, mais était trop ému pour pouvoir prononcer le moindre mot. À présent, il était libre, libre d'aimer et de croire. Sa foi en quelque chose de bien était maintenant restaurée, car quelque chose de bien pouvait malgré tout résulter du mal. Ou quelqu'un de bien.

— Allons nous préparer. Ne faisons pas attendre Samson et les autres, dit Portia en lui caressant la joue.

— Ils ne peuvent pas commencer sans moi, murmura Zane tout en l'attirant plus près de lui. Et j'ai quelque chose d'important à faire, d'abord.

— Quoi donc ? demanda-t-elle.

Mais l'éclat dans ses yeux conforta Zane dans l'idée qu'elle savait de quoi il s'agissait.

— Je dois remercier ma femme pour m'avoir sauvé.

— Mais c'est toi qui m'as sauvée, protesta-t-elle.

Il oscilla la tête de droite à gauche.

— Non, petite fille. Sans toi, je serais toujours perdu.

Ordre de Lecture des séries Vampires Scanguards et Gardiens de la Nuit.

Les Vampires Scanguards

Nouvelle: Ardent désir
1: La belle mortelle de Samson
2: La provocatrice d'Amaury
3: La partenaire de Gabriel
4: L'enchantement d'Yvette
5: La rédemption de Zane
6: L'éternel amour de Quinn
7: Les désirs d'Oliver
8: Le choix de Thomas
Nouvelle 8 ½: Discrète morsure
9: L'identité de Cain

20 ans plus tard

10: Le retour de Luther
11: La promesse de Blake
Nouvelle 11 ½: Fatidiques Retrouvailles

Même période

Les Gardiens de la Nuit

1: Amant Révélé

suivant

2: Maître Affranchi
3: Guerrier Bouleversé

suivant

12: L'espoir de John

suivant

4: Gardien Rebelle
5: Immortel Dévoilé
6: Protecteur Sans Égal
7: Démon Libéré

8 ans plus tard

Hybrides Scanguards

Les Scanguards hybrides seront également numérotés dans la série des
Scanguards vampires (SV 13 = SH 1) afin de préserver la continuité.

SH 1 (SV 13): La tempête de Ryder
SH 2 (SV 14): La conquête de Damian
SH 3 (SV 15): Le défi de Grayson
SH 4 (SV 16): L'amour interdit d'Isabelle
SH 5 (SV 17): La passion de Cooper
SH 6 (SV 18): Le courage de Vanessa

À PROPOS DE BUCHENWALD

Buchenwald fut l'un des plus grands camps de concentration nazis d'Allemagne. Il fut construit en juillet 1937 et libéré par les troupes de Patton en avril 1945. Durant la majeure partie de cette période, le camp ne fut occupé que par des prisonniers de sexe masculin. Il n'y eut que très peu de prisonnières durant les premières années, et celles qu'on y amenait étaient forcées de travailler dans le bordel du camp. La majorité des détenues y fut incarcérée en 1944 et 1945.

Le docteur Franz Müller est un personnage fictif issu de mon imagination. Cependant, de tels médecins ont réellement existé, et bons nombres des expériences que je décris dans ce livre furent réellement pratiquées sous une forme ou une autre, dans des camps comme Buchenwald, Auschwitz ou Mauthausen. Josef Mengele est le médecin le plus connu à avoir sévi dans les camps de concentration. Après la guerre, il s'enfuit au Brésil où il mourut en 1979, sans avoir payé pour les crimes qu'il avait commis.

Adolf Hitler, ainsi que certains de ses disciples, croyaient vraiment à l'occultisme et au surnaturel. Ils cherchèrent, en vain, le Saint Graal, espérant que cet artifice les aiderait à gagner la guerre dès qu'il serait en leur possession.

L'Holocauste représente le moment le plus sombre de l'histoire de l'Allemagne. Il est à souhaiter que cela ne se reproduise plus jamais.

À PROPOS DE L'AUTEUR

De nationalité allemande, Tina Folsom vit depuis plus de 25 ans dans des pays anglophones. Elle a d'ailleurs épousé un Américain et s'est établie en Californie en 2002.

Depuis 2008, elle a publié plus de 50 livres en anglais et des douzaines dans d'autres langues (français, allemand et espagnol).

tina@tinawritesromance.com
https://tinawritesromance.com

facebook.com/TinaFolsomFans
instagram.com/authortinafolsom